# Annales 2022

## Tle

# Objectif BAC

Sujets & Corrigés

Spécialité

# Maths

**Sandrine Bodini-Lefranc**
Professeure de chaire supérieure en Mathématiques
Professeure en classes préparatoires PSI

**Sandrine Dubois**
Professeure certifiée de Mathématiques
Professeure en lycée



hachette
ÉDUCATION

# Avant-propos

Ces annales ont été préparées pour permettre un entraînement continu tout au long de l'année de terminale. Elles sont conçues pour vous aider à acquérir la rigueur nécessaire, non seulement à la réussite à l'épreuve de spécialité de mathématiques du Baccalauréat, mais aussi à la poursuite sans encombre d'études supérieures.
Nous souhaitons que cet ouvrage soit le compagnon indispensable de votre préparation au Baccalauréat et qu'il vous soit particulièrement utile lors de vos révisions de contrôle ou de bacs blancs. Pour ce faire, il vous propose :

## Une aide pour votre préparation

Des **Conseils généraux** (page 10) vous indiquent une méthode de travail à suivre durant l'année de terminale. Vous y trouverez aussi des recommandations très utiles pour gérer au mieux le jour de l'épreuve.

## Deux sujets du BAC 2021 complets et corrigés

Pour s'entraîner et appréhender au mieux le sujet tel qu'il sera donné le jour J.
*Les deux sujets proposés dans cet ouvrage auraient dû tomber aux sessions de mars 2021, mais elles ont été annulées en raison de la crise sanitaire.*

## Tous les thèmes du programme

Nous avons réuni **toutes les notions** du baccalauréat.

Ces sujets ont été retenus en fonction des critères suivants :
- Le programme de la spécialité de mathématiques de terminale est largement couvert.
- Une même notion est abordée plusieurs fois afin de la voir sous différents angles et, par conséquent, de mieux l'assimiler.

---

**Conception graphique :**
**Couverture :** Audrey Izern
**Intérieur :** Manon Guérin

**Composition, mise en pages :** Soft Office
**Édition :** Adeline Pécout, Nathalie Legros
**Crédits photographiques :** p. 39 ©Shutterstock/Stockfour ; p. 151 ©Shutterstock/Zhu Difeng ; p. 233 ©Shutterstock/PicMy

I.S.B.N. 978-2-01-715125-8

**www.parascolaire.hachette-education.com**

Achevé d'imprimer en Juillet 2021 en République tchèque par Finidr
Dépôt légal : Août 2021 - Édition 01
21/2944/5

- Des exercices de toute nature sont proposés, qu'il s'agisse :
– d'exercices de type standard : une seule partie du cours y est abordée ;
– d'exercices de type mixte : plusieurs thèmes y sont mélangés;
– d'exercices de type Q.C.M. ;
– ou de problèmes concrets faisant appel à d'autres disciplines (*physique* ou *sciences de la vie et de la terre*).

De plus, pour chaque sujet, une durée estimée de résolution figure au début du sujet. Ce minutage est établi en fonction du nombre de points attribués à l'épreuve. Vous pouvez ainsi vérifier que vous avez le niveau d'entraînement et la rapidité nécessaires le jour de l'épreuve.

## Tous les corrigés

- Tous les **sujets** sont **entièrement corrigés**. Les Q.C.M. pour lesquels le candidat n'a généralement pas à justifier ses réponses le sont aussi et, ce, de manière approfondie.
- Les corrigés sont rédigés dans un style rigoureux qui illustre le niveau que vous devez atteindre pour élaborer un raisonnement scientifique correct.
- Ces corrigés contiennent aussi de nombreux rappels de cours et de méthode (qui apparaissent dans des encadrés sur fond de couleur) : ceux-ci doivent vous aider à synthétiser votre cours et à compléter vos fiches (voir page 10, **Conseils généraux**).

Nous souhaitons vivement que ce livre réponde à votre attente et participe à votre réussite en Terminale, au baccalauréat et après !

## Une thématique détaillée

Un **Tableau des sujets détaillé** (en fin d'ouvrage page 268) vous permet de choisir les exercices à travailler, plus particulièrement, en fonction de l'avancée de vos connaissances en cours d'année scolaire.

Les auteures

# Sommaire



## Analyse

### Suites et limites



### Dérivation

## Fonction logarithme. Fonction exponentielle



## Équations différentielles. Primitives

## Algèbre et géométrie

### Combinatoire et dénombrement



### Vecteurs, droites et plans de l'espace



### Orthogonalité et distances dans l'espace

### Représentations paramétriques, équations cartésiennes



## Probabilités

### Loi binomiale

## Variables aléatoires

# Définition des épreuves

## L'épreuve écrite

L'épreuve du Bac de Mathématiques est constituée d'une épreuve **écrite** et d'une épreuve **orale**. Elle porte sur le programme de la spécialité « mathématiques » de la classe de Terminale.

| | |
|---|---|
| **Durée** | 4 heures |
| **Coefficient** | 16 |

• Le sujet de l'épreuve écrite de mathématiques comporte **3 à 5 exercices indépendants** les uns des autres.
• Cette épreuve est notée sur **20 points**.
• Chaque exercice est noté sur 4 à 8 points.
• Le *Bulletin officiel* spécial n° 2 du 13 février 2020 précise :
*« Le sujet aborde une grande variété des contenus du programme de spécialité, à l'exception des sections suivantes du programme de spécialité de terminale :*
*– fonctions sinus et cosinus ;*
*– calcul intégral ;*
*– concentration, loi des grands nombres.*
*De plus, la section « Combinatoire et dénombrement » du programme de spécialité de terminale est mobilisable mais ne peut constituer le ressort essentiel d'un exercice. »*
• Le sujet précise si l'usage de la calculatrice, dans les conditions précisées par les textes en vigueur, est autorisé.

## L'épreuve du Grand oral

| | |
|---|---|
| **Durée** | 20 minutes |
| **Préparation** | 20 minutes |
| **Coefficient** | 10 |

Cette épreuve permet d'évaluer la qualité d'expression orale du candidat, mais aussi sa capacité à mobiliser ses connaissances, à développer son propos et à échanger.
Durant l'année, vous **formulerez** et **préparerez deux questions** qui porteront sur vos **enseignements de spécialité**.
Chaque question pourra ne se rapporter qu'à un seul enseignement de spécialité ou associer les deux.

# Conseils généraux

## Le travail durant l'année scolaire

### Du bon sens

- Il vous faut absolument travailler de manière régulière pendant toute l'année, non seulement pour affronter l'épreuve de spécialité mathématiques en toute sérénité, mais aussi pour pouvoir aborder les études supérieures avec les connaissances et, surtout, le recul nécessaires à l'approfondissement des notions vues en terminale.
- Il est impératif d'apprendre son cours et les démonstrations afférentes, l'un des exercices du baccalauréat pouvant porter dessus.

### … et de la méthode

**Des fiches de cours**

Si vous avez du mal à vous retrouver dans votre cours, vous devez vous astreindre à faire des fiches de cours dans lesquelles vous ferez figurer :

– Les définitions : vocabulaire de base pour comprendre les questions et les consignes.

– Les théorèmes et les formules en soulignant particulièrement les hypothèses : celles-ci vous indiquent si vous pouvez ou non utiliser un théorème. La vérification de ces hypothèses est évaluée dans la rigueur et la précision de la rédaction.

– Les démonstrations : dégager l'articulation ou le schéma de démonstration (faire un plan) et, une fois cette articulation comprise et apprise, il est beaucoup plus simple de combler les « trous » plutôt que d'essayer d'apprendre la démonstration ligne par ligne.

**Des fiches de méthode**

Si vous avez du mal à synthétiser votre cours, vous devez faire des fiches de méthode.

*Exemple :* les différentes méthodes pour démontrer la croissance d'une fonction
Sur cette fiche, vous allez regrouper toutes les manières possibles de déterminer les variations d'une fonction : définition, fonctions associées (avec la composée), dérivation.

Dès que vous résolvez un exercice, vous devez vérifier si la méthode utilisée a été référencée. Ces fiches vont vous aider à progresser assez rapidement, car :

– Elles permettent de dégager des schémas de démonstration selon les questions posées. Vous allez vous apercevoir que les exercices obéissent, pour leur très grande majorité, à la même logique. Ce sont vos fiches méthodes qui vont vous permettre de comprendre cette logique.

– Vous allez aussi réaliser que, sous des formes différentes, c'est souvent la même méthode qui est utilisée : selon que le cadre de l'exercice est analytique, algébrique, graphique ou géométrique, le vocabulaire n'est pas le même, mais la méthode de résolution reste identique.

# Comment aborder un exercice durant l'année ?

## Un moment clé : la lecture de l'énoncé

- Lisez attentivement tout l'énoncé. Celui-ci peut contenir des résultats intermédiaires susceptibles de vous indiquer dans quel esprit l'exercice a été écrit et, donc, de vous guider vers la méthode la plus judicieuse à employer.
- Surlignez toutes les hypothèses de l'exercice. C'est à partir de celles-ci que vous pourrez bâtir une démonstration à l'aide de théorèmes les vérifiant.

## Une résolution en plusieurs étapes

- La résolution d'un exercice ne se fait pas d'une traite, mais en plusieurs phases :

– prenez les questions une par une ;
– résolvez celles que vous savez faire et, dans un premier temps, admettez les autres pour pouvoir avancer dans votre exercice ;
– puis, après avoir réfléchi sur chaque question, changez de couleur de stylo (en utilisant, par exemple, un stylo vert) ; prenez vos fiches ou votre cours, et essayez de résoudre les questions manquantes ;
– une fois votre travail terminé, lisez la correction de votre exercice en complétant si nécessaire votre rédaction avec un stylo de couleur différente, par exemple rouge. Au moindre doute sur la formulation ou si votre démonstration est différente de celle de la correction, demandez à votre professeur de mathématiques de vous expliquer le point litigieux. Ne vous contentez pas d'une lecture passive qui consisterait en une simple vérification des résultats.

*La différence de couleur de stylo va vous permettre de cibler vos problèmes :*
*– Si vous avez peu de vert ou de rouge : il vous faut juste un peu d'entraînement.*
*– Si vous avez beaucoup de vert, il vous faut alors absolument approfondir la notion étudiée et apprendre votre cours.*
*– Si vous avez beaucoup de rouge : soit vous avez un problème de rédaction (les hypothèses ne sont pas vérifiées), soit vous n'avez pas bien compris ou appris votre cours. Demandez alors de l'aide à votre professeur.*

# Le jour de l'épreuve

## Pour bien débuter

- Lisez attentivement la totalité du sujet avec un crayon à papier afin de marquer, dans la marge, la méthode que vous allez utiliser pour chaque question.

*Cette étape est indispensable pour deux raisons : la première, pour trier les questions et être certain de pouvoir traiter toutes les questions que vous savez faire dans le temps imparti ; la seconde, pour pouvoir vous raccrocher à vos annotations si vous veniez à paniquer pendant l'épreuve.*

- Si vous perdez pied dès le début d'épreuve, commencez par les graphiques. Il s'agit généralement de questions que l'on sait traiter ; cela vous permet de vous concentrer à nouveau et de reprendre confiance en vous.

Ne négligez surtout pas les graphiques ! Ils peuvent représenter un nombre de points non négligeable. Tracez-les avec soin.
**Attention : respectez les unités graphiques quand elles sont imposées.**

## Des recommandations pratiques à ne pas négliger

- Utilisez la même numérotation que celle de l'énoncé.
- Prenez une feuille par exercice : cela vous permettra de reprendre ultérieurement une question plus facilement et plus lisiblement pour le correcteur.
- Écrivez proprement en évitant les fautes d'orthographe.
- Utilisez les notations de l'énoncé et, si vous en introduisez d'autres, explicitez-les.
- N'oubliez pas votre matériel : calculatrice, matériel de géométrie, crayon, gomme, stylos, etc.
- Gérez correctement votre temps : un exercice sur 5 points doit être fait en plus ou moins une heure.
- Conservez au moins 5 minutes pour la relecture attentive de votre production et soulignez vos résultats.

## Pour conclure

L'épreuve du bac est une épreuve d'endurance et elle doit donc se préparer comme telle :
- Une bonne hygiène de vie est nécessaire avant l'épreuve : des repas équilibrés à heures fixes, de bonnes nuits de sommeil et un peu de sport pour « s'oxygéner » le cerveau.
Si les méthodes de travail ont été respectées toute l'année, il n'y a aucune raison de passer ses nuits à réviser ; vous pouvez simplement relire vos fiches pour vous tranquilliser.
- Le jour de l'épreuve :
– prenez un bon petit-déjeuner ;
– apportez des boissons : n'oubliez pas que l'épreuve se déroule en été ! Buvez de petites gorgées tout au long des quatre heures. Si vous commencez à avoir soif, c'est déjà trop tard ! Cela signifie que vous commencez à vous déshydrater et, par conséquent, à vous déconcentre.
– apportez éventuellement à manger en privilégiant des aliments à assimilation rapide et en évitant ce qui fait du bruit (papier de bonbons, chips...) !

# L'épreuve de rattrapage

- Il s'agit d'une épreuve orale.

| | |
|---|---|
| **Durée** | 20 minutes |
| **Temps de préparation** | 20 minutes |

- L'épreuve consiste en un **entretien** entre le candidat et un examinateur.
- Pour préparer l'entretien, l'examinateur propose au moins **deux questions** au candidat, portant sur des parties différentes du programme de spécialité de terminale. Le candidat prépare l'entretien pendant 20 minutes et peut au cours de l'entretien s'appuyer sur les notes prises pendant la préparation.
- L'usage des calculatrices est autorisé, dans les conditions précisées par les textes en vigueur.

L'usage de la calculatrice avec mode examen actif est autorisé.
L'usage de la calculatrice sans mémoire, « type collège », est autorisé.
Le candidat traite 4 exercices : les exercices 1, 2 et 3 communs à tous les candidats et un seul des deux exercices A ou B. Pour éclairer son choix, les principaux domaines abordés par chaque exercice sont indiqués.

# SUJET 1 BAC 2021
## France métropolitaine

4 h

## Exercice 1 5 points

Dans une école de statistique, après étude des dossiers des candidats, le recrutement se fait de deux façons :

- 10 % des candidats sont sélectionnés sur dossier. Ces candidats doivent ensuite passer un oral à l'issue duquel 60 % d'entre eux sont finalement admis à l'école.
- Les candidats n'ayant pas été sélectionnés sur dossier passent une épreuve écrite à l'issue de laquelle 20 % d'entre eux sont admis à l'école.

### Partie I

On choisit au hasard un candidat à ce concours de recrutement.
On notera :

- $D$ l'évènement « le candidat a été sélectionné sur dossier » ;
- $A$ l'évènement « le candidat a été admis à l'école » ;
- $\overline{D}$ et $\overline{A}$ les évènements contraires des évènements $D$ et $A$ respectivement.

**1.** Traduire la situation par un arbre pondéré.

**2.** Calculer la probabilité que le candidat soit sélectionné sur dossier et admis à l'école.

3. Montrer que la probabilité de l'évènement $A$ est égale à 0,24.

4. $n$ choisit au hasard un candidat admis à l'école. Quelle est la probabilité que son dossier n'ait pas été sélectionné ?

### Partie II

1. On admet que la probabilité pour un candidat d'être admis à l'école est égale à 0,24.
On considère un échantillon de sept candidats choisis au hasard, en assimilant ce choix à un tirage au sort avec remise. On désigne par $X$ la variable aléatoire dénombrant les candidats admis à l'école parmi les sept tirés au sort.

a) On admet que la variable aléatoire $X$ suit une loi binomiale. Quels sont les paramètres de cette loi ?

b) Calculer la probabilité qu'un seul des sept candidats tirés au sort soit admis à l'école.
On donnera une réponse arrondie au centième.

c) Calculer la probabilité qu'au moins deux des sept candidats tirés au sort soient admis à cette école. On donnera une réponse arrondie au centième.

2. Un lycée présente $n$ candidats au recrutement dans cette école, où $n$ est un entier naturel non nul.
On admet que la probabilité pour un candidat quelconque du lycée d'être admis à l'école est égale à 0,24 et que les résultats des candidats sont indépendants les uns des autres.

a) Donner l'expression, en fonction de $n$, de la probabilité qu'aucun candidat issu de ce lycée ne soit admis à l'école.

b) À partir de quelle valeur de l'entier $n$ la probabilité qu'au moins un élève de ce lycée soit admis à l'école est-elle supérieure ou égale à 0,99 ?

## Exercice 2 5 points

Soit $f$ la fonction définie sur l'intervalle $]0\,;+\infty[$ par :

$$f(x) = \frac{e^x}{x^2}.$$

On note $\mathscr{C}_f$ la courbe représentative de la fonction $f$ dans un repère orthonormé.

1. a) Préciser la limite de la fonction $f$ en $+\infty$.

**b)** Justifier que l'axe des ordonnées est asymptote à la courbe $\mathscr{C}_f$.

**2.** Montrer que, pour tout nombre réel $x$ de l'intervalle $]0\,;+\infty[$, on a :

$$f'(x) = \frac{e^x(x-1)}{x^2}.$$

où $f'$ désigne la fonction dérivée de la fonction $f$.

**3.** Déterminer les variations de la fonction $f$ sur l'intervalle $]0\,;+\infty[$. On établira un tableau de variations de la fonction $f$ dans lequel apparaîtront les limites.

**4.** Soit $m$ un nombre réel. Préciser, en fonction des valeurs du nombre réel $m$, le nombre de solutions de l'équation $f(x) = m$.

**5.** On note $\Delta$ la droite d'équation $y = -x$.
On note $A$ un éventuel point de $\mathscr{C}_f$ d'abscisse $a$ en lequel la tangente à la courbe $\mathscr{C}_f$ est parallèle à la droite $\Delta$.

**a)** Montrer que $a$ est solution de l'équation $e^x(x-1) + x^2 = 0$.
On note $g$ la fonction définie sur $[0\,;+\infty[$ par $g(x) = (x-1) + x^2$.
On admet que la fonction $g$ est dérivable et on note $g'$ sa fonction dérivée.

**b)** Calculer $g'(x)$ pour tout nombre réel $x$ de l'intervalle $[0\,;+\infty[$, puis dresser le tableau de variations de $g$ sur $[0\,;+\infty[$.

**c)** Montrer qu'il existe un unique point $A$ en lequel la tangente à $\mathscr{C}_f$ est parallèle à la droite $\Delta$.

## Exercice 3 5 points

Cet exercice est un questionnaire à choix multiples. Pour chacune des questions suivantes, une seule des quatre réponses proposées est exacte. Une réponse exacte rapporte un point. Une réponse fausse, une réponse multiple ou l'absence de réponse à une question ne rapporte ni n'enlève de point. Aucune justification n'est demandée.

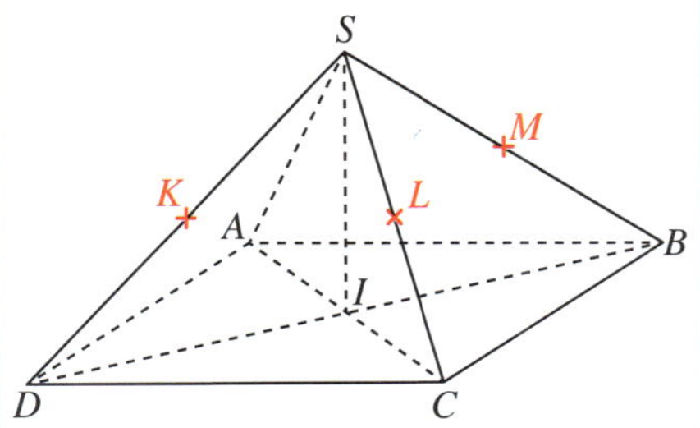

$SABCD$ est une pyramide régulière à base carrée $ABCD$ dont toutes les arêtes ont la même longueur.
Le point $I$ est le centre du carré $ABCD$.
On suppose que : $IC = IB = IS = 1$.
Les points $K$, $L$ et $M$ sont les milieux respectifs des arêtes $[SD]$, $[SC]$ et $[SB]$.

**1.** Les droites suivantes ne sont pas coplanaires :

**a)** $(DK)$ et $(SD)$ **b)** $(AS)$ et $(IC)$ **c)** $(AC)$ et $(SB)$ **d)** $(LM)$ et $(AD)$

Pour les questions suivantes, on se place dans le repère orthonormé de l'espace $(I \,;\, \overrightarrow{IC}, \overrightarrow{IB}, \overrightarrow{IS})$.
Dans ce repère, on donne les coordonnées des points suivants :
$I(0\,;\,0\,;\,0)$ ; $A(-1\,;\,0\,;\,0)$ ; $B(0\,;\,1\,;\,0)$ ; $C(1\,;\,0\,;\,0)$ ; $D(0\,;\,-1\,;\,0)$ ; $S(0\,;\,0\,;\,1)$.

**2.** Les coordonnées du milieu $N$ de $[KL]$ sont :

**a)** $\left(\frac{1}{4}\,;\,\frac{1}{4}\,;\,\frac{1}{2}\right)$ ; **b)** $\left(\frac{1}{4}\,;\,-\frac{1}{4}\,;\,\frac{1}{2}\right)$

**c)** $\left(-\frac{1}{4}\,;\,\frac{1}{4}\,;\,\frac{1}{2}\right)$ **d)** $\left(\frac{1}{2}\,;\,-\frac{1}{2}\,;\,1\right)$

**3.** Les coordonnées du vecteur $\overrightarrow{AS}$ sont :

**a)** $\begin{pmatrix}1\\1\\0\end{pmatrix}$ ; **b)** $\begin{pmatrix}1\\0\\1\end{pmatrix}$ **c)** $\begin{pmatrix}2\\1\\-1\end{pmatrix}$ **d)** $\begin{pmatrix}1\\1\\1\end{pmatrix}$

**4.** Une représentation paramétrique de la droite $(AS)$ est :

**a)** $\begin{cases}x=-1-t\\y=t\\z=-t\end{cases} \quad (t \in \mathbb{R})$ **b)** $\begin{cases}x=-1+2t\\y=0\\z=1+2t\end{cases} \quad (t \in \mathbb{R})$

**c)** $\begin{cases}x=t\\y=0\\z=1+t\end{cases} \quad (t \in \mathbb{R})$ **d)** $\begin{cases}x=-1-t\\y=1+t\\z=1-t\end{cases} \quad (t \in \mathbb{R})$

**5.** Une équation cartésienne du plan $(SCB)$ est :

**a)** $y+z-1=0$ **b)** $x+y+z-1=0$

**c)** $x-y+z=0$ **d)** $x+z-1=0$

## Exercice au choix A 5 points

***Principaux domaines abordés : suites numériques, raisonnement par récurrence, suites géométriques.***

La suite $(u_n)$ est définie sur $\mathbb{N}$ par $u_0 = 1$ et pour tout entier naturel $n$,

$$u_n + 1 = \frac{3}{4}u_n + \frac{1}{4}n + 1.$$

**1.** Calculer, en détaillant les calculs, $u_1$ et $u_2$ sous forme de fraction irréductible.

L'extrait, reproduit ci-contre, d'une feuille de calcul réalisée avec un tableur présente les valeurs des premiers termes de la suite $(u_n)$.

| | A | B |
|---|---|---|
| 1 | $n$ | $u_n$ |
| 2 | 0 | 1 |
| 3 | 1 | 1,75 |
| 4 | 2 | 2,5625 |
| 5 | 3 | 3,421875 |
| 6 | 4 | 4,31640625 |

**2. a)** Quelle formule, étirée ensuite vers le bas, peut-on écrire dans la cellule B3 de la feuille de calcul pour obtenir les termes successifs de $(u_n)$ dans la colonne B ?

**b)** Conjecturer le sens de variation de la suite $(u_n)$.

**3. a)** Démontrer par récurrence que, pour tout entier naturel $n$, on a :

$$n \leqslant u_n \leqslant n + 1.$$

**b)** En déduire, en justifiant la réponse, le sens de variation et la limite de la suite $(u_n)$.

**c)** Démontrer que :

$$\lim_{n \to \infty} \frac{u_n}{n} = 1.$$

**4.** On désigne par $(v_n)$ la suite définie sur $\mathbb{N}$ par $v_n = u_n - n$.

**a)** Démontrer que la suite $(v_n)$ est géométrique de raison $\frac{3}{4}$.

**b)** En déduire que, pour tout entier naturel $n$, on a :

$$u_n = \left(\frac{3}{4}\right)^n + n.$$

## Exercice au choix B 5 points

***Principaux domaines abordés : fonction logarithme, convexité.***

On considère la fonction $f$ définie sur l'intervalle $]0\,;+\infty[$ par :

$$f(x) = x + 4 - 4\ln(x) - \frac{3}{4}$$

où ln désigne la fonction logarithme népérien.

On note $\mathscr{C}$ la représentation graphique de $f$ dans un repère orthonormé.

**1.** Déterminer la limite de la fonction $f$ en $+\infty$.

**2.** On admet que la fonction $f$ est dérivable sur $]0\,;+\infty[$ et on note $f'$ sa fonction dérivée.

Démontrer que, pour tout nombre réel $x > 0$, on a :

$$f'(x) = \frac{x^2 - 4x + 3}{x^2}.$$

**3. a)** Donner le tableau de variations de la fonction $f$ sur l'intervalle $]0\,;+\infty[$.

On y fera figurer les valeurs exactes des extremums et les limites de $f$ en 0 et en $+\infty$.

On admettra que $\lim\limits_{x \to 0} f(x) = -\infty$.

**b)** Par simple lecture du tableau de variations, préciser le nombre de solutions de l'équation $f(x) = \frac{5}{x}$.

**4.** Étudier la convexité de la fonction $f$ c'est-à-dire préciser les parties de l'intervalle $]0\,;+\infty[$ sur lesquelles $f$ est convexe, et celles sur lesquelles $f$ est concave.

On justifiera que la courbe $\mathscr{C}$ admet un unique point d'inflexion, dont on précisera les coordonnées.

# Corrigé du sujet 1 BAC 2021

*Les textes sur fond jaune apparaissant dans ce corrigé sont des rappels de cours ou des commentaires pour vous guider et vous aider.*

## Exercice 1 (60 minutes)

***Principaux domaines abordés : probabilité conditionnelle, loi binomiale.***

### Partie I

**1.**

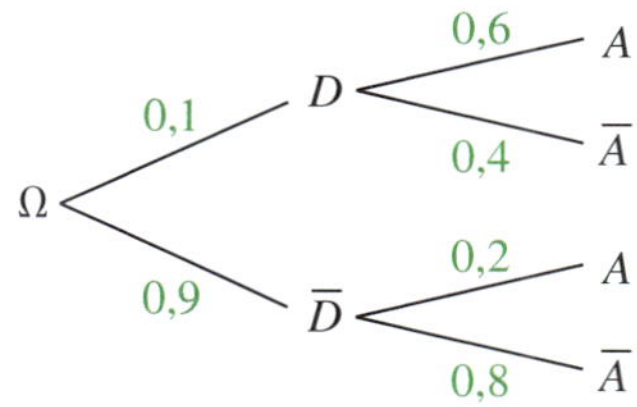


**2.** $P(D \cap A) = P(D) \times P_D(A) = 0{,}1 \times 0{,}6 = 0{,}06$.

**Donc la probabilité que le candidat soit sélectionné sur dossier et admis à l'école est de 0,06.**

**3.**

**Rappel de cours : Formule des probabilités totales**
Si $A_1, A_2, \ldots, A_n$ forment une partition de l'univers, soit $A$ un **événement** :
$P(A) = P(A_1 \cap A) + P(A_2 \cap A) + \ldots + P(A_n \cap A)$

$D$ et $\overline{D}$ forment une partition de l'univers donc, d'après la formule des probabilités totales, on a :

$P(A) = P(D \cap A) + P(\overline{D} \cap A) = 0{,}06 + P(\overline{D}) \times P_{\overline{D}}(A) = 0{,}06 + 0{,}9 \times 0{,}2$
$= 0{,}06 + 0{,}18 = \mathbf{0{,}24}$.

**4.** $P(\overline{D}) = \dfrac{P(A \cap \overline{D})}{P(A)} = \dfrac{0{,}18}{0{,}24} = 0{,}75$.

**Donc la probabilité qu'un candidat admis n'ait pas eu son dossier sélectionné est de 0,75.**

### Partie II

**1. a)** Les paramètres sont $n = 7$ et $p = 0{,}24$.

**b)** $P(X = 1) \approx 0{,}32$ **en utilisant la calculatrice.**

**La probabilité qu'un seul des sept candidats tirés au sort soit admis à l'école est d'environ 0,32.**

**c)** $P(X \geqslant 2) \approx 0{,}53$ **en utilisant la calculatrice.**

**La probabilité qu'au moins deux des sept candidats tirés au sort soient admis à l'école est d'environ 0,53.**

**2. a)**

**Rappel de cours : Loi binomiale**
Une épreuve de Bernoulli est une expérience aléatoire qui ne présente que deux issues $A$ de probabilité $p$ et $\overline{A}$ de probabilité $(1 - p)$. Lorsque l'on répète $n$ épreuves de Bernoulli de manière indépendantes, on crée un schéma de Bernoulli. La variable aléatoire $X$ égale au nombre de réalisations de l'évènement $A$ suit une loi binomiale de paramètres $n$ et $p$, c'est-à-dire :
$p(X = k) = \binom{n}{k} p^k(1 - p)^{n-k}$ avec $k$ entier tel que $0 < k < n$.

On a affaire à une expérience aléatoire à deux issues dont le succès est d'être admis à l'école avec une probabilité de 0,24.
On répète de manière identique et indépendante cette expérience $n$ fois, on obtient alors un schéma de Bernoulli. On associe à ce schéma une variable aléatoire $Y$ qui comptabilise le nombre de succès. $Y$ suit alors une loi binomiale de paramètre $n$ et $p = 0{,}24$.

$$\mathbf{P(Y = 0) = \binom{n}{0} 0{,}24^0 \times (1 - 0{,}24)^n = 0{,}76^n}$$

**b)** $P(Y \geqslant 1) \geqslant 0{,}99$
$1 - P(Y = 0) \geqslant 0{,}99$ **en utilisant l'événement contraire**.
$1 - 0{,}76^n \geqslant 0{,}99$
$0{,}76^n \leqslant 0{,}01$
$\ln(0{,}76^n) \leqslant \ln(0{,}01)$ car la fonction ln est strictement croissante sur $\mathbb{R}_+^*$.
$n \ln(0{,}76) \leqslant \ln(0{,}01)$
$n \geqslant \dfrac{\ln(0{,}01)}{\ln(0{,}76)}$ car $\ln(0{,}76) < 0$
$n \geqslant 17$
**C'est à partir de $n = 17$ que la probabilité qu'au moins un élève de ce lycée soit admis à l'école est supérieure ou égale à 0,99.**

# Exercice 2 (60 minutes)

***Principaux domaines abordés : analyse, limites, asymptotes, tangente, TVI, fonction exponentielle.***

**1. a)** La limite demandée est une limite usuelle : $\lim_{x \to +\infty} f(x) = +\infty$.

**b)** $\lim_{x \to 0} e^x = 1$ et $\lim_{x \to 0} \dfrac{1}{x} = +\infty$ car $x > 0$, donc $\lim_{x \to 0} f(x) = +\infty$.
Donc la courbe représentative de $f$ admet l'axe des ordonnées pour asymptote.

**2.**

**Méthode : Dérivation du produit de deux fonctions**
Soit $u$ et $v$ deux fonctions dérivables sur un intervalle I et $v(x) \neq 0$ sur I alors $\dfrac{u}{v}$ est dérivable sur I et $\left(\dfrac{u}{v}\right)' = \dfrac{u'v - uv'}{v^2}$.

$f$ est dérivable sur $\mathbb{R}_+^*$ comme quotient de deux fonctions dérivables dont le dénominateur est différent de 0 sur $\mathbb{R}_+^*$.

$$f'(x) = \frac{e^x \times x - e^x}{x^2} = \frac{e^x(x - 1)}{x^2}.$$

**3.** $e^x > 0$ sur $\mathbb{R}_+^*$ et $x^2 > 0$ sur $\mathbb{R}_+^*$ donc le signe de $f'(x)$ ne dépend que du signe de $x - 1$.

| $x$ | 0 | | 1 | | $+\infty$ |
|---|---|---|---|---|---|
| $f'(x)$ | | $-$ | 0 | $+$ | |
| $f$ | $+\infty$ | $\searrow$ | e | $\nearrow$ | $+\infty$ |

**4.** D'après le tableau de variation :
- Si $m < \text{e}$, l'équation $f(x) = m$ n'admet pas de solution.
- Si $m = \text{e}$, l'équation $f(x) = m$ admet une unique solution.
- Si $m > \text{e}$, l'équation $f(x) = m$ admet exactement deux solutions.

**5. a)**

**Rappel :** Le coefficient directeur de la tangente à la courbe représentative de *f* au point d'abscisse *a* est *f'*(*a*).

La tangente à la courbe représentative de $f$ en $A$ d'abscisse $a$ est parallèle à $\Delta$.
Or le coefficient directeur de $\Delta$ est égal à $-1$.
Donc $f'(a) = -1$.

$$\frac{e^a(a-1)}{a^2} = -1$$

$e^a(a-1) = -a^2$ car $a \neq 0$

$e^a(a-1) + a^2 = 0$

**Donc $a$ est bien solution de l'équation $e^x(x-1) + x^2 = 0$.**

**b)**

**Méthode : Dérivation du produit de deux fonctions**
Soit *u* et *v* deux fonctions dérivables sur un intervalle I alors *uv* est dérivable sur I et $(uv)' = u'v + uv'$

$g'(x) = e^x(x-1) + e^x + 2x = e^x \times x - e^x + e^x + 2x = xe^x + 2x$
$= x(e^x + 2) > 0$ car $e^x > 0$ et $x > 0$.

De plus, $g(0) = -1$.

$\lim\limits_{x \to +\infty} e^x = +\infty$ ; $\lim\limits_{x \to +\infty} x - 1 = +\infty$ donc $\lim\limits_{x \to +\infty} e^x(x-1) = +\infty$ par produit.

Donc $\lim\limits_{x \to +\infty} g(x) = +\infty$ par somme.

On obtient alors le tableau de variation suivant :

| $x$ | 0 | | $+\infty$ |
|---|---|---|---|
| $g(x)$ | | $+$ | |
| $g(0)$ | $-1$ | $\nearrow$ | $+\infty$ |

c) $g$ est une fonction continue sur $\mathbb{R}_+$ car dérivable sur $\mathbb{R}_+$.
$g$ est strictement croissante sur $\mathbb{R}_+$.
0 est compris entre $g(0) = -1$ et $\lim\limits_{x \to +\infty} g(x) = +\infty$.
Donc, d'après le théorème des valeurs intermédiaires, l'équation $g(x) = 0$ admet une unique solution sur $\mathbb{R}_+$.
Or $a$ est une solution de l'équation $g(x) = 0$, donc $a$ est unique.
Et donc il existe un unique point $A$ d'abscisse $a$ en lequel la tangente à la courbe de $f$ est parallèle à $\Delta$.

## Exercice 3 (60 minutes)

***Principaux domaines abordés : géométrie dans l'espace, recherche de coordonnées, représentation paramétrique, droite, équation de droite.***

**Méthode :** Pour répondre à un QCM vous avez plusieurs possibilités : répondre directement à la question par une résolution, procéder par élimination, utiliser votre calculatrice (graphe, table de valeur...), etc.

1. **Réponse c)** car :
• les points $D$, $K$ et $S$ sont alignés donc les droites $(DK)$ et $(SD)$ sont confondues donc coplanaires ;
• les droites $(AS)$ et $(IC)$ sont sécantes en $A$ donc elles sont coplanaires ;
• les droites $(LM)$ et $(BC)$ sont parallèles (théorème de la droite des milieux) et les droites (AD) et (BC) sont parallèles car ABCD est un carré, donc les droites $(AD)$ et $(LM)$ sont parallèles et donc coplanaires.

2. **Réponse b)**.
$K$ est le milieu de $[SD]$ donc $K\left(\frac{x_S + x_D}{2} ; \frac{y_S + y_D}{2} ; \frac{z_S + z_D}{2}\right) = \left(0 ; -\frac{1}{2} ; \frac{1}{2}\right)$.
De la même manière, on trouve $L\left(\frac{1}{2} ; 0 ; \frac{1}{2}\right)$.
Et comme $N$ est le milieu de $[KL]$ on obtient que $N\left(\frac{1}{4} ; -\frac{1}{4} ; \frac{1}{2}\right)$.

3. **Réponse b)**.
$$\overrightarrow{AS}\begin{pmatrix} x_S - x_A \\ y_S - y_A \\ z_S - z_A \end{pmatrix} = \begin{pmatrix} 1 \\ 0 \\ 1 \end{pmatrix}$$

4. **Réponse c)**.

**Rappel de cours :** Soit $(d)$ une droite de vecteur directeur $\vec{u}\begin{pmatrix} a \\ b \\ c \end{pmatrix}$ passant par le point $A$ de coordonnées $(x_A ; y_A ; z_A)$ alors une équation paramétrique de $(d)$ est :
$$\begin{cases} x = at + x_A \\ y = bt + y_A \\ z = ct + z_A \end{cases} (t \in \mathbb{R}).$$

On utilise les coordonnées du vecteur $\overrightarrow{AS}$ de la question **3.** et les coordonnées du point $S$ que l'on remplace dans la formule ci-dessus.

**5. Réponse b)**.
Grâce aux coordonnées on vérifie que les coordonnées des points $S$, $C$ et $B$ vérifient cette équation.

# Exercice au choix A (60 minutes)

***Principaux domaines abordés : algèbre, suites, variation, limites, récurrence, suites géométriques.***

**1.** $u_1 = \frac{3}{4} \times u_0 + \frac{1}{4} \times 0 + 1 = \frac{3}{4} \times 1 + 1 = \mathbf{\frac{7}{4}}$

$u_2 = \frac{3}{4} \times u_1 + \frac{1}{4} \times 1 + 1 = \frac{3}{4} \times \frac{7}{4} + \frac{1}{4} + 1 = \mathbf{\frac{41}{16}}$

**2. a)** = (3/4)*B2+(1/4)*A2+1

**b)** La suite $(u_n)$ semble être croissante.

**3. a)**

> **Méthode : Démonstration par récurrence**
> • On pose une propriété $P_n$.
> • On initialise la récurrence en montrant que cette propriété est vrai au rang 1er rang de la suite.
> • On montre l'hérédité de la propriété.

• Posons $P_n : n \leqslant u_n \leqslant n + 1$ : pour tout $n$ de $\mathbb{N}$.
• **Initialisation :** $n = 0$
$u_0 = 1$ donc $0 \leqslant u_n \leqslant 1$
Donc $P_0$ est vraie.

• **Hérédité :** Supposons que $P_n$ soit vraie pour un entier naturel $n$ donné et montrons qu'alors $P_{n+1}$ est vraie.
$n \leqslant u_n \leqslant n + 1$ hypothèse de récurrence

$\frac{3}{4}n \leqslant \frac{3}{4}u_n \leqslant \frac{3}{4}n + \frac{3}{4}$

$\frac{3}{4}n + \frac{1}{4}n + 1 \leqslant \frac{3}{4}u_n + \frac{1}{4}n + 1 \leqslant \frac{3}{4}n + \frac{3}{4} + \frac{1}{4}n + 1$

$n + 1 \leqslant u_{n+1} \leqslant n + \frac{7}{4}$

$n + 1 \leqslant u_{n+1} \leqslant n + 2$

Donc $P_n$ est héréditaire.

• **Conclusion :** On a donc montré par récurrence que $n \leqslant u_n \leqslant n + 1$ pour tout entier naturel $n$.

**b)** $n + 1 \leqslant u_{n+1} \leqslant n + 2$

$-n - 1 \leqslant -u_n \leqslant -n$ car $n \leqslant u_n \leqslant n + 1$

D'où $0 \leqslant u_{n+1} \leqslant 2$ pour tout entier naturel $n$.

Donc la suite $(u_n)$ est croissante.

$u_n \geqslant n$ pour tout entier naturel $n$ et $\lim\limits_{n \to +\infty} n = +\infty$.

Donc $\lim\limits_{n \to +\infty} u_n = +\infty$ d'après les théorèmes de comparaison.

**c)** $n \leqslant u_n \leqslant n + 1$

$1 \leqslant \frac{u_n}{n} \leqslant 1 + \frac{1}{n}$ pour $n$ entier naturel non nul.

Comme $\lim\limits_{n \to +\infty} \frac{1}{n} = 0$ donc $\lim\limits_{n \to +\infty} 1 + \frac{1}{n} = 1$.

Donc, d'après le théorème des gendarmes, $\lim\limits_{n \to +\infty} \frac{u_n}{n} = 1$.

**4. a)** $v_{n+1} = u_{n+1} - (n+1) = \frac{3}{4}u_n - \frac{3}{4}n = \frac{3}{4}(u_n - n) = \frac{3}{4}v_n$ pour tout entier naturel $n$.

Donc la suite $(v_n)$ est une suite géométrique de raison $\frac{3}{4}$ et de 1er terme $v_0 = 1$.

**b)**

> **Rappel de cours :** Soit $(v_n)$ est une suite géométrique de raison $q$ et de 1er terme $v_0$ alors $v_n = v_0 \times q^n$ pour tout entier naturel $n$.

Comme $(v_n)$ est une suite géométrique de raison $\frac{3}{4}$ et de 1er terme $v_0 = 1$ on a :

$v_n = v_0 \times \left(\frac{3}{4}\right)^n = \left(\frac{3}{4}\right)^n$ pour tout entier naturel $n$.

On a $v_n = u_n - n$.

Donc $u_n = v_n + n = \left(\frac{3}{4}\right)^n + n$ pour tout entier naturel $n$.

## Exercice au choix B (60 minutes)

***Principaux domaines abordés : analyse, fonction logarithme népérien, limites, dérivée seconde, convexité, point d'inflexion.***

**1.** $f(x) = x\left(1 + \frac{4}{x} - 4\frac{\ln x}{x} - \frac{3}{x^2}\right)$

Or $\lim\limits_{x \to +\infty} \frac{4}{x} = 0$ et $\lim\limits_{x \to +\infty} \frac{\ln x}{x} = 0$ par croissances comparées.

$\lim\limits_{x \to +\infty} \frac{3}{x^2} = 0$

Donc $\lim\limits_{x \to +\infty} 1 + \frac{4}{x} - 4\frac{\ln x}{x} - \frac{3}{x^2} = 1$ par somme.

Donc $\lim\limits_{x \to +\infty} f(x) = +\infty$ par produit.

**2.** $f$ est dérivable sur $\mathbb{R}_+^*$ comme somme de fonctions dérivables sur $\mathbb{R}_+^*$.

$f'(x) = 1 - 4 \times \frac{1}{x} + \frac{3}{x^2} = \frac{x^2 - 4x + 3}{x^2}$.

**3. a)**

**Méthode : Signe d'un polynôme du 2nd degré**
Soit $P(x) = ax^2 + bx + c$ où $a$, $b$ et $c$ sont des réels
on calcule le discriminant : $\Delta = b^2 - 4ac$.

- Si $\Delta > 0$ l'équation admet deux solutions réels, $x_1 = \frac{-b-\sqrt{\Delta}}{2a}$ ou $x_2 = \frac{-b+\sqrt{\Delta}}{2a}$,
alors $P(x)$ est du signe de $a$ à l'extérieur des racines et du signe de $-a$ à l'intérieur.
- Si $\Delta = 0$ l'équation admet une unique solution $x_0 = \frac{b}{2a}$,
alors $P(x)$ est du signe de $a$ sauf en $x_0$ où il s'annule.
- Si $\Delta < 0$ alors $P(x)$ est du signe de $a$.

$x^2 > 0$ sur $\mathbb{R}_+^*$ donc le signe de $f'(x)$ ne dépend que du signe de $x^2 - 4x + 3$.
$\Delta = b^2 - 4ac = 4 > 0$ donc l'équation du 2nd degré admet deux solutions réelles distinctes :
$x = \frac{-b-\sqrt{\Delta}}{2a} = 1$ ou $x = \frac{-b+\sqrt{\Delta}}{2a} = 3$.

| $x$ | 0 | | 1 | | 3 | | $+\infty$ |
|---|---|---|---|---|---|---|---|
| $f'(x)$ | | + | 0 | − | 0 | + | |
| $f$ | $+\infty$ | ↗ | 2 | ↘ | $6 - 4\ln 3$ | ↗ | $+\infty$ |

**b)** $6 - 4\ln 3 \approx 1{,}6$ et $\frac{5}{3} \approx 1{,}67$.

Donc, d'après le tableau de variation, l'équation $f(x) = \frac{5}{3}$ admet 3 solutions.

**4.** $f'$ est dérivable sur $\mathbb{R}_+^*$ comme quotient de deux polynômes dont le dénominateur est différent de 0 sur $\mathbb{R}_+^*$.

$$f''(x) = \frac{(2x-4)x^2 - (x^2 - 4x + 3) \times 2x}{x^4} = \frac{4x-6}{x^3}.$$

$x^3 > 0$ sur $\mathbb{R}_+^*$ donc le signe $f''(x)$ ne dépend que du signe de $4x - 6$.

$$\begin{cases} f''(x) < 0 \text{ pour } 0 < x < \frac{3}{2} \\ f''(x) = 0 \text{ pour } x = \frac{3}{2} \\ f''(x) > 0 \text{ pour } x > \frac{3}{2} \end{cases}$$

Donc $f$ est convexe sur $\left[\frac{2}{3} ; +\infty\right[$ et concave sur $\left]0 ; \frac{3}{2}\right]$.

$f''$ s'annule en changeant de signe pour uniquement $x = \frac{3}{2}$ donc la courbe de $f$ admet un unique point d'inflexion de coordonnée $\left(\frac{3}{2} ; f\left(\frac{3}{2}\right)\right) = \left(\frac{3}{2} ; \frac{7}{2} - 4\ln\left(\frac{3}{2}\right)\right)$.

L'usage de la calculatrice avec mode examen actif est autorisé.
L'usage de la calculatrice sans mémoire, « type collège », est autorisé.
Le candidat traite 4 exercices : les exercices 1, 2 et 3 communs à tous les candidats et un seul des deux exercices A ou B. Pour éclairer son choix, les principaux domaines abordés par chaque exercice sont indiqués.

# SUJET 2 BAC 2021
## France métropolitaine

4 h

## Exercice 1 5 points

*Cet exercice est un questionnaire à choix multiples.*

*Pour chacune des questions suivantes, une seule des quatre réponses proposées est exacte. Une réponse exacte rapporte un point. Une réponse fausse, une réponse multiple ou l'absence de réponse à une question ne rapporte ni n'enlève de point. Aucune justification n'est demandée.*

### Partie I

Dans un centre de traitement du courrier, une machine est équipée d'un lecteur optique automatique de reconnaissance de l'adresse postale. Ce système de lecture permet de reconnaître convenablement 97 % des adresses ; le reste du courrier, que l'on qualifiera d'illisible pour la machine, est orienté vers un employé du centre chargé de lire les adresses.
Cette machine vient d'effectuer la lecture de neuf adresses. On note $X$ la variable aléatoire qui donne le nombre d'adresses illisibles parmi ces neuf adresses.
On admet que $X$ suit la loi binomiale de paramètres $n = 9$ et $p = 0{,}03$.

**1.** La probabilité qu'aucune des neuf adresses soit illisible est égale, au centième près, à :

**a)** 0 **b)** 1 **c)** 0,24 **d)** 0,76

**2.** La probabilité qu'exactement deux des neuf adresses soient illisibles pour la machine est :

**a)** $\binom{9}{2} \times 0{,}97^2 \times 0{,}03^7$ **b)** $\binom{7}{2} \times 0{,}97^2 \times 0{,}03^7$

**c)** $\binom{9}{2} \times 0{,}97^7 \times 0{,}03^2$ **d)** $\binom{7}{2} \times 0{,}97^7 \times 0{,}03^2$

**3.** La probabilité qu'au moins une des neuf adresses soit illisible pour la machine est :

**a)** $P(X < 1)$ **b)** $P(X \leqslant 61)$ **c)** $P(X \geqslant 2)$ **d)** $1 - P(X = 0)$

### Partie II

Une urne contient 5 boules vertes et 3 boules blanches, indiscernables au toucher.

On tire au hasard successivement et sans remise deux boules de l'urne.

On considère les évènements suivants :

- $V_1$ : « la première boule tirée est verte » ;
- $B_1$ : « la première boule tirée est blanche » ;
- $V_2$ : « la seconde boule tirée est verte » ;
- $B_2$ : « la seconde boule tirée est blanche ».

**4.** La probabilité de $V_2$ sachant que $V_1$ est réalisé, notée $P_{V_1}(V_2)$, est égale à :

**a)** $\frac{5}{8}$ **b)** $\frac{4}{7}$ **c)** $\frac{5}{14}$ **d)** $\frac{20}{56}$

**5.** La probabilité de l'évènement $V_2$ est égale à :

**a)** $\frac{5}{8}$ **b)** $\frac{5}{7}$ **c)** $\frac{3}{28}$ **d)** $\frac{9}{7}$

## Exercice 2 6 points

On considère les suites $(u_n)$ et $(v_n)$ définies pour tout entier naturel $n$ par :

$$\begin{cases} u_n = v_0 = 1 \\ u_n + 1 = u_n + v_n \\ v_n + 1 = 2u_n + v_n \end{cases}$$

Dans toute la suite de l'exercice, on admet que les suites $(u_n)$ et $(v_n)$ sont strictement positives.

**1. a)** Calculer $u_1$ et $v_1$.

**b)** Démontrer que la suite $(v_n)$ est strictement croissante, puis en déduire que, pour tout entier naturel $n$, $v_n > 1$.

**c)** Démontrer par récurrence que, pour tout entier naturel $n$, on a : $u_n > n + 1$.

**d)** En déduire la limite de la suite $(u_n)$.

**2.** On pose, pour tout entier naturel $n$ :

$$r_n = \frac{v_n}{u_n}$$

On admet que :

$$r_n^2 = 2 + \frac{(-1)^{n+1}}{u_n^2}$$

**a)** Démontrer que pour tout entier naturel $n$ :

$$-\frac{1}{u_n^2} = \frac{(-1)^{n+1}}{u_n^2} = \frac{1}{u_n^2}$$

**b)** En déduire :

$$\lim_{n \to +\infty} \frac{(-1)^{n+1}}{u_n^2}$$

**c)** Déterminer la limite de la suite $(r_n^2)$ et en déduire que $(r_n)$ converge vers $\sqrt{2}$.

**d)** Démontrer que pour tout entier naturel $n$,

$$r_{n+1} = \frac{2 + r_n}{1 + r_n}$$

**e)** On considère le programme suivant écrit en langage Python :

```
def seuil() :
    n = 0
    r = 1
    while abs(r-sqrt(2)) > 10**(-4) :
      r = (2+r)/(1+r)
      n = n+1
return n
```

(abs désigne la valeur absolue, sqrt la racine carrée et 10** (-4) représente 10–4).
La valeur de $n$ renvoyée par ce programme est 5.
À quoi correspond-elle ?

## Exercice 3 4 points

Dans l'espace rapporté à un repère orthonormé $(O, \vec{i}, \vec{j}, \vec{k})$, on considère les points :
$A$ de coordonnées $(2 ; 0 ; 0)$, $B$ de coordonnées $(0 ; 3 ; 0)$ et $C$ de coordonnées $(0 ; 0 ; 1)$.

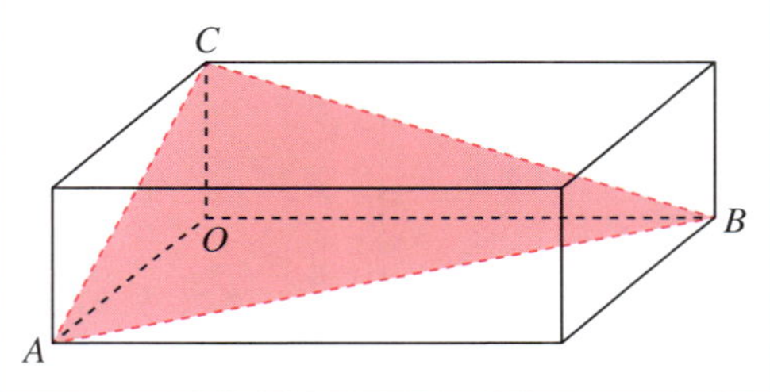


L'objectif de cet exercice est de calculer l'aire du triangle $ABC$.

**1. a)** Montrer que le vecteur $\vec{n}\begin{pmatrix} 3 \\ 2 \\ 6 \end{pmatrix}$ est normal au plan $(ABC)$.

**b)** En déduire qu'une équation cartésienne du plan $(ABC)$ est :
$3x + 2y + 6z - 6 = 0$.

**2.** On note $(d)$ la droite passant par $O$ et orthogonale au plan $(ABC)$.

**a)** Déterminer une représentation paramétrique de la droite $(d)$.

**b)** Montrer que la droite $(d)$ coupe le plan $(ABC)$ au point $H$ de coordonnées $\left(\frac{18}{49} ; \frac{12}{49} ; \frac{36}{49}\right)$.

**c)** Calculer la distance $OH$.

**3.** On rappelle que le volume d'une pyramide est donné par : $V = \frac{1}{3}\mathcal{B}h$, où $\mathcal{B}$ est l'aire d'une base et $h$ est la hauteur de la pyramide correspondant à cette base.
En calculant de deux façons différentes le volume de la pyramide $OABC$, déterminer l'aire du triangle $ABC$.

## Exercice au choix A 5 points

***Principaux domaines abordés : fonction exponentielle, dérivation.***

Le graphique ci-contre représente, dans un repère orthogonal, les courbes $\mathscr{C}_f$ et $\mathscr{C}_g$ des fonctions $f$ et $g$ définies sur $\mathbb{R}$ par :

$$f(x) = x^2\mathrm{e}^{-x} \text{ et } g(x) = \mathrm{e}^{-x}.$$

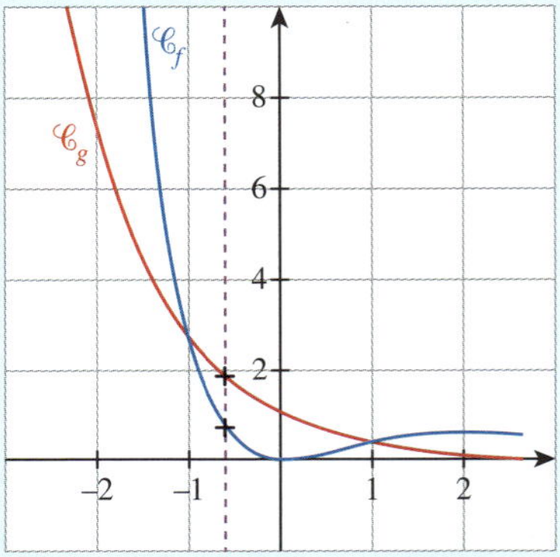


*La question 3 est indépendante des questions 1 et 2.*

**1. a)** Déterminer les coordonnées des points d'intersection de $\mathscr{C}_f$ et $\mathscr{C}_g$.

**b)** Étudier la position relative des courbes $\mathscr{C}_f$ et $\mathscr{C}_g$.

**2.** Pour tout nombre réel $x$ de l'intervalle $[-1 ; 1]$, on considère les points $M$ de coordonnées $(x ; f(x))$ et $N$ de coordonnées $(x ; g(x))$, et on note $d(x)$ la distance $MN$. On admet que :

$$d(x) = \mathrm{e}^{-x} - x^2\mathrm{e}^{-x}.$$

On admet que la fonction $d$ est dérivable sur l'intervalle $[-1 ; 1]$ et on note $d'$ sa fonction dérivée.

**a)** Montrer que $d'(x) = \mathrm{e}^{-x}(x^2 - 2x - 1)$.

**b)** En déduire les variations de la fonction $d$ sur l'intervalle $[-1 ; 1]$.

**c)** Déterminer l'abscisse commune $x_0$ des points $M_0$ et $N_0$ permettant d'obtenir une distance $d(x_0)$ maximale, et donner une valeur approchée à 0,1 près de la distance $M_0N_0$.

**3.** Soit $\Delta$ la droite d'équation $y = x + 2$.

On considère la fonction $h$ dérivable sur $\mathbb{R}$ et définie par :

$$h(x) = \mathrm{e}^{-x} - x - 2.$$

En étudiant le nombre de solutions de l'équation $h(x) = 0$, déterminer le nombre de points d'intersection de la droite $\Delta$ et de la courbe $\mathscr{C}_g$.

## Exercice au choix B 5 points

***Principaux domaines abordés : fonction logarithme, dérivation.***

### Partie I : Étude d'une fonction auxiliaire

Soit $g$ la fonction définie sur $]0 ; +\infty[$ par :

$$g(x) = \ln(x) + 2x - 2.$$

**1.** Déterminer les limites de $g$ en $+\infty$ et 0.

**2.** Déterminer le sens de variation de la fonction $g$ sur $]0 ; +\infty[$.

**3.** Démontrer que l'équation $g(x) = 0$ admet une unique solution $\alpha$ sur $]0 ; +\infty[$.

**4.** Calculer $g(1)$ puis déterminer le signe de $g$ sur $]0 ; +\infty[$.

### Partie II : Étude d'une fonction $f$

On considère la fonction $f$, définie sur $]0 ; +\infty[$ par :

$$f(x) = \left(2 - \frac{1}{x}\right)\ln(x) - 1.$$

**1. a)** On admet que la fonction $f$ est dérivable sur $]0 ; +\infty[$ et on note $f'$ sa dérivée.
Démontrer que, pour tout $x$ de $]0 ; +\infty[$, on a :

$$f'(x) = \frac{g(x)}{x^2}.$$

**b)** Dresser le tableau de variation de la fonction $f$ sur $]0 ; +\infty[$. Le calcul des limites n'est pas demandé.

**2.** Résoudre l'équation $f(x) = 0$ sur $]0 ; +\infty[$ puis dresser le tableau de signes de $f$ sur l'intervalle $]0 ; +\infty[$.

### Partie III : Étude d'une fonction $F$ admettant pour dérivée la fonction $f$

On admet qu'il existe une fonction $F$ dérivable sur $]0 ; +\infty[$ dont la dérivée $F'$ est la fonction $f$.
Ainsi, on a : $F' = f$.
On note $\mathscr{C}_F$ la courbe représentative de la fonction $F$ dans un repère orthonormé $(O, \vec{i}, \vec{j})$. On ne cherchera pas à déterminer une expression de $F(x)$.

**1.** Étudier les variations de $F$ sur $]0 ; +\infty[$.

**2.** La courbe $\mathscr{C}_F$ représentative de $F$ admet-elle des tangentes parallèles à l'axe des abscisses ?
Justifier la réponse.

# Corrigé du sujet 2 BAC 2021

*Les textes sur fond jaune apparaissant dans ce corrigé sont des rappels de cours ou des commentaires pour vous guider et vous aider.*

## Exercice 1 (60 minutes)

***Principaux domaines abordés : probabilités, loi binomiale, probabilités conditionnelles.***

**Méthode :** Cet exercice est un QCM dans lequel il est précisé que pour chaque question il existe une bonne réponse. Donc on peut raisonner soit de manière directe, en faisant le calcul, soit par élimination des réponses.

Aucune justification n'était demandée lors de l'épreuve.

### Partie I

**Rappel de cours : Loi binomiale**
Une épreuve de Bernoulli est une expérience aléatoire qui ne présente que deux issues $A$ de probabilité $p$ et $\overline{A}$ de probabilité $(1 - p)$. Lorsqu'on répète $n$ épreuves de Bernoulli de manière indépendantes, on crée un schéma de Bernoulli. La variable aléatoire $X$ égale au nombre de réalisations de l'évènement $A$ suit une loi binomiale de paramètres $n$ et $p$, c'est-à-dire :

$$p(X = k) = \binom{n}{k} p^k (1 - p)^{n-k}$$

avec $k$ entier tel que $0 < k < n$.

**1. Réponse d)**

$P(X = 0) = \begin{pmatrix} 9 \\ 0 \end{pmatrix} \times 0{,}03^0 \times 0{,}97^9 \approx 0{,}76.$

**2. Réponse c)**

$P(X = 2) = \begin{pmatrix} 9 \\ 2 \end{pmatrix} \times 0{,}03^2 \times 0{,}97^7.$

**3. Réponse d)**

$P(X \geqslant 1) = 1 - P(X < 1) = 1 - P(X = 0)$ en prenant l'événement contraire.

### Partie II

On réalise l'arbre des probabilités ci-contre lié aux tirages des deux boules sans remise.

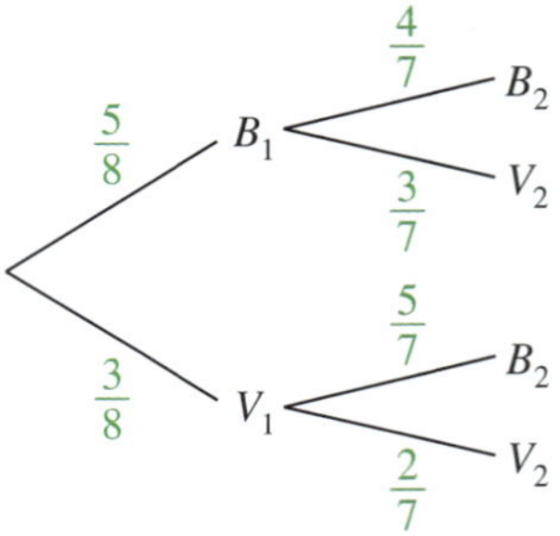


**4. Réponse b)**

Si $V_1$ est réalisé, on a tiré une première boule verte. L'urne contient donc 4 boules vertes et 3 boules blanches pour le second tirage. Donc $P_{V_1}(V_2) = \dfrac{4}{7}$.

**5. Réponse a)**

**Rappel de cours :** Formule des probabilités totales : Si $A_1$, $A_2$, …, $A_n$ forment une partition de l'univers, soit $A$ un événement :

$$P(A) = P(A_1) + P(A_2) + \ldots + P(A_n).$$

$V_1$ et $B_1$ forment une partition de l'univers. Donc $P(V_2) = P(V_1 \cap V_2) + P(B_1 \cap V_2)$.

$P(V_2) = P(V_1)P_{V_1}(V_2) + P(B_1)P_{B_1}(V_2)$ d'après la formule des probabilités totales.

$P(V_2) = \frac{5}{8} \times \frac{4}{7} + \frac{3}{8} \times \frac{5}{7} = \frac{5}{8}$.

# Exercice 2 (70 minutes)

***Principaux domaines abordés : suites, limites, récurrence, algorithmique.***

**1. a)** $u_1 = u_0 + v_0 = 1 + 1 = 2$ et $v_1 = 2u_0 + v_0 = 2 + 1 = 3$

**b)** On a $v_{n+1} = 2u_n + v_n$ pour tout $n \in \mathbb{N}$.

Par hypothèse, $u_n > 0$ pour tout entier naturel $n$.

D'où $v_{n+1} > v_n$ pour tout entier naturel $n$.

**La suite $(v_n)$ est donc strictement croissante.**

On peut en déduire que, pour tout entier naturel $n$, $v_n \geqslant v_0$.

Or, $v_0 = 1$, **donc $v_n \geqslant 1$ pour tout entier naturel $n$.**

**c)**

**Méthode : Démonstration par récurrence**
- On pose une propriété $P_n$.
- On initialise la récurrence en montrant que cette propriété est vraie au rang 1er rang de la suite.
- On montre l'hérédité de la propriété.

- Soit $P_n$ la propriété : $u_n \geqslant n + 1$, définie pour tout entier naturel $n$.
- **Initialisation :** $u_0 = 1 \geqslant 1$ donc $P_0$ est vraie.
- **Hérédité :** Supposons que $P_n$ soit vraie pour un certain entier naturel $n$. Montrons qu'elle est encore vraie pour $n + 1$.

$u_{n+1} = u_n + v_n$ avec $u_n \geqslant n + 1$ par hypothèse de récurrence et $v_n \geqslant 1$ d'après ce qui précède.

D'où $u_{n+1} \geqslant n + 1 + 1$. Puis $u_{n+1} \geqslant n + 2$. Donc $P_{n+1}$ est vraie.

- **Conclusion :** On a bien montré par récurrence que, **pour tout entier naturel $n$**, $u_n \geqslant n + 1$.

**d)** $\lim\limits_{n \to +\infty} (n + 1) = +\infty$ et $u_n \geqslant n + 1$ donc $\boldsymbol{\lim\limits_{n \to +\infty} u_n = +\infty}$ d'après les théorèmes de comparaison.

**2. a)** On a $-1 \leqslant (-1)^{n+1} \leqslant 1$.

Comme $u_n > 0$ par hypothèse, on a également $u_n^2 > 0$.

Donc $\frac{-1}{u_n^2} \leqslant \frac{(-1)^{n+1}}{u_n^2} \leqslant \frac{1}{u_n^2}$ pour tout entier naturel $n$.

**b)** D'après la question **1. d)**, $\lim\limits_{n \to +\infty} u_n = +\infty$.

Donc $\lim\limits_{n \to +\infty} \dfrac{-1}{u_n^2} = 0$ et $\lim\limits_{n \to +\infty} \dfrac{1}{u_n^2} = 0$ par produit et inverse.

En utilisant le théorème des gendarmes, on obtient que $\lim\limits_{n \to +\infty} \dfrac{(-1)^{n+1}}{u_n^2} = 0$.

**c)** Comme $r_n^2 = 2 + \dfrac{(-1)^{n+1}}{u_n^2}$, on déduit de la question précédente que $\lim\limits_{n \to +\infty} r_n^2 = 2$.

Or, les suites $(u_n)$ et $(v_n)$ sont par hypothèse strictement positives.
Donc $r_n > 0$ pour tout entier naturel $n$.
On en déduit que $\lim\limits_{n \to +\infty} r_n = \sqrt{2}$.

**d)** $r_{n+1} = \dfrac{v_{n+1}}{u_{n+1}} = \dfrac{2u_n + v_n}{u_n + v_n} = \dfrac{2u_n\left(2 + \dfrac{v_n}{u_n}\right)}{u_n\left(1 + \dfrac{v_n}{u_n}\right)_n}$ car $u_n > 0$ donc $u_n \neq 0$ pour tout entier naturel $n$.

D'où $r_{n+1} = \dfrac{2 + \dfrac{v_n}{u_n}}{1 + \dfrac{v_n}{u_n}} = \dfrac{2 + r_n}{1 + r_n}$.

**e)** La boucle **while** s'arrête pour le premier entier $n$ tel que $|r_n - \sqrt{2}| \leqslant 0{,}0001$.
Le programme retourne ainsi le plus petit entier $n$ tel que $r_n$ soit une valeur approchée de $\sqrt{2}$ à 0,0001 près.

# Exercice 3 (50 minutes)

***Principaux domaines abordés : géométrie dans l'espace, produit scalaire, distance, représentation paramétrique de droites, équation de plan, projection orthogonale.***

**1. a)** $\overrightarrow{AB}\begin{pmatrix} -2 \\ 3 \\ 0 \end{pmatrix}$ et $\overrightarrow{AC}\begin{pmatrix} -2 \\ 0 \\ 1 \end{pmatrix}$

Les coordonnées des vecteurs $\overrightarrow{AB}$ et $\overrightarrow{AC}$ ne sont pas proportionnelles, donc ces vecteurs ne sont pas colinéaires.
On a $\vec{n} \cdot \overrightarrow{AB} = (-2) \times 3 + 3 \times 2 + 0 \times 6 = 0$ et $\vec{n} \cdot \overrightarrow{AC} = (-2) \times 3 + 0 \times 2 + 1 \times 6 = 0$.
Le vecteur $\vec{n}$ est ainsi orthogonal à deux vecteurs non colinéaires du plan $(ABC)$.
**C'est donc un vecteur normal au plan $(ABC)$.**

**b)**

> **Rappel de cours :** Un plan $\mathcal{P}$ d'équation $ax + by + cz + d = 0$ admet un vecteur normal de coordonnées $(a\,;\,b\,;\,c)$. Réciproquement, si un plan $\mathcal{P}$ admet un vecteur normal de coordonnées $(a\,;\,b\,;\,c)$, son équation est de la forme $ax + by + cz + d = 0$ où $d$ est un réel à déterminer.

D'après la question **1. a)**, le plan $(ABC)$ a pour vecteur normal $\vec{n}(3\,;\,2\,;\,6)$.
Donc l'équation est : $3x + 2y + 6z + d = 0$.
Le point $A$ appartient au plan $(ABC)$ donc ses coordonnées vérifient son équation :
$3 \times 2 + 2 \times 0 + 6 \times 0 + d = 0$. D'où $d = -6$.
**Le plan $(ABC)$ a donc pour équation $3x + 2y + 6z - 6 = 0$.**

**2. a)**

**Méthode :** Soit $\mathcal{D}$ la droite passant par le point $A(x_A, y_A, z_A)$ et de vecteur directeur $\vec{u}(a ; b ; c)$.
Alors $\mathcal{D}$ a pour équation paramétrique : $\begin{cases} x = at + x_A \\ y = bt + y_A \\ z = ct + z_A \end{cases}$ avec $t$ réel.

Ici, la droite $(d)$ passe par le point $O$ et a pour vecteur directeur $\vec{n}$ car elle doit être orthogonale au plan $(ABC)$.

**Donc $d$ a pour représentation paramétrique $\begin{cases} x = 3t + 0 \\ y = 2t + 0 \\ z = 6t + 0 \end{cases}$ c'est-à-dire $\begin{cases} x = 3t \\ y = 2t \\ z = 6t \end{cases}$ avec $t$ réel.**

**b)** Soit $H(x ; y ; z)$ le point d'intersection de la droite $(d)$ et du plan $(ABC)$.
Les coordonnées de $H$ doivent vérifier les équations de la droite et du plan.

Donc $\begin{cases} x = 3t \\ y = 2t \\ z = 6t \end{cases}$ et $3x + 2y + 6z - 6 = 0$.

On a ainsi : $3 \times (3t) + 2 \times (2t) + 6 \times (6t) - 6 = 0$ soit $49t - 6 = 0$ puis $t = \dfrac{6}{49}$.

On en déduit alors que $x = \dfrac{18}{49}$, $y = \dfrac{12}{49}$ et $z = \dfrac{36}{49}$.

**Donc $H$ a pour coordonnées $\left(\dfrac{18}{49} ; \dfrac{12}{49} ; \dfrac{36}{49}\right)$.**

**c)** $OH = \sqrt{(x_H - x_0)^2 + (y_H - y_0)^2 + (z_H - z_0)^2} = \sqrt{\left(\dfrac{18}{49}\right)^2 + \left(\dfrac{12}{49}\right)^2 + \left(\dfrac{36}{49}\right)^2}$

$OH = \dfrac{1}{49}\sqrt{18^2 + 12^2 + 36^2} = \dfrac{1}{49}\sqrt{324 + 144 + 1\,296} = \dfrac{1}{49}\sqrt{1\,764}$.

**Donc $OH = \dfrac{42}{49} = \dfrac{6}{7}$.**

**3.** En considérant la base $OAB$ qui est un triangle rectangle en $O$ et la hauteur associée $OC$, on peut calculer le volume de la pyramide $OABC$ :

$V = \dfrac{1}{3}\dfrac{OA \times OB}{2} \times OC$ avec $OA = 2$, $OB = 3$ et $OC = 1$.

D'où $V = \dfrac{1}{3} \times \dfrac{2 \times 3}{2} \times 1 = 1$.

Or, pour calculer le volume de $OABC$, on peut aussi considérer la base $ABC$ et la hauteur $OH$ associée. En effet, par définition, le point $H$ appartient au plan $(ABC)$ et qui est la droite $(d)$ est orthogonale à $(ABC)$.

Donc on a aussi $V = \dfrac{1}{3}\mathcal{A}_{\text{ABC}} \times OH$.

On en déduit que $\mathcal{A}_{\text{ABC}} = \dfrac{3V}{OH} = \dfrac{3 \times 7}{6} \times \dfrac{7}{2}$.

**Le triangle ABC a donc une aire de $\dfrac{7}{2}$ unités d'aire.**

# Exercice au choix A (60 minutes)

***Principaux domaines abordés : limites de fonctions, fonction exponentielle, TVI.***

**1. a.** Soit $M$ un point d'abscisse $x$.
$M$ appartient aux courbes des deux fonctions si et seulement si $f(x) = g(x)$.
Résolvons cette équation :
$f(x) = g(x) \Leftrightarrow x^2e^{-x} = e^{-x} \Leftrightarrow (x^2 - 1)e^{-x} = 0$
$\Leftrightarrow x^2 - 1 = 0$ car, pour tout réel $x$, $e^{-x} \neq 0$
$\Leftrightarrow x = 1$ ou $x = -1$
**Il y a donc deux points d'intersection entre les deux courbes $A(1\ ;\ g(1))$ et B(–1 ; $g(-1)$), c'est-à-dire $A\left(1\ ;\ \frac{1}{e}\right)$ et $B(-1\ ;\ e)$.**

**b)**

**Méthode :** La position relative des deux courbes s'obtient par la résolution d'inéquations.
Si, pour tout $x$ dans un intervalle I, on a $f(x) - g(x) \leqslant 0$, alors la courbe de $f$ est en dessous de celle de $g$.
Si, pour tout $x$ dans un intervalle I, on a $f(x) - g(x) \geqslant 0$, alors la courbe de $f$ est au-dessus de celle de $g$.

$f(x) \geqslant g(x) \Leftrightarrow x^2e^{-x} \geqslant e^{-x} \Leftrightarrow (x^2 - 1)e^{-x} \geqslant 0$
$\Leftrightarrow x^2 - 1 \geqslant 0$ car, pour tout réel $x$, $e^{-x} > 0$
$\Leftrightarrow x^2 \geqslant 1$
$\Leftrightarrow x \leqslant -1$ ou $x \geqslant 1$
**Donc $\mathscr{C}_f$ est au-dessus de $\mathscr{C}_g$ sur $]-\infty\ ;\ -1[\cup]1\ ;\ +\infty[$, et en dessous sur $]-1\ ;\ 1[$.**

**2. a)** $d$ est supposée dérivable sur $[-1\ ;\ 1]$.

**Méthode : Dérivation**
Soient $u$ et $v$ deux fonctions définies sur un intervalle I.
Alors $uv$ et $e^u$ sont dérivables sur I et $(uv)' = u'v + uv'$, $(e^u)' = u'e^u$.

$d'(x) = -e^{-x} - (2xe^{-x} + x^2(-e^{-x}))$ soit $d'(x) = -e^{-x} - 2xe^{-x} + x^2e^{-x}$
**D'où $d'(x) = (x^2 - 2x - 1)e^{-x}$.**

**b)**

**Méthode :** Un polynôme du second degré $P(x) = ax^2 + bx + c$ est du signe du coefficient $a$, sauf entre ses racines.

On étudie le signe de $d'(x)$.
$d'(x) \geqslant 0 \Leftrightarrow x^2 - 2x - 1 \geqslant 0$ car, pour tout réel $x$, $e^{-x} > 0$.
$\Delta = 4 + 4 = 8 = (2\sqrt{2})^2$ ;
donc le polynôme du second degré possède deux racines $1 - \sqrt{2}$ et $1 + \sqrt{2}$.
On en déduit que $d'(x)$ est positif si et seulement si $x \in\ ]-\infty\ ;\ 1 - \sqrt{2}] \cup [1 + \sqrt{2}\ ;\ +\infty[$.
Or ici, l'étude des variations se fait sur $[-1\ ;\ 1]$ et on remarque que $1 + \sqrt{2} > 1$.
**On en déduit que $d$ est croissante sur $[-1{,}1\ ;\ -\sqrt{2}]$ et décroissante sur $[1 - \sqrt{2}\ ;\ 1]$.**

**c)** D'après les variations de $d$ obtenues à la question précédente, on peut affirmer que $d$ possède sur l'intervalle $[-1\ ;\ 1]$ d'un maximum atteint en $1 - \sqrt{2}$.

On a ainsi $x_0 = 1 - \sqrt{2}$.
Alors $M_0N_0 = d(x_0) = e^{-x_0} - x_0^2 e^{-x_0} = (1 - x_0^2)e^{-x_0} M_0N_0 = (1 - (1 - \sqrt{2})^2)e^{-1+\sqrt{2}}$
$= (2\sqrt{2} - 2)e^{-1+\sqrt{2}} \approx 1{,}3$.

**3.** Chercher les points d'intersection entre la droite $\Delta$ et la courbe $\mathscr{C}_g$ revient à résoudre l'équation $g(x) = x + 2$.
Or, $g(x) = x + 2 \Leftrightarrow e^{-x} = x + 2 \Leftrightarrow h(x) = 0$.
$h$ est dérivable sur $\mathbb{R}$ d'après l'énoncé.
$h'(x) = -e^{-x} - 1 < 0$ car, pour tout $x$ réel, $-e^{-x} > 0$.
Donc la fonction $h$ est strictement décroissante sur $\mathbb{R}$.
On calcule ses limites :
$\lim\limits_{x \to +\infty} h(x) = -\infty$ car $\lim\limits_{x \to +\infty} e^{-x} = 0$ et $\lim\limits_{x \to -\infty} h(x) = +\infty$ car $\lim\limits_{x \to -\infty} e^{-x} = +\infty$.
Cette fonction est ainsi continue (car dérivable) et strictement décroissante.
De plus, 0 est compris entre $\lim\limits_{x \to -\infty} f = +\infty$ et $\lim\limits_{x \to +\infty} f = 0$.
L'équation $h(x) = 0$ admet donc une unique solution.
**On en déduit ainsi qu'il n'y a qu'un seul point d'intersection entre la droite $\Delta$ et la courbe $\mathscr{C}_g$.**

## Exercice au choix B (60 minutes)

***Principaux domaines abordés : limites de fonctions, fonction logarithme, tangente, TVI, primitive.***

### Partie I

**1.** $\lim\limits_{x \to +\infty} \ln x = +\infty$ donc $\lim\limits_{x \to +\infty} \mathbf{g(x) = +\infty}$.
$\lim\limits_{x \to 0} \ln x = -\infty$ donc $\lim\limits_{x \to 0} \mathbf{g(x) = -\infty}$.

**2.** La fonction $g$ est dérivable sur $]0 ; +\infty[$ comme somme de fonctions dérivables.
$g'(x) = \dfrac{1}{x} + 2 = \dfrac{1 + 2x}{x}$.
$x \in ]0 ; +\infty[$ donc $x > 0$ et $x + 2 > 0$.
Ainsi $g'(x) > 0$ pour tout $x \in ]0 ; +\infty[$.
**La fonction $g$ est donc strictement croissante sur $]0 ; +\infty[$.**

**3.** La fonction $g$ est continue car dérivable et strictement croissante d'après la question précédente. En utilisant les limites obtenues à la question 1., **l'équation $g(x) = 0$ admet donc une unique solution $a$ dans $]0 ; +\infty[$.**

**4.** $g(1) = \ln 1 + 2 - 2 = 0$.
D'après ce qui précède, on a $a = 1$ est l'unique élément de $]0 ; +\infty[$ tel que $g(a) = 0$.
Comme $g$ est strictement croissante, on en déduit que :
$g(x) < 0$ si $x < 1$, $g(1) = 0$ et $g(x) > 0$ si $x > 1$.

### Partie II

**1. a)** $f$ est dérivable d'après l'énoncé.

> **Méthode :** Soient $u$ et $v$ deux fonctions définies sur un intervalle I alors $uv$ est dérivable sur I et $(uv)' = u'v + uv'$.

Posons $u(x) = 2 - \frac{1}{x}$ et $v(x) = \ln x - 1$. On a alors $u'(x) = \frac{1}{x^2}$ et $v'(x) = \frac{1}{x}$.

D'où $f'(x) = \frac{1}{x^2}(\ln x - 1) + \left(2 - \frac{1}{x}\right)\frac{1}{x} = \frac{\ln x}{x^2} - \frac{1}{x^2} + \frac{2}{x} - \frac{1}{x^2} = \frac{\ln x - 2x + 2}{x^2}$.

On a bien $f'(x) = \frac{g(x)}{x^2}$.

**b)** Le signe de $f'$ est celui de $g$, qui a été obtenu à la question **I.4.** car $x^2 > 0$ sur $\mathbb{R}_+^*$.
Donc $f'(x) < 0$ si $x < 1$, $f'(1) = 0$ et $f'(x) > 0$ si $x > 1$.
On a alors :

| $x$ | $0$ | | $1$ | | $+\infty$ |
|---|---|---|---|---|---|
| $f'(x)$ | | $-$ | $0$ | $+$ | |
| $f$ | | ↘ | $-1$ | ↗ | |

**2.** $f(x) = 0 \Leftrightarrow \left(2 - \frac{1}{x}\right)(\ln x - 1) = 0 \Leftrightarrow 2 - \frac{1}{x}$ ou $\ln x - 1 = 0 \Leftrightarrow x = \frac{1}{2}$ ou $x = \mathrm{e}$

L'équation $f(x) = 0$ possède donc deux solutions $\frac{1}{2}$ et e.

En utilisant le tableau de variation précédent, on en déduit le tableau de signe de $f$ :

| $x$ | $0$ | | $\frac{1}{2}$ | | $\mathrm{e}$ | | $+\infty$ |
|---|---|---|---|---|---|---|---|
| $f(x)$ | | $+$ | $0$ | $-$ | $0$ | $+$ | |

## Partie III

**1.** $F$ a pour dérivée $f$, donc le signe de $f$ obtenu à la question **II. 2.** nous donne le signe de $F'$.

Donc $F'(x) \geqslant 0$ si $x \in \left]-\infty\,;\,\frac{1}{2}\right] \cup [\mathrm{e}\,;\,+\infty[$ et $F'(x) \leqslant 0$ si $x \in \left[\frac{1}{2}\,;\,\mathrm{e}\right]$.

**Ainsi, $F$ est croissante sur $\left]-\infty\,;\,\frac{1}{2}\right] \cup [\mathrm{e}\,;\,+\infty[$ et décroissante sur $\left[\frac{1}{2}\,;\,\mathrm{e}\right]$.**

**2.**

> **Rappel de cours : Équation d'une tangente**
> Soit *f* une fonction définie et dérivable en *a*.
> Alors la courbe représentative de *f* admet en *a* une tangente qui a pour coefficient directeur *f'*(*a*) et dont l'équation est *y* = *f'*(*a*)(*x* – *a*) + *f*(*a*).

La tangente en un point d'abscisse $x_0$ à la courbe $\mathscr{C}_F$ sera parallèle à l'axe des abscisses si et seulement si elle a un coefficient directeur nul, c'est-à-dire si et seulement si $F'(x_0) = 0$.

Soit encore si et seulement si $f(x_0) = 0$. On en déduit que $x_0 = \frac{1}{2}$ ou $x_0 = \mathrm{e}$.

**Donc la courbe $\mathscr{C}_F$ admet des tangentes parallèles à l'axe des abscisses en deux points d'abscisses respectives $\frac{1}{2}$ et e.**

# Analyse

# Suites et limites

Les calculatrices sont autorisées conformément à la réglementation en vigueur

AIDE-MÉMOIRE p. 263

## SUJET 3

60 min **5 points**

### Partie A

Soit $(u_n)$ la suite définie par son premier terme $u_0$ et, pour tout entier naturel $n$, par la relation $u_{n+1} = au_n + b$ ($a$ et $b$ réels non nuls tels que $a \neq 1$).

On pose, pour tout entier naturel $n$, $v_n = u_n - \dfrac{b}{1-a}$.

**1.** Démontrer que la suite $(v_n)$ est géométrique de raison $a$.

**2.** En déduire que, si $a$ appartient à l'intervalle $]-1\,;\,1[$, alors la suite $(u_n)$ a pour limite $\dfrac{b}{1-a}$.

### Partie B

En mars 2015, Max achète une plante verte mesurant 80 cm. On lui conseille de la tailler tous les ans, au mois de mars, en coupant un quart de sa hauteur. La plante poussera alors de 30 cm au cours des douze mois suivants.

Dès qu'il rentre chez lui, Max taille sa plante.

**1.** Quelle sera la hauteur de la plante en mars 2016 avant que Max ne la taille ?

**2.** Pour tout entier naturel $n$, on note $h_n$ la hauteur de la plante, avant sa taille, en mars de l'année $(2015+n)$.

**a)** Justifier que, pour tout entier naturel $n$, $h_{n+1} = 0,75h_n + 30$.

**b)** Conjecturer à l'aide de la calculatrice le sens de variations de la suite $(h_n)$. Démontrer cette conjecture (on pourra utiliser un raisonnement par récurrence).

**c)** La suite $(h_n)$ est-elle convergente ? Justifier la réponse.

## Corrigé du sujet 3

*Les textes sur fond jaune apparaissant dans ce corrigé sont des rappels de cours ou des commentaires pour vous guider et vous aider.*

### Partie A

**1.** On pose $v_n = u_n - \frac{b}{1-a}$.

$$v_{n+1} = u_{n+1} - \frac{b}{1-a} = a \times u_n + b - \frac{b}{1-a} = a \times u_n + \frac{b(1-a)-b}{1-a} = a \times u_n - \frac{ab}{1-a}$$

$$v_{n+1} = a\left(u_n - \frac{b}{1-a}\right) = a \times v_n.$$

Donc **la suite $(v_n)$ est une suite géométrique de raison $a$ et de premier terme $v_0 = u_0 - \frac{b}{1-a}$**.

**2.**

**Méthode :** Expression explicite d'un terme $u_n$ d'une suite géométrique de raison $q$ connaissant le terme $u_p$ :

$$u_n = u_p \times q^{n-p}$$

D'après la question précédente, $v_n = v_0 \times a^n = \left(u_0 - \frac{b}{1-a}\right)a^n$, pour tout entier naturel $n$.

Or, $a \in ]-1\,;1[$, donc $\lim\limits_{n\to+\infty} a^n = 0$ et, ainsi, $\lim\limits_{n\to+\infty} v_n = 0$.

Comme $u_n = v_n + \frac{b}{1-a}$ pour tout $n$ de $\mathbb{N}$, on en déduit $\lim\limits_{n\to+\infty} u_n = \frac{b}{1-a}$.

### Partie B

**1.** On coupe le quart de la hauteur de la plante : il ne reste donc que les trois quarts de cette plante ; elle mesure après la coupe $80 \times \frac{3}{4} = 60$ cm. Puis elle croît de 30 cm.

**En mars 2016, elle mesure donc 90 cm.**

**2. a)** On reproduit le raisonnement ci-dessus avec une hauteur initiale $h_n$ et on obtient la formule :

$$h_{n+1} = \frac{3}{4}h_n + 30\,.$$

**b)** Conjecture : on établit un tableau de valeurs de la suite $(h_n)$ avec la calculatrice :

| $n$ | 0 | 1 | 2 | 3 |
|---|---|---|---|---|
| $h_n$ | 80 | 90 | 97,5 | 103,25 |

**La suite semble donc strictement croissante.**

**Méthode : Démonstration par récurrence**
- On pose une propriété $P_n$.
- On initialise la récurrence en montrant que cette propriété est vraie au premier rang de la suite.
- On montre l'hérédité de la propriété.

Démontrons notre conjecture par récurrence sur l'entier naturel $n$.
Soit $P_n$ : pour un entier naturel $n$, $h_n < h_{n+1}$.
- **Initialisation :** $h_0 < h_1$, d'après le tableau de valeurs, donc $P_0$ est vraie.
- **Hérédité :** supposons $P_n$ vraie pour un certain entier naturel $n$ et montrons qu'alors $P_{n+1}$ est vraie ;

On a : $h_n < h_{n+1} \Rightarrow \frac{3}{4}h_n < \frac{3}{4}h_{n+1} \Rightarrow \frac{3}{4}h_n + 30 < \frac{3}{4}h_{n+1} + 30 \Rightarrow h_{n+1} < h_{n+2}$ ;

d'où $P_{n+1}$ est vraie si $P_n$ l'est
- **Conclusion :** la propriété $P_n$ est donc vraie pour tout entier naturel $n$.

**La suite $(h_n)$ est donc strictement croissante.**

**c)** On utilise maintenant les résultats de la **partie A** avec ses notations :

$$h_{n+1} = \frac{3}{4}h_n + 30 \text{ donne } \begin{cases} a = \frac{3}{4} \in ]-1\,;1[ \\ b = 30. \end{cases}$$

On en déduit ainsi que $\lim\limits_{n\to+\infty} h_n = \frac{b}{1-a} = \frac{30}{1-\frac{3}{4}} = 120.$

**Donc la suite $(h_n)$ est convergente.**

AIDE-MÉMOIRE p. 263

# SUJET 4

50 min **4 points**

On considère la suite $(u_n)_{n\in\mathbb{N}}$, définie par $u_0 = 1$ et, pour tout $n \in \mathbb{N}$ : $u_{n+1} = \dfrac{1}{3}u_n + n - 2$.

**1.** Calculer $u_1$, $u_2$ et $u_3$.

**2. a)** Démontrer que, pour tout entier naturel $n \geqslant 4$, $u_n \geqslant 0$.

**b)** En déduire que, pour tout entier naturel $n \geqslant 5$, $u_n \geqslant n - 3$.

**c)** En déduire la limite de la suite $(u_n)_{n\in\mathbb{N}}$.

**3.** On définit la suite $(v_n)_{n\in\mathbb{N}}$ par, pour tout $n \in \mathbb{N}$, $v_n = -2u_n + 3n - \dfrac{21}{2}$.

**a)** Démontrer que la suite $(v_n)_{n\in\mathbb{N}}$ est une suite géométrique dont on donnera la raison et le premier terme.

**b)** En déduire que, pour tout $n \in \mathbb{N}$, $u_n = \dfrac{25}{4}\left(\dfrac{1}{3}\right)^n + \dfrac{3}{2}n - \dfrac{21}{4}$.

**c)** Soit la somme $S_n$ définie pour tout entier naturel $n$ par $S_n = \sum\limits_{k=0}^{n} u_k$.

Déterminer l'expression de $S_n$ en fonction de $n$.

## Corrigé du sujet 4

*Les textes sur fond jaune apparaissant dans ce corrigé sont des rappels de cours ou des commentaires pour vous guider et vous aider.*

**1.** $\begin{cases} u_0 = 1 \\ u_{n+1} = \dfrac{1}{3}u_n + n - 2 \end{cases}$, pour tout $n$ de $\mathbb{N}$, d'où :

• $u_1 = \dfrac{1}{3}u_0 + 0 - 2 = \dfrac{1}{3} - 2 = \mathbf{-\dfrac{5}{3}}$.

• $u_2 = \dfrac{1}{3}u_1 + 1 - 2 = \dfrac{1}{3} \times \left(-\dfrac{5}{3}\right) - 1 = \mathbf{-\dfrac{14}{9}}$.

• $u_3 = \dfrac{1}{3}u_2 + 2 - 2 = \dfrac{1}{3} \times \left(-\dfrac{14}{9}\right) = \mathbf{-\dfrac{14}{27}}$.

**2. a)**

**Rappel de cours : Démonstration par récurrence**
- On pose une propriété $P_n$.
- On initialise la récurrence en montrant que cette propriété est bien vraie au premier rang de la suite.
- On montre ensuite l'hérédité de la propriété.

Soit $P_n$ : « $u_n \geqslant 0$ », pour $n \geqslant 4$.

• **Initialisation :** $u_4 = \frac{1}{3}u_3 + 3 - 2 = \frac{67}{81} \geqslant 0$.

Donc la propriété est vraie pour $n = 4$.

• **Hérédité :** supposons que $P_n$ soit vraie pour $n$ entier naturel supérieur à 4 fixé et vérifions que $P_{n+1}$ est vraie.

$$u_{n+1} = \frac{1}{3}u_n + n - 2 \geqslant 0 \text{ car } \begin{cases} n \geqslant 4 \text{ donc } n-2 \geqslant 2, \text{ puis } n-2 \geqslant 0 \\ u_n \geqslant 0 \text{ hypothèse de récurrence, donc } \frac{1}{3}u_n \geqslant 0. \end{cases}$$

$P_n$ est donc héréditaire.

Finalement, on a montré par récurrence que **$u_n \geqslant 0$, pour tout entier $n \geqslant 4$.**

**b)** Soit $P_n$ : « $u_n \geqslant n - 3$ », pour $n \geqslant 5$.

• **Initialisation :** $u_5 = \frac{1}{3}u_4 + 4 - 2 = \frac{553}{243} \geqslant 2$, donc $u_5 \geqslant 5 - 3$.

Donc la propriété est vraie pour $n = 4$.

• **Hérédité :** supposons que $P_n$ soit vraie pour $n$ entier naturel supérieur à 5 fixé et vérifions que $P_{n+1}$ est vraie.

D'après la question **2. a)**, $u_n \geqslant 0$, pour tout entier $n \geqslant 4$, donc $\frac{1}{3}u_n + n - 2 \geqslant n - 2$.

Ainsi $u_{n+1} \geqslant n - 2 = (n+1) - 3$. $P_n$ est donc héréditaire.

Finalement, on a montré par récurrence que **$u_n \geqslant n - 3$, pour tout entier $n \geqslant 5$.**

**c)** $$\left.\begin{array}{l} \lim\limits_{n \to +\infty} n - 3 = +\infty \\ u_n \geqslant n - 3, \text{ pour tout entier } n \geqslant 5 \end{array}\right\} \text{ donc } \lim\limits_{n \to +\infty} u_n = +\infty,$$ d'après les théorèmes de comparaison.

**3. a)** On a
$$\begin{aligned} v_{n+1} &= -2u_{n+1} + 3(n+1) - \frac{21}{2} \\ &= -2\left(\frac{1}{3}u_n + n - 2\right) + 3n + 3 - \frac{21}{2} \\ &= -\frac{2}{3}u_n + n - \frac{7}{2} \\ &= \frac{1}{3}\left(-2u_n + 3n - \frac{21}{2}\right) = \frac{1}{3}v_n. \end{aligned}$$

Ainsi, la suite $(v_n)_{n\in\mathbb{N}}$ **est une suite géométrique de raison $\frac{1}{3}$ et de premier terme $v_0 = -2u_0 + 0 - \frac{21}{2} = -\frac{25}{2}$.**

**b)** D'après la question **3. a)**, $v_n = -\frac{25}{2}\left(\frac{1}{3}\right)^n$, pour tout $n$ de $\mathbb{N}$.

De plus, $u_n = -\frac{1}{2}v_n + \frac{3}{2}n - \frac{21}{4}$, car $v_n = -2u_n + 3n - \frac{21}{2}$.

Donc $\boldsymbol{u_n = \frac{25}{4}\left(\frac{1}{3}\right)^n + \frac{3}{2}n - \frac{21}{4}}$**, pour tout $n$ de $\mathbb{N}$.**

**c)**

**Rappel de cours : Somme des termes consécutifs d'une suite géométrique $(u_n)_{n\in\mathbb{N}}$ de raison $q$**

$$\sum_{k=p}^{n} u_k = \begin{cases} u_p\dfrac{1-q^{n-p+1}}{1-q}, \text{ si } q \neq 1, \\ n-p+1, \text{ si } q = 1. \end{cases}$$

$$S_n = \frac{25}{4}\sum_{k=0}^{n}\left(\frac{1}{3}\right)^k + \frac{3}{2}\sum_{k=0}^{n} k - \frac{21}{4}\sum_{k=0}^{n} 1$$

$$= \frac{25}{4} \times \frac{1-\left(\frac{1}{3}\right)^{n+1}}{1-\frac{1}{3}} + \frac{3}{2} \times \frac{n(n+1)}{2} - \frac{21}{4}(n+1)$$

$$= \boldsymbol{\frac{75}{8}\left[1-\left(\frac{1}{3}\right)^{n+1}\right] + \frac{3n^2}{4} - \frac{9n}{2} - \frac{21}{4}}.$$

AIDE-MÉMOIRE p. 263

## SUJET 5

35 min 3 points

### Partie A

On considère la fonction $f$ définie sur l'intervalle $]0\,;+\infty[$ par :

$$f(x) = \frac{x}{e^x - 1}.$$

#### 1. Restitution organisée de connaissances

La fonction exponentielle est l'unique fonction $g$ dérivable sur $\mathbb{R}$ vérifiant :

$$\begin{cases} g'(x) = g(x), \text{ pour tout } x \in \mathbb{R}. \\ g(0) = 1 \end{cases}$$

Démontrer que $\lim\limits_{h \to 0} \dfrac{e^h - 1}{h} = 1$.

2. Déterminer la limite de la fonction $f$ en 0.
3. Déterminer la limite de la fonction $f$ en $+\infty$.

**Partie B**

Soit $(u_n)$ la suite définie pour $n$ entier supérieur ou égal à 1 par :

$$u_n = \frac{1}{n}\left[1 + e^{\frac{1}{n}} + e^{\frac{2}{n}} + \ldots + e^{\frac{n-1}{n}}\right].$$

1. Démontrer que $1 + e^{\frac{1}{n}} + e^{\frac{2}{n}} + \ldots + e^{\frac{n-1}{n}} = \dfrac{1-e}{1-e^{\frac{1}{n}}}$,

puis en déduire que : $u_n = (e-1)f\left(\dfrac{1}{n}\right)$.

2. En déduire, en utilisant aussi la **Partie A**, que la suite $(u_n)$ converge vers $e - 1$.

## Corrigé du sujet 5

*Les textes sur fond jaune apparaissant dans ce corrigé sont des rappels de cours ou des commentaires pour vous guider et vous aider.*

**Partie A**

1. La limite demandée s'interprète comme la limite d'un taux d'accroissement :

$$\lim_{h\to 0}\frac{e^h-1}{h} = \lim_{h\to 0}\frac{g(h)-g(0)}{h-0} = g'(0)$$ car $g$ est dérivable pour tout $h$ de $\mathbb{R}$

$$= g(0)$$ car $g'(x) = g(x)$, pour tout $x$ de $\mathbb{R}$ par hypothèse.

$$= \mathbf{1}$$

2. $$\lim_{x\to 0}\frac{x}{e^x-1} = \lim_{x\to 0}\frac{1}{\left(\dfrac{e^x-1}{x}\right)} = \mathbf{1}$$ d'après la question précédente et par limite d'un quotient.

3. $$\lim_{x\to +\infty}\frac{e^x-1}{x} = \lim_{x\to +\infty}\left(\frac{e^x}{x}-\frac{1}{x}\right) = +\infty$$ car $\lim\limits_{x\to +\infty}\dfrac{1}{x} = 0$ et $\lim\limits_{x\to +\infty}\dfrac{e^x}{x} = +\infty$ d'après les croissances comparées.

On en déduit que $\lim\limits_{x\to +\infty}\dfrac{x}{e^x-1} = \mathbf{0}$ par limite d'un inverse.

### Partie B

**1.**

**Rappel de cours :** La somme des termes consécutifs d'une suite géométrique $(u_n)_{n\in\mathbb{N}}$ de raison $q$ est :

$$\sum_{k=p}^{n} u_k = \begin{cases} u_p \times \dfrac{1-q^{n-p+1}}{1-q} & \text{si } q \neq 1 \\ n-p+1 & \text{si } q = 1. \end{cases}$$

$$\mathbf{1 + e^{\frac{1}{n}} + e^{\frac{2}{n}} + \ldots + e^{\frac{n-1}{n}}} = 1 + e^{\frac{1}{n}} + \left(e^{\frac{1}{n}}\right)^2 + \ldots + \left(e^{\frac{1}{n}}\right)^{n-1}$$

$$= \frac{1-\left(e^{\frac{1}{n}}\right)^n}{1-e^{\frac{1}{n}}}$$

$$= \mathbf{\frac{1-e}{1-e^{\frac{1}{n}}}},$$

car c'est la somme de $n$ termes consécutifs d'une suite géométrique de raison $e^{\frac{1}{n}} \neq 1$ pour tout $n$ de $\mathbb{N}$.

D'où $\boldsymbol{u_n} = \dfrac{1}{n}\left(1 + e^{\frac{1}{n}} + e^{\frac{2}{n}} + \ldots + e^{\frac{n-1}{n}}\right)$

$$= \frac{1}{n}\,\frac{1-e}{1-e^{\frac{1}{n}}} = \frac{1}{n}\,\frac{e-1}{e^{\frac{1}{n}}-1}$$

$$= (e-1)\frac{\left(\frac{1}{n}\right)}{e^{\frac{1}{n}}-1}$$

$$= \mathbf{(e-1)\,f\left(\frac{1}{n}\right)}.$$

**2.**

**Rappel de cours : Théorème des limites de fonctions composées**

Soient $f$, $g$ deux fonctions et $a$, $b$, $c$ désignant des réels ou $+\infty$ ou $-\infty$.

Si $\left.\begin{array}{l} \lim\limits_{x\to a} f(x) = b \\ \lim\limits_{x\to b} g(x) = c \end{array}\right\}$, alors $\lim\limits_{x\to a} (g \circ f)(x) = c$.

$\left.\begin{array}{l} \lim\limits_{n\to+\infty} \dfrac{1}{n} = 0 \\ \lim\limits_{x\to 0} f(x) = 1 \end{array}\right\}$ donc $\lim\limits_{n\to+\infty} f\left(\dfrac{1}{n}\right) = 1$, d'après le théorème sur les limites de fonctions composées.

On en déduit que $\lim\limits_{n\to+\infty} \boldsymbol{u_n} = (e-1)\times 1 = \mathbf{e-1}.$

AIDE-MÉMOIRE p. 263

# SUJET 6

1 h 15 7 points

## Partie A – Démonstration de cours

**Prérequis : définition d'une suite tendant vers + ∞**

*« Une suite tend vers + ∞ si, pour tout réel* A, *tous les termes de la suite sont, à partir d'un certain rang, supérieurs à* A. *»*

Démontrer le théorème suivant : une suite croissante non majorée tend vers + ∞.

## Partie B

On considère la fonction $f$ définie sur l'intervalle $[0\ ;+\infty[$ par :

$$f(x) = \ln(x+1) + \frac{1}{2}x^2.$$

La courbe $(C)$ représentative de la fonction $f$ dans un repère orthogonal est donnée en **annexe** en fin d'énoncé. Cette **annexe** sera complétée et remise avec la copie à la fin de l'épreuve.

**1.** Étudier le sens de variation de la fonction $f$ sur l'intervalle $[0\ ;+\infty[$.

**2.** Déterminer une équation de la tangente $(T)$ à la courbe $(C)$ au point d'abscisse 0.

**3.** Tracer la droite (T) sur le graphique de l'**annexe**.

Dans la suite de l'exercice, on admet que, sur l'intervalle $]0\ ;+\infty[$, la courbe (C) est située au-dessus de la droite (T).

## Partie C

On considère la suite $(u_n)$ définie sur $\mathbb{N}$ par :

$$u_0 = 1, \text{ et pour tout entier naturel } n,\ u_{n+1} = f(u_n).$$

**1.** Construire sur l'axe des abscisses les cinq premiers termes de la suite $(u_n)$ en laissant apparents les traits de construction (utiliser le graphique de l'**annexe**).

**2.** À partir de ce graphique, que peut-on conjecturer concernant le sens de variation de la suite $(u_n)$ et son comportement lorsque $n$ tend vers $+\infty$ ?

**3. a)** Montrer à l'aide d'un raisonnement par récurrence que, pour tout entier naturel $n$, $u_n \geqslant 1$.

**b)** Montrer que la suite $(u_n)$ est croissante.

**c)** Montrer que la suite $(u_n)$ n'est pas majorée.

**d)** En déduire la limite de la suite $(u_n)$.

**Annexe**

Représentation graphique de la fonction $f$ obtenue à l'aide d'un tableur.

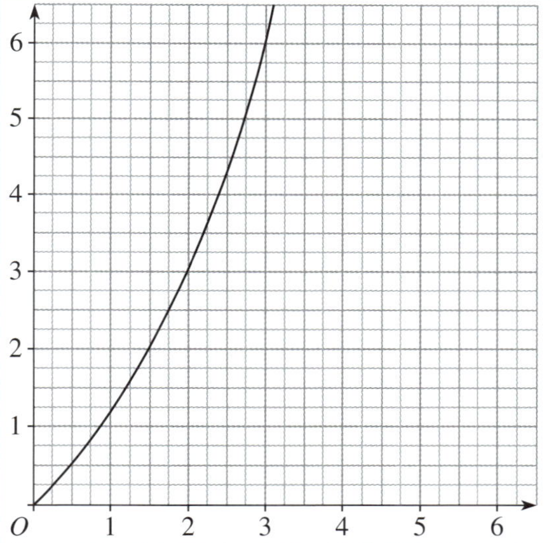


## Corrigé du sujet 6

*Les textes sur fond jaune apparaissant dans ce corrigé sont des rappels de cours ou des commentaires pour vous guider et vous aider.*

### Partie A

On suppose que $(u_n)$ est une suite croissante et non majorée.
Soit $A$ un réel quelconque.
La suite $(u_n)$ n'est pas majorée ; $A$ n'est donc pas un majorant de cette suite, ce qui signifie qu'il existe un entier naturel $n_0$ tel que $u_{n_0} > A$.
De plus, la suite $(u_n)$ étant croissante, tous les termes de la suite à partir du rang $n_0$ sont supérieurs à $A$. Ainsi, **la suite $(u_n)$ tend vers $+\infty$.**

## Partie B

**1.**

**Méthode :** Attention ! À cette question, on vous demande les variations de la fonction $f$ et non le tableau de variations ; autrement dit, il faut décrire les variations à l'aide d'une phrase.

$x \mapsto x + 1$ est dérivable sur $\mathbb{R}$
$x \mapsto \ln x$ est dérivable sur $\mathbb{R}_+^*$
$x + 1 \geqslant 1 > 0$ pour tout $x$ de $\mathbb{R}_+$,
ainsi $x \mapsto \ln(x + 1)$ est dérivable sur $\mathbb{R}_+$ comme composée de fonctions dérivables.

$x \mapsto \dfrac{1}{2}x^2$ est dérivable sur $\mathbb{R}_+$ comme polynôme de degré 2.

Finalement, $f$ est dérivable sur $\mathbb{R}_+$ comme somme de deux fonctions dérivables sur $\mathbb{R}_+$.

$f'(x) = \dfrac{1}{x+1} + x > 0$, car $x \in \mathbb{R}_+$ et $\dfrac{1}{x+1} > 0$, pour tout $x$ de $\mathbb{R}_+$.

On en conclut que ***f* est strictement croissante sur $\mathbb{R}_+$.**

**2.** On a montré à la question **B-1.** que $f$ est dérivable sur $\mathbb{R}_+$ ; $f$ est donc dérivable en 0 et la courbe de $f$ admet une tangente au point d'abscisse 0 de la forme :
$y = f'(0)(x - 0) + f(0)$,
soit $\boldsymbol{y = x}$.

**3.** Voir ci-après.

## Partie C

**1.**

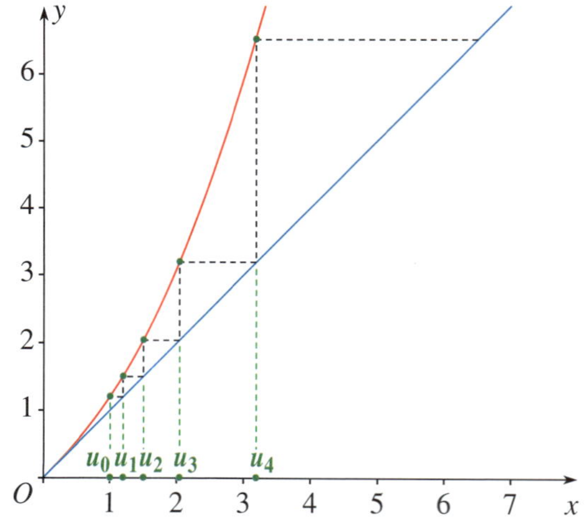


**2.** On peut conjecturer que la suite (un) est croissante et tend vers + ∞ en + ∞.

**3. a)**

**Rappel de cours : Démonstration par récurrence**
- On pose une propriété $P_n$.
- On initialise la récurrence en montrant que cette propriété est bien vraie au premier rang de la suite.
- On montre ensuite l'hérédité de la propriété.

Soit $P_n$ la propriété « $u_n \geqslant 1$ », pour tout $n$ de $\mathbb{N}$.

- **Initialisation :** pour $n = 0$, on a $u_0 = 1 \geqslant 1$.

Donc la propriété $P_0$ est vraie.

- **Hérédité :** supposons la propriété $P_n$ vraie pour un entier $n$ fixé et vérifions qu'alors $P_{n+1}$ est vérifiée :

$u_n \geqslant 1$, par hypothèse de récurrence
$f(u_n) \geqslant f(1)$, car $f$ est strictement croissante sur $\mathbb{R}_+$ d'après la question **B-1.**
$f(u_n) \geqslant 1$, car $f(1) = \ln 2 + \dfrac{1}{2} \approx 1{,}19$, donc $f(1) > 1$.
$u_{n+1} \geqslant 1$, car $f(u_n) = u_{n+1.}$

Donc la propriété $P_n$ est héréditaire.
Finalement, on a montré par récurrence que **$u_n \geqslant 1$, pour tout $n$ entier naturel.**

**b)** Soit $P_n$, la propriété « $u_{n+1} \geqslant u_n$ », pour tout $n$ de $\mathbb{N}$.

- **Initialisation :** pour $n = 0$, on a $u_1 = f(u_0) = f(1) = \ln 2 + \dfrac{1}{2} > 1 = u_0$.

Donc la propriété $P_0$ est vraie.

- **Hérédité :** supposons la propriété $P_n$ vraie pour un entier $n$ fixé et vérifions qu'alors $P_{n+1}$ est vérifiée :

$u_{n+1} \geqslant u_n$, par hypothèse de récurrence
$f(u_{n+1}) \geqslant f(u_n)$, car $f$ est strictement croissante sur $\mathbb{R}_+$ d'après la question **B-1.**
$u_{n+2} \geqslant u_{n+1}$.

Donc la propriété $P_n$ est héréditaire.
Finalement, on a montré par récurrence que **$u_{n+1} \geqslant u_n$, pour tout $n$ entier naturel.**

**c)**

**Méthode :** On utilise un raisonnement par l'absurde.

Supposons que la suite $(u_n)$ soit majorée.
$(u_n)$ est alors une suite croissante majorée ; elle converge donc vers un réel $l$. Or :

$$\left.\begin{array}{r} u_{n+1} = f(u_n) \\ f \text{ est continue sur } \mathbb{R}_+, \text{ car } f \text{ est dérivable sur } \mathbb{R}_+ \end{array}\right\} \text{ d'où } f(l) = l.$$

$$\text{De plus, } \left\{\begin{array}{l} f(x) > x, \text{ pour tout } x > 0, \text{ car on a supposé que } (C) \text{ était au-dessus de sa tangente sur } \mathbb{R}_+^* \\ l \neq 0, \text{ car } l \geqslant 1, \text{ puisque } u_n \geqslant 1, \text{ pour tout entier naturel } n \end{array}\right.$$

ceci contredit l'égalité $f(l) = l$.
En conséquence, **la suite $(u_n)$ n'est pas majorée.**

**d)** La suite est croissante et non majorée, donc $(u_n)$ diverge et $\lim\limits_{n \to +\infty} u_n = +\infty$.

AIDE-MÉMOIRE p. 263

# SUJET 7

60 min 5 points

On considère la suite $(u_n)$ définie par $u_0 = 1$ et, pour tout entier naturel $n$ :

$$u_{n+1} = \sqrt{2u_n}.$$

**1.** On considère l'algorithme suivant :

```
Saisir n
u ← 1
Pour i allant de 1 à n faire
    u ← √(2u)
Afficher u
```

**a)** Donner une valeur approchée à $10^{-4}$ près du résultat qu'affiche cet algorithme lorsque l'on choisit $n = 3$.

**b)** Que permet de calculer cet algorithme ?

**c)** Le tableau ci-dessous donne des valeurs approchées obtenues à l'aide de cet algorithme pour certaines valeurs de $n$ :

| $n$ | 1 | 5 | 10 | 15 | 20 |
|---|---|---|---|---|---|
| **Valeur affichée** | 1,414 2 | 1,957 1 | 1,998 6 | 1,999 9 | 1,999 9 |

Quelles conjectures peut-on émettre concernant la suite $(u_n)$ ?

**2. a)** Démontrer que, pour tout entier naturel $n$, $0 < u_n \leqslant 2$.

**b)** Déterminer le sens de variation de la suite $(u_n)$.

**c)** Démontrer que la suite $(u_n)$ est convergente. On ne demande pas la valeur de sa limite.

**3.** On considère la suite $(v_n)$ définie, pour tout entier naturel $n$, par :

$$v_n = \ln u_n - \ln 2.$$

**a)** Démontrer que la suite $(v_n)$ est la suite géométrique de raison $\frac{1}{2}$ et de premier terme $v_0 = -\ln 2$.

**b)** Déterminer, pour tout entier naturel $n$, l'expression de $v_n$ en fonction de $n$, puis de $u_n$ en fonction de $n$.

**c)** Déterminer la limite de la suite $(u_n)$.

**d)** Recopier l'algorithme ci-dessous et le compléter de façon à afficher en sortie la plus petite valeur de $n$ telle que $u_n > 1{,}999$.

```
n ← 0
u ← 1
  ⋮
```

## Corrigé du sujet 7

*Les textes sur fond jaune apparaissant dans ce corrigé sont des rappels de cours ou des commentaires pour vous guider et vous aider.*

### Partie A

**1. a)** Initialisation : $n = 3$

$u = 1$

Traitement : étape 1 $i = 1$, $u = \sqrt{2 \times 1} = \sqrt{2}$

étape 2 $i = 2$, $u = \sqrt{2 \times \sqrt{2}}$

étape 3 $i = 3$, $u = \sqrt{2 \times \sqrt{2 \times \sqrt{2}}}$

fin de la boucle Pour

Sortie : **on affiche** $u = \sqrt{2 \times \sqrt{2 \times \sqrt{2}}}$

**b) Cet algorithme permet de calculer $u_n$, le $(n+1)^{ème}$ terme de la suite $(u_n)$.**

**c)**

**Remarque :** Il faut être attentif à la formulation de la question, le terme « conjectures » est au pluriel, il faut donc dire le maximum de propriétés sur cette suite. On peut aussi s'aider des questions suivantes qui vont chercher à nous faire démontrer ces propriétés.

On peut, d'après le tableau de valeurs, conjecturer que la suite $(u_n)$ est strictement positive, croissante et convergente vers 2.

**2. a)**

**Méthode : Démonstration par récurrence**
- On pose une propriété $P_n$.
- On initialise la récurrence en montrant que cette propriété est vraie au rang 1er rang de la suite
- On montre l'hérédité de la propriété.

Utilisons un raisonnement par récurrence.
Soit la propriété $P_n$ : $0 < u_n \leqslant 2$ pour tout $n \in \mathbb{N}$.

• **Initialisation** : $u_0 = 1$, donc $P_0$ est vraie.

• **Hérédité** : Supposons qu'il existe un entier $n$ tel que $P_n$ soit vraie et vérifions que $P_{n+1}$ est encore vraie.
Si $0 < u_n \leqslant 2$, alors :

$0 < 2u_n \leqslant 4$ ;

$0 < \sqrt{2u_n} \leqslant \sqrt{4}$ car la fonction racine carrée est strictement croissante sur $[0 ; +\infty[$ ;

$0 < u_{n+1} \leqslant 2$.

On a donc prouvé par récurrence que, **pour tout entier $n \geqslant 0$, $0 < u_n \leqslant 2$.**

**b)** Utilisons un raisonnement par récurrence :
Soit la propriété $P_n$ : $u_n \leqslant u_{n+1}$ pour tout $n \in \mathbb{N}$.

• **Initialisation** : $u_0 = 1$ et $u_1 = \sqrt{2}$, donc $P_0$ est vraie.

• **Hérédité** : Supposons qu'il existe un entier $n$ tel que $P_n$ soit vraie et vérifions que $P_{n+1}$ est encore vraie.
Si $u_n \leqslant u_{n+1}$ alors :

$2u_n \leqslant 2u_{n+1}$ ;

$\sqrt{2u_n} \leqslant \sqrt{2u_{n+1}}$ car la fonction racine carrée est strictement croissante sur $[0, +\infty[$ ;

$u_{n+1} \leqslant u_{n+2}$.

On a donc prouvé par récurrence que, pour tout entier $n \geqslant 0$, $u_n \leqslant u_{n+1}$.
**La suite $(u_n)$ est donc croissante.**

**c)** D'après les deux questions précédentes, la suite $(u_n)$ est croissante et majorée par 2.
**La suite $(u_n)$ est donc convergente.**

**3. a)**

**Méthode :** On utilise les formules : $\ln a + \ln b = \ln ab$ et $\ln \sqrt{a} = \frac{1}{2} \ln a$ pour $a$ et $b$ de $\mathbb{R}_+^*$.

$v_{n+1} = \ln u_{n+1} - \ln 2 = \ln \sqrt{2u_n} - \ln 2 = \ln \sqrt{2} + \ln \sqrt{u_n} - \ln 2$

$v_{n+1} = \frac{1}{2} \ln 2 + \frac{1}{2} \ln u_n - \ln 2 = \frac{1}{2} \ln u_n - \frac{1}{2} \ln 2 = \frac{1}{2} (\ln u_n - \ln 2) = \frac{1}{2} v_n$.

**Donc la suite $(v_n)$ est géométrique de raison $\frac{1}{2}$ et de premier terme :**
**$v_0 = \ln u_0 - \ln 2 = \ln 1 - \ln 2 = -\ln 2$.**

**b)**

**Méthode :** L'expression explicite d'un terme $u_n$ d'une suite géometrique est de raison $q$ connaissant le terme $u_p$ est $u_n = u_p \times q^{n-p}$.

Pour tout entier $n$ : $v_n = v_0 \times \left(\frac{1}{2}\right)^n = -\ln 2 \times \left(\frac{1}{2}\right)^n$.

$v_n = \ln u_n - \ln 2$, donc $\ln u_n = v_n + \ln 2$, puis $u_n = \mathrm{e}^{v_n + \ln 2}$.
Donc, pour tout entier $n$ :

$$u_n = \mathrm{e}^{v_n + \ln 2} = \mathrm{e}^{-\ln 2 \times \left(\frac{1}{2}\right)^n + \ln 2} = \mathrm{e}^{-\ln 2 \times \left(\frac{1}{2}\right)^n} \mathrm{e}^{\ln 2} = \mathbf{2e}^{-\ln 2 \times \left(\frac{1}{2}\right)^n}.$$

**c)**

**Méthode :** $\lim\limits_{k \to +\infty} k^n = 0$ si $-1 < k < 1$.

$-1 < \frac{1}{2} < 1$, donc $\lim\limits_{n \to +\infty} \left(\frac{1}{2}\right)^n = 0$.

De plus, $\lim\limits_{x \to 0} \mathrm{e}^x = 1$.

**Donc** $\lim\limits_{n \to +\bullet} u_n = 2$**.**

**d)**

$n \leftarrow 0$
$u \leftarrow 1$
Tant que $u \leqslant 1{,}999$
  $u \leftarrow \sqrt{2u}$
  $n \leftarrow n+1$
Afficher $n$

AIDE-MÉMOIRE p. 263

# SUJET 8

**60 min** **5 points**

On considère la suite numérique $(v_n)$ définie pour tout entier naturel $n$ par :

$$\begin{cases} v_0 = 1 \\ v_{n+1} = \dfrac{9}{6 - v_n}. \end{cases}$$

## Partie A

**1.** On souhaite écrire un algorithme affichant, pour un entier naturel $n$ donné, tous les termes de la suite, du rang 0 au rang $n$.

Parmi les trois algorithmes suivants, un seul convient. Préciser lequel en justifiant la réponse.

<table>
<tr><th>Algorithme N° 1</th><th>Algorithme N° 2</th><th>Algorithme N° 3</th></tr>
<tr>
<td>Variables :<br>$v$ est un réel<br>$i$ et $n$ sont des entiers naturels<br>Début de l'algorithme :<br>Lire $n$<br>$v \leftarrow 1$<br>Pour $i$ variant de 1 à $n$ faire<br>$v \leftarrow \dfrac{9}{6-v}$<br>Afficher $v$<br>Fin algorithme</td>
<td>Variables :<br>$v$ est un réel<br>$i$ et $n$ sont des entiers naturels<br>Début de l'algorithme :<br>Lire $n$<br>Pour $i$ variant de 1 à $n$ faire<br>$v \leftarrow 1$<br>Afficher $v$<br>$v \leftarrow \dfrac{9}{6-v}$<br>Fin algorithme</td>
<td>Variables :<br>$v$ est un réel<br>$i$ et $n$ sont des entiers naturels<br>Début de l'algorithme :<br>Lire $n$<br>$v \leftarrow 1$<br>Pour $i$ variant de 1 à $n$ faire<br>Afficher $v$<br>$v \leftarrow \dfrac{9}{6-v}$<br>Afficher $v$<br>Fin algorithme</td>
</tr>
</table>

**2.** Pour $n = 10$ on obtient l'affichage suivant :

| | | | | | | | | | |
|---|---|---|---|---|---|---|---|---|---|
| 1 | 1,800 | 2,143 | 2,333 | 2,455 | 2,538 | 2,600 | 2,647 | 2,684 | 2,714 |

Pour $n = 100$, les derniers termes affichés sont :

| | | | | | | | | | |
|---|---|---|---|---|---|---|---|---|---|
| 2,967 | 2,968 | 2,968 | 2,968 | 2,969 | 2,969 | 2,969 | 2,970 | 2,970 | 2,970 |

Quelles conjectures peut-on émettre concernant la suite $(v_n)$ ?

**3. a)** Démontrer par récurrence que, pour tout entier naturel $n$ :

$$0 < v_n < 3.$$

**b)** Démontrer que, pour tout entier naturel $n$ :

$$v_{n+1} - v_n = \frac{(3 - v_n)^2}{6 - v_n}.$$

La suite $(v_n)$ est-elle monotone ?

**c)** Démontrer que la suite $(v_n)$ est convergente.

### Partie B. Recherche de la limite de la suite $(v_n)$

On considère la suite $(w_n)$ définie pour tout $n$ entier naturel par :

$$w_n = \frac{1}{v_n - 3}.$$

**1.** Démontrer que $(w_n)$ est une suite arithmétique de raison $-\frac{1}{3}$.

**2.** En déduire l'expression de $(w_n)$, puis celle de $(v_n)$ en fonction de $n$.

**3.** Déterminer la limite de la suite $(v_n)$.

Analyse

# Corrigé du sujet 8

*Les textes sur fond jaune apparaissant dans ce corrigé sont des rappels de cours ou des commentaires pour vous guider et vous aider.*

## Partie A

**1.** L'algorithme 1 calcule tous les termes de $v_0$ à $v_n$ mais n'affiche que le dernier $v_n$.
L'algorithme 2 calcule $n$ fois de suite $v_1$ à partir de $v_0$ : il ne calcule pas les termes de 0 à $n$.
L'algorithme 3 affiche $v_0$, calcule $v_1$, affiche $v_1$, calcule $v_2$, …, affiche $v_{n-1}$, calcule $v_n$, puis la boucle « Pour » s'arrête et l'algorithme affiche $v_n$.
**Donc l'algorithme 3 affiche tous les termes de la suite du rang 0 au rang $n$ et il convient.**

**2.**

**Remarque :** Pour $n = 10$, le sujet devrait afficher 11 termes, du rang 0 au rang 10, et non 10 comme donné ici.

La suite semble être croissante et semble converger vers 3.

**3. a)**

**Méthode : Démonstration par récurrence**
- On pose une propriété $P_n$.
- On initialise la récurrence en montrant que cette propriété est vraie au rang 1er rang de la suite.
- On montre l'hérédité de la propriété.

Posons la propriété $P_n$ : $0 < v_n < 3$ pour tout entier naturel $n$.
- **Initialisation :** $n = 0$, on a bien $0 < v_0 < 3$ car $v_0 = 1$.

Donc $P_0$ est vraie.
- **Hérédité :** Supposons $P_n$ vraie pour un $n$ entier fixé, montrons alors que $P_{n+1}$ est vraie.

$0 < v_n < 3$ d'après l'hypothèse de récurrence

$-3 < -v_n < 0$

$3 < 6 - v_n < 6$

$\frac{1}{6} < \frac{1}{6 - v_n} < \frac{1}{3}$, car la fonction inverse est décroissante sur $]0 ; +\infty[$.

$\frac{3}{2} < v_{n+1} < 3$

$0 < v_{n+1} < 3$.

L'hérédité est établie puisque $P_{n+1}$ est vraie.
Finalement, **on a montré par récurrence, que $0 < v_n < 3$ pour tout entier naturel $n$.**

**b)** $\boldsymbol{v_{n+1} - v_n} = \dfrac{9}{6 - v_n} - v_n = \dfrac{9 - v_n(6 - v_n)}{6 - v_n} = \dfrac{v_n^2 - 6\,v_n + 9}{6 - v_n} = \dfrac{\boldsymbol{(v_n - 3)^3}}{\boldsymbol{6 - v_n}}$.

Or, d'après la question précédente, $0 < v_n < 3$ pour tout $n$ entier naturel, $6 - v_n > 0$ ;
$v_{n+1} - v_n \geqslant 0$ pour tout entier naturel $n$.
Donc $v_{n+1} \geqslant v_n$ pour tout entier naturel $n$.
Donc la suite $(v_n)$ est croissante.
**Donc la suite $(v_n)$ est bien monotone.**

**c)** La suite est majorée par 3, d'après la question **3. a)** de la **partie A** et est croissante, d'après la question **3. b.** de la **partie A**, donc **elle converge.**

### Partie B

**1.** $w_{n+1} - w_n = \dfrac{1}{v_{n+1} - 3} - \dfrac{1}{v_n - 3} = \dfrac{1}{\dfrac{9}{6 - v_n} - 3} - \dfrac{1}{v_n - 3} = \dfrac{6 - v_n}{3v_n - 9} - \dfrac{1}{v_n - 3}$

$$= \frac{-v_n + 3}{3(v_n - 3)} = -\frac{1}{3}.$$

Donc $w_{n+1} = w_n - \dfrac{1}{3}$, pour tout entier naturel $n$.

Donc **la suite $(w_n)$ est une suite arithmétique de raison $r = -\dfrac{1}{3}$ et de 1^er^ terme $w_0 = \dfrac{1}{v_0 - 3} = -\dfrac{1}{2}$.**

**2.** D'après la question **1.** de la **partie B**, $w_n = w_0 + nr = -\dfrac{1}{2} - \dfrac{1}{3}n$.

$w_n = \dfrac{1}{v_n - 3}$, donc, pour tout entier naturel $n$, $v_n = \dfrac{1}{w_n} + 3$.

Donc, pour tout entier naturel $n$, $\boldsymbol{v_n} = \dfrac{1}{-\dfrac{1}{2} - \dfrac{1}{3}n} + 3 = \dfrac{6}{-3 - 2n} + 3 = \boldsymbol{3 - \dfrac{6}{3 + 2n}}$.

**3.** $\lim\limits_{n \to +\infty} 3 + 2n = +\infty$, donc $\lim\limits_{n \to +\infty} \dfrac{6}{3 + 2n} = 0$, donc $\boldsymbol{\lim\limits_{n \to +\infty} v_n = 3}$.

AIDE-MÉMOIRE
p. 263

## SUJET 9

**60 min** **5 points**

Soit la suite numérique $(u_n)$ définie sur $\mathbb{N}$ par $u_0 = 2$ et pour tout entier naturel $n$,

$$u_{n+1} = \frac{2}{3}u_n + \frac{1}{3}n + 1.$$

**1. a)** Calculer $u_1$, $u_2$, $u_3$ et $u_4$. On pourra en donner des valeurs approchées à $10^{-2}$ près.

**b)** Formuler une conjecture sur le sens de variation de cette suite.

**2. a)** Démontrer que pour tout entier naturel $n$ :

$$u_n \leqslant n + 3.$$

**b)** Démontrer que pour tout entier naturel $n$ :

$$u_{n+1} - u_n = \frac{1}{3}(n + 3 - u_n).$$

**c)** En déduire une validation de la conjecture précédente.

**3.** On désigne par $(v_n)$ la suite définie sur $\mathbb{N}$ par $v_n = u_n - n$.

**a)** Démontrer que la suite $(v_n)$ est une suite géométrique de raison $\frac{2}{3}$.

**b)** En déduire que pour tout entier naturel $n$ :

$$u_n = 2\left(\frac{2}{3}\right)^n + n.$$

**c)** Déterminer la limite de la suite $(u_n)$.

**4.** Pour tout entier naturel non nul $n$, on pose :

$$S_n = \sum_{k=0}^{n} u_k = u_0 + u_1 + \ldots + u_n \quad \text{et} \quad T_n = \frac{S_n}{n^2}.$$

**a)** Exprimer $S_n$ en fonction de $n$.

**b)** Déterminer la limite de la suite $(T_n)$.

## Corrigé du sujet 9

*Les textes sur fond jaune apparaissant dans ce corrigé sont des rappels de cours ou des commentaires pour vous guider et vous aider.*

**1. a)** $\boldsymbol{u_1} = \frac{2}{3}u_0 + \frac{1}{3} \times 0 + 1 = \frac{2}{3} \times 2 + 1 = \frac{4}{3} + 1 = \frac{7}{3} \approx \mathbf{2{,}33}$ ;

$\boldsymbol{u_2} = \frac{2}{3}u_1 + \frac{1}{3} \times 1 + 1 = \frac{14}{9} + \frac{1}{3} + 1 = \frac{26}{9} \approx \mathbf{2{,}89}$ ;

$\boldsymbol{u_3} = \frac{2}{3}u_2 + \frac{1}{3} \times 2 + 1 = \frac{52}{27} + \frac{2}{3} + 1 = \frac{97}{27} \approx \mathbf{3{,}59}$ ;

$\boldsymbol{u_4} = \frac{2}{3}u_3 + \frac{1}{3} \times 3 + 1 = \frac{194}{81} + 1 + 1 = \frac{356}{81} \approx \mathbf{4{,}40}$.

**b) La suite $(u_n)$ semble être croissante.**

**2. a)**

**Méthode : Démonstration par récurrence**
- On pose une propriété $P_n$.
- On initialise la récurrence en montrant que cette propriété est vraie au rang 1er rang de la suite.
- On montre l'hérédité de la propriété.

Posons $P_n$ : « $u_n \leqslant n+3$ » pour tout $n$ entier naturel.
**Initialisation :** $2 \leqslant 3$, donc $u_0 \leqslant 0+3$, donc $P_0$ est vraie.
**Hérédité :** supposons que $P_n$ est vraie pour $n$ entier naturel fixé et vérifions que $P_{n+1}$ est vraie.

$u_n \leqslant n+3$ (hypothèse de récurrence)

$\frac{2}{3}u_n \leqslant \frac{2}{3}n+2$

$\frac{2}{3}u_n + \frac{1}{3}n + 1 \leqslant \frac{2}{3}n + 2 + \frac{1}{3}n + 1$

$u_{n+1} \leqslant n+3 \leqslant n+4 = (n+1)+3$.

Donc $P_{n+1}$ est vraie si $P_n$ l'est.
On a donc montré par récurrence que, **pour tout entier naturel $n$, $u_n \leqslant n+3$.**

**b)** Pour tout entier naturel $n$ :

$$\boldsymbol{u_{n+1} - u_n} = \frac{2}{3}u_n + \frac{1}{3}n + 1 - u_n = \frac{1}{3}n + 1 - \frac{1}{3}u_n = \boldsymbol{\frac{1}{3}(n+3-u_n)}.$$

**c)** Pour tout entier naturel $n$ :

$u_n \leqslant n+3 \Leftrightarrow -u_n \geqslant -n-3 \Leftrightarrow n+3-u_n \geqslant 0 \Leftrightarrow u_{n+1} - u_n \geqslant 0$.

**Donc la suite $(u_n)$ est bien croissante.**

**3. a)** $v_{n+1} = u_{n+1} - (n+1) = \frac{2}{3}u_n + \frac{1}{3}n + 1 - n - 1 = \frac{2}{3}u_n - \frac{2}{3}n = \frac{2}{3}(u_n - n) = \frac{2}{3}v_n$.

**Donc $(v_n)$ est une suite géométrique de raison $\frac{2}{3}$ et de 1er terme $v_0 = u_0 - 0 = 2$.**

**b)** D'après la question **3. a)**, $v_n = v_0 \times \left(\frac{2}{3}\right)^n = 2 \times \left(\frac{2}{3}\right)^n$.

Or $u_n = v_n + n$ car $v_n = u_n - n$ d'après l'énoncé.

Donc, **pour tout entier naturel $n$, $u_n = 2\left(\frac{2}{3}\right)^n + n$.**

**c)** $\lim\limits_{n \to +\infty} \left(\frac{2}{3}\right)^n = 0$ car $-1 < \frac{2}{3} < 1$.

Donc, par somme, $\boldsymbol{\lim\limits_{n \to +\infty} u_n = +\infty}$.

**4. a)** $S_n = u_0 + u_1 + \ldots + u_n = v_0 + 0 + v_1 + 1 + \ldots + v_n + n = v_0 + v_1 + \ldots + v_n + 1 + \ldots + n$

$$= v_0 \frac{1 - \left(\frac{2}{3}\right)^{n+1}}{1 - \frac{2}{3}} + \frac{n(1+n)}{2} = \boldsymbol{6\left(1 - \left(\frac{2}{3}\right)^{n+1}\right) + \frac{n(n+1)}{2}}.$$

**b)** $S_n = 6 - 6 \times \left(\frac{2}{3}\right)^{n+1} + \frac{n^2}{2} + \frac{n}{2}$.

$T_n = \frac{S_n}{n^2} = \frac{6}{n^2} - \frac{6}{n^2} \times \left(\frac{2}{3}\right)^{n+1} + \frac{1}{2} + \frac{1}{2n}$.

$\lim_{n \to +\infty} \frac{6}{n^2} = 0$ ;

$\lim_{n \to +\infty} \left(\frac{2}{3}\right)^n = 0$ car $-1 < \frac{2}{3} < 1$, donc $\lim_{n \to +\infty} \frac{6}{n^2} \times \left(\frac{2}{3}\right)^{n+1} = 0$ ;

$\lim_{n \to +\infty} \frac{1}{2n} = 0.$

Finalement, par somme, $\boldsymbol{\lim_{n \to +\infty} T_n = \frac{1}{2}}$.

AIDE-MÉMOIRE p. 263

# SUJET 10

**60 min 5 points**

Un volume constant de 2 200 m$^3$ d'eau est réparti entre deux bassins A et B.

Le bassin A refroidit une machine. Pour des raisons d'équilibre thermique, on crée un courant d'eau entre les deux bassins à l'aide de pompes.

On modélise les échanges entre les deux bassins de la façon suivante :

- au départ, le bassin A contient 800 m$^3$ d'eau et le bassin B contient 1 400 m$^3$ d'eau ;
- tous les jours, 15 % du volume d'eau présent dans le bassin B au début de la journée est transféré vers le bassin A ;
- tous les jours, 10 % du volume d'eau présent dans le bassin A au début de la journée est transféré vers le bassin B.

Pour tout entier naturel $n$, on note :

- $a_n$ le volume d'eau, exprimé en m$^3$, contenu dans le bassin A à la fin du $n$-ième jour de fonctionnement ;
- $b_n$ le volume d'eau, exprimé en m$^3$, contenu dans le bassin B à la fin du $n$-ième jour de fonctionnement.

On a donc $a_0 = 800$ et $b_0 = 1\ 400$.

**1.** Par quelle relation entre $a_n$ et $b_n$ traduit-on la conservation du volume total d'eau du circuit ?

**2.** Justifier que, pour tout entier naturel $n$, $a_{n+1} = \frac{3}{4}\, a_n + 330$.

**3.** L'algorithme ci-dessous permet de déterminer la plus petite valeur de $n$ à partir de laquelle $a_n$ est supérieur ou égal à 1 100.

Recopier cet algorithme en complétant les parties manquantes.

Analyse

```
n ← 0
a ← 800
Tant que a < 1100, faire :
    a ← …
    n ← …
Afficher n
```

**4.** Pour tout entier naturel $n$, on note $u_n = a_n - 1\ 320$.

**a)** Montrer que la suite $(u_n)$ est une suite géométrique dont on précisera le premier terme et la raison.

**b)** Exprimer $u_n$ en fonction de $n$.

En déduire que, pour tout entier naturel $n$, $a_n = 1\ 320 - 520 \times \left(\frac{3}{4}\right)^n$.

**5.** On cherche à savoir si, un jour donné, les deux bassins peuvent avoir, au mètre cube près, le même volume d'eau.
Proposer une méthode pour répondre à ce questionnement.

## Corrigé du sujet 10

*Les textes sur fond jaune apparaissant dans ce corrigé sont des rappels de cours ou des commentaires pour vous guider et vous aider.*

**1.** Le volume d'eau réparti entre les deux bassins est constant et est égal à 2 200 m³, donc, pour tout $n \in \mathbb{N}$, $\boldsymbol{a_n + b_n = 2\ 200}$.

**2.** Au début du $(n+1)$-ième jour, le bassin A contient $a_n$, on ajoute 15 % du volume d'eau présent dans le bassin B soit $0{,}15b_n$ et on enlève 10% du volume présent dans A au début de la journée soit $0{,}1a_n$, d'où :
$a_{n+1} = a_n + 0{,}15b_n - 0{,}1a_n = a_n + 0{,}15(2\ 200 - a_n) - 0{,}1a_n$ d'après la question précédente.

$\boldsymbol{a_n = 0{,}75a_n + 330 = \frac{3}{4}a_n + 330}$ **pour tout $n$ de $\mathbb{N}$.**

**3.**

$n \leftarrow 0$
$a \leftarrow 800$
Tant que $a < 1100$, faire :
    $a \leftarrow \frac{3}{4}a + 330$
    $n \leftarrow n + 1$
Afficher $n$

**4. a)** $u_{n+1} = a_{n+1} - 1\,320$

$= \frac{3}{4}\,a_n + 330 - 1\,320$ (d'après la question **2**).

$= \frac{3}{4}\,a_n - 990 = \frac{3}{4}\,(a_n - 1320) = \frac{3}{4}\,u_n$ pour tout $n$ de $\mathbb{N}$.

**Donc $(u_n)$ est bien une suite géométrique de raison $\frac{3}{4}$ et de 1er terme $u_0 = a_0 - 1\,320 = -\,520$.**

**b)**

**Méthode :** Expression explicite d'un terme $u_n$ d'une suite géométrique de raison $q$ connaissant le terme $u_0$ : $u_n = u_0 \times q^n$.

$u_n = u_0\,q^n = -\,520 \times \left(\frac{3}{4}\right)^n$ pour tout $n$ de $\mathbb{N}$.

Or $a_n = u_n + 1\,320$ par définition de $(u_n)$.

**Donc $a_n = -\,520 \times \left(\frac{3}{4}\right)^n + 1\,320$ pour tout $n$ de $\mathbb{N}$.**

**5.** Si les deux bassins ont le même volume d'eau, cela veut dire qu'il existe $n$ de $\mathbb{N}$ tel que :

$$a_n = b_n = \frac{2\,200}{2} = 1\,100.$$

D'où :

$$-\,520 \times \left(\frac{3}{4}\right)^n + 1\,320 = 1\,100$$

$$-\,520 \times \left(\frac{3}{4}\right)^n = -\,220$$

$$\left(\frac{3}{4}\right)^n = \frac{11}{26}$$

$$n \ln\left(\frac{3}{4}\right) = \ln\left(\frac{11}{26}\right)$$

$$n = \frac{\ln\left(\frac{11}{26}\right)}{\ln\left(\frac{3}{4}\right)} \approx 2{,}99,$$ donc on va prendre $n = 3$.

$a_3 = 1\,100{,}625 \approx 1\,100\ \text{m}^3$ et $b_3 = 2\,200 - a_3 = 1\,099{,}375 \approx 1\,100\ \text{m}^3$.

**Donc les deux bassins auront donc le même volume d'eau, à un mètre cube près, au bout de trois jours.**

AIDE-MÉMOIRE p. 263

# SUJET 11

60 min 5 points

On considère deux suites $(u_n)$ et $(v_n)$ :
– la suite $(u_n)$ définie par $u_0 = 1$ et pour tout entier naturel $n$ : $u_{n+1} = 2u_n - n + 3$ ;
– la suite $(v_n)$ définie, pour tout entier naturel $n$, par $v_n = 2^n$.

## Partie A : Conjectures

Florent a calculé les premiers termes de ces deux suites à l'aide d'un tableur.
Une copie d'écran est donnée ci-dessous.

| | A | B | C |
|---|---|---|---|
| 1 | rang $n$ | terme $u_n$ | terme $v_n$ |
| 2 | 0 | 1 | 1 |
| 3 | 1 | 5 | 2 |
| 4 | 2 | 12 | 4 |
| 5 | 3 | 25 | 8 |
| 6 | 4 | 50 | 16 |

**1.** Quelles formules ont été entrées dans les cellules B3 et C3 pour obtenir par copie vers le bas les termes des deux suites ?

**2.** Pour les termes de rang 10, 11, 12 et 13 Florent obtient les résultats suivants :

| | | | |
|---|---|---|---|
| 12 | 10 | 3 080 | 1 024 |
| 13 | 11 | 6 153 | 2 048 |
| 14 | 12 | 12 298 | 4 096 |
| 15 | 13 | 24 587 | 8 192 |

Conjecturer les limites des suites $(u_n)$ et $\left(\dfrac{u_n}{v_n}\right)$.
Partie B : Étude de la suite $(u_n)$

**1.** Démontrer par récurrence que, pour tout entier naturel $n$, on a : $u_n = 3 \times 2^n + n - 2$.

**2.** Déterminer la limite de la suite $(u_n)$.

**3.** Déterminer le rang du premier terme de la suite supérieur à 1 million.

**Partie C : Étude de la suite $\left(\frac{u_n}{v_n}\right)$**

**1.** Démontrer que la suite $\left(\frac{u_n}{v_n}\right)$ est décroissante à partir du rang 3.

**2.** On admet que, pour tout entier $n$ supérieur ou égal à 4, on a :

$$0 < \frac{n}{2^n} \leqslant \frac{1}{n}.$$

Déterminer la limite de la suite $\left(\frac{u_n}{v_n}\right)$.

## Corrigé du sujet 11

*Les textes sur fond jaune apparaissant dans ce corrigé sont des rappels de cours ou des commentaires pour vous guider et vous aider.*

### Partie A : Conjecture

**1.** En B3 : **= 2*B2–A2+3** ; en C3 : **= 2^A3**.

**2.** La suite $(u_n)$ semble tendre vers $+\infty$.

La suite $\left(\frac{u_n}{v_n}\right)$ semble converger vers 3.

### Partie B : Étude de la suite $(u_n)$

**1.**

**Méthode : Démonstration par récurrence**
- On pose une propriété $P_n$.
- On initialise la récurrence en montrant que cette propriété est vraie au premier rang de la suite.
- On montre l'hérédité de la propriété.

On considère la propriété $P_n$ : $u_n = 3 \times 2^n + n - 2$ pour tout $n$ de $\mathbb{N}$.

• **Initialisation** :

$\begin{cases} u_0 = 1 \\ 3 \times 2^0 + 0 - 2 = 1 \end{cases}$ donc $u_0 = 3 \times 2^0 + 0 - 2$.

Donc $P_0$ est vraie.

• **Hérédité :** Supposons que $P_n$ soit vraie pour un entier naturel $n$ et montrons qu'alors $P_{n+1}$ est vraie.

$u_{n+1} = 2u_n - n + 3$ par définition de $(u_n)$
$= 2(3 \times 2^n + n - 2) - n + 3$ car $P_n$ est vraie
$= 3 \times 2^{n+1} + n - 1 = 3 \times 2^{n+1} + n + 1 - 1 - 1$
$= 3 \times 2^{n+1} + (n + 1) - 2$. Donc la propriété $P_n$ est héréditaire.
Finalement on a montré par récurrence que : $\boldsymbol{u_n = 3 \times 2^n + n - 2}$ **pour tout $n$ de $\mathbb{N}$.**

**2.** $\lim\limits_{n\to+\infty} 2^n = +\infty$ car $2 > 1$. Donc $\lim\limits_{n\to+\infty} u_n = +\infty$ par somme.

**3.** Montrons tout d'abord que la suite est croissante :

$$u_{n+1} - u_n = 3 \times 2^{n+1} + (n+1) - 2 - \left(3 \times 2^n + n - 2\right)$$
$$= 6 \times 2^n + n + 1 - 2 - 3 \times 2^n - n + 2$$
$$u_{n+1} - u_n = 3 \times 2^n + 1 > 0\ .$$

Donc la suite $(u_n)$ est bien croissante. D'après la calculatrice on a :
$u_0 = 1$ ; $u_1 = 5$ ; …
$u_{18} = 786\,448 < 1\,000\,000$
$u_{19} = 1\,572\,881 > 1\,000\,000$
**Donc 19 est le rang du 1er terme de la suite supérieur à un million.**

## Partie C : Étude de la suite $\left(\dfrac{u_n}{v_n}\right)$

**1.** $\dfrac{u_n}{v_n} = \dfrac{3 \times 2^n + n - 2}{2^n} = 3 + \dfrac{n-2}{2^n}$ pour tout $n$ de $\mathbb{N}$.

$$\frac{u_{n+1}}{v_{n+1}} - \frac{u_n}{v_n} = \left(3 + \frac{n-1}{2^{n+1}}\right) - \left(3 + \frac{n-2}{2^n}\right) = \frac{n - 1 - 2(n-2)}{2^{n+1}} = \frac{3-n}{2^{n+1}}$$ pour tout $n$ de $\mathbb{N}$.

Or $2^{n+1} > 0$ pour tout $n$ de $\mathbb{N}$.

Donc le signe de $\dfrac{u_n + 1}{v_n + 1} - \dfrac{u_n}{v_n}$ ne dépend que du signe de $3 - n$.

Or $3 - n \leqslant 0 \Leftrightarrow n \geqslant 3$, donc $\dfrac{u_n + 1}{v_n + 1} - \dfrac{u_n}{v_n} \leqslant 0$ pour tout entier $n \geqslant 3$.

**Donc la suite $(u_n)$ est décroissante à partir du rang 3.**

**2.** $\dfrac{u_n}{v_n} = 3 + \dfrac{n-2}{2^n} = 3 + \dfrac{n}{2^n} - \dfrac{2}{2^n}$ pour tout $n$ de $\mathbb{N}$.

Or $0 < \dfrac{n}{2^n} \leqslant \dfrac{1}{n}$ pour tout entier $n \geqslant 4$,

donc $3 - \dfrac{2}{2^n} < \dfrac{u_n}{v_n} \leqslant 3 + \dfrac{1}{n} - \dfrac{2}{2^n}$ pour tout entier $n \geqslant 4$.

$\lim\limits_{n\to+\infty} 2^n = +\infty$ car $2 > 1$, donc $\lim\limits_{n\to+\infty} \dfrac{2}{2^n} = 0$ par quotient.

De plus $\lim\limits_{n\to+\infty} \dfrac{1}{n} = 0$, donc $\lim\limits_{n\to+\infty} 3 + \dfrac{1}{n} - \dfrac{2}{2^n} = \lim\limits_{n\to+\infty} 3 - \dfrac{2}{2^n} = 3$.

**Donc** $\boldsymbol{\lim\limits_{n\to+\infty} \dfrac{u_n}{v_n} = 3}$ d'après le théorème des gendarmes.

AIDE-MÉMOIRE p. 263

# SUJET 12

**60 min** **5 points**

On étudie un modèle de propagation d'un virus dans une population, semaine après semaine.
Chaque individu de la population peut être, à l'exclusion de toute autre possibilité :
– soit susceptible d'être atteint par le virus, on dira qu'il est « de type S » ;
– soit malade (atteint par le virus) ;
– soit immunisé (ne peut plus être atteint par le virus).

Un individu est immunisé lorsqu'il a été vacciné, ou lorsqu'il a guéri après avoir été atteint par le virus.

Pour tout entier naturel $n$, le modèle de propagation du virus est défini par les règles suivantes :
– Parmi les individus de type S en semaine $n$, on observe qu'en semaine $n + 1$ : 85 % restent de type S, 5 % deviennent malades et 10 % deviennent immunisés.
– Parmi les individus malades en semaine $n$, on observe qu'en semaine $n + 1$ : 65 % restent malades, et 35 % sont guéris et deviennent immunisés.
– Tout individu immunisé en semaine $n$ reste immunisé en semaine $n + 1$.

On choisit au hasard un individu dans la population.
On considère les événements suivants :

$S_n$ : « l'individu est de type S en semaine $n$ » ;
$M_n$ : « l'individu est malade en semaine $n$ » ;
$I_n$ : « l'individu est immunisé en semaine $n$ ».

En semaine 0, tous les individus sont considérés « de type S », on a donc les probabilités suivantes :

$P(S_0) = 1$ ; $P(M_0) = 0$ et $P(I_0) = 0$.

Partie A

On étudie l'évolution de l'épidémie au cours des semaines 1 et 2.

**1.** Reproduire sur la copie et compléter l'arbre de probabilités donné ci-contre :

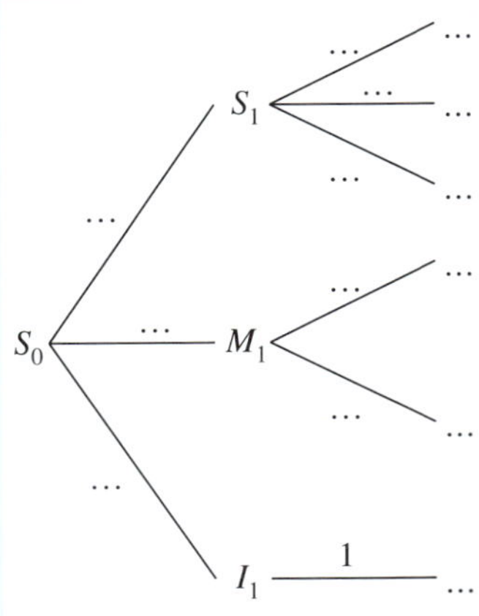


**2.** Montrer que $P(I_2) = 0{,}2025$.

**3.** Sachant qu'un individu est immunisé en semaine 2, quelle est la probabilité, arrondie au millième, qu'il ait été malade en semaine 1 ?

**Partie B**

On étudie dans cette partie l'évolution à long terme de l'épidémie.

Pour tout entier naturel $n$, on note $u_n = P(S_n)$, $v_n = P(M_n)$ et $w_n = P(I_n)$ les probabilités respectives des événements $S_n$, $M_n$ et $I_n$.

**1.** Justifier que, pour tout entier naturel n, on a : $u_n + v_n + w_n = 1$.

On admet que la suite $(v_n)$ est définie par $v_0 = 0$ et, pour tout entier naturel $n$ : $v_{n+1} = 0{,}65v_n + 0{,}05u_n$.

**2.** À l'aide d'un tableur, on a calculé les premiers termes des suites $(u_n)$, $(v_n)$ et $(w_n)$.

| | A | B | C | D |
|---|---|---|---|---|
| 1 | $n$ | $u_n$ | $v_n$ | $w_n$ |
| 2 | 0 | 1 | 0 | 0 |
| 3 | 1 | 0,8500 | 0,0500 | 0,1000 |
| 4 | 2 | 0,7225 | 0,0750 | 0,2025 |
| 5 | 3 | 0,6141 | 0,0849 | 0,3010 |
| 6 | 4 | 0,5220 | 0,0859 | 0,3921 |
| 7 | 5 | 0,4437 | 0,0819 | 0,4744 |
| 8 | 6 | 0,3771 | 0,0754 | 0,5474 |
| … | … | … | … | … |
| 20 | 18 | 0,0536 | 0,0133 | 0,9330 |
| 21 | 19 | 0,0456 | 0,0113 | 0,9431 |
| 22 | 20 | 0,0388 | 0,0096 | 0,9516 |

*Pour répondre aux questions* **a)** *et* **b)** *suivantes, on utilisera la feuille de calcul reproduite ci-dessus.*

**a)** Quelle formule, saisie dans la cellule C3, permet par recopie vers le bas, de calculer les termes de la suite $(v_n)$ ?

**b)** On admet que les termes de $(v_n)$ augmentent, puis diminuent à partir d'un certain rang $N$, appelé le « pic épidémique » : c'est l'indice de la semaine pendant laquelle la probabilité d'être malade pour un individu choisi au hasard est la plus grande.
Déterminer la valeur du pic épidémique prévue par ce modèle.

**3. a)** Justifier que, pour tout entier naturel $n$, on a : $u_{n+1} = 0{,}85\, u_n$ .
En déduire l'expression de $u_n$ en fonction de $n$.

**b)** Montrer, à l'aide d'un raisonnement par récurrence, que pour tout entier
naturel $n$, on a : $v_n = \dfrac{1}{4}(0{,}85^n - 0{,}65^n)$.

**4.** Calculer les limites de chacune des suites $(u_n)$, $(v_n)$ et $(w_n)$.
Que peut-on en déduire quant à l'évolution de l'épidémie prévue à long terme par ce modèle ?

## Corrigé du sujet 12

*Les textes sur fond jaune apparaissant dans ce corrigé sont des rappels de cours ou des commentaires pour vous guider et vous aider.*

### Partie A

**1.** Arbre :

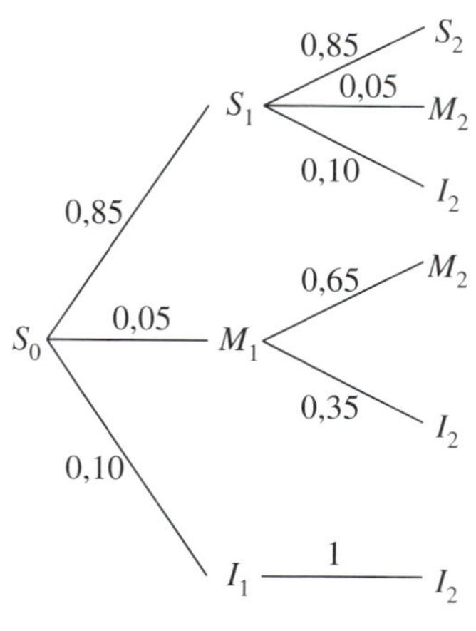

**2.**

**Rappel : Formule des probabilités totales :**
Si $A_1$, $A_2$, …, $A_n$ forment une partition de l'univers, soit A un événement :
$p(A) = p(A_1 \cap A) + p(A_2 \cap A) + \ldots + p(A_n \cap A)$.

Les événements $S_1, M_1, I_1$ forment une partition de l'univers, donc, d'après la formule des probabilités totales :

$P(I_2) = P(I_2 \cap S_1) + P(I_2 \cap M_1) + P(I_2 \cap I_1)$

$P(I_2) = P_{S_1}(I_2)P(S_1) + P_{M_1}(I_2)P(M_1) + P_{I_1}(I_2)P(I_1)$

$P(I_2) = 0{,}1 \times 0{,}85 + 0{,}35 \times 0{,}05 + 1 \times 0{,}1$

$\mathbf{P(I_2) = 0{,}2025}$ .

**3.** On cherche à calculer $P_{I_2}(M_1)$

$$P_{I_2}(M_1) = \frac{P(M_1 \cap I_2)}{P(I_2)} = \frac{0{,}05 \times 0{,}35}{0{,}2025} \approx 0{,}086 .$$

**La probabilité qu'un individu soit malade en semaine 1 sachant qu'il est immunisé en semaine 2 vaut environ 0,086.**

## Partie B

**1.** Les événements $S_n, M_n, I_n$ forment une partition de l'univers, donc, d'après la formule des probabilités totales :

$P(S_n) + P(M_n) + P(I_n) = P(\Omega \cap S_n) + P(\Omega \cap M_n) + P(\Omega \cap I_n) = P(\Omega) = 1$

**D'où $u_n + v_n + w_n = 1$ pour tout $n$ de $\mathbb{N}$.**

**2. a)** On a $v_{n+1} = 0{,}65v_n + 0{,}05u_n$ .

**Donc la formule demandée est : =0,65*C2+0,05*B2.**

**b)** La probabilité d'être malade correspond à la valeur de $v_n$ .

D'après le tableau, la valeur maximale de $v_n$ est 0,0859 obtenue pour $n = 4$.

Le pic épidémique prévu par le modèle est donc $\mathbf{n = 4}$ .

**3. a)** Tous les individus de type S en semaine $n$+1 étaient déjà de type S en semaine $n$.
Donc $P(S_{n+1}) = P(S_n \cap S_{n+1}) = 0{,}85P(S_n)$.

**On en déduit que $u_{n+1} = 0{,}85u_n$ pour tout $n$ de $\mathbb{N}$.**

La suite $(u_n)$ est donc une suite géométrique de raison 0,85 et de premier terme $u_0 = P(S_0) = 1$ .

**Rappel :** Expression explicite d'un terme $u_n$ d'une suite géométrique de raison $q$ connaissant le terme $u_p$.

$$u_n = u_p \times q^{p-1} .$$

**Donc, pour tout $n$ entier naturel, $u_n = (0{,}85)^n \times 1 = (0{,}85)^n$ .**

**b)**

**Méthode : Démonstration par récurrence**
- On pose une propriété $P_n$.
- On initialise la récurrence en montrant que cette propriété est vraie au premier rang de la suite.
- On montre l'hérédité de la propriété.

Soit $P_n$ : $v_n = \frac{1}{4}\left(0{,}85^n - 0{,}65^n\right)$ pour tout $n$ de $\mathbb{N}$.

• **Initialisation :** pour $n = 0$, $v_0 = 0 = \frac{1}{4}\left(0{,}85^0 - 0{,}65^0\right)$ donc $P_0$ est vraie.

• **Hérédité :** supposons qu'il existe $n$ entier naturel tel que $P_n$ soit vraie, montrons qu'alors $P_{n+1}$ est encore vraie.

$v_{n+1} = 0{,}65v_n + 0{,}05u_n = 0{,}65 \times \frac{1}{4}\left(0{,}85^n - 0{,}65^n\right) + 0{,}05 \times 0{,}85^n$

$v_{n+1} = 0{,}65 \times \frac{1}{4} \times 0{,}85^n - 0{,}65 \times \frac{1}{4} \times 0{,}65^n + 0{,}05 \times 0{,}85^n$

$v_{n+1} = \left(0{,}65 \times \frac{1}{4} + 0{,}05\right) \times 0{,}85^n - 0{,}65 \times \frac{1}{4} \times 0{,}65^n$

$v_{n+1} = \frac{1}{4}(0{,}65 + 4 \times 0{,}05) \times 0{,}85^n - \frac{1}{4} \times 0{,}65^{n+1} = \frac{1}{4} \times 0{,}85 \times 0{,}85^n - \frac{1}{4} \times 0{,}65^{n+1}$

$v_{n+1} = \frac{1}{4}0{,}85^{n+1} - \frac{1}{4} \times 0{,}65^{n+1}$.

Donc $P_{n+1}$ est vraie lorsque $P_n$ l'est.

Conclusion : **on a montré par récurrence que, pour tout $n$ entier naturel,**
$\boldsymbol{v_n = \frac{1}{4}\left(0{,}85^n - 0{,}65^n\right)}$.

**4.** • $u_n = (0{,}85)^n$.

Comme $0 < 0{,}85 < 1$, $\lim\limits_{n \to +\infty} 0{,}85^n = 0$ donc $\boldsymbol{\lim\limits_{n \to +\infty} u_n = 0}$.

• $v_n = \frac{1}{4}\left(0{,}85^n - 0{,}65^n\right)$.

Comme $0 < 0{,}85 < 1$ et $0 < 0{,}65 < 1$, $\lim\limits_{n \to +\infty} 0{,}85^n = 0$ et $\lim\limits_{n \to +\infty} 0{,}65^n = 0$.

Donc $\boldsymbol{\lim\limits_{n \to +\infty} v_n = 0}$ par somme.

D'après la question **1**, $w_n = 1 - u_n - v_n$, d'où $\boldsymbol{\lim\limits_{n \to +\infty} w_n = 1}$ par somme.

**On peut ainsi en déduire qu'à long terme, tous les individus seront immunisés.**

# Dérivation

Les calculatrices sont autorisées conformément à la réglementation en vigueur

AIDE-MÉMOIRE p. 263

## SUJET 13

**50 min** **4 points**

Le plan est muni d'un repère orthonormé $(O, \vec{i}, \vec{j})$.
On considère une fonction $f$ dérivable sur l'intervalle $[-3 ; 2]$.
On dispose des informations suivantes :

- $f(0) = -1$.
- la dérivée $f'$ de la fonction $f$ admet la courbe représentative $\mathscr{C}'$ ci-dessous.

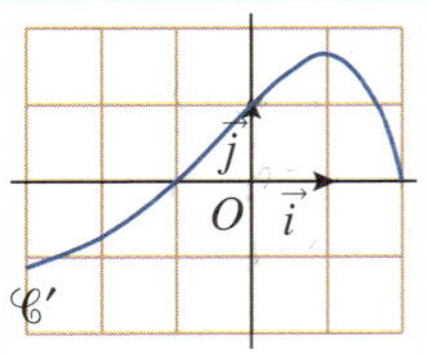


Pour chacune des affirmations suivantes, dire si elle est vraie ou fausse et justifier la réponse.

**1.** Pour tout réel $x$ de l'intervalle $[-3 ; -1]$, $f'(x) \leqslant 0$.

**2.** La fonction $f$ est croissante sur l'intervalle $[-1 ; 2]$.

**3.** Pour tout réel $x$ de l'intervalle $[-3 ; 2]$, $f(x) \geqslant -1$.

**4.** Soit $\mathscr{C}$ la courbe représentative de la fonction $f$.
La tangente à la courbe $\mathscr{C}$ au point d'abscisse 0 passe par le point de coordonnées (1 ; 0).

## Corrigé du sujet 13

*Les textes sur fond jaune apparaissant dans ce corrigé sont des rappels de cours ou des commentaires pour vous guider et vous aider.*

**Méthode :** Pour aborder un VRAI-FAUX, il faut avant tout conjecturer la réponse à l'aide des outils que vous avez à votre disposition : énoncé, calculatrice... Une fois la conjecture émise, si la propriété semble vraie, une démonstration s'impose, si elle semble fausse il suffit alors, la plupart du temps, de trouver un contre-exemple.

**1. Affirmation 1 : Vrai.**

La courbe $\mathscr{C}'$ est en-dessous de l'axe des abscisses sur l'intervalle $[-3 ; -1]$, donc $f'(x) \leqslant 0$ sur ce même intervalle.

**2. Affirmation 2 : Vrai.**

La courbe $\mathscr{C}'$ est au-dessus de l'axe des abscisses sur l'intervalle $[-1 ; 2]$, donc $f'(x) \geqslant 0$ sur ce même intervalle, donc $f$ est croissante sur $[-1 ; 2]$.

**3. Affirmation 3 : Faux.**

Sur $[-1 ; 0]$, $\mathscr{C}'$ est au-dessus de l'axe des abscisses donc $f'(x) > 0$ sauf en $-1$ où $f'(x)$ s'annule, $f$ est donc strictement croissante sur $[-1 ; 0]$, donc $f(-1) < f(0)$, c'est-à-dire $f(-1) < -1$, ce qui contredit l'inégalité demandée.

**4. Affirmation 4 : Vrai.**

$f$ est dérivable en 0 donc la tangente à la courbe représentative de $f$ en 0 est de la forme : $y = f'(0)(x - 0) + f(0)$. Or, l'énoncé donne $f(0) = -1$ et on peut lire $f'(0) = 1$.
L'équation de la tangente en 0 est $y = x - 1$.
On vérifie que les coordonnées du point (1 ; 0) vérifient bien cette équation.

AIDE-MÉMOIRE p. 263

# SUJET 14

60 min 5 points

Une municipalité a décidé d'installer un module de skateboard dans un parc de la commune.

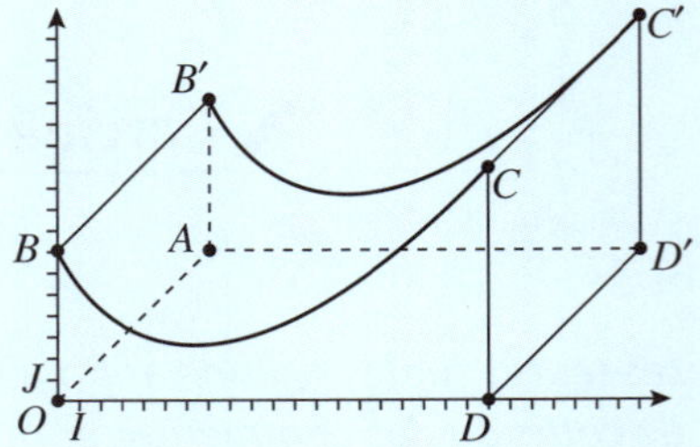


Le dessin ci-contre en fournit une perspective cavalière. Les quadrilatères $OAD'D$, $DD'C'C$, et $OAB'B$ sont des rectangles.

Le plan de face $(OBD)$ est muni d'un repère orthonormé $(O, I, J)$.

L'unité est le mètre. La largeur du module est de 10 mètres, autrement dit, $DD' = 10$ ; sa longueur $OD$ est de 20 mètres.

*Le but du problème est de déterminer l'aire des différentes surfaces à peindre.*

Le profil du module de skateboard a été modélisé à partir d'une photo par la fonction $f$ définie sur l'intervalle $[0 ; 20]$ par :

$$f(x) = (x + 1)\ln(x + 1) - 3x + 7.$$

On note $f'$ la fonction dérivée de la fonction $f$ et $\mathscr{C}$ la courbe représentative de la fonction $f$ dans le repère $(O, I, J)$.

## Partie 1

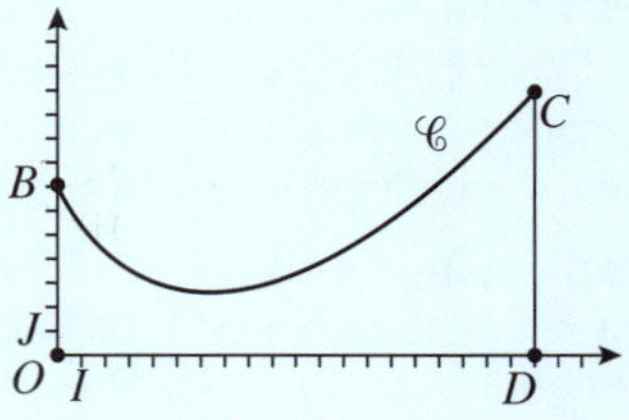


**1.** Montrer que, pour tout réel $x$ appartenant à l'intervalle $[0 ; 20]$, on a :

$$f'(x) = \ln(x + 1) - 2.$$

**2.** En déduire les variations de $f$ sur l'intervalle $[0 ; 20]$ et dresser son tableau de variations.

**3.** Calculer le coefficient directeur de la tangente à la courbe $\mathscr{C}$ au point d'abscisse 0.

La valeur absolue de ce coefficient est appelée l'inclinaison du module de skateboard au point $B$.

**4.** On admet que la fonction $g$ définie sur l'intervalle [0 ; 20] par :

$$g(x) = \frac{1}{2}(x+1)^2 \ln(x+1) - \frac{1}{4}x^2 - \frac{1}{2}x,$$

a pour dérivée la fonction $g'$ définie sur l'intervalle [0 ; 20] par :

$$g'(x) = (x+1)\ln(x+1).$$

Déterminer une primitive de la fonction $f$ sur l'intervalle [0 ; 20].

## Partie 2

*Les trois questions de cette partie sont indépendantes*

**1.** Les propositions suivantes sont-elles exactes ? Justifier les réponses.

$P_1$ : La différence de hauteur entre le point le plus haut et le point le plus bas de la piste est au moins égale à 8 mètres.

$P_2$ : L'inclinaison de la piste est presque deux fois plus grande en $B$ qu'en $C$.

**2.** On souhaite peindre en noir la piste roulante, autrement dit la surface supérieure du module.

Afin de déterminer une valeur approchée de l'aire de la partie à peindre, on considère dans le repère $(O, I, J)$ du plan de face, les points $B_k(k\,;f(k))$, pour $k$ variant de 0 à 20. Ainsi, $B_0 = B$.

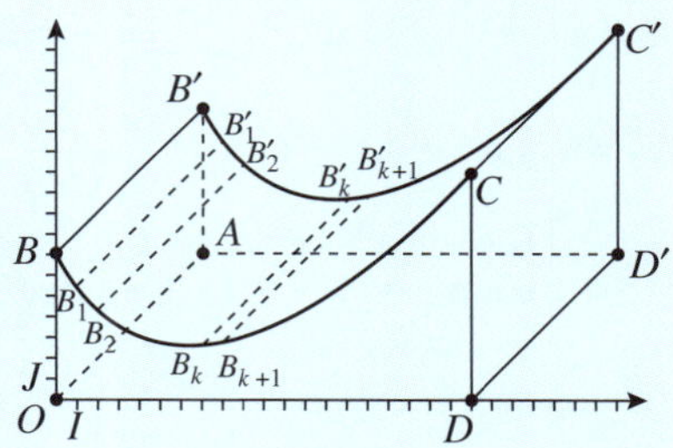


On décide d'approcher l'arc de la courbe $\mathscr{C}$ allant de $B_k$ à $B_{k+1}$ par le segment $[B_kB_{k+1}]$.

Ainsi, l'aire de la surface à peindre sera approchée par la somme des aires des rectangles du type $B_kB_{k+1}B'_kB'_{k+1}$ (voir **figure**).

**a)** Montrer que, pour tout entier $k$ variant de 0 à 19,

$$B_kB_{k+1} = \sqrt{1 + (f(k+1) - f(k))^2}\,.$$

**b)** Compléter l'algorithme suivant pour qu'il affiche une estimation de l'aire de la partie roulante.

```
f : définie par f (x) = (x + 1) ln(x + 1) − 3x + 7
S ← 0
Pour K variant de ... à ...
    S ← ......
Fin Pour
Afficher ...
```

# Corrigé du sujet 14

*Les textes sur fond jaune apparaissant dans ce corrigé sont des rappels de cours ou des commentaires pour vous guider et vous aider.*

## Partie 1

**1.**

Dérivée de la fonction ln $u$ : Soit $u$ une fonction dérivable sur un intervalle $I$ telle que $u(x) > 0$, pour tout $x$ de $I$, alors ln $u$ est dérivable sur $I$ et $(\ln u)' = \frac{u'}{u}$.

$x \mapsto x + 1$ est dérivable sur [0 ; 20] et $x + 1 > 0$ sur [0 ; 20].
Donc $x \mapsto \ln(x + 1)$ est dérivable sur [0 ; 20].
Puis $f$ est dérivable sur [0 ; 20] comme produit et somme de fonctions dérivables sur [0 ; 20].

$f'(x) = 1 \times \ln(x + 1) + (x + 1) \times \frac{1}{x + 1} - 3 = \ln(x + 1) + 1 - 3 = \ln(x + 1) - 2.$

**2.** $f'(x) = 0 \Leftrightarrow \ln(x + 1) = 2 \Leftrightarrow x + 1 = e^2 \Leftrightarrow x = e^2 - 1.$

$f'(x) > 0 \Leftrightarrow \ln(x + 1) > 2 \Leftrightarrow x + 1 > e^2$, car la fonction exp est strictement croissante sur $\mathbb{R}$

$\Leftrightarrow x > e^2 - 1$

Par suite : $\begin{cases} f \text{ est strictement croissante sur } [e^2 - 1 ; 20] \\ f \text{ est strictement décroissante sur } [0 ; e^2 - 1] \end{cases}$

| $x$ | 0 | | $e^2 - 1$ | | 20 |
|---|---|---|---|---|---|
| $f(x)$ | 7 | ↘ | $f(e^2 - 1)$ | ↗ | $f(20)$ |

$f(20) \approx 10{,}93$ ;
$f(e^2 - 1) \approx 2{,}6.$

**3.**

**Rappel :** coefficient directeur d'une tangente
Soit $f$ une fonction définie et dérivable en $a$. Alors la tangente à la courbe en $f$ en $a$ a pour coefficient directeur $f'(a)$.

$f'(0) = 1 \times \ln(1) - 2 = -2.$

**4.** $f(x) = g'(x) - 3x + 7$.
Comme $f$ est dérivable sur [0 ; 20], $f$ est continue sur [0 ; 20], donc $f$ admet une primitive sur [0 ; 20].
Ainsi,

$$\begin{aligned} F(x) &= g(x) - \frac{3}{2}x^2 + 7x \\ &= \frac{1}{2}(x+1)^2 \ln(x+1) - \frac{1}{4}x^2 - \frac{1}{2}x - \frac{3}{2}x^2 + 7x \\ &= \frac{1}{2}(x+1)^2 \ln(x+1) - \frac{7}{4}x^2 + \frac{13}{2}x. \end{aligned}$$



### Partie 2

**1.** $P_1$ : Vraie.
Car la différence entre le point le plus haut et le point le plus bas de la piste est :

$$\begin{aligned} f(20) - f(e^2 - 1) &\approx 10{,}93 - 2{,}6 \\ &\approx 8{,}3 > 8. \end{aligned}$$

$P_2$ : Vraie.
Car $f'(0) = -2$, donc l'inclinaison en $B$ est de 2.

$$\begin{aligned} f'(20) &= \ln(21) - 2 \\ &\approx 1{,}04 \end{aligned}$$

: l'inclinaison en $C$ est donc d'environ 1,04.

**2. a)** $B_k B_{k+1} = \sqrt{1^2 + (f(k+1) - f(k))^2} = \sqrt{1 + (f(k+1) - f(k))^2}$.

**b)** La partie de l'algorithme à compléter est :

```
S ← 0
Pour K allant de 0 à 19
    S ← S + 10 √(1 + (f(k + 1) − f(k))²)
Afficher S
```

AIDE-MÉMOIRE p. 263

## SUJET 15

50 min 5 points

### Partie A

Soit $f$ la fonction définie sur $\mathbb{R}$ par $f(x) = \dfrac{3}{1 + e^{-2x}}$.

Sur le graphique ci-après, on a tracé, dans un repère orthogonal $(O\,;\,\vec{i}, \vec{j})$, la courbe représentative $\mathscr{C}$ de la fonction $f$ et la droite $\Delta$ d'équation $y = 3$.

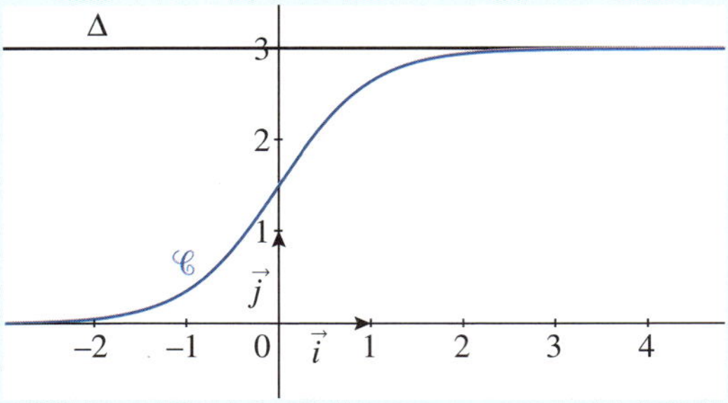


**1.** Démontrer que la fonction $f$ est strictement croissante sur $\mathbb{R}$.

**2.** Justifier que la droite $\Delta$ est asymptote à la courbe $\mathscr{C}$.

**3.** Démontrer que l'équation $f(x) = 2{,}999$ admet une unique solution $\alpha$ sur $\mathbb{R}$. Déterminer un encadrement de $\alpha$ d'amplitude $10^{-2}$.

**Partie B**

Soit $h$ la fonction définie sur $\mathbb{R}$ par $h(x) = 3 - f(x)$.

**1.** Justifier que la fonction $h$ est positive sur $\mathbb{R}$.

**2.** On désigne par $H$ la fonction définie sur $\mathbb{R}$ par $H(x) = -\dfrac{3}{2}\ln(1 + e^{-2x})$. Démontrer que $H$ est une primitive de $h$ sur $\mathbb{R}$.

**Partie C**

**1.** Montrer que, pour tout $x$ réel, $f''(x) = \dfrac{12e^{-2x}(1 - e^{-2x})}{(1 + e^{-2x})^3}$.

**2.** En déduire l'étude de la convexité de $f$ sur $\mathbb{R}$.

**3.** La fonction $f$ possède-t-elle un pont d'inflexion ?

## Corrigé du sujet 15

*Les textes sur fond jaune apparaissant dans ce corrigé sont des rappels de cours ou des commentaires pour vous guider et vous aider.*

**Partie A**

**1.**

**Méthode : Dérivation : Soit $u$ une fonction définie sur un intervalle $I$ ne s'annulant pas, alors $\dfrac{1}{u}$ et $e^u$ sont dérivables sur $I$ et $\left(\dfrac{1}{u}\right)' = -\dfrac{u'}{u^2}$, $(e^u)' = u'e^u$.**

$f$ est une fonction dérivable sur $\mathbb{R}$ comme quotient de deux fonctions dérivables sur $\mathbb{R}$ dont le dénominateur ne s'annule pas car, pour tout réel $x$, $e^{-2x} > 0$, donc $1 + e^{-2x} > 0$.

Posons $u(x) = 1 + e^{-2x}$, alors $u'(x) = -2e^{-2x}$.

$$f(x) = \frac{3}{u(x)}, \text{ d'où } f'(x) = -\frac{3u'(x)}{(u(x))^2} = -3\frac{-2e^{-2x}}{(1+e^{-2x})^2} = 6\frac{e^{-2x}}{(1+e^{-2x})^2}.$$

Pour tout réel $x$, $e^{-2x} > 0$, donc $f'(x) > 0$.

On en déduit que la fonction **$f$ est strictement croissante sur $\mathbb{R}$.**

**2.**

**Rappel : Théorème sur la limite de fonction composée**
Soient $f$, $g$ deux fonctions et $a$, $b$, $c$ désignent des réels ou $+\infty$ ou $-\infty$.

Si $\left.\begin{array}{l}\lim\limits_{x\to a} f(x) = b\\ \lim\limits_{x\to b} g(x) = c\end{array}\right\}$ alors $\lim\limits_{x\to a} (g \circ f)(x) = c$.

Calculons $\lim\limits_{x\to+\infty} f(x)$ pour vérifier que $\Delta$ est asymptote à la courbe en $+\infty$ :

$$\left.\begin{array}{l}\lim\limits_{x\to+\infty} -2x = -\infty\\ \lim\limits_{x\to-\infty} e^{x} = 0\end{array}\right\} \text{ donc } \lim_{x\to+\infty} e^{-2x} = 0 \text{ par composition}$$

donc $\lim\limits_{x\to+\infty} 1 + e^{-2x} = 1$ et $\lim\limits_{x\to+\infty} f(x) = 3$.

La droite **$\Delta$ est donc bien asymptote à la courbe au voisinage de $+\infty$.**

**3.**

**Rappel de cours :** Si $f$ est une fonction définie, continue et strictement monotone sur un intervalle $I$, alors, pour tout réel $k$ appartenant à l'image de $I$ par $f$, l'équation $f(x) = k$ admet une unique solution dans $I$.

La fonction $f$ est continue sur $\mathbb{R}$, car dérivable sur $\mathbb{R}$, et elle est strictement croissante d'après la question **1.**

$$\left.\begin{array}{l}\lim\limits_{x\to-\infty} -2x = +\infty\\ \lim\limits_{x\to+\infty} e^{x} = +\infty\end{array}\right\} \text{ donc } \lim_{x\to-\infty} e^{-2x} = +\infty \text{ puis } \lim_{x\to-\infty} 1 + e^{-2x} = +\infty$$

donc $\lim\limits_{x\to-\infty} f(x) = 0$.

De plus, $\lim\limits_{x\to+\infty} f(x) = 3$ d'après la question **2.**

On en déduit que 2,999 est compris entre $\lim\limits_{x\to-\infty} f(x) = 0$ et $\lim\limits_{x\to+\infty} f(x) = 3$.

En utilisant le corollaire du théorème des valeurs intermédiaires, on obtient que l'équation $f(x) = 2{,}999$ admet une unique solution $\alpha$ dans $\mathbb{R}$.

Grâce à la calculatrice, on trouve $f(4) < 2{,}99 < f(4{,}01)$, ainsi $f(4) < f(\alpha) < f(4{,}01)$

Comme $f$ est strictement croissante, on a $4 < \alpha < 4{,}01$.

### Partie B

**1.** D'après le raisonnement fait à la question **A-3.**, pour tout réel $x$, $f(x) \in \left]0\,;3\right[$.
D'où $0 < f(x) < 3$ , puis $3 - f(x) > 0$ .
La fonction ***h* est donc positive sur $\mathbb{R}$.**

**2.**

**Méthode :** Pour vérifier qu'une fonction *h* est une primitive de *f*, on utilise la définition de la primitive d'une fonction : $h'(x) = f(x)$.

**Rappel :** Soit *u* une fonction dérivable sur un intervalle *I* telle que $u(x) > 0$, pour tout *x* de *I*, alors ln *u* est dérivable sur *I* et $(\ln u)' = \dfrac{u'}{u}$.

$H(x) = -\dfrac{3}{2}\ln(u(x))$ avec $u(x) = 1 + e^{-2x}$

Donc $H'(x) = -\dfrac{3}{2}\dfrac{u'(x)}{u(x)} = -\dfrac{3}{2} \times \dfrac{-2e^{-2x}}{1+e^{-2x}} = \dfrac{3e^{-2x}}{1+e^{-2x}}$.

Or, $3 - f(x) = 3 - \dfrac{3}{1+e^{-2x}} = \dfrac{3(1+e^{-2x}) - 3}{1+e^{-2x}} = \dfrac{3e^{-2x}}{1+e^{-2x}} = H'(x)$.

On peut en déduire que $H'(x) = h(x)$, pour tout réel $x$.
***H* est donc une primitive de *h* sur $\mathbb{R}$.**

### Partie C

**1.** D'après la question **A. 1**, on a $f'(x) = \dfrac{6e^{x}}{(1+e^{-2x})^2}$.

**Méthode : Dérivation :** Soient *u* et *v* deux fonctions définies sur un intervalle *I* avec *v* ne s'annulant pas alors $\dfrac{u}{v}$ est dérivable sur *I* et $\left(\dfrac{u}{v}\right)' = \dfrac{u'v - uv'}{v^2}$.

Posons $u(x) = 6e^{-2x}$ et $v(x) = (1+e^{-2x})^2$.
Les fonctions *u* et *v* sont dérivables sur $\mathbb{R}$ et *v* ne s'annule pas donc *f'* est aussi dérivable sur $\mathbb{R}$.
On a $u'(x) = -12e^{-2x}$ et $v'(x) = 2\left(1+e^{-2x}\right) \times \left(-2e^{-2x}\right) = -4e^{-2x}\left(1+e^{-2x}\right)$

$$f''(x) = (f')'(x) = \frac{u'(x)v(x) - u(x)v'(x)}{v^2(x)}$$

$$= \frac{-12e^{-2x}(1+e^{-2x})^2 - 6e^{-2x}\left(-4e^{-2x}\right)\left(1+e^{-2x}\right)}{(1+e^{-2x})^4}$$

$$= \frac{-12e^{-2x}\left(1+e^{-2x}\right)^2 + 24e^{-2x}e^{-2x}\left(1+e^{-2x}\right)}{(1+e^{-2x})^4}$$

$$= \frac{-12e^{-2x}\left(1+e^{-2x}\right) + 24e^{-2x}e^{-2x}}{(1+e^{-2x})^3} = \frac{12e^{-2x}\left[-1 - e^{-2x} + 2e^{-2x}\right]}{(1+e^{-2x})^3}$$

D'où $f''(x) = \dfrac{12e^{-2x}\left(e^{-2x} - 1\right)}{(1 + e^{-2x})^3}$

**2.**

**Méthode :** Soit $f$ une fonction deux fois dérivable sur un intervalle $I$.
$f$ est convexe sur $I$ si $f''$ est positive sur $I$ et $f$ est concave sur $I$ si $f''$ est négative sur $I$.

Pour tout réel $x$, $12e^{-2x} > 0$ et $(1 + e^{-2x})^3 > 0$, donc le signe de $f''$ ne dépend que de celui de $e^{-2x} - 1$.
Or, $e^{-2x} - 1 \geqslant 0 \Leftrightarrow e^{-2x} \geqslant 1 \Leftrightarrow -2x \geqslant 0 \Leftrightarrow x \leqslant 0$
Donc $f''(x) \geqslant 0 \Leftrightarrow x \leqslant 0$
On en déduit que $f''$ est positive sur $\mathbb{R}^-$ et négative sur $\mathbb{R}^+$.
**Ainsi, $f$ est convexe sur $\mathbb{R}^-$ et concave sur $\mathbb{R}^+$.**
**3.** D'après la question précédente, $f$ change de concavité en $x = 0$, **elle possède donc un point d'inflexion en $x = 0$**.

AIDE-MÉMOIRE p. 263

# SUJET 16

60 min 5 points

Lors d'un match de rugby, un joueur doit transformer un essai qui a été marqué au point $E$ (voir figure ci-contre) situé à l'extérieur du segment $[AB]$.

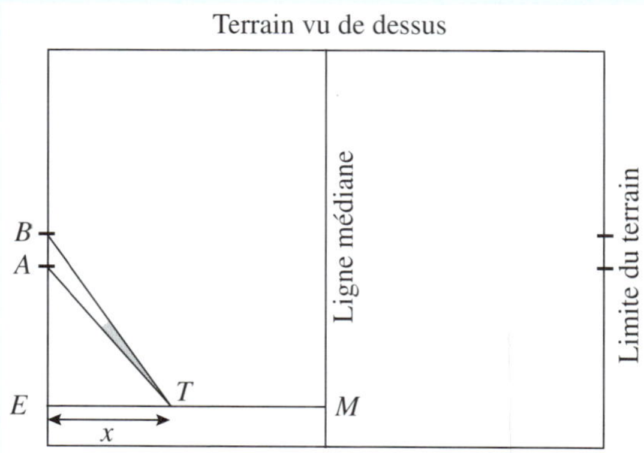


La transformation consiste à taper le ballon par un coup de pied depuis un point $T$ que le joueur a le droit de choisir n'importe où sur le segment $[EM]$ perpendiculaire à la droite $(AB)$ sauf en $E$.
La transformation est réussie si le ballon passe entre les poteaux repérés par les points $A$ et $B$ sur la figure.

Pour maximiser ses chances de réussite, le joueur tente de déterminer la position du point $T$ qui rend l'angle $\widehat{ATB}$ le plus grand possible.
Le but de cet exercice est donc de rechercher s'il existe une position du point $T$ sur le segment $[EM]$ pour laquelle l'angle $\widehat{ATB}$ est maximal et, si c'est le cas, de déterminer une valeur approchée de cet angle.
Dans toute la suite, on note $x$ la longueur $ET$, qu'on cherche à déterminer.
Les dimensions du terrain sont les suivantes : $EM = 50$ m, $EA = 25$ m et $AB = 5{,}6$ m.
On note $\alpha$ la mesure en radian de l'angle $\widehat{ETA}$, $\beta$ la mesure en radian de l'angle $\widehat{ETB}$ et $\gamma$ la mesure en radian de l'angle $\widehat{ATB}$.

**1.** En utilisant les triangles rectangles $ETA$ et $ETB$, ainsi que les longueurs fournies, exprimer $\tan\alpha$ et $\tan\beta$ en fonction de $x$.

La fonction tangente est définie sur l'intervalle $\left]0\,;\frac{\pi}{2}\right[$ par :

$$\tan x = \frac{\sin x}{\cos x}.$$

**2.** Montrer que la fonction tan est strictement croissante sur l'intervalle $\left]0\,;\frac{\pi}{2}\right[$.

**3.** L'angle $\widehat{ATB}$ admet une mesure $\gamma$ appartenant à l'intervalle $\left]0\,;\frac{\pi}{2}\right[$, résultat admis ici, que l'on peut observer sur la **figure**.

On admet que, pour tous réels $a$ et $b$ de l'intervalle $\left]0\,;\frac{\pi}{2}\right[$,

$$\tan(a-b) = \frac{\tan a - \tan b}{1 + \tan a \times \tan b}.$$

Montrer que $\tan\gamma = \dfrac{5{,}6x}{x^2 + 765}$.

**4.** L'angle $\widehat{ATB}$ est maximal lorsque sa mesure $\gamma$ est maximale. Montrer que cela correspond à un minimum sur l'intervalle $]0\,;50]$ de la fonction $f$ définie par : $f(x) = x + \dfrac{765}{x}$.

Montrer qu'il existe une unique valeur de $x$ pour laquelle l'angle $\widehat{ATB}$ est maximal et déterminer cette valeur de $x$ au mètre près, ainsi qu'une mesure de l'angle $\widehat{ATB}$ à 0,01 radian près.

*Remarque : sur un terrain, un joueur de rugby ne se soucie pas d'une telle précision.*

# Corrigé du sujet 16

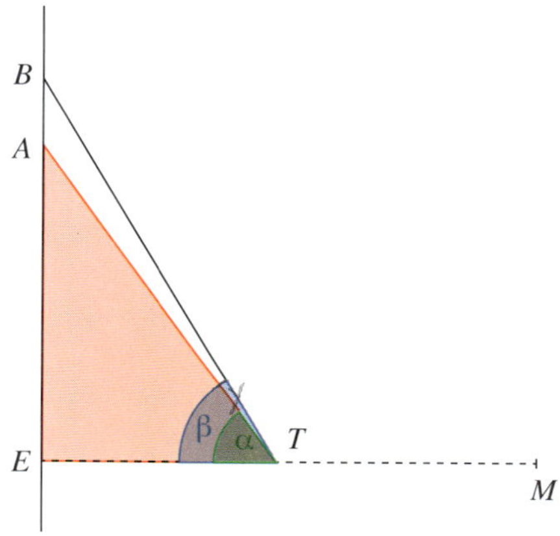


**1.** *ETA* est un triangle rectangle en *E*, donc **tan α** = tan $\widehat{ETA} = \dfrac{EA}{ET} = \mathbf{\dfrac{25}{x}}$.

*ETB* est un triangle rectangle en *E*, donc **tan α** = tan $\widehat{ETB} = \dfrac{EB}{ET} = \dfrac{25+5{,}6}{x} = \mathbf{\dfrac{30{,}6}{x}}$.

**2.** $\tan x = \dfrac{\sin x}{\cos x}$ sur $\left]0\,;\dfrac{\pi}{2}\right[$.

tan est dérivable sur $\left]0\,;\dfrac{\pi}{2}\right[$ comme quotient de deux fonctions dérivables sur $\left]0\,;\dfrac{\pi}{2}\right[$ dont le dénominateur est différent de 0 sur $\left]0\,;\dfrac{\pi}{2}\right[$.

$\tan'(x) = \dfrac{\cos x \times \cos x - \sin x \times (-\sin x)}{\cos^2 x} = \dfrac{\cos^2 x + \sin^2 x}{\cos^2 x} = \dfrac{1}{\cos^2 x} > 0$ sur $\left]0\,;\dfrac{\pi}{2}\right[$.

Par conséquent, **la fonction tan est strictement croissante sur** $\mathbf{\left]0\,;\dfrac{\pi}{2}\right[}$.

**3.** $\gamma = \beta - \alpha$, car $\widehat{ATB} = \widehat{ETB} - \widehat{ETA}$.

$$\mathbf{\tan\gamma} = \tan(\beta-\alpha) = \frac{\tan\beta\ \tan\alpha}{1+\tan\beta\ \tan\alpha}$$

$$= \frac{\dfrac{30{,}6}{x} - \dfrac{25}{x}}{1 + \dfrac{30{,}6}{x} \times \dfrac{25}{x}} = \frac{\dfrac{5{,}6}{x}}{1 + \dfrac{765}{x^2}} = \frac{\dfrac{5{,}6}{x}}{\dfrac{x^2+765}{x^2}} = \mathbf{\frac{5{,}6x}{x^2+765}}.$$

**4.** $\widehat{ATB}$ est maximal si sa mesure γ est maximale, c'est-à-dire tan γ est maximale, car tan est strictement croissante sur $\left]0\,;\dfrac{\pi}{2}\right[$.

Donc $\widehat{ATB}$ est maximal quand la fonction $x \mapsto \dfrac{5{,}6x}{x^2+765}$ est maximale.

Or, $\dfrac{5{,}6x}{x^2+765} = \dfrac{5{,}6}{\dfrac{x^2+765}{x}} = \dfrac{5{,}6}{x+\dfrac{765}{x}} = \dfrac{5{,}6}{f(x)}$.

Donc la fonction $x \mapsto \dfrac{5{,}6x}{x^2+765}$ est maximale quand la fonction $f$ est minimale sur $[0\,;50]$.

**On en déduit que $\widehat{ATB}$ est maximal quand la fonction $f$ est minimale sur $[0\,;50]$.**

$f$ est dérivable sur $[0\,;50]$ comme somme de fonctions dérivables sur $[0\,;50]$.

$f'(x) = 1 - \dfrac{765}{x^2} = \dfrac{x^2-765}{x^2}$.

$x^2 > 0$ sur $[0\,;50]$, donc le signe de $f'(x)$ ne dépend que du signe de $x^2 - 765$.

$x^2 - 765 = 0 \Leftrightarrow x^2 = 765 \Leftrightarrow x = -\sqrt{765}$ ou $x = \sqrt{765}$ ;

$x^2 - 765 > 0 \Leftrightarrow x^2 > 765 \quad x < -\sqrt{765}$ ou $x > \sqrt{765}$.

Par suite, $\begin{cases} f'(x) > 0 \text{ sur } \left]\sqrt{765}\,;50\right] \\ f'(x) < 0 \text{ sur } \left]0\,;\sqrt{765}\right[ \\ f'(x) = 0 \text{ pour } x = \sqrt{765} \end{cases}$ donc $f$ admet unique un minimum pour $x = \sqrt{765}$.

Par conséquent, tan $\gamma$ admet un unique maximum pour $x = \sqrt{765} \approx 28$.

Ainsi, **l'angle $\widehat{ATB}$ est maximal pour une distance $ET$ d'environ 28 mètres.**

**L'angle $\widehat{ATB}$ a alors pour mesure $\gamma = \tan^{-1}\left(\dfrac{5{,}6\sqrt{765}}{765+765}\right) \approx 0{,}10$ rad.**

AIDE-MÉMOIRE p. 263

# SUJET 17

**35 min 3 points**

Soit $f$ la fonction définie sur $]0\,;14]$ par :

$$f(x) = 2 - \ln\left(\frac{x}{2}\right).$$

La courbe représentative $\mathscr{C}_f$ de la fonction $f$ est donnée dans le repère orthogonal d'origine $O$ ci-après :

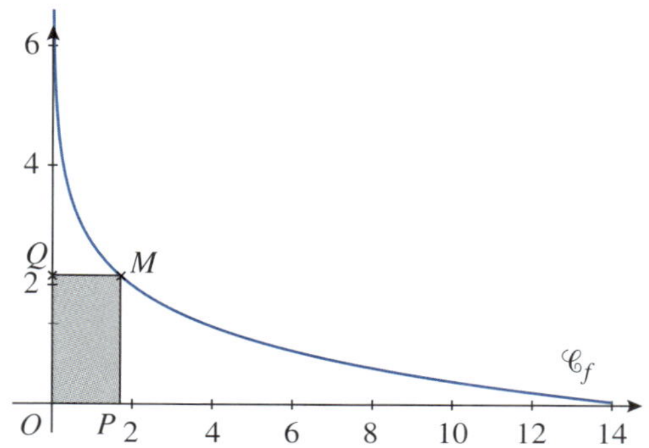


À tout point $M$ appartenant à $\mathscr{C}_f$, on associe le point $P$ projeté orthogonal de $M$ sur l'axe des abscisses, et le point $Q$ projeté orthogonal de $M$ sur l'axe des ordonnées.

• L'aire du rectangle $OPMQ$ est-elle constante quelle que soit la position du point $M$ sur $\mathscr{C}_f$ ?

• L'aire du rectangle $OPMQ$ peut-elle être maximale ?
Si oui, préciser les coordonnées du point $M$ correspondant.
Justifier les réponses.

## Corrigé du sujet 17

*Les textes sur fond jaune apparaissant dans ce corrigé sont des rappels de cours ou des commentaires pour vous guider et vous aider.*

Soit $M$ le point de la courbe d'abscisse $x$. Les coordonnées de $M$ sont donc $M(x\,;f(x))$.

• Par projection sur l'axe des abscisses, on obtient le point $P$ de coordonnées $P(x\,;0)$ et, par projection sur l'axe des ordonnées, on obtient le point $Q$ de coordonnées $Q(0\,;f(x))$.

On a donc $OP = x$ et $OQ = f(x) = 2 - \ln\left(\frac{x}{2}\right)$ et, ainsi, l'aire du rectangle $OPMQ$ vaut :

$A_{OPMQ} = A(x) = OP \times OQ = x.f(x) = 2x - x\ln\left(\frac{x}{2}\right)$.

Cette aire n'est pas constante : par exemple,

pour $x = 1$, $A_{OPMQ} = A(1) = 2 - \ln\left(\frac{1}{2}\right) = 2 + \ln 2$

et, pour $x = 2$, $A_{OPMQ} = A(2) = 4 - \ln\left(\frac{2}{2}\right) = 4 \neq 2 + \ln 2$.

• Étudions la fonction $A$ qui représente l'aire du rectangle $OPMQ$ pour connaître ses variations.

**Méthode : Dérivation**
Soient $u$ et $v$ deux fonctions définies sur un intervalle $I$. Alors $uv$ est dérivable sur $I$ et $(uv)' = u'v + uv'$.
Si, de plus, pour tout $x$ de $I$, $u(x) > 0$, alors $\ln u$ est dérivable sur $I$ et $(\ln u)' = \dfrac{u'}{u}$.

$A$ est dérivable sur $]0\ ;\ 14]$, comme somme et produit de fonctions dérivables sur cet intervalle.

Posons $u(x) = x$, $v(x) = \dfrac{x}{2}$ et $w(x) = \ln v(x)$.

Alors $u'(x) = 1$ , $v'(x) = \dfrac{1}{2}$ et $w'(x) = \dfrac{v'(x)}{v(x)} = \dfrac{\frac{1}{2}}{\frac{x}{2}} = \dfrac{1}{2} \times \dfrac{2}{x} = \dfrac{1}{x}$.

$A(x) = 2u(x) - u(x) \times w(x)$, donc $A'(x) = 2u'(x) - u'(x) \times w(x) - u(x) \times w'(x)$

$A'(x) = 2 \times 1 - 1 \times \ln\left(\dfrac{x}{2}\right) - x \times \dfrac{1}{x} = 1 - \ln\left(\dfrac{x}{2}\right)$.

$$\begin{aligned} A'(x) \geqslant 0 &\Leftrightarrow 1 - \ln\left(\frac{x}{2}\right) \geqslant 0 \\ &\Leftrightarrow \ln\left(\frac{x}{2}\right) \leqslant 1 \\ &\Leftrightarrow \frac{x}{2} \leqslant e^1 \\ &\Leftrightarrow x \leqslant 2e \text{ avec } 2e \approx 5{,}4 \end{aligned}$$

Ainsi, la fonction $A$ est croissante sur l'intervalle $]0\ ;\ 2e]$ et décroissante sur l'intervalle $[2e\ ;\ 14]$.

Elle admet donc un maximum pour la valeur $x = 2e$ qui vaut :
$A(2e) = 4e - 2e\ln(e) = 4e - 2e = 2e \approx 5{,}4$.

Comme $f(2e) = 2 - \ln(e) = 2 - 1 = 1$, le point $M$ correspondant à cette valeur $x = 2e$ a pour coordonnées $M(2e\ ;f(2e))$, c'est-à-dire $M(2e\ ;1)$.

# SUJET 18

AIDE-MÉMOIRE p. 263

**70 min** **6 points**

## Partie A

$f$ est une fonction définie et dérivable sur $\mathbb{R}$. $f'$ est la fonction dérivée de la fonction $f$.

Dans le plan muni d'un repère orthogonal, on nomme $\mathscr{C}_1$ la courbe représentative de la fonction $f$ et $\mathscr{C}_2$ la courbe représentative de la fonction $f'$.

Le point $A$ de coordonnées $(0\ ;\ 2)$ appartient à la courbe $\mathscr{C}_1$.

Le point $B$ de coordonnées (0 ; 1) appartient à la courbe $\mathscr{C}_2$.

**1.** Dans les trois situations ci-dessous, on a dessiné la courbe représentative $\mathscr{C}_1$ de la fonction $f$. Sur l'une d'entre elles, la courbe $\mathscr{C}_2$ de la fonction dérivée $f'$ est tracée convenablement. Laquelle ? Expliquer le choix effectué.

**Situation 1**

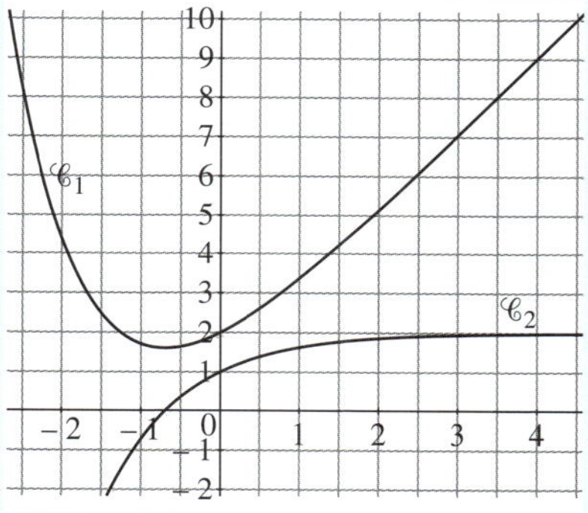


**Situation 2 ($\mathscr{C}_2$ est une droite)**

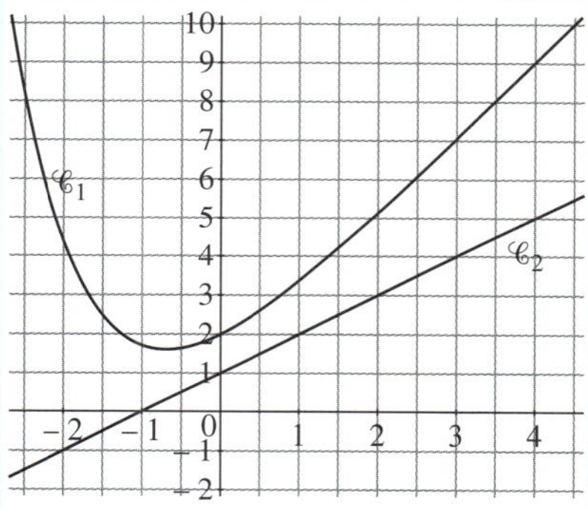


**Situation 3**

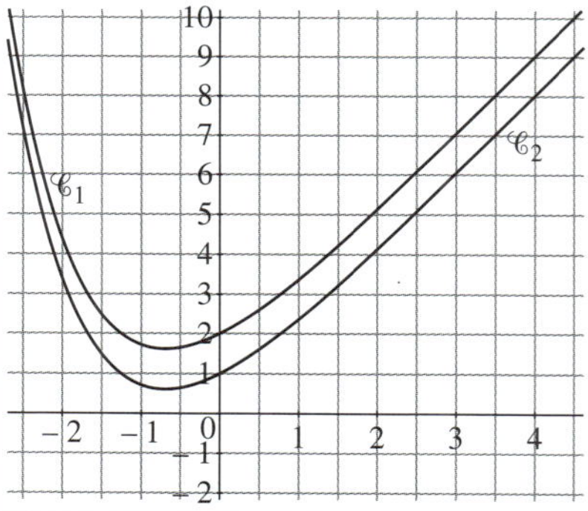


**2.** Déterminer l'équation réduite de la droite Δ tangente à la courbe $\mathscr{C}_1$ en A.

**3.** On sait que pour tout réel $x$, $f(x) = \mathrm{e}^{-x} + ax + b$, où $a$ et $b$ sont deux nombres réels.

**a)** Déterminer la valeur de $b$ en utilisant les renseignements donnés par l'énoncé.

**b)** Prouver que $a = 2$.

**4.** Étudier les variations de la fonction $f$ sur $\mathbb{R}$.

**5.** Déterminer la limite de la fonction $f$ en $+\infty$.

**Partie B**

Soit $g$ la fonction définie sur $\mathbb{R}$ par $g(x) = f(x) - (x + 2)$.

**1. a)** Montrer que la fonction $g$ admet 0 comme minimum sur $\mathbb{R}$.

**b)** En déduire la position de la courbe $\mathscr{C}_1$ par rapport à la droite $\Delta$.

**2.** Étudier les variations de la fonction $f'$ sur l'intervalle $]0\,;+\infty[$.

**3.** En déduire l'étude de la convexité de la fonction $f$.

## Corrigé du sujet 18

*Les textes sur fond jaune apparaissant dans ce corrigé sont des rappels de cours ou des commentaires pour vous guider et vous aider.*

### Partie A

**1.** La situation 3 ne correspond pas car la courbe $\mathscr{C}_2$ est au-dessus de l'axe des abscisses sur $\mathbb{R}$, donc $f'(x) > 0$ sur $\mathbb{R}$, ce qui signifie que $f$ est strictement croissante sur $\mathbb{R}$, ce qui n'est pas le cas sur le graphique. La situation 2 ne correspond pas car $\mathscr{C}_2$ est une droite, donc $f'$ est un polynôme de degré 1, ce qui impose à $f$ d'être de degré 2, donc $\mathscr{C}_1$ devrait être une parabole, ce qui n'est pas le cas.

Par élimination, **c'est la situation 1 qui correspond au problème.**

**2.**

**Rappel de cours : Équation d'une tangente**
Soit $f$ une fonction définie et dérivable en $a$. Alors la courbe représentative de $f$ admet en $a$ une tangente dont l'équation est $y = f'(a)(x-a)+f(a)$.

$f$ est dérivable sur $\mathbb{R}$, donc l'équation de la tangente est de la forme :

$$y = f'(0)(x-0)+f(0).$$

$f'(0) = 1$, car $B$ appartient à la courbe de la dérivée de $f$.

$f(0) = 2$, car $A$ appartient à la courbe de $f$.

L'équation réduite de $\Delta$ est $\boldsymbol{y = x+2}$.

**3. a)** $f(0)=2 \Leftrightarrow \mathrm{e}^{-0}+a\times 0+b=2 \Leftrightarrow 1+b=2 \Leftrightarrow \boldsymbol{b=1}$.

**b)** $f$ est dérivable sur $\mathbb{R}$ et $f'(x) = -\mathrm{e}^{-x}+a$.

Or $f'(0) = 1 \Leftrightarrow -\mathrm{e}^{-0}+a=1 \Leftrightarrow -1+a=1 \Leftrightarrow \boldsymbol{a=2}$.

On en déduit donc que $f$ a pour expression $\boldsymbol{f(x) = \mathrm{e}^{-x}+2x+1}$.

**4.** $f(x) = \mathrm{e}^{-x}+2x+1$.

$f$ est dérivable sur $\mathbb{R}$ comme somme de fonctions dérivables sur $\mathbb{R}$.

$f'(x) = -\mathrm{e}^{-x}+2$.

$f'(x)=0 \Leftrightarrow -\mathrm{e}^{-x}+2=0 \Leftrightarrow \mathrm{e}^{-x}=2 \Leftrightarrow -x=\ln 2 \Leftrightarrow x=-\ln 2$ ;

$f'(x)>0 \Leftrightarrow -\mathrm{e}^{-x}+2>0 \Leftrightarrow \mathrm{e}^{-x}<2 \Leftrightarrow -x<\ln 2 \Leftrightarrow x>-\ln 2$.

Donc $f$ est strictement décroissante sur $]-\infty\,;-\ln 2]$ et $f$ est strictement croissante sur $[-\ln 2\,;+\infty[$.

**5.** $\lim_{x \to +\infty} e^{-x} = 0$ et $\lim_{x \to +\infty} 2x+1 = +\infty$.
Donc, par somme $\mathbf{\lim_{x \to +\infty} f(x) = +\infty}$.

**Partie B**

**1. a)** $g$ est dérivable sur $\mathbb{R}$ comme somme de fonctions dérivables sur $\mathbb{R}$.
$g'(x) = f'(x) - 1 = -e^{-x} + 2 - 1 = -e^{-x} + 1$.
$g'(x) = 0 \Leftrightarrow -e^{-x} + 1 = 0 \Leftrightarrow e^{-x} = 1 \Leftrightarrow -x = 0 \Leftrightarrow x = 0$.
$g'(x) > 0 \Leftrightarrow -e^{-x} + 1 > 0 \Leftrightarrow e^{-x} < 1 \Leftrightarrow -x < 0 \Leftrightarrow x > 0$.
Donc $g'(x)$ s'annule en 0 en changeant de signe. Au vu du signe, on peut affirmer que $g$ admet un minimum en 0 qui est $g(0) = f(0) - 2 = 0$.
Donc la fonction $\boldsymbol{g}$ admet 0 comme minimum sur $\mathbb{R}$.

**b)** On a $g(x) \geqslant 0$ sur $\mathbb{R}$ par définition du minimum.
Donc $f(x) \geqslant x + 2$ sur $\mathbb{R}$.
**Donc la courbe de $f$ est au-dessus de celle de $\Delta$ sur $\mathbb{R}$.**

**2.** D'après la question **A. 4**, $f'(x) = e^{-x} + 2$.
La fonction $f'$ est donc dérivable sur $]0\,;+\infty[$ car la fonction exponentielle l'est.
Pour tout $x \in\, ]0\,;+\infty[$, $f''(x) = e^{-x}$
Donc $f''$ est strictement positive sur $]0\,;+\infty[$.
On en déduit que la fonction **$f'$ est strictement croissante sur $]0\,;+\infty[$.**

**3.**

> **Méthode :** Soit $f$ une fonction dérivable sur un intervalle $I$.
> $f$ est convexe sur $I$ si $f'$ est croissante sur $I$ et $f$ est concave sur $I$ si $f'$ est décroissante sur $I$.

D'après la question précédente, on déduit que **$f$ est convexe sur $]0\,;+\infty[$.**

AIDE-MÉMOIRE p. 263

## SUJET 19

**70 min** **6 points**

On considère la fonction $f$ définie sur $[0\,;+\infty[$ par :

$$f(x) = 5e^{-x} - 3e^{-2x} + x - 3.$$

On note $\mathscr{C}_f$ la représentation graphique de la fonction $f$ et $\mathscr{D}$ la droite d'équation $y = x - 3$ dans un repère orthogonal du plan.

### Partie A : Positions relatives de $\mathscr{C}_f$ et $\mathscr{D}$

Soit $g$ la fonction définie sur l'intervalle $[0\,;+\infty[$ par $g(x) = f(x) - (x - 3)$.

**1.** Justifier que, pour tout réel $x$ de l'intervalle $[0\,;+\infty[$, $g(x) > 0$.

**2.** La courbe $\mathscr{C}_f$ et la droite $\mathscr{D}$ ont-elles un point commun ? Justifier.

### Partie B : Étude de la fonction g

On note $M$ le point d'abscisse $x$ de la courbe $\mathscr{C}_f$, $N$ le point d'abscisse $x$ de la droite $\mathscr{D}$ et on s'intéresse à l'évolution de la distance $MN$.

**1.** Justifier que, pour tout $x$ de l'intervalle $[0\ ;+\infty[$, la distance $MN$ est égale à $g(x)$.

**2.** On note $g'$ la fonction dérivée de la fonction $g$ sur l'intervalle $[0\ ;+\infty[$. Pour tout $x$ de l'intervalle $[0\ ;+\infty[$, calculer $g'(x)$.

**3.** Montrer que la fonction $g$ possède un maximum sur l'intervalle $[0\ ;+\infty[$ que l'on déterminera.
En donner une interprétation graphique.

### Partie C : Étude de f

**1.** Calculer $f'(x)$ sur $[0\ ;+\infty[$.

**2.** Étudier le signe de $f'(x)$ sur $[0\ ;+\infty[$ (On pourra poser $X = e^{-x}$). En déduire le sens de variation de $f$.

**3.** Étudier la convexité de $f$. $f$ admet-elle un point d'inflexion ?

## Corrigé du sujet 19

### Partie A

**1.** $g(x) = 5e^{-x} - 3e^{-2x} = e^{-x}(5 - 3e^{-x})$.
Comme $e^{-x} > 0$ sur $\mathbb{R}^+$, le signe de $g(x)$ ne dépend que du signe de $5 - 3e^{-x}$.

$5 - 3e^{-x} > 0 \Leftrightarrow 5 > 3e^{-x} \Leftrightarrow e^{-x} < \frac{5}{3} \Leftrightarrow -x < \ln\left(\frac{5}{3}\right) \Leftrightarrow x > -\ln\left(\frac{5}{3}\right) \approx -0{,}51$.

Or $x > 0$, donc $x > -\ln\left(\frac{5}{3}\right)$ est toujours vrai.

**Finalement, pour tout réel $x$ de l'intervalle $[0\ ;+\infty[$, $g(x) > 0$.**

**2.** D'après la question **A.1.** $g(x) > 0$ sur $\mathbb{R}^+$, donc $g(x) \neq 0$ sur $\mathbb{R}^+$.
Donc $f(x) - (x - 3) \neq 0$ sur $\mathbb{R}^+$
Donc $f(x) \neq x - 3$ sur $\mathbb{R}^+$
**Donc la courbe $\mathscr{C}_f$ et la droite $\mathscr{D}$ n'ont pas de point commun.**

### Partie B

**1.** Comme $M$ et $N$ ont la même abscisse, pour tout $x$ de l'intervalle $[0\ ;+\infty[$,
$MN = |f(x) - (x-3)| = |g(x)| = \mathbf{g(x)}$ car $g(x) > 0$ d'après la question **A.1.**

**2.** $x \mapsto -x$ et $x \mapsto -2x$ sont deux fonctions dérivables sur $\mathbb{R}^+$ donc les fonctions $x \mapsto e^{-x}$ et $x \mapsto e^{-2x}$ sont dérivables sur $\mathbb{R}^+$. Finalement $g$ est dérivable sur $\mathbb{R}^+$ comme somme de fonctions dérivables sur $\mathbb{R}^+$ et, pour tout $x$ de $\mathbb{R}^+$ :

$$\mathbf{g'(x) = -5\,e^{-x} + 6\,e^{-2x} = e^{-x}(6\,e^{-x} - 5).}$$

**3.** Pour tout $x$ de l'intervalle $[0\,;+\infty[$ :

• $g'(x) = 0 \Leftrightarrow e^{-x}(6e^{-x} - 5) = 0 \Leftrightarrow 6e^{-x} - 5 = 0$ car $e^{-x} \neq 0$

$$\Leftrightarrow e^{-x} = \frac{5}{6} \Leftrightarrow -x = \ln\left(\frac{5}{6}\right).$$

$$\Leftrightarrow x = -\ln\left(\frac{5}{6}\right) = \ln\left(\frac{6}{5}\right).$$

• $g'(x) > 0 \Leftrightarrow e^{-x}(6e^{-x} - 5) > 0$

$$\Leftrightarrow 6e^{-x} - 5 > 0 \quad \text{car } e^{-x} > 0$$

$$\Leftrightarrow e^{-x} > \frac{5}{6}$$

$$\Leftrightarrow -x > \ln\left(\frac{5}{6}\right)$$

$$\Leftrightarrow x < -\ln\left(\frac{5}{6}\right) = \ln\left(\frac{6}{5}\right).$$

La dérivée s'annule en changeant de signe, elle est positive sur $\left[0,\ln\left(\frac{6}{5}\right)\right]$ et négative sur $\left[\ln\left(\frac{6}{5}\right),+\infty\right[$.

La fonction $g$ est donc croissante sur $\left[0,\ln\left(\frac{6}{5}\right)\right]$ puis décroissante sur $\left[\ln\left(\frac{6}{5}\right),+\infty\right[$,

donc elle possède un maximum en $x = \ln\left(\frac{6}{5}\right)$.

$$g\left(\ln\left(\frac{6}{5}\right)\right) = 5\,e^{-\ln\left(\frac{6}{5}\right)} - 3\,e^{-2\ln\left(\frac{6}{5}\right)} = 5\,e^{\ln\left(\frac{5}{6}\right)} - 3\,e^{\ln\left(\frac{25}{36}\right)}$$

$$= \frac{25}{6} - \frac{75}{36} = \frac{150}{36} - \frac{75}{36} = \frac{75}{36} = \frac{25}{12}.$$

Donc le maximum de $g$ vaut $\frac{25}{12}$.

Or, comme $g(x)$ représente la distance entre un point de la courbe $\mathscr{C}_f$ d'abscisse $x$ et le point de même abscisse sur la droite $\mathscr{D}$ d'après la question **B.1.**, on en déduit que **la distance maximale entre les deux courbes vaut $\frac{25}{12}$ unités de l'axe des ordonnées.**

## Partie C

**1.**

**Méthode :** Dérivée de la fonction $e^u$ : Soit $u$ une fonction dérivable sur un intervalle $I$ alors $e^u$ est dérivable sur $I$ et $(e^u)' = u'e^u$.

$f(x) = 5e^{-x} - 3e^{-2x} + x - 3$

$f$ est dérivable sur $\mathbb{R}^+$ comme somme de fonctions dérivables sur $\mathbb{R}^+$.

$f'(x) = -5e^{-x} + 6e^{-2x} + 1$

**2.** $f'(x) = -5e^{-x} + 6e^{-2x} + 1 = 6(e^{-x}) - 5e^{-x} + 1$

Posons $X = e^{-x}$ et donc on étudie le signe de $6X^2 - 5X + 1$.

$\Delta = b^2 - ac = 1 > 0$ on a deux racines réelles :

$$X = \frac{5-\sqrt{1}}{12} = \frac{1}{3} \quad \text{ou} \quad X = \frac{5+\sqrt{1}}{12} = \frac{1}{2}$$

Or $6X^2 - 5X + 1$ est du signe de $a = 6 > 0$ à l'extérieur des racines et $-a$ à l'intérieur.

| $X$ | $-\infty$ | | $\frac{1}{3}$ | | $\frac{1}{2}$ | | $+\infty$ |
|---|---|---|---|---|---|---|---|
| $6X^2 - 5X + 1$ | | $+$ | $0$ | $-$ | $0$ | $+$ | |

$X = \frac{1}{3} \Leftrightarrow e^{-x} = \frac{1}{3} \Leftrightarrow -x = \ln\frac{1}{3} = -\ln 3 \Leftrightarrow x = \ln 3$

$X = \frac{1}{2} \Leftrightarrow e^{-x} = \frac{1}{2} \Leftrightarrow -x = \ln\frac{1}{2} = -\ln 2 \Leftrightarrow x = \ln 2$

$X < \frac{1}{3} \Leftrightarrow e^{-x} < \frac{1}{3} \Leftrightarrow -x < \ln\frac{1}{3} = -\ln 3 \Leftrightarrow x > \ln 3$

$X > \frac{1}{2} \Leftrightarrow e^{-x} > \frac{1}{2} \Leftrightarrow -x > \ln\frac{1}{2} = -\ln 2 \Leftrightarrow x < \ln 2$

$\frac{1}{3} < X < \frac{1}{2} \Leftrightarrow \frac{1}{3} < X < \frac{1}{2}$

Finalement sur $\mathbb{R}^+$ :
$f'(x) = 0$ pour $x = \ln 2$ ou $x = \ln 3$.
$f'(x) > 0$ sur $[0 ; \ln 2[ \cup ]\ln 3 ; +\infty[$
$f'(x) < 0$ sur $]\ln 2 ; \ln 3[$
**Donc *f* est strictement croissante sur $[0 ; \ln 2]$ et sur $[\ln 3 ; +\infty[$ et *f* est strictement décroissante sur $[\ln 2 ; \ln 3]$.**

**3.**

**Méthode :** Soit *f* une fonction deux fois dérivable sur un intervalle *I*.
*f* est convexe sur *I* si *f''* est positive sur *I* et *f* est concave sur *I* si *f''* est négative sur *I*.

D'après la question **Partie C 1**.
$f'(x) = -5e^{-x} + 6e^{-2x} + 1$
$f'$ est dérivable sur $\mathbb{R}^+$ comme somme de fonctions dérivables sur $\mathbb{R}^+$.
$f''(x) = 5e^{-x} - 12e^{-2x} = e^{-x}(5 - 12e^{-x})$
$e^{-x} > 0$ sur $\mathbb{R}^+$ car une exponentielle est toujours positive
Donc le signe de $f''(x)$ ne dépend que du signe de $5 - 12e^{-x}$.

$5 - 12e^{-x} = 0 \Leftrightarrow 12e^{-x} = 5 \Leftrightarrow e^{-x} = \frac{5}{12} \Leftrightarrow -x = \ln\frac{5}{12} \Leftrightarrow x = -\ln\frac{5}{12} = \ln\frac{12}{5}$

$5 - 12e^{-x} > 0 \Leftrightarrow 12e^{-x} < 5 \Leftrightarrow e^{-x} = \frac{5}{12} \Leftrightarrow -x < \ln\frac{5}{12} \Leftrightarrow x > -\ln\frac{5}{12} = \ln\frac{12}{5}$

Or $-\ln\frac{5}{12} > 0$ car $0 < \frac{5}{12} < 1$ donc $\ln\frac{5}{12} < 0$

Donc
$f''(x) > 0$ sur $\left]\ln\frac{12}{5} ; +\infty\right[$

$f''(x) < 0$ sur $\left[0 ; \ln\frac{12}{5}\right[$

$f''(x) = 0$ pour $x = \ln\frac{12}{5}$

**Donc *f* est convexe sur $\left[\ln\frac{12}{5} ; +\infty\right[$ et concave sur $\left[0 ; \ln\frac{12}{5}\right]$.**

***f* admet une point d'inflexion en $x = \ln\frac{12}{5}$** car *f* change de concavité en ce point.

# Fonction logarithme. Fonction exponentielle



Les calculatrices sont autorisées conformément à la réglementation en vigueur

AIDE-MÉMOIRE p. 263

## SUJET 20

60 min 5 points

**1.** Soit $f$ la fonction définie sur $]0\,;+\infty[$ par :

$$f(x) = \ln\left(1+\frac{1}{x}\right) - x.$$

**a)** Déterminer les limites de la fonction $f$ en 0 et en $+\infty$.

**b)** Montrer que la fonction $f$ est strictement décroissante sur $]0\,;+\infty[$.

**c)** Montrer qu'il existe un unique réel $\alpha$ appartenant à $]0\,;+\infty[$ tel que :

$$f(\alpha) = 0.$$

Déterminer une valeur approchée de $\alpha$ à $10^{-3}$ près.

**2.** Soit $g$ la fonction définie sur $]0\,;+\infty[$ par :

$$g(x) = \ln\left(1+\frac{1}{x}\right).$$

La suite $(u_n)_{n\in\mathbb{N}}$ est définie par $u_0 = 1{,}5$ et pour tout entier naturel $n$ :

$$u_{n+1} = g(u_n) = \ln\left(1+\frac{1}{u_n}\right).$$

On a représenté ci-après la courbe $\mathscr{C}$ représentative de la fonction $g$ et la droite d'équation $y = x$.

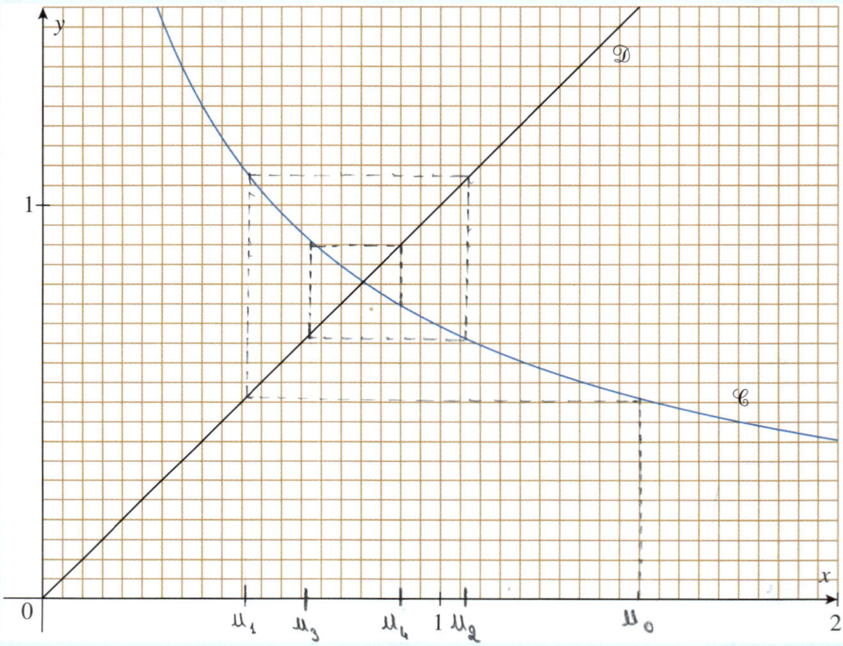


**a)** Construire sur l'axe des abscisses, en laissant les traits de construction apparents, les cinq premiers termes de la suite $(u_n)_{n \in \mathbb{N}}$.

**b)** Le graphique permet-il d'émettre les conjectures suivantes ?
On recopiera sur la copie le numéro de la conjecture suivie de **Oui** ou **Non**.
Aucune justification n'est demandée.
– Conjecture 1 : « la suite $(u_n)_{n \in \mathbb{N}}$ est monotone. »
– Conjecture 2 : « la suite $(u_n)_{n \in \mathbb{N}}$ est minorée par 0,5. »
– Conjecture 3 : « la suite $(u_n)_{n \in \mathbb{N}}$ converge vers 1. »

**c)** On admet que la suite $(u_n)_{n \in \mathbb{N}}$ est convergente vers une limite $l$ strictement positive.
Montrer que $\ln\left(1 + \frac{1}{l}\right) = l$.

**d)** Montrer que $l = \alpha$.

# Corrigé du sujet 20

*Les textes sur fond jaune apparaissant dans ce corrigé sont des rappels de cours ou des commentaires pour vous guider et vous aider.*

Analyse

**1. a)**

**Rappel de cours : Théorème sur la limite de fonctions composées**
$f$, $g$ sont deux fonctions et $a$, $b$, $c$ désignent des réels ou $+\infty$ ou $-\infty$.

Si $\left.\begin{array}{l}\lim\limits_{x \to a} f(x) = b \\ \lim\limits_{x \to b} g(x) = c\end{array}\right\}$ alors $\lim\limits_{x \to a} (g \circ f)(x) = c$.

$\left.\begin{array}{l}\lim\limits_{x \to 0} 1 + \dfrac{1}{x} = +\infty \text{ car } x > 0 \\ \lim\limits_{x \to +\infty} \ln x = +\infty\end{array}\right\}$ donc $\lim\limits_{x \to 0} \ln\left(1 + \dfrac{1}{x}\right) = +\infty$ par composition.

Donc, par somme, $\mathbf{\lim\limits_{x \to 0} f(x) = +\infty}$.

$\left.\begin{array}{l}\lim\limits_{x \to +\infty} 1 + \dfrac{1}{x} = 1 \\ \lim\limits_{x \to 1} \ln x = 0\end{array}\right\}$ donc $\lim\limits_{x \to +\infty} \ln\left(1 + \dfrac{1}{x}\right) = 0$ par composition.

Donc, par somme, $\mathbf{\lim\limits_{x \to +\infty} f(x) = -\infty}$.

**b)** Sur $]0\,;+\infty[$, $f$, somme de composées de fonctions dérivables, est dérivable.

$$f'(x) = -\frac{\frac{1}{x^2}}{1 + \frac{1}{x}} - 1 = -\frac{1}{x^2 + x} - 1 = \frac{-x^2 - x - 1}{x^2 + x}.$$

$x > 0$, ce qui implique $x^2 + x > 0$. Le signe de $f'(x)$ est celui du numérateur :
$-x^2 - x - 1 = -(x^2 + x + 1)$.
Or $x > 0$, donc $x^2 + x + 1 > 0$, et $-(x^2 + x + 1) < 0$ .
Donc $f'(x) < 0$ sur $\mathbb{R}_+^*$, d'où **$f$ est strictement décroissante sur $\mathbb{R}_+^*$.**

**c)** $f$ est continue sur $\mathbb{R}_+^*$, car $f$ est dérivable sur $\mathbb{R}_+^*$.
$f$ est strictement décroissante sur $\mathbb{R}_+^*$.
0 est compris entre $\lim\limits_{x \to 0} f(x) = +\infty$ et $\lim\limits_{x \to +\infty} f(x) = -\infty$.

Donc, d'après le théorème des valeurs intermédiaires, l'équation $f(x) = 0$ admet une unique solution $\alpha$ sur $\mathbb{R}_+^*$.
La calculatrice donne $f(0{,}806) \approx 0{,}00079$ et $f(0{,}807) \approx -0{,}0009$.
Ainsi, d'après la conclusion précédente, on obtient que : $\mathbf{0{,}806 < \alpha < 0{,}807}$.

**2. a)**

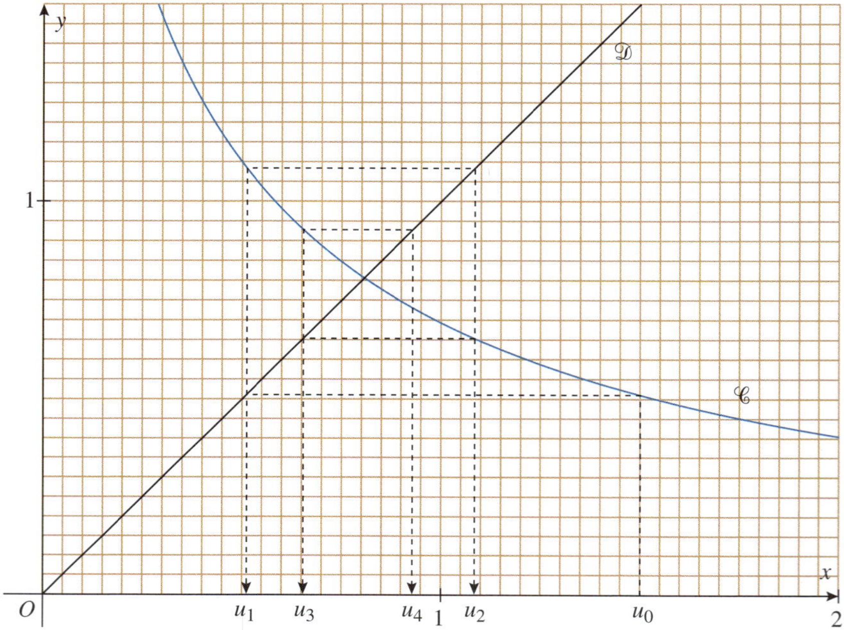


**b)**

– Conjecture 1 : **Non** car on lit $u_1 < u_2$ mais $u_2 > u_3$.

– Conjecture 2 : **Oui** car toutes les valeurs obtenues graphiquement sont supérieures à 0,5.

– Conjecture 3 : **Non**.

**c)** La suite $(u_n)$ converge vers $l$, donc :

$$\lim_{n \to +\infty} u_n = \lim_{n \to +\infty} u_{n+1} = l.$$

Comme $u_{n+1} = g(u_n)$ et $g$ continue sur $\mathbb{R}_+^*$, on obtient que :
$g(l) = l$

$\Leftrightarrow \mathbf{ln\left(1 + \frac{1}{l}\right) = l}$.

**d)** $\ln\left(1+\frac{1}{l}\right) = l$

$\Leftrightarrow \ln\left(1+\frac{1}{l}\right) - l = 0$

$\Leftrightarrow f(l) = 0,$

**donc,** d'après la question **1.**, $\boldsymbol{l = \alpha}$.

AIDE-MÉMOIRE p. 263

# SUJET 21

60 min 5 points

## Partie A

Soit $f$ la fonction définie sur $\mathbb{R}$ par :

$$f(x) = x - \ln(x^2 + 1).$$

**1.** Résoudre dans $\mathbb{R}$ l'équation : $f(x) = x$.

**2.** Justifier tous les éléments du tableau de variations ci-dessous à l'exception de la limite de la fonction $f$ en $+\infty$ que l'on admet.

| $x$ | $-\infty$ | | $1$ | | $+\infty$ |
|---|---|---|---|---|---|
| $f'(x)$ | | $+$ | $0$ | $+$ | |
| $f(x)$ | $-\infty$ | ↗ | | ↗ | $+\infty$ |

**3.** Montrer que, pour tout réel $x$ appartenant à $[0 ; 1]$, $f(x)$ appartient à $[0 ; 1]$.

**4.** On considère l'algorithme suivant :

```
Saisir A
N ← 0
Tant que N – ln (N² + 1) < A
    N ← N + 1
Afficher N
```

**a)** Que fait cet algorithme ?

**b)** Déterminer la valeur $N$ fournie par l'algorithme lorsque la valeur saisie pour $A$ est 100.

## Partie B

Soit $(u_n)$ la suite définie par $u_0 = 1$ et, pour tout entier naturel $n$,

$$u_{n+1} = u_n - \ln(u_n^2 + 1).$$

**1.** Montrer par récurrence que, pour tout entier naturel $n$, $u_n$ appartient à $[0 ; 1]$.

**2.** Étudier les variations de la suite $(u_n)$.

Analyse

**3.** Montrer que la suite $(u_n)$ est convergente.

**4.** On note $\ell$ sa limite, et on admet que $\ell$ vérifie l'égalité $f(\ell) = \ell$. En déduire la valeur de $\ell$.

## Corrigé du sujet 21

*Les textes sur fond jaune apparaissant dans ce corrigé sont des rappels de cours ou des commentaires pour vous guider et vous aider.*

### Partie A

**1.** $f(x) = x \Leftrightarrow x - \ln(x^2+1) = x \Leftrightarrow \ln(x^2+1) = 0 \Leftrightarrow x^2+1 = e^0 \Leftrightarrow x^2+1 = 1$
$\Leftrightarrow x^2 = 0 \Leftrightarrow x = 0.$

**L'équation possède donc une unique solution $x = 0$.**

**2.**

**Rappel de cours :**
Soit $u$ une fonction dérivable et strictement positive sur un intervalle $I$, alors $\ln u$ est dérivable sur $I$ et sa dérivée est $\dfrac{u'}{u}$.

*Remarque :* ici, nous devons justifier le signe de $f'(x)$ sur $\mathbb{R}$, les variations de $f$ sur $\mathbb{R}$ et la limite de $f$ en $-\infty$ puisque l'on nous dispense de la limite en $+\infty$.

$f$ est dérivable sur $\mathbb{R}$ et $f'(x) = 1 - \dfrac{2x}{x^2+1} = \dfrac{x^2-2x+1}{x^2+1} = \dfrac{(x-1)^2}{x^2+1}$.

$x^2 + 1 > 0$ sur $\mathbb{R}$ comme somme de deux nombres positifs.

$(x-1)^2 \geqslant 0$ sur $\mathbb{R}$ et $(x-1)^2 = 0 \Leftrightarrow x = 1$.

Donc $\begin{cases} f'(x) > 0 \text{ sur } \mathbb{R}^* \\ f'(x) = 0 \text{ pour } x = 1 \end{cases}$ donc $f$ est strictement croissante sur $\mathbb{R}$.

$\left.\begin{array}{l} \lim\limits_{x\to-\infty} x^2+1 = +\infty \\ \lim\limits_{x\to+\infty} \ln x = +\infty \end{array}\right\}$ $\lim\limits_{x\to-\infty} \ln(x^2+1) = +\infty$ par composition

Ainsi, $\lim\limits_{x\to-\infty} f(x) = \lim\limits_{x\to-\infty} x - \ln(x^2+1) = -\infty$ par somme

**3.** $x \in [0\,;1]$.

$\Rightarrow 0 \leqslant x \leqslant 1$

$\Rightarrow f(0) \leqslant f(x) \leqslant f(1)$ car $f$ est strictement croissante d'après la question précédente

$\Rightarrow 0 \leqslant f(x) \leqslant 1 - \ln 2 \leqslant 1$.

$\Rightarrow$ **$f(x) \in [0\,;1]$.**

**4. a)** Cet algorithme donne le plus petit entier naturel $n$ tel que $f(n) \geqslant A$.

**b)** La calculatrice donne $N$ **= 110.**

## Partie B

**1.**

**Méthode : Démonstration par récurrence**
- On pose une propriété $P_n$.
- On initialise la récurrence en montrant que cette propriété est vraie au premier rang de la suite.
- On montre l'hérédité de la propriété.

$P_n : u_n \in [0\ ;\ 1]$, pour tout $n$ de $\mathbb{N}$.

• **Initialisation :** pour $n = 0$,
$u_0 = 1 \in [0\ ;\ 1]$, donc $P_0$ est vraie.

• **Hérédité :** supposons que $P_n$ est vraie pour un entier naturel $n$ et montrons qu'alors $P_{n+1}$ est vraie.
$u_{n+1} = f(u_n)$.
Comme $P_n$ est vraie, on a $u_n \in [0\ ;\ 1]$, donc $f(u_n) \in [0\ ;\ 1]$ d'après la question **A-3**.
Ainsi, $u_{n+1} \in [0\ ;\ 1]$.

Donc $P_n$ est héréditaire.

• Finalement, on a montré par récurrence que $u_n \in [0\ ;\ 1]$, pour tout $n$ de $\mathbb{N}$.

**2.** $u_{n+1} - u_n = -\ln(u_n{}^2 + 1)$, pour tout $n$ de $\mathbb{N}$.
Or, $u_n{}^2 \geqslant 0 \Leftrightarrow u_n{}^2 + 1 \geqslant 1 \Leftrightarrow \ln(u_n{}^2 + 1) \geqslant 0 \Leftrightarrow -\ln(u_n{}^2 + 1) \leqslant 0$.

Ainsi, $u_{n+1} - u_n \leqslant 0$ pour tout $n$ de $\mathbb{N}$.

Donc **la suite $(u_n)$ est décroissante.**

**3.**

**Méthode :** Une suite croissante majorée converge et une suite décroissante minorée converge également.

$(u_n)$ est une suite décroissante minorée par 0, car $u_n \in [0\ ;\ 1]$ pour tout $n$ de $\mathbb{N}$, donc **$(u_n)$ est convergente de limite $\ell$.**

**4.** On résout $f(\ell) = \ell$.
Or, à la question **A-1.**, on a montré $f(x) = x \Leftrightarrow x = 0$.
Donc $\ell$ **= 0.**

Analyse

AIDE-MÉMOIRE p. 263

# SUJET 22

2 h 10 points

## Partie A : Question de cours

**1.** Soit $f$ une fonction réelle définie sur $[a\,;+\infty[$. Compléter la phrase suivante :

*On dit que $f$ admet une limite finie $\ell$ en $+\infty$ si…*

**2.** Démontrer le théorème « des gendarmes ».

Soient $f$, $g$ et $h$ trois fonctions définies sur $[a\,;+\infty[$ et $\ell$ un nombre réel. Si $g$ et $h$ ont pour limite commune $\ell$ quand $x$ tend vers $+\infty$, et, si pour tout $x$ assez grand, $g(x) \leqslant f(x) \leqslant h(x)$, alors la limite de $f$ quand $x$ tend vers $+\infty$ est égale à $\ell$.

## Partie B

Soit $f$ la fonction définie sur $\mathbb{R}$ par :

$$f(x) = e^x - x - 1,$$

et soit $(C)$ sa courbe représentative dans un repère orthonormal du plan. La droite $(D)$ d'équation $y = -x-1$ est asymptote à $(C)$. On a représenté sur l'**annexe**, page suivante, la courbe $(C)$ et la droite $(D)$.

**1.** Soit $a$ un nombre réel. Écrire, en fonction de $a$, une équation de la tangente $(T)$ à $(C)$ au point $M$ d'abscisse $a$.

**2.** Cette tangente $(T)$ coupe la droite $(D)$ au point $N$ d'abscisse $b$. Vérifier que $b-a=-1$.

**3.** En déduire une construction, à effectuer sur l'**annexe**, de la tangente $(T)$ à $(C)$ au point $M$ d'abscisse 1,5. On fera apparaître le point $N$ correspondant.

**Annexe**

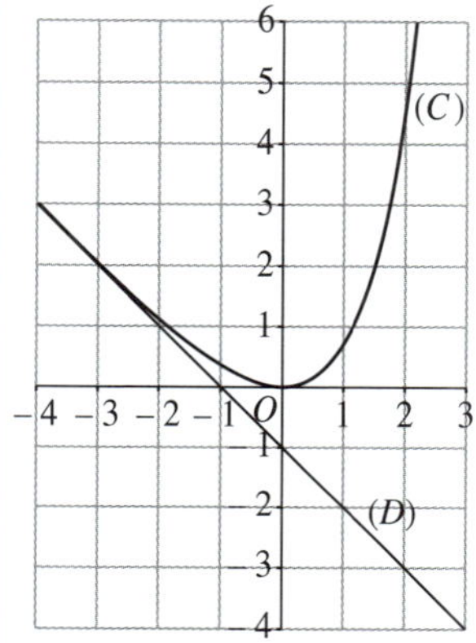


**Partie C**

**1.** Déterminer graphiquement le signe de $f$.

**2.** En déduire, pour tout entier naturel non nul $n$, les inégalités suivantes :

$$(1) \quad e^{\frac{1}{n}} \geqslant 1 + \frac{1}{n}\,; \qquad (2) \quad e^{\frac{-1}{n+1}} \geqslant 1 - \frac{1}{n+1}.$$

**3.** En utilisant l'inégalité (1), démontrer que, pour tout entier naturel non nul $n$ :

$$\left(1 + \frac{1}{n}\right)^n \leqslant e.$$

**4.** En utilisant l'inégalité (2), démontrer que, pour tout entier naturel non nul $n$ :

$$e \leqslant \left(1 + \frac{1}{n}\right)^{n+1}.$$

**5.** Déduire des questions précédentes un encadrement de : $\left(1 + \frac{1}{n}\right)^n$, puis sa limite en $+\infty$.

# Corrigé du sujet 22

*Les textes sur fond jaune apparaissant dans ce corrigé sont des rappels de cours ou des commentaires pour vous guider et vous aider.*

## Partie A

**1.** On dit que $f$ admet une limite finie $l$ en $+\infty$ **si tout intervalle ouvert contenant $l$ contient toutes les valeurs de $f(x)$, pour $x$ assez grand.**

**2.** $I$ est un intervalle ouvert contenant $l$.

Il existe un réel $x_0$ tel que, si $x \geqslant x_0$, $g(x) \in I$, car $\lim\limits_{x \to +\infty} g(x) = l$.

Il existe un réel $x_1$ tel que, si $x \geqslant x_1$, $h(x) \in I$, car $\lim\limits_{x \to +\infty} h(x) = l$.

Il existe un réel $x_2$ tel que, si $x \geqslant x_2$, $g(x) \leqslant f(x) \leqslant h(x)$.

Soit $M$ le plus grand des trois nombres $x_0$, $x_1$ et $x_2$.

Pour tout $x \geqslant M$, $g(x) \in I$ et $h(x) \in I$, donc $f(x) \in I$.

**Ainsi, $f$ a pour limite $l$ en $+\infty$.**

## Partie B

**1.**

**Rappel de cours :** Si $(C)$ est la courbe représentative d'une fonction dérivable sur un intervalle $I$, alors, pour tout réel $a$ dans $I$, la tangente à $(C)$, au point d'abscisse $a$, a pour équation $y = f'(a)(x-a) + f(a)$.

La fonction $f$ est dérivable sur $\mathbb{R}$ comme somme de fonctions qui le sont.

Par suite, la tangente à $(C)$, au point d'abscisse $a$, a pour équation :

$$y = f'(a)(x-a) + f(a).$$

$f'(a) = \mathrm{e}^a - 1$, donc $(T) : y = (\mathrm{e}^a - 1)(x-a) + \mathrm{e}^a - a - 1$ ;

$$\boldsymbol{(T) : y = (\mathrm{e}^a - 1)x + (1-a)\mathrm{e}^a - 1.}$$

**2.** On cherche le point d'intersection entre la droite $(D)$ et la tangente $(T)$ ; on doit, par conséquent résoudre le système suivant :

$$\begin{cases} y = (\mathrm{e}^a - 1)x + (1-a)\mathrm{e}^a - 1 \\ y = -x-1 \end{cases} \text{ équivalent à } \begin{cases} -x-1 = (\mathrm{e}^a - 1)x + (1-a)\mathrm{e}^a - 1 \\ y = -x-1, \end{cases}$$

$$\text{équivalent à } \begin{cases} -(1-a)\mathrm{e}^a = \mathrm{e}^a x \\ y = -x-1, \end{cases}$$

$$\text{équivalent à } \begin{cases} x = -1 + a \\ y = -x-1, \text{ car } \mathrm{e}^a \approx 0 \end{cases}$$

$$\text{équivalent à } \begin{cases} x = -1 + a \\ y = -a. \end{cases}$$

L'énoncé indique que le point d'intersection a pour abscisse $b$ ; on a donc $b = -1 + a$, c'est-à-dire $\boldsymbol{b - a = -1}$.

**3.** La tangente $(T)$ passe par le point $M$ de la courbe $(C)$ d'abscisse 1,5. D'autre part, d'après la question précédente, elle passe également par le point $N$ de $(D)$ d'abscisse $b = -1 + a = -1 + 1{,}5 = 0{,}5$. Connaissant deux points de la droite, on peut effectuer le tracé.

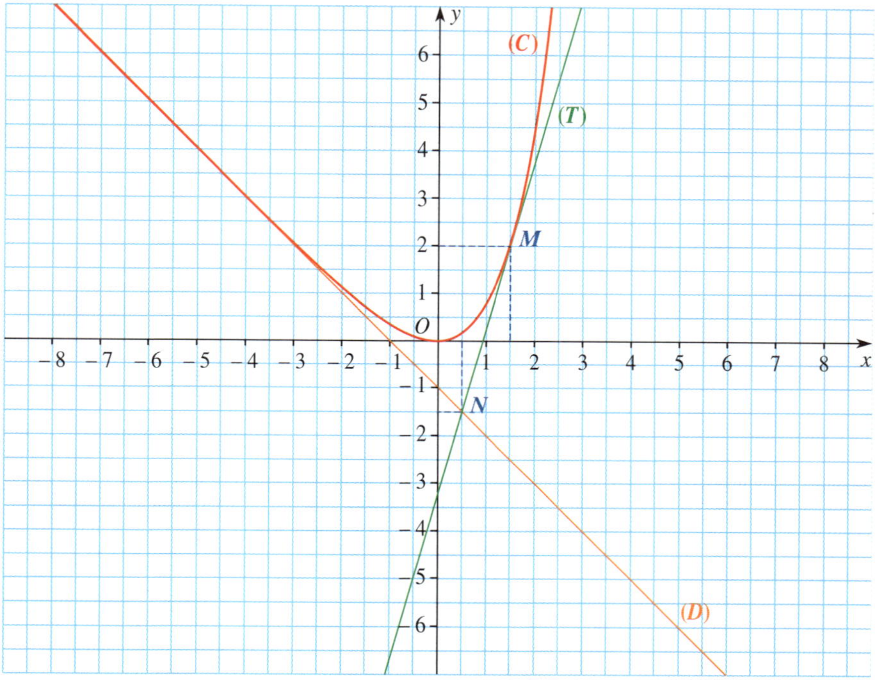


**Partie C**

1. La courbe $(C)$ est toujours au-dessus de l'axe des abscisses, donc $\boldsymbol{f(x) \geqslant 0}$**, pour tout réel** $\boldsymbol{x}$**.**

2. $f\left(\frac{1}{n}\right) \geqslant 0$, d'après 1. ; ainsi $\mathrm{e}^{\frac{1}{n}} - \frac{1}{n} - 1 \geqslant 0$, puis $\boldsymbol{\mathrm{e}^{\frac{1}{n}} \geqslant \frac{1}{n} + 1}$ **(1).**

De même, $f\left(-\frac{1}{n+1}\right) \geqslant 0$ d'après 1. ; ainsi $\mathrm{e}^{-\frac{1}{n+1}} + \frac{1}{n+1} - 1 \geqslant 0$,

puis $\boldsymbol{\mathrm{e}^{-\frac{1}{n+1}} \geqslant 1 - \frac{1}{n+1}}$ **(2).**

3. $\boldsymbol{\mathrm{e}^{\frac{1}{n}} \geqslant \frac{1}{n} + 1}$ **équivaut à** $\left(\mathrm{e}^{\frac{1}{n}}\right)^n \geqslant \left(\frac{1}{n} + 1\right)^n$,

équivaut à $\boldsymbol{\mathrm{e} \geqslant \left(\frac{1}{n} + 1\right)^n}$,

car $(\mathrm{e}^a)^n = \mathrm{e}^{na}$, pour tout réel $a$ et tout entier $n$.

**4.** $\mathbf{e^{-\frac{1}{n+1}} \geqslant 1 - \frac{1}{n+1}}$ équivaut à $\left(e^{-\frac{1}{n+1}}\right)^{n+1} \geqslant \left(1 - \frac{1}{n+1}\right)^{n+1}$,

équivaut à $e^{-1} \geqslant \left(\frac{n}{n+1}\right)^{n+1}$,

équivaut à $e \leqslant \left(\frac{n+1}{n}\right)^{n+1}$,

car $a \geqslant b \Rightarrow \frac{1}{a} \leqslant \frac{1}{b}$, pour tous réels $a$ et $b$ strictement positifs

équivaut à $\mathbf{e \leqslant \left(1 + \frac{1}{n}\right)^{n+1}}$.

**5.** En utilisant les deux questions précédentes, on obtient directement :

d'après la question **4.**, $e \leqslant \left(1 + \frac{1}{n}\right)^{n+1}$ ;

ceci implique que $e \leqslant \left(1 + \frac{1}{n}\right)^{n} \times \left(1 + \frac{1}{n}\right)$, puis $\frac{e}{\left(1 + \frac{1}{n}\right)} \leqslant \left(1 + \frac{1}{n}\right)^{n}$, car $1 + \frac{1}{n} \neq 0$ ;

avec la question **3.**, $\mathbf{\frac{e}{\left(1 + \frac{1}{n}\right)} \leqslant \left(1 + \frac{1}{n}\right)^{n} \leqslant e}$.

Or, $\lim\limits_{n \to +\infty} \left(1 + \frac{1}{n}\right) = 1$, puis $\lim\limits_{n \to +\infty} \left(\frac{e}{1 + \frac{1}{n}}\right) = e$.

Ainsi, d'après le théorème des gendarmes, $\left(1 + \frac{1}{n}\right)^{n}$ possède une limite en $+\infty$ et $\mathbf{\lim\limits_{n \to +\infty} \left(1 + \frac{1}{n}\right)^{n} = e}$.

AIDE-MÉMOIRE p. 263

# SUJET 23

60 min 5 points

## Partie 1

On s'intéresse à l'évolution de la hauteur d'un plant de maïs en fonction du temps. Le graphique ci-dessous représente cette évolution. La hauteur est en mètres et le temps en jours.

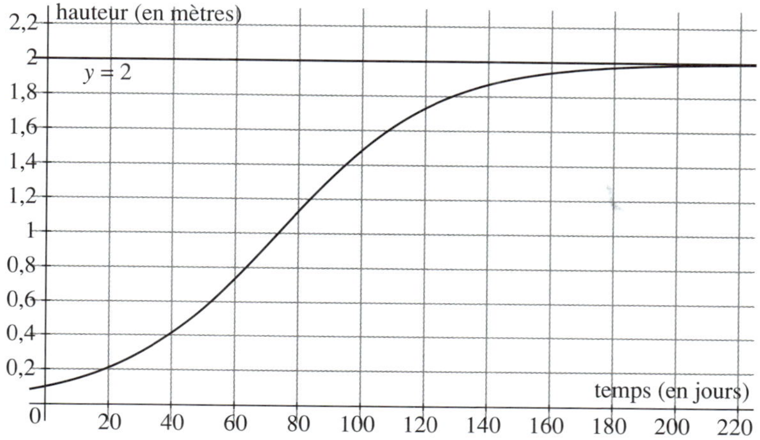


On décide de modéliser cette croissance par une fonction logistique du type : $h(t) = \dfrac{a}{1 + b\mathrm{e}^{-0{,}04t}}$ où $a$ et $b$ sont des constantes réelles positives, $t$ est la variable temps exprimée en jours et $h(t)$ désigne la hauteur du plant, exprimée en mètres.

On sait qu'initialement, pour $t = 0$, le plant mesure 0,1 m et que sa hauteur tend vers une hauteur limite de 2 m.

Déterminer les constantes $a$ et $b$ afin que la fonction $h$ corresponde à la croissance du plant de maïs étudié.

## Partie 2

On considère désormais que la croissance du plant de maïs est donnée par la fonction $f$ définie sur $[0\,;250]$ par $f(t) = \dfrac{2}{1 + 19\mathrm{e}^{-0{,}04t}}$.

**1.** Déterminer $f'(t)$ en fonction de $t$ ($f'$ désignant la fonction dérivée de la fonction $f$).
En déduire les variations de la fonction $f$ sur l'intervalle $[0\,;250]$.

**2.** Calculer le temps nécessaire pour que le plant de maïs atteigne une hauteur supérieure à 1,5 m.

**3.** Vérifier que pour tout réel $t$ appartenant à l'intervalle $[0\,;250]$, on a :

$$f(t) = \frac{2\mathrm{e}^{0{,}04t}}{\mathrm{e}^{0{,}04t} + 19}.$$

Montrer que la fonction $F$ définie sur l'intervalle [0 ; 250] par :

$$F(t) = 50 \ln(e^{0,04t} + 19)$$

est une primitive de la fonction $f$.

**4.** On s'intéresse à la vitesse de croissance du plant de maïs ; elle est donnée par la fonction dérivée de la fonction $f$.
La vitesse de croissance est maximale pour une valeur de $t$.
En utilisant le graphique page précédente, déterminer une valeur approchée de celle-ci. Estimer alors la hauteur du plant.

# Corrigé du sujet 23

*Les textes sur fond jaune apparaissant dans ce corrigé sont des rappels de cours ou des commentaires pour vous guider et vous aider.*

## Partie 1

**Rappel de cours : Théorème sur la limite de fonction composée**
Soient $f$, $g$ deux fonctions et $a$, $b$, $c$ désignent des réels ou $+\infty$ ou $-\infty$.

Si $\left.\begin{array}{l}\lim\limits_{x \to a} f(x) = b \\ \lim\limits_{x \to b} g(x) = c\end{array}\right\}$ alors $\lim\limits_{x \to a} g(f(x)) = c$.

$\left.\begin{array}{l}\lim\limits_{t \to +\infty} -0,04t = -\infty \\ \lim\limits_{t \to -\infty} e^{t} = 0\end{array}\right\}$ alors $\lim\limits_{t \to +\infty} e^{-0,04t} = 0$,

puis $\lim\limits_{t \to +\infty} be^{-0,04t} = 0$ et $\lim\limits_{t \to +\infty} 1 + be^{-0,04t} = 1$.

Donc $\lim\limits_{t \to +\infty} \dfrac{a}{1 + be^{-0,04t}} = a$ par passage au quotient, ainsi $\lim\limits_{t \to +\infty} h(t) = a$.

Or $\lim\limits_{t \to +\infty} h(t) = 2$ d'après l'énoncé, donc $\boldsymbol{a = 2}$. D'où $h(t) = \dfrac{2}{1 + be^{-0,04t}}$.

Or $h(0) = 0,1$ d'après l'énoncé, d'où $\dfrac{2}{1+b} = 0,1$, soit $2 = 0,1 + 0,1b$ car $b \neq -1$, donc $\boldsymbol{b = 19}$.

## Partie 2

**1.**

**Méthode :**
**Dérivation de l'inverse d'une fonction :** Soit $v$ une fonction dérivable sur un intervalle $I$ tel que $v(x) \neq 0$ pour tout $x$ de $I$, alors $\frac{1}{v}$ est dérivable sur $I$ et $\left(\frac{1}{v}\right)' = -\frac{v'}{v^2}$.
**Dérivé de la fonction $e^u$ :** Soit $u$ une fonction dérivable sur un intervalle $I$, alors $e^u$ est dérivable sur $I$ et $(e^u)' = u'e^u$.

La fonction $t \mapsto -0{,}04t$ est dérivable sur [0 ; 250] comme fonction linéaire, donc $t \mapsto e^{-0{,}04t}$ est dérivable sur [0 ; 250], puis $t \mapsto 1 + 19\,e^{-0{,}04t}$ est dérivable sur [0 ; 250].
De plus $e^{-0{,}04t} > 0$ sur [0 ; 250], donc $1 + 19\,e^{-0{,}04t} > 0$ sur [0 ; 250],
ainsi $1 + 19\,e^{-0{,}04t} \neq 0$ sur [0 ; 250].
Donc $f$ est dérivable sur [0 ; 250] et, pour tout $t \in [0 ; 250]$ :

$$f'(t) = \left[-\frac{19 \times (-0{,}04\,e^{-0{,}04t})}{(1 + 19\,e^{-0{,}04t})^2}\right] \text{ soit } f'(t) = \mathbf{\frac{1{,}52\,e^{-0{,}04t}}{(1 + 19\,e^{-0{,}04t})^2}}$$

Or, $e^{-0{,}04t} > 0$ sur [0 ; 250] et $(1 + 19\,e^{-0{,}04t})^2 > 0$ sur [0 ; 250].
Donc $f'(t) > 0$ sur [0 ; 250].
**Donc $f$ est strictement croissante sur [0 ; 250].**

**2.** On chercher à résoudre $f(t) \geqslant 1{,}5$.

$$f(t) \geqslant 1{,}5 \Leftrightarrow \frac{2}{1 + 19\,e^{-0{,}04t}} \geqslant 1{,}5$$

$\Leftrightarrow 2 \geqslant 1{,}5\,(1 + 19\,e^{-0{,}04t})$ car $1 + 19\,e^{-0{,}04t} > 0$ sur [0 ; 250] d'après la question **1.** de la **partie 2**.

$$\Leftrightarrow \frac{2}{1{,}5} \geqslant 1 + 19\,e^{-0{,}04t} \Leftrightarrow e^{-0{,}04t} \leqslant \frac{1}{57} \Leftrightarrow -0{,}04t \leqslant \ln\left(\frac{1}{57}\right)$$

$$\Leftrightarrow t \geqslant -\frac{1}{0{,}04}\ln\left(\frac{1}{57}\right)$$

$$\Leftrightarrow t \geqslant 25\ln(57) \approx 101{,}08.$$

**Il faudra environ 101 jours pour que le plant de maïs atteigne la hauteur de 1,5 mètres.**

**3.** $$\frac{2\,e^{0{,}04t}}{e^{0{,}04t} + 19} = \frac{2}{e^{-0{,}04t}\,(e^{0{,}04t} + 19)} = \frac{2}{e^{-0{,}04t} \times e^{0{,}04t} + 19\,e^{-0{,}04t}} = \frac{2}{1 + 19\,e^{-0{,}04t}}$$
car $e^{-x} \times e^{x} = e^{-x+x} = e^0 = 1$.

**Méthode :**
- Pour montrer qu'une fonction dérivable $F$ est une primitive de $f$ sur un intervalle $I$, il suffit de montrer que $F' = f$ sur $I$.
- **Dérivée de la fonction ln $u$ :** Soit $u$ une fonction dérivable sur un intervalle $I$ et $u(x) > 0$ pour tout $x$ de $I$, alors ln $u$ est dérivable sur $I$ et $(\ln u)' = \frac{u'}{u}$.
- **Dérivé de la fonction $e^u$ :** Soit $u$ une fonction dérivable sur un intervalle $I$, alors $e^u$ est dérivable sur $I$ et $(e^u)' = u'e^u$.

La fonction $t \mapsto 0{,}04t$ est dérivable sur [0 ; 250] comme fonction linéaire, donc $t \mapsto e^{0{,}04t}$ est dérivable sur [0 ; 250], puis $t \mapsto 19 + e^{0{,}04t}$ est dérivable sur [0 ; 250].
De plus $e^{0{,}04t} > 0$ sur [0 ; 250], donc $19 + e^{0{,}04t} > 0$ sur [0 ; 250].
La fonction $t \mapsto \ln(19 + e^{0{,}04t})$ est dérivable sur [0 ; 250].
Donc $F$ est dérivable sur [0 ; 250], et pour $t \in [0 ; 250]$ :

$$F'(t) = 50 \times \frac{0{,}04\,e^{0{,}04t}}{e^{0{,}04t} + 19} = \frac{2\,e^{0{,}04t}}{e^{0{,}04t} + 19} = f(t).$$

**Donc $F$ est bien une primitive de $f$ sur [0 ; 250].**

**4.** La vitesse de croissance est maximale quand le coefficient directeur des tangentes aux points d'abscisse comprise entre 0 et 250 est maximal.
On obtient graphiquement que $t \approx 70$ et $f(t) \approx 0{,}9$.
**Donc la vitesse de croissance du plant de maïs sera maximale autour du 70^e^ jour et la hauteur du plant sera alors d'environ 0,9 mètre.**

AIDE-MÉMOIRE p. 263

# SUJET 24

**50 min** **4 points**

Soit $f$ la fonction définie sur l'intervalle $]0\,;+\infty[$ par :

$$f(x) = \frac{1 + \ln(x)}{x^2}$$

et soit $\mathscr{C}$ la courbe représentative de la fonction $f$ dans un repère du plan. La courbe $\mathscr{C}$ est donnée ci-dessous :

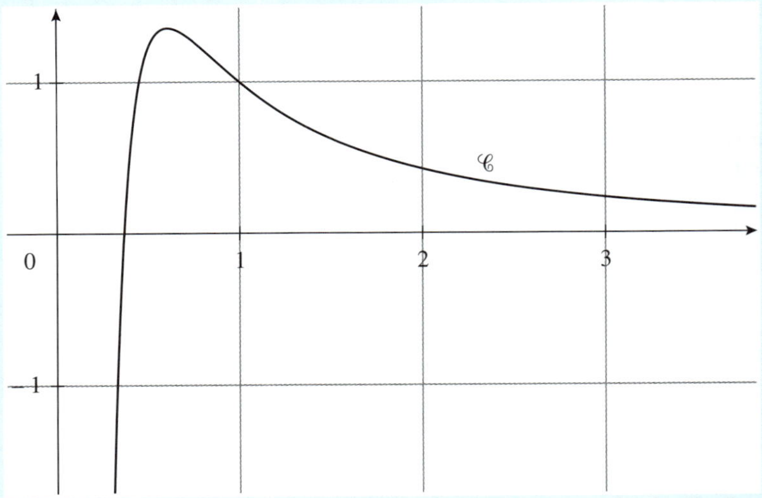

**1. a)** Étudier la limite de $f$ en 0.

**b)** Que vaut $\lim\limits_{x \to +\infty} \dfrac{\ln(x)}{x}$ ? En déduire la limite de la fonction $f$ en $+\infty$.

**c)** En déduire les asymptotes éventuelles à la courbe $\mathscr{C}$.

**2. a)** On note $f'$ la fonction dérivée de la fonction $f$ sur l'intervalle $]0\,;+\infty[$.
Démontrer que, pour tout réel $x$ appartenant à l'intervalle $]0\,;+\infty[$ :

$$f'(x) = \frac{-1-2\ln(x)}{x^3}.$$

**b)** Résoudre sur l'intervalle $]0\,;+\infty[$ l'inéquation $-1-2\ln(x) > 0$.
En déduire le signe de $f'(x)$ sur l'intervalle $]0\,;+\infty[$.

**c)** Dresser le tableau des variations de la fonction $f$.

**3. a)** Démontrer que la courbe $\mathscr{C}$ a un unique point d'intersection avec l'axe des abscisses, dont on précisera les coordonnées.

**b)** En déduire le signe de $f(x)$ sur l'intervalle $]0\,;+\infty[$.

## Corrigé du sujet 24

*Les textes sur fond jaune apparaissant dans ce corrigé sont des rappels de cours ou des commentaires pour vous guider et vous aider.*

**1. a)** $\left.\begin{array}{l}\lim\limits_{x \to 0} \ln x = -\infty, \text{ donc } \lim\limits_{x \to 0} 1 + \ln x = -\infty \\ \lim\limits_{x \to 0} \dfrac{1}{x^2} = +\infty\end{array}\right\}$

donc $\lim\limits_{x \to 0} \dfrac{1+\ln x}{x^2} = -\infty$ par produit.

Donc

$$\mathbf{\lim\limits_{x \to 0} f(x) = -\infty.}$$

**b)**

**Rappel de cours :** D'après le théorème des croissances comparées, $\lim\limits_{x \to +\infty} \dfrac{\ln x}{x} = 0$.

$f(x) = \dfrac{1}{x^2} + \dfrac{1}{x} \times \dfrac{\ln x}{x}$.

$\left.\begin{array}{l}\lim\limits_{x \to +\infty} \dfrac{\ln x}{x} = 0 \\ \lim\limits_{x \to +\infty} \dfrac{1}{x} = 0\end{array}\right\}$ alors $\lim\limits_{x \to +\infty} \dfrac{1}{x} \times \dfrac{\ln x}{x} = 0$.

$\lim\limits_{x \to +\infty} \dfrac{1}{x^2} = 0$, donc, par somme $\mathbf{\lim\limits_{x \to +\infty} f(x) = 0.}$

**c)** $\lim_{x \to 0} f(x) = -\infty$, **donc la courbe $\mathscr{C}$ admet une asymptote verticale d'équation $x = 0$.**

$\lim_{x \to +\infty} f(x) = 0$, **donc la courbe $\mathscr{C}$ admet une asymptote horizontale d'équation $y = 0$ en $+\infty$.**

**2. a)**

**Méthode : Dérivation**
Soient $u$ et $v$ deux fonctions définies sur un intervalle $I$ avec $v$ ne s'annulant pas, alors $\frac{u}{v}$ est dérivable sur $I$ et $\left(\frac{u}{v}\right)' = \frac{u'v - uv'}{v^2}$.

La fonction $f$ est dérivable sur $]0, +\infty[$ comme quotient de deux fonctions dérivables dont le dénominateur ne s'annule pas sur $]0, +\infty[$.

$$f'(x) = \frac{\frac{1}{x} \times x^2 - (1 + \ln x) \times 2x}{(x^2)^2} = \frac{x - 2x \ln x - 2x}{x^4} = \frac{-x - 2x \ln x}{x^4} = \frac{-1 - 2 \ln x}{x^3}.$$

**b)** $-1 - 2 \ln x > 0 \Leftrightarrow \ln x < -\frac{1}{2} \Leftrightarrow x < e^{-\frac{1}{2}}$ car la fonction exponentielle est strictement croissante.

L'ensemble des solutions de cette inéquation est donc l'intervalle $\left]0, e^{-\frac{1}{2}}\right[$.
Comme $x^3 > 0$ si $x \in ]0, +\infty[$, $f'(x)$ est du signe de $-1 - 2 \ln x$.

Donc $f'(x)$ **est positive sur** $\left]0, e^{-\frac{1}{2}}\right[$ **et négative sur** $\left]e^{-\frac{1}{2}}, +\infty\right[$.

**c)**

| $x$ | $0$ | | $e^{-\frac{1}{2}}$ | | $+\infty$ |
|---|---|---|---|---|---|
| $f'(x)$ | | $+$ | $0$ | $-$ | |
| $f(x)$ | $-\infty$ | ↗ | $\frac{e}{2}$ | ↘ | $0$ |

$$f\left(e^{-\frac{1}{2}}\right) = \frac{1 + \ln e^{-\frac{1}{2}}}{\left(e^{-\frac{1}{2}}\right)^2} = \frac{1 - \frac{1}{2}}{e^{-1}} = \frac{e}{2}.$$

**3. a)** Soit $M(x, y)$ un point du plan.

$M \in \mathscr{C} \cap (Ox) \Leftrightarrow \begin{cases} y = f(x) \\ y = 0 \end{cases}$.

$f(x) = 0 \Leftrightarrow 1 + \ln x = 0 \Leftrightarrow \ln x = -1 \Leftrightarrow x = e^{-1} = \frac{1}{e}$.

**La courbe $\mathscr{C}$ a donc un unique point d'intersection $A$ avec l'axe des abscisses, ce point a pour coordonnées $A\ (e^{-1}, 0)$.**

**b)** D'après le tableau de variation, $f$ est positive sur $\left]e^{-\frac{1}{2}}, +\infty\right[$.

$f$ est strictement croissante et continue sur $\left]0, e^{-\frac{1}{2}}\right[$ et 0 est compris entre $\lim\limits_{x \to 0} f(x)$ et $f\left(e^{-\frac{1}{2}}\right)$, donc, d'après le théorème des valeurs intermédiaires, l'équation $f(x) = 0$ admet une unique solution sur cet intervalle. Or $f(e^{-1}) = 0$, donc cette solution est $e^{-1}$
On déduit aussi du tableau de variation que $f$ est négative sur $]0, e^{-1}[$ et positive sur $\left]e^{-1}, e^{-\frac{1}{2}}\right[$. **La fonction $f$ est donc négative sur $]0, e^{-1}[$ et positive sur $]e^{-1}, +\infty[$.**

AIDE-MÉMOIRE p. 263

# SUJET 25

60 min 5 points

Étant donné un nombre réel $k$, on considère la fonction $f_k$ définie sur $\mathbb{R}$ par :

$$f_k(x) = \frac{1}{1 + e^{-kx}}.$$

Le plan est muni d'un repère orthonormé $(O\,;\vec{i}, \vec{j})$.

## Partie A

Dans cette partie, on choisit $k = 1$.

On a donc, pour tout réel $x$, $f_1(x) = \dfrac{1}{1 + e^{-x}}$.

La représentation graphique $\mathscr{C}_1$ de la fonction $f_1$ dans le repère $(O\,;\vec{i}, \vec{j})$ est donnée ci-après.

**1.** Déterminer les limites de $f_1(x)$ en $+\infty$ et en $-\infty$ et interpréter graphiquement les résultats obtenus.

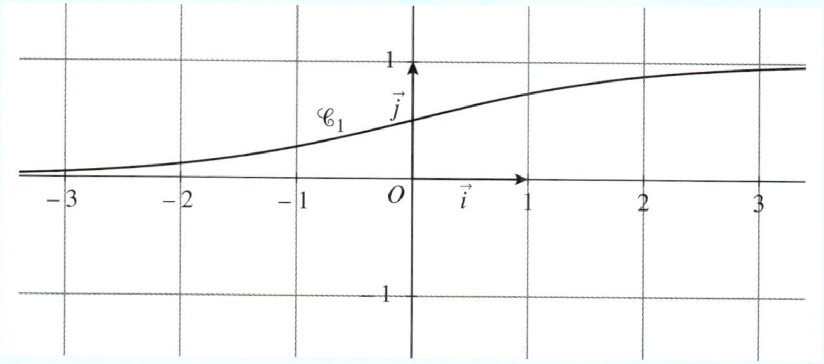

2. Démontrer que, pour tout réel $x$, $f_1(x) = \dfrac{e^x}{1 + e^x}$.

3. On appelle $f_1'$ la fonction dérivée de $f_1$ sur $\mathbb{R}$. Calculer, pour tout réel $x$, $f_1'(x)$.
En déduire les variations de la fonction $f_1$ sur $\mathbb{R}$.

**Partie B**

Dans cette partie, on choisit $k = -1$ et on souhaite tracer la courbe $\mathscr{C}_{-1}$ représentant la fonction $f_{-1}$.
Pour tout réel $x$, on appelle $P$ le point de $\mathscr{C}_1$ d'abscisse $x$ et $M$ le point de $\mathscr{C}_{-1}$ d'abscisse $x$.
On note $K$ le milieu du segment $[MP]$.

1. Montrer que, pour tout réel $x$, $f_1(x) + f_{-1}(x) = 1$.

2. En déduire que le point $K$ appartient à la droite d'équation $y = \dfrac{1}{2}$.

3. Tracer la courbe $\mathscr{C}_{-1}$ sur la figure ci-dessus.

**Partie C**

Dans cette partie, on ne privilégie pas de valeur particulière du paramètre $k$.
Pour chacune des affirmations suivantes, dire si elle est vraie ou fausse et justifier la réponse.

1. Quelle que soit la valeur du nombre réel $k$, la représentation graphique de la fonction $f_k$ est strictement comprise entre les droites d'équations $y = 0$ et $y = 1$.

2. Quelle que soit la valeur du réel $k$, la fonction $f_k$ est strictement croissante.

3. Pour tout réel $k \geqslant 10$, $f_k\left(\dfrac{1}{2}\right) \geqslant 0{,}99$.

## Corrigé du sujet 25

*Les textes sur fond jaune apparaissant dans ce corrigé sont des rappels de cours ou des commentaires pour vous guider et vous aider.*

**Partie A**

**1.**

**Rappel:** La recherche de limites peut se traduire graphiquement par la présence d'asymptotes à la courbe.

$\lim_{x \to +\infty} e^{-x} = 0$, donc $\lim_{x \to +\infty} 1 + e^{-x} = 1$ par somme,

donc $\lim_{x \to +\infty} \frac{1}{1 + e^{-x}} = 1$ par inverse.

Ainsi $\boldsymbol{\lim_{x \to +\infty} f_1(x) = 1}$.

**Donc la courbe représentative de $f_1$ admet une asymptote horizontale d'équation $y = 1$ au voisinage de $+\infty$.**

$\lim_{x \to -\infty} e^{-x} = +\infty$, donc $\lim_{x \to -\infty} 1 + e^{-x} = +\infty$ par somme,

donc $\lim_{x \to -\infty} \frac{1}{1 + e^{-x}} = 0$ par inverse

Ainsi $\boldsymbol{\lim_{x \to -\infty} f_1(x) = 0}$.

**Donc la courbe représentative de $f_1$ admet une asymptote horizontale d'équation $y = 0$ (axe des abscisses) au voisinage de $-\infty$.**

**2.** $\frac{e^x}{1 + e^x} = \frac{1}{e^{-x}(1 + e^x)} = \frac{1}{e^{-x} + e^{-x} e^x} = \frac{1}{e^{-x} + e^0} = \frac{1}{1 + e^{-x}} = f_1(x)$

**Donc $f_1(x) = \frac{e^x}{1 + e^x}$ pour tout réel $x$.**

**3.**

> **Méthode :**
> **Dérivation de l'inverse d'une fonction :** soit $v$ une fonction dérivable sur un intervalle $I$ tel que $v(x) \neq 0$ pour tout $x$ de $I$, alors $\frac{1}{v}$ est dérivable sur $I$ et $\left(\frac{1}{v}\right)' = -\frac{v'}{v^2}$.
> **Dérivé de la fonction $e^u$ :** soit $u$ une fonction dérivable sur un intervalle $I$ alors $e^u$ est dérivable sur $I$ et $(e^u)' = u'e^u$.

$f_1$ est dérivable sur $\mathbb{R}$ comme inverse de fonctions dérivables sur $\mathbb{R}$ dont le dénominateur est différent de 0 sur $\mathbb{R}$.

$f'_1(x) = -\frac{-e^{-x}}{(1 + e^{-x})^2} = \boldsymbol{\frac{e^{-x}}{(1 + e^{-x})^2}}$.

> **Remarque :**
> On peut aussi dériver à partir du résultat de la question précédente en utilisant la formule de dérivation d'un quotient.

$e^{-x} > 0$ sur $\mathbb{R}$, donc $f_1(x) > 0$ sur $\mathbb{R}$, ainsi **$f_1$ est strictement croissante sur $\mathbb{R}$.**

## Partie B

**1.** $f_1(x) + f_{-1}(x) = \frac{1}{1 + e^{-x}} + \frac{1}{1 + e^x} = \frac{(1 + e^x) + (1 + e^{-x})}{(1 + e^x)(1 + e^{-x})}$

$$= \frac{1 + e^{-x} \times e^x + e^{-x} + e^x}{1 + e^{-x} \times e^x + e^{-x} + e^x} = \frac{2 + e^{-x} + e^x}{2 + e^{-x} + e^x} = \mathbf{1}$$

**2.** $y_K = \frac{y_M + y_P}{2} = \frac{f_1(x) + f_{-1}(x)}{2} = \frac{1}{2}$.

**Le point $K$ est donc un point de la droite d'équation $y = \frac{1}{2}$.**

**3.** Il résulte de la question précédente que **les deux courbes sont symétriques par rapport à la droite d'équation $y = \frac{1}{2}$.**

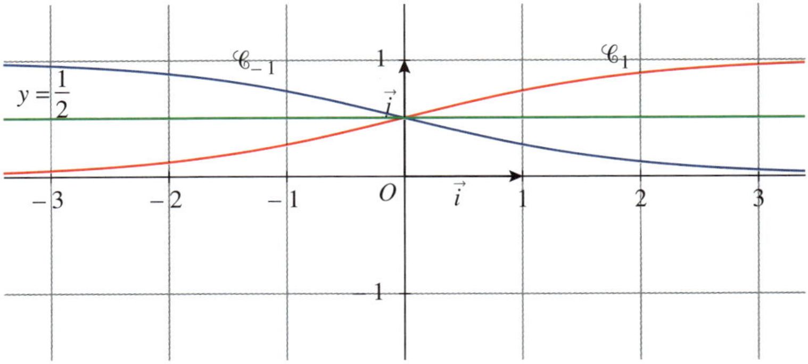


## Partie C

**1.** Quel que soit $k \in \mathbb{R}$ :

$e^{-kx} > 0 \Rightarrow 1 + e^{-kx} > 1 \Rightarrow 0 < \dfrac{1}{1 + e^{-kx}} < 1 \Rightarrow 0 < f_k(x) < 1.$

**La proposition est vraie.**

**2.** $f_{-1}(x) = 1 - f_1(x)$, d'après la question **1.** de la **partie B**.
Comme $f_1$ est strictement croissante sur $\mathbb{R}$, alors $f_{-1}$ est strictement décroissante sur $\mathbb{R}$.
**La proposition est fausse.**

**3.** $k \geqslant 10 \Leftrightarrow -\dfrac{1}{2}k \leqslant -5 \Leftrightarrow e^{-0,5k} \leqslant e^{-5}$ car la fonction exponentielle est strictement croissante.

$\Leftrightarrow 1 + e^{-0,5k} \leqslant 1 + e^{-5}$

$\Leftrightarrow \dfrac{1}{1 + e^{-0,5k}} \geqslant \dfrac{1}{1 + e^{-5}} > 0,99.$

**La proposition est vraie.**

AIDE-MÉMOIRE p. 263

# SUJET 26

**70 min** **6 points**

Sur le graphique ci-dessous, on a tracé, dans le plan muni d'un repère orthonormé $(O\,;\vec{i},\vec{j})$, la courbe représentative $\mathscr{C}$ d'une fonction $f$ définie et dérivable sur l'intervalle $]0\,;+\infty[$.

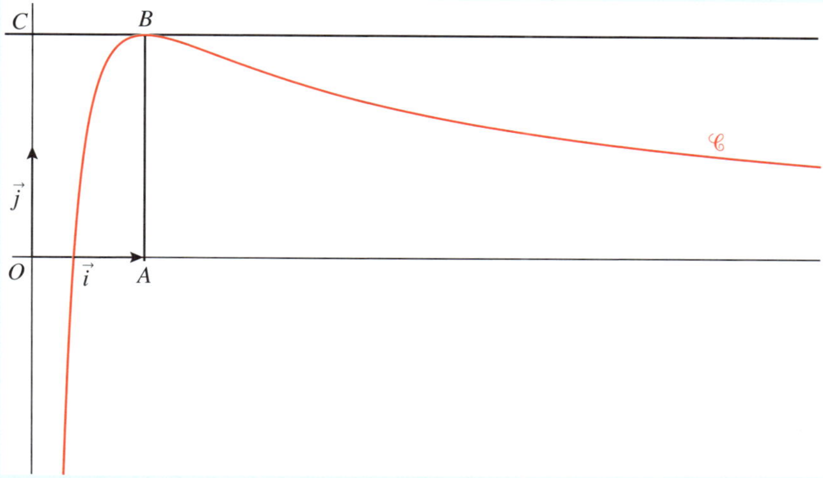


On dispose des informations suivantes :

- les points $A$, $B$, $C$ ont pour coordonnées respectives $(1, 0)$, $(1, 2)$, $(0, 2)$ ;
- la courbe $\mathscr{C}$ passe par le point $B$ et la droite $(BC)$ est tangente à $\mathscr{C}$ en $B$ ;
- il existe deux réels positifs $a$ et $b$ tels que pour tout réel strictement positif $x$ :

$$f(x) = \frac{a + b \ln x}{x}.$$

**1. a)** En utilisant le graphique, donner les valeurs de $f(1)$ et $f'(1)$.

**b)** Vérifier que pour tout réel strictement positif $x$,

$$f'(x) = \frac{(b - a) - b \ln x}{x^2}.$$

**c)** En déduire les réels $a$ et $b$.

**2. a)** Justifier que pour tout réel $x$ appartenant à l'intervalle $]0 ; +\infty[$, $f'(x)$ a le même signe que $-\ln x$.

**b)** Déterminer les limites de $f$ en 0 et en $+\infty$. On pourra remarquer que pour tout réel $x$ strictement positif, $f(x) = \frac{2}{x} + 2\,\frac{\ln x}{x}$.

**c)** En déduire le tableau de variation de la fonction $f$.

**3. a)** Démontrer que l'équation $f(x) = 1$ admet une unique solution $\alpha$ sur l'intervalle $]0, 1]$.

**b)** Par un raisonnement analogue, on démontre qu'il existe un unique réel $\beta$ de l'intervalle $]1, +\infty]$ tel que $f(\beta) = 1$.
Déterminer l'entier $n$ tel que $n < \beta < n + 1$.

**4.** On donne l'algorithme ci-dessous.

$a \leftarrow 0$.
$b \leftarrow 1$.
Tant que $b - a > 0{,}1$
  $m \leftarrow \frac{1}{2}(a + b)$
  Si $f(m) < 1$ alors $a \leftarrow m$
  Sinon $b \leftarrow m$
  Fin de Si
  Fin de Tant que
Afficher $a$
Afficher $b$

**a)** Faire tourner cet algorithme en complétant le tableau ci-dessous que l'on recopiera sur la copie.

| | Étape 1 | Étape 2 | Étape 3 | Étape 4 | Étape 5 |
|---|---|---|---|---|---|
| $a$ | 0 | | | | |
| $b$ | 1 | | | | |
| $b - a$ | | | | | |
| $m$ | | | | | |

**b)** Que représentent les valeurs affichées par cet algorithme ?

**c)** Modifier l'algorithme ci-dessus pour qu'il affiche les deux bornes d'un encadrement de $\beta$ d'amplitude $10^{-1}$.

## Corrigé du sujet 26

*Les textes sur fond jaune apparaissant dans ce corrigé sont des rappels de cours ou des commentaires pour vous guider et vous aider.*

**1. a)** La courbe de $f$ passe par le point $B(1 ; 2)$, donc $\boldsymbol{f(1) = 2}$.
La tangente à la courbe de $f$ en $B$ est la droite $(BC)$ parallèle à l'axe des abscisses, donc $\boldsymbol{f'(1) = 0}$.

**b)**

**Rappel de cours : Dérivation du quotient de deux fonctions**
Soit $u$ et $v$ deux fonctions dérivables sur un intervalle $I$ tel que $v \neq 0$ sur $I$, alors $\frac{u}{v}$ est dérivable sur $I$ et $\left(\frac{u}{v}\right)' = \frac{u'v - uv'}{v^2}$.

$f$ est dérivable sur $\mathbb{R}_+^*$ comme quotient de fonctions dérivables sur $\mathbb{R}_+^*$ dont le dénominateur est différent de 0 sur $\mathbb{R}_+^*$ et, pour tout $x$ de $\mathbb{R}_+^*$ :

$$f'(x) = \frac{\frac{b}{x} \times x - (a + b \ln x) \times 1}{x^2}$$

$$= \frac{b - a - b \ln x}{x^2} = \frac{\boldsymbol{(b - a) - b \ln x}}{\boldsymbol{x^2}}.$$

**c)** $\begin{cases} f(1) = 2 \\ f'(1) = 0 \end{cases} \Leftrightarrow \begin{cases} \dfrac{a + b \ln 1}{1} = 2 \\ \dfrac{(b - a) - b \ln 1}{1^2} = 0 \end{cases} \Leftrightarrow \begin{cases} a = 2 \\ b - a = 0 \end{cases}$ car $\ln 1 = 0 \Leftrightarrow \begin{cases} a = 2 \\ b = 2 \end{cases}$.

Donc $\boldsymbol{f(x) = \dfrac{2 + 2 \ln x}{x}}$ et $\boldsymbol{f'(x) = \dfrac{-2 \ln x}{x^2}}$.

**2. a)** $x^2 > 0$ sur $\mathbb{R}_+^*$, donc le signe de $f'(x)$ ne dépend que du signe de $-2 \ln x$ et donc ne dépend que du signe de $-\ln x$ car $2 > 0$.

**b)** $\lim\limits_{x \to 0} 2 + 2 \ln x = -\infty$

$\lim\limits_{x \to 0} \dfrac{1}{x} = +\infty$ car $x > 0$

donc, par produit, $\boldsymbol{\lim\limits_{x \to 0} f(x) = -\infty}$.

$f(x) = \dfrac{2 + 2 \ln x}{x} = \dfrac{2}{x} + 2 \dfrac{\ln x}{x}$.

$\lim\limits_{x \to +\infty} \dfrac{2}{x} = 0$

$\lim\limits_{x \to +\infty} \dfrac{\ln x}{x} = 0$ par croissance comparée

donc, par somme, $\boldsymbol{\lim\limits_{x \to +\infty} f(x) = 0}$.

**Remarque :** On peut vérifier les valeurs de limites obtenues en observant le graphique.

**c)** Tableau de signes de $-\ln x$ et donc de $f'(x)$ :

| $x$ | 0 | | 1 | | $+\infty$ |
|---|---|---|---|---|---|
| $\ln(x)$ | ‖ | $-$ | 0 | $+$ | |
| $-\ln(x)$ | ‖ | $+$ | 0 | $-$ | |

Donc $f$ admet le tableau de variation suivant :

| $x$ | 0 | | 1 | | $+\infty$ |
|---|---|---|---|---|---|
| $f'(x)$ | ‖ | $+$ | 0 | $-$ | |
| $f$ | ‖ $-\infty$ | ↗ | 2 | ↘ | 0 |

**3. a)** $f$ est continue sur ]0 ; 1] car dérivable sur cet intervalle ; $f$ est strictement croissante sur ]0 ; 1] ; 1 est compris entre $\lim\limits_{x \to 0} f(x) = -\infty$ et $f(1) = 2$, donc, d'après le théorème des valeurs intermédiaires, **l'équation $f(x) = 1$ admet une unique solution sur ]0 ; 1].**

**b)** $f$ est continue sur $[1 ; +\infty[$ car dérivable sur cet intervalle et $f$ est strictement décroissante sur cet intervalle.

Or 1 est compris entre $f(5) = \dfrac{2 + 2\ln 5}{5} \approx 1{,}04$ et $f(6) = \dfrac{2 + 2\ln 6}{6} \approx 0{,}93$.

Donc, d'après le théorème des valeurs intermédiaires, l'unique solution $\beta$ est comprise entre 5 et 6.

Donc **l'unique entier $n$ tel que $n < \beta < n + 1$ est $n = 5$.**

**4. a)**

| | Étape 1 | Étape 2 | Étape 3 | Étape 4 | Étape 5 |
|---|---|---|---|---|---|
| $a$ | 0 | 0 | $\frac{1}{4}$ | $\frac{3}{8}$ | 0,437 5 |
| $b$ | 1 | $\frac{1}{2}$ | $\frac{1}{2}$ | $\frac{1}{2}$ | 0,5 |
| $b - a$ | 1 | $\frac{1}{2}$ | $\frac{1}{4}$ | 0,125 | 0,062 5 |
| $m$ | $\frac{1}{2}$ | $\frac{1}{4}$ | $\frac{3}{8}$ | 0,437 5 | On sort de la boucle tant que |

**b)** L'algorithme affiche un encadrement d'amplitude $10^{-1}$ de la solution $\alpha$ de l'équation $f(x) = 1$ sur ]0 ; 1]. Le tableau précédent montre que **$\alpha$ appartient à l'intervalle [0,4375 ; 0,5].**

**c)** On sait d'après la question **3. b)** que $\beta$ est compris entre 5 et 6, donc on choisit $a = 5$ et $b = 6$ dans l'algorithme. De plus, la fonction est décroissante sur $[1 ; +\infty[$, donc on change le test de la boucle Tant que en mettant $f(m) > 1$, ce qui donne :

```
a ← 5
b ← 6
Tant que b − a > 0,1
      m ← 1/2 (a + b)
      Si f(m) > 1 alors a ← m
      Sinon b ← m
      Fin de si
Fin de Tant que
Afficher a
Afficher b
```

AIDE-MÉMOIRE p. 263

# SUJET 27



**1 h 10** **6 points**

*Dans cet exercice, on munit le plan d'un repère orthonormé.*

On a représenté ci-après la courbe d'équation :

$$y = \frac{1}{2}(\mathrm{e}^{x} + \mathrm{e}^{-x} - 2).$$

Cette courbe est appelée une « chaînette ».

On s'intéresse ici aux « arcs de chaînette » délimités par deux points de cette courbe symétriques par rapport à l'axe des ordonnées.

Un tel arc est représenté sur le graphique ci-après en trait plein.

On définit la « largeur » et la « hauteur » de l'arc de chaînette délimité par les points $M$ et $M'$ comme indiqué sur le graphique.

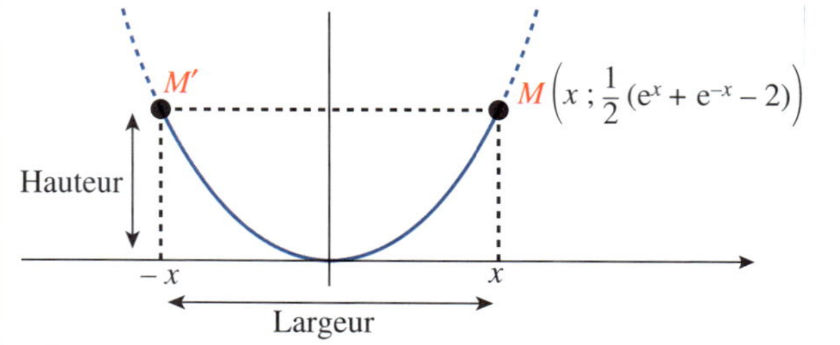


Le but de l'exercice est d'étudier les positions possibles sur la courbe du point $M$ d'abscisse $x$ strictement positive afin que la largeur de l'arc de chaînette soit égale à sa hauteur.

**1.** Justifier que le problème étudié se ramène à la recherche des solutions strictement positives de l'équation $(E)$ : $\mathrm{e}^{x} + \mathrm{e}^{-x} - 4x - 2 = 0$.

**2.** On note $f$ la fonction définie sur l'intervalle $[0 ; +\infty[$ par :

$$f(x) = \mathrm{e}^{x} + \mathrm{e}^{-x} - 4x - 2.$$

**a)** Vérifier que pour tout $x > 0$, $f(x) = x\left(\frac{\mathrm{e}^{x}}{x} - 4\right) + \mathrm{e}^{-x} - 2$.

**b)** Déterminer $\lim\limits_{x \to +\infty} f(x)$.

**3. a)** On note $f'$ la fonction dérivée de la fonction $f$.

Calculer $f'(x)$, où $x$ appartient à l'intervalle $[0 ; +\infty[$.

**b)** Montrer que l'équation $f'(x) = 0$ équivaut à l'équation :

$$(e^x)^2 - 4e^x - 1 = 0.$$

**c)** En posant $X = e^x$, montrer que l'équation $f'(x) = 0$ admet pour unique solution réelle le nombre $\ln(2 + \sqrt{5})$.

**4.** On donne ci-dessous le tableau de signes de la fonction dérivée $f'$ de $f$ :

| $x$ | $0$ | | $\ln(2+\sqrt{5})$ | | $+\infty$ |
|---|---|---|---|---|---|
| $f'(x)$ | | $-$ | $0$ | $+$ | |

**a)** Dresser le tableau de variations de la fonction $f$.

**b)** Démontrer que l'équation $f(x) = 0$ admet une unique solution strictement positive que l'on notera $\alpha$.

**5.** On considère l'algorithme suivant où les variables $a$, $b$ et $m$ sont des nombres réels :

```
Tant que b – a > 0,1 faire :
        m ← (a + b)/2
        Si e^m + e^(–m) – 4m – 2 > 0, alors :
            b ← m
        Sinon :
            a ← m
        Fin Si
Fin Tant que
```

**a)** Avant l'exécution de cet algorithme, les variables $a$ et $b$ contiennent respectivement les valeurs 2 et 3.

Que contiennent-elles à la fin de l'exécution de l'algorithme ?

On justifiera la réponse en reproduisant et en complétant le tableau ci-dessous avec les différentes valeurs prises par les variables, à chaque étape de l'algorithme.

| $m$ | $a$ | $b$ | $b-a$ |
|---|---|---|---|
| ╳ | 2 | 3 | 1 |
| 2,5 | | | |
| … | … | … | … |
| | | | |

**b)** Comment peut-on utiliser les valeurs obtenues en fin d'algorithme à la question précédente ?

**6.** La *Gateway Arch*, édifiée dans la ville de Saint-Louis aux États-Unis, a l'allure ci-contre.
Son profil peut être approché par un arc de chaînette renversé dont la largeur est égale à la hauteur.
La largeur de cet arc, exprimée en mètre, est égale au double de la solution strictement positive de l'équation :

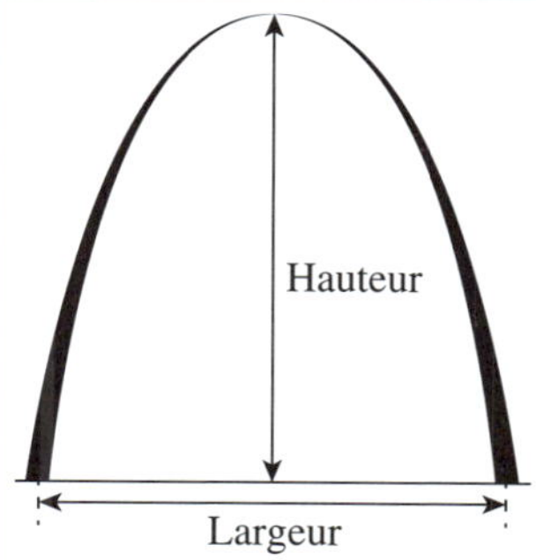


$$(E') : \mathrm{e}^{\frac{t}{39}} + \mathrm{e}^{-\frac{t}{39}} - 4\frac{t}{39} - 2 = 0.$$

Donner un encadrement de la hauteur de la *Gateway Arch*.

## Corrigé du sujet 27

*Les textes sur fond jaune apparaissant dans ce corrigé sont des rappels de cours ou des commentaires pour vous guider et vous aider.*

**1.** Pour $x > 0$ on a $M\left(x\,;\frac{1}{2}\left(\mathrm{e}^{x}+\mathrm{e}^{-x}-2\right)\right)$ et $M'\left(-x\,;\frac{1}{2}\left(\mathrm{e}^{x}+\mathrm{e}^{-x}-2\right)\right)$.

Résoudre le problème revient à poser :

$\frac{1}{2}\left(\mathrm{e}^{x}+\mathrm{e}^{-x}-2\right) = 2x$ hauteur égale à la largeur

$\mathrm{e}^{x}+\mathrm{e}^{-x}-2 = 4x$

$\mathrm{e}^{x}+\mathrm{e}^{-x}-4x-2 = 0$ pour $x > 0$

**Donc le problème étudié se ramène bien à résoudre ($E$).**

**2. a)** $x\left(\frac{\mathrm{e}^{x}}{x}-4\right)+\mathrm{e}^{-x}-2 = \mathrm{e}^{x}-4x+\mathrm{e}^{-x}-2 = f(x)$ pour tout $x > 0$

**Donc, pour tout $x > 0$, $f(x) = x\left(\frac{\mathrm{e}^{x}}{x}-4\right)+\mathrm{e}^{-x}-2$.**

**b)** $\lim\limits_{x\to+\infty} \frac{\mathrm{e}^{x}}{x} = +\infty$ par croissance comparée

$\lim\limits_{x\to+\infty} \frac{\mathrm{e}^{x}}{x} - 4 = +\infty$ par somme

$\lim\limits_{x \to +\infty} x\left(\dfrac{e^x}{x} - 4\right) = +\infty$ par produit

De plus, $\lim\limits_{x \to +\infty} e^{-x} = \lim\limits_{x \to +\infty} \dfrac{1}{e^x} = 0$

**Alors $\lim\limits_{x \to +\infty} f(x) = +\infty$ par somme.**

**3. a)** $f$ est dérivable sur $\mathbb{R}^+$ comme somme de fonctions dérivables sur $\mathbb{R}^+$.

$f'(x) = e^x - e^{-x} - 4$

**b)** Pour tout $x$ appartenant à $\mathbb{R}$ :

$f'(x) = 0 \Leftrightarrow e^x - e^{-x} - 4 = 0$

$\Leftrightarrow e^x\,(e^x - e^{-x} - 4) = e^x \times 0$

$\Leftrightarrow (e^x)^2 - 1 - 4e^x = 0$

**c)** $f'(x) = 0 \Leftrightarrow (e^x)^2 - 1 - 4e^x = 0$

Posons $X = e^x$ avec $x \in \mathbb{R}^+$

$f'(x) = 0 \Leftrightarrow X^2 - 4X - 1 = 0$

$\Delta = 20 > 0$ donc deux solutions réelles

$X = \dfrac{4 - \sqrt{20}}{2} = 2 - \sqrt{5}$ ou $X = 2 + \sqrt{5}$

$e^x = 2 - \sqrt{5} < 0$ donc impossible ou $e^x = 2 + \sqrt{5} > 0$

La solution est donc $\boldsymbol{x = \ln\left(2 + \sqrt{5}\right)}$.

**4. a)**

| $x$ | $0$ | | $\ln\left(2+\sqrt{5}\right)$ | | $+\infty$ |
|---|---|---|---|---|---|
| $f'(x)$ | | $-$ | $0$ | $+$ | |
| $f(x)$ | $0$ | $\searrow$ | $f\left(\ln\left(2+\sqrt{5}\right)\right)$ | $\nearrow$ | $+\infty$ |

$f\left(\ln(2 + \sqrt{5})\right) \approx -3{,}3$

**b)** • Sur l'intervalle $\left[0\,;2 + \sqrt{5}\right]$, la fonction $f$ est strictement décroissante et de maximum 0 en 0.

Donc $f(x) < f(0)$ sur $\mathbb{R}^{+*}$

Donc $f(x) < 0$ sur $\mathbb{R}^{+*}$

Donc l'équation $f(x) = 0$ n'admet pas de solution strictement positive sur $\left[0\,;2 + \sqrt{5}\right]$.

• Sur $\left[\ln\left(2 + \sqrt{5}\right);+\infty\right[$ :

la fonction $f$ est continue et strictement croissante ; 0 est compris entre :

$$f\left(\ln(2 + \sqrt{5})\right) \approx -3{,}3 \quad \text{et} \quad \lim_{x \to +\infty} f(x) = +\infty.$$

Donc, d'après le théorème des valeurs intermédiaires, l'équation $f(x) = 0$ admet une solution unique $\alpha$ sur l'intervalle $\left[\ln\left(2 + \sqrt{5}\right);+\infty\right[$.

**Finalement l'équation $f(x) = 0$ admet une unique solution strictement positive.**

**5. a)**

| $m$ | $a$ | $b$ | $b - a$ | $f(m)$ | Test $f(m) > 0$ |
|---|---|---|---|---|---|
| | 2 | 3 | 1 | | |
| 2,5 | 2 | 2,5 | 0,5 | 0,264 578 959 | Vrai |
| 2,25 | 2,25 | 2,5 | 0,25 | – 1,406 864 939 | Faux |
| 2,375 | 2,375 | 2,5 | 0,125 | – 0,655 972 325 | Faux |
| 2,437 5 | 2,437 5 | 2,5 | **0,062 5 < 0,1 STOP** | – 0,218 227 009 | Faux |

**b)** Cet algorithme permet de résoudre l'équation $f(x) = 0$ sachant que la solution strictement positive $\alpha$ appartient à l'intervalle [2 ; 3].

**On obtient un encadrement d'amplitude $10^{-4}$ de cette solution :**

$$\mathbf{2{,}437\,5 < \alpha < 2{,}500\,0.}$$

**6.** On cherche à résoudre : $e^{\frac{t}{39}} + e^{-\frac{t}{39}} - 4\frac{t}{39} - 2 = 0$ avec $t \in \mathbb{R}_+^*$.

Posons $x = \frac{t}{39} > 0$, on obtient alors $e^x + e^{-x} - 4x - 2 = 0$.

D'après la question précédente, on a une unique solution strictement positive à cette équation $\alpha$.

$$x = \alpha$$

$$\frac{t}{39} = \alpha$$

$$t = 39\alpha$$

Or $2{,}437\,5 < \alpha < 2{,}5$ donc $95{,}062\,5 < t < 97{,}5$ donc $190{,}125 < 2t < 195$

**La hauteur de la *Gateway Arch* est comprise entre 190,125 et 195 mètres.**

AIDE-MÉMOIRE p. 263

## SUJET 28

**40 min** **3 points**

On considère la fonction $f$ définie sur l'ensemble $\mathbb{R}$ des nombres réels par :

$$f(x) = \frac{7}{2} - \frac{1}{2}(e^x + e^{-x}).$$

**1. a)** Déterminer la limite de la fonction $f$ en $+\infty$.

**b)** Montrer que la fonction $f$ est strictement décroissante sur l'intervalle $[0 ; +\infty[$.

**c)** Montrer que l'équation $f(x) = 0$ admet, sur l'intervalle $[0\ ;+\infty[$, une unique solution, qu'on note $\alpha$.

**2.** En remarquant que, pour tout réel $x$, $f(-x) = f(x)$, justifier que l'équation $f(x) = 0$ admet exactement deux solutions dans $\mathbb{R}$ et qu'elles sont opposées.

## Corrigé du sujet 28

*Les textes sur fond jaune apparaissant dans ce corrigé sont des rappels de cours ou des commentaires pour vous guider et vous aider.*

**1. a)**

$$\left.\begin{array}{l}\lim\limits_{x\to+\infty} e^{x} = +\infty \\ \lim\limits_{x\to+\infty} e^{-x} = \lim\limits_{x\to+\infty} \dfrac{1}{e^{x}} = 0\end{array}\right\} \text{donc } \lim_{x\to+\infty}\left(e^{x}+e^{-x}\right) = +\infty \text{ par somme.}$$

Donc $\lim\limits_{x\to+\infty} -\dfrac{1}{2}\left(e^{x}+e^{-x}\right) = -\infty$ par produit.

**Donc $\lim\limits_{x\to+\infty} f(x) = -\infty$ par somme.**

**b)**

**Méthode :** Dérivation : Soient $u$ et $v$ deux fonctions définies sur un intervalle $I$. Alors $uv$ et $e^{u}$ sont dérivables sur $I$ et $(uv)' = u'v + uv'$, $(e^{u})' = u'e^{u}$.

$f$ est dérivable sur $\mathbb{R}^{+}$ comme somme de fonctions dérivables sur $\mathbb{R}^{+}$ :

$$f'(x) = 0 - \frac{1}{2}\left(e^{x} - e^{-x}\right) = \frac{1}{2}\left(e^{-x} - e^{x}\right)$$

$f'(x) = 0 \Leftrightarrow e^{-x} - e^{x} = 0 \Leftrightarrow e^{-x} = e^{x} \Leftrightarrow -x = x$ car la fonction exponentielle est strictement croissante sur $\mathbb{R}$.

D'où $f'(x) = 0 \Leftrightarrow 2x = 0 \Leftrightarrow x = 0$

$f'(x) < 0 \Leftrightarrow e^{-x} - e^{x} < 0 \Leftrightarrow e^{-x} < e^{x} \Leftrightarrow -x < x$ car la fonction exponentielle est strictement croissante sur $\mathbb{R}$.

D'où $f'(x) < 0 \Leftrightarrow 2x > 0 \Leftrightarrow x > 0$.

$$\text{Donc } \begin{cases} f'(x) = 0 & \text{pour } x = 0 \\ f'(x) < 0 & \text{pour tout } x > 0. \end{cases}$$

**Donc $f$ est strictement décroissante sur $\mathbb{R}^{+}$.**

**c)**

**Corollaire du Théorème des valeurs intermédiaires :** Si $f$ est une fonction définie, continue et strictement monotone sur un intervalle $[a\ ;\ b]$, alors, pour tout réel $k$ compris entre $f(a)$ et $f(b)$, l'équation $f(x) = k$ admet une unique solution dans $[a\ ;\ b]$.

$f$ est continue sur $\mathbb{R}^+$ car $f$ est dérivable sur $\mathbb{R}^+$. $f$ est strictement décroissante sur $\mathbb{R}^+$.

0 est compris entre $f(0) = \dfrac{5}{2}$ et $\lim\limits_{x \to +\infty} f(x) = -\infty$.

**Donc d'après le théorème des valeurs intermédiaires, l'équation $f(x) = 0$ admet une unique solution, notée $\alpha$, sur $\mathbb{R}^+$.**

**2.** $f(-x) = \dfrac{7}{2} - \dfrac{1}{2}\left(\mathrm{e}^{-x} + \mathrm{e}^{-(-x)}\right) = \dfrac{7}{2} - \dfrac{1}{2}\left(\mathrm{e}^{-x} + \mathrm{e}^{x}\right) = f(x)$.

$f$ est définie sur $\mathbb{R}$, donc l'ensemble de définition est symétrique par rapport à 0. Donc la courbe représentative de $f$ est symétrique par rapport à l'axe des ordonnées. Comme $\alpha$ est la solution de l'équation $f(x) = 0$ sur $\mathbb{R}^+$ alors $-\alpha$ est la solution de cette équation sur $\mathbb{R}^-$. S'il existait une autre solution négative autre que $-\alpha$, par symétrie on aurait une autre solution positive que $\alpha$. Or on a montré que $\alpha$ est la seule solution positive de l'équation.

**Finalement, l'équation $f(x) = 0$ admet exactement deux solutions sur $\mathbb{R}$ et elles sont opposées.**

# Équations différentielles. Primitives

Les calculatrices sont autorisées conformément à la réglementation en vigueur

AIDE-MÉMOIRE p. 263

## SUJET 29

1 h 20 7 points

### Partie I

Sur le **graphique** ci-contre, on a représenté, dans un repère orthonormal, les courbes $\mathcal{C}_1$ et $\mathcal{C}_2$ représentatives de deux fonctions $f_1$ et $f_2$ définies sur l'intervalle $]0\,;+\infty[$.

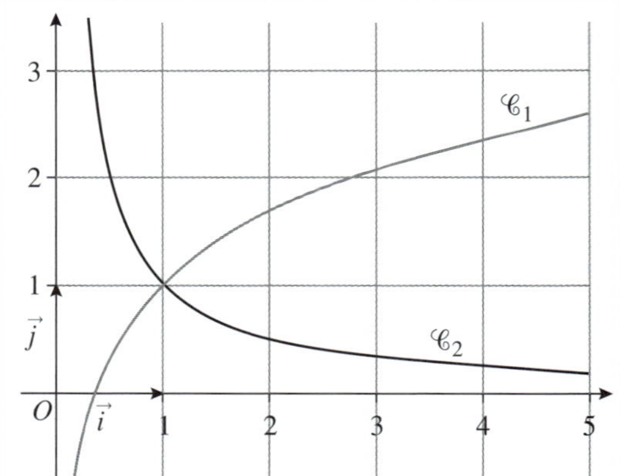


On sait que :

– l'axe des ordonnées est asymptote aux courbes $\mathcal{C}_1$ et $\mathcal{C}_2$,

– l'axe des abscisses est asymptote à la courbe $\mathcal{C}_2$,

– la fonction $f_2$ est continue et strictement décroissante sur l'intervalle $]0\,;+\infty[$,

– la fonction $f_1$ est continue et strictement croissante sur l'intervalle $]0\,;+\infty[$,

– la limite quand $x$ tend vers $+\infty$ de $f_1(x)$ est $+\infty$.

*Pour chacune des quatre questions de cette partie, une seule des trois propositions est exacte. Le candidat indiquera sur la copie la réponse choisie. Aucune justification n'est demandée. Chaque réponse juste rapporte 0,5 point. Une réponse fausse ou l'absence de réponse n'est pas sanctionnée.*

**1.** La limite quand $x$ tend vers 0 de $f_2(x)$ est :
• 0 ; • $+\infty$ ; • on ne peut pas conclure.

**2.** La limite quand $x$ tend vers $+\infty$ de $f_2(x)$ est :
• 0 ; • 0,2 ; • on ne peut pas conclure.

**3.** En $+\infty$, $\mathscr{C}_1$ admet une asymptote oblique :
• oui ; • non ; • on ne peut pas conclure.

**4.** Le tableau de signes de $f_2(x)-f_1(x)$ est :

| $x$ | $0 \quad +\infty$ |
|---|---|
| $f_2(x)-f_1(x)$ | ‖ $+$ |

| $x$ | $0 \quad +\infty$ |
|---|---|
| $f_2(x)-f_1(x)$ | ‖ $-$ |

| $x$ | $0 \quad 1 \quad +\infty$ |
|---|---|
| $f_2(x)-f_1(x)$ | ‖ $+ \quad 0 \quad -$ |

## Partie II

On considère la fonction $f$ définie sur l'intervalle $]0\,;+\infty[$ par :

$$f(x)=\ln(x)+1-\frac{1}{x}.$$

**1.** Déterminer les limites de la fonction $f$ aux bornes de son ensemble de définition.

**2.** Étudier les variations de la fonction $f$ sur l'intervalle $]0\,;+\infty[$.

**3.** En déduire le signe de $f(x)$ lorsque $x$ décrit l'intervalle $]0\,;+\infty[$.

**4.** Montrer que la fonction $F$ définie sur l'intervalle $]0\,;+\infty[$ par $F(x)=x\ln x-\ln x$ est une primitive de la fonction $f$ sur cet intervalle.

**5.** Démontrer que la fonction $F$ est strictement croissante sur l'intervalle $[1\,;+\infty[$.

**6.** Montrer que l'équation $F(x)=1-\dfrac{1}{\mathrm{e}}$ admet une unique solution dans l'intervalle $[1\,;+\infty[$ qu'on note $\alpha$.

**7.** Donner un encadrement de $\alpha$ d'amplitude $10^{-1}$.

## Partie III

**1.** Étudier les variations de la fonction $f'$ sur l'intervalle $]0\,;+\infty[$.

**2.** En déduire l'étude de la convexité de la fonction $F$.

# Corrigé du sujet 29

*Les textes sur fond jaune apparaissant dans ce corrigé sont des rappels de cours ou des commentaires pour vous guider et vous aider.*

## Partie I

**1. Réponse : $\lim\limits_{x \to 0} f_2(x) = +\infty$,** car l'axe des ordonnées est asymptote à $\mathscr{C}_2$, et $f_2$ est strictement décroissante sur $\mathbb{R}_+^*$.

**2. Réponse : $\lim\limits_{x \to +\infty} f_2(x) = 0$,** car l'axe des abscisses est asymptote à la courbe $\mathscr{C}_2$ en $+\infty$.

**3. Réponse : on ne peut pas conclure.**

**4. Réponse : le tableau de signes est le troisième tableau**, car $\mathscr{C}_2$ est au-dessus de $\mathscr{C}_1$ sur $]0\ ;\ 1]$ et en dessous sur $[1\ ;\ +\infty[$.

## Partie II

**1.**

*Méthode :* il n'y a pas de forme indéterminée pour les limites, ici ; on utilise donc directement les propriétés sur les opérations des limites.

On a :

$$\left.\begin{array}{l}\lim\limits_{x\to 0} \ln x = -\infty \\ \lim\limits_{x\to 0} 1 - \dfrac{1}{x} = -\infty\end{array}\right\} \text{ donc } \lim\limits_{x\to 0} f(x) = -\infty, \text{ par somme ;}$$

$$\left.\begin{array}{l}\lim\limits_{x\to +\infty} \ln x = +\infty \\ \lim\limits_{x\to +\infty} 1 - \dfrac{1}{x} = 1\end{array}\right\} \text{ donc } \lim\limits_{x\to +\infty} f(x) = +\infty, \text{ par somme.}$$

**2.** $f$ est dérivable sur $\mathbb{R}_+^*$ comme somme de fonctions dérivables sur $\mathbb{R}_+^*$.

$f'(x) = \dfrac{1}{x} + \dfrac{1}{x^2} > 0$ sur $\mathbb{R}_+^*$ comme somme de deux nombres positifs sur $\mathbb{R}_+^*$.

Donc **$f$ est strictement croissante sur $\mathbb{R}_+^*$.**

**3.** On remarque que $f(1) = 0$.

Sur $]0\ ;\ 1[$, $f$ est strictement croissante, donc $f(x) < f(1)$ et ainsi $f(x) < 0$ sur $]0\ ;\ 1[$.

Sur $]1\ ;\ +\infty[$, $f$ est strictement croissante, donc $f(1) < f(x)$ et ainsi $f(x) > 0$ sur $]1\ ;\ +\infty[$, et $f(1) = 0$.

**Par conséquent, $f$ est strictement positive sur $]1\ ;\ +\infty[$, strictement négative sur $]0\ ;\ 1]$ et s'annule en 1.**

**4.**

Rappel de cours : **Dérivation**

Soient $u$ et $v$ deux fonctions définies sur un intervalle $I$.

$uv$ est alors dérivable sur $I$ et $(uv)' = u'v + uv'$.

$F$ est dérivable sur $\mathbb{R}_+^*$ comme somme et produit de fonctions dérivables sur $\mathbb{R}_+^*$.
Si $x \in \mathbb{R}_+^*$, $F'(x) = \ln x + x \times \frac{1}{x} \times \frac{1}{x} = \ln x + 1 \times \frac{1}{x} = f(x)$.

Donc **$F$ est bien une primitive de $f$ sur $\mathbb{R}_+^*$.**

**5.** D'après la question **4.**, $F'(x) = f(x)$ sur $[1 ; +\infty[$ et, d'après la question **3.**,

$$\begin{cases} f(x) > 0 \text{ sur } ]1 ; +\infty[ \\ f(1) = 0. \end{cases}$$

Par suite, **$F$ est strictement croissante sur $]1 ; +\infty[$.**

**6.**

**Méthode :** Pour montrer l'existence et l'unicité d'une solution de l'équation $f(x) = k$ sur un intervalle $[a ; b]$, on utilise le théorème des valeurs intermédiaires (cas strictement monotone) ; trois hypothèses doivent alors être vérifiées : $f$ est continue sur $[a ; b]$ ; $f$ est strictement monotone sur $[a ; b]$ et $k$ est compris entre $f(a)$ et $f(b)$ pour conclure.

On a $F(x) = x\ln x - \ln x = (x - 1) \ln x$.

$\lim\limits_{x \to +\infty} \ln x = +\infty$, puis $\lim\limits_{x \to +\infty} x \ln x = +\infty$ et donc $\lim\limits_{x \to +\infty} F(x) = +\infty$.

$F$ est continue sur $[1 ; +\infty[$ car dérivable sur $[1 ; +\infty[$
$F$ est strictement croissante sur $[1 ; +\infty[$
$1 - \frac{1}{e}$ est compris entre $F(1)$ et $\lim\limits_{x \to +\infty} F(x) = +\infty$
donc **l'équation $F(x) = 1 - \frac{1}{e}$ admet une unique solution $\alpha$ sur $[1 ; +\infty[$**, d'après le théorème des valeurs intermédiaires (cas strictement monotone).

**7.** $F(1{,}9) - \left(1 - \frac{1}{e}\right) < 0$ et $F(2) - \left(1 - \frac{1}{e}\right) > 0$, donc $F(1{,}9) < F(\alpha) < F(2)$ d'après la question **6.** Ainsi **$1{,}9 < \alpha < 2$,** car $F$ est strictement croissante sur $[1 ; +\infty[$.

## Partie III

**1.** D'après la question II.2. on a : $f'(x) = \frac{1}{x} + \frac{1}{x^2}$

$f'$ est dérivable sur $\mathbb{R}_+^*$ comme somme de fonctions dérivables sur $\mathbb{R}_+^*$.

$f''(x) = -\frac{1}{x^2} - \frac{2}{x^3} < 0$ sur $\mathbb{R}_+^*$ car $x^2 > 0$ et $x^3 > 0$ sur $\mathbb{R}_+^*$.

Donc **$f'$ est strictement décroissante sur $\mathbb{R}_+^*$.**

**2.**

**Méthode :** Soit $f$ une fonction dérivable sur un intervalle $I$.
$f$ est convexe sur $I$ si $f'$ est croissante sur $I$ si $f$ est concave sur $I$ si $f'$ est décroissante sur $I$.

$f$ est la dérivée de F, comme $f$ est strictement croissante sur $\mathbb{R}_+^*$ d'après la question **II. 2.** donc **F est convexe sur $\mathbb{R}_+^*$.**

AIDE-MÉMOIRE p. 263

# SUJET 30

60 min **5 points**

## Partie A

On considère la fonction $f$ définie sur l'intervalle $]0\,;+\infty[$ par :

$$f(x) = \ln x - 2 + x.$$

**1.** Déterminer les limites de la fonction $f$ en 0 et en $+\infty$.

**2.** Étudier le sens de variation de la fonction $f$, puis dresser son tableau de variations.

**3.** Montrer que l'équation $f(x) = 0$ admet une unique solution $\alpha$ dans l'intervalle $]0\,;+\infty[$.

Donner un encadrement du nombre $\alpha$ à $10^{-2}$ près.

## Partie B

Le plan est muni d'un repère orthonormal $(O\,;\vec{i},\vec{j})$.

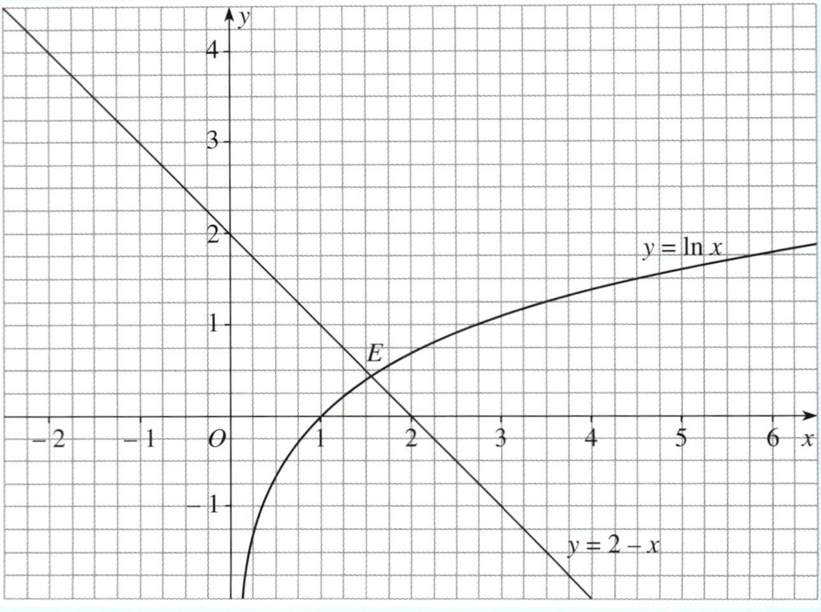

On considère, sur le graphique ci-dessus, la courbe représentative $\mathscr{C}$ de la fonction ln, ainsi que la droite $\mathscr{D}$ d'équation $y = 2 - x$. On note $E$ le point d'intersection de la courbe $\mathscr{C}$ et de la droite $\mathscr{D}$.
On considère l'aire en unités d'aire, notée $\mathscr{A}$, de la partie du plan située au-dessus de l'axe des abscisses et en dessous de la courbe $\mathscr{C}$ et de la droite $\mathscr{D}$.

**1.** Déterminer les coordonnées du point $E$.

**2. a)** Montrer que la fonction $F(x) = x\ln x - x$ est une primitive de ln sur l'intervalle $[1\,;+\infty[$.

**b)** Déterminer une primitive $G$ de la fonction $g(x) = 2 - x$ sur l'intervalle $[1\,;+\infty[$.

**3.** On admet que l'aire $\mathscr{A}$ est donnée par la formule :

$$\mathscr{A} = F(\alpha) - F(1) + G(2) - G(\alpha).$$

Calculer $\mathscr{A}$ en fonction de $\alpha$.

## Corrigé du sujet 30

*Les textes sur fond jaune apparaissant dans ce corrigé sont des rappels de cours ou des commentaires pour vous guider et vous aider.*

### Partie A

**1.** • $\left.\begin{array}{l}\lim\limits_{x \to 0} \ln(x) = -\infty \\ \lim\limits_{x \to 0} (-2 + x) = -2\end{array}\right\}$ donc $\mathbf{\lim\limits_{x \to 0} f(x) = -\infty}$.

• $\left.\begin{array}{l}\lim\limits_{x \to +\infty} \ln(x) = +\infty \\ \lim\limits_{x \to +\infty} (-2 + x) = +\infty\end{array}\right\}$ donc $\mathbf{\lim\limits_{x \to +\infty} f(x) = +\infty}$.

**2.** $f$ est dérivable sur $]0\,;+\infty[$ comme somme de fonctions dérivables sur cet intervalle.

$f'(x) = \dfrac{1}{x} + 1 = \dfrac{x+1}{x}$.

**Autre méthode possible :** ln est une fonction strictement croissante sur $]0\,;+\infty[$ et $x \mapsto x - 2$ est une fonction affine strictement croissante sur $]0\,;+\infty[$.
Ainsi, $f$ est strictement croissante sur $]0\,;+\infty[$ comme somme de deux fonctions strictement croissantes sur $]0\,;+\infty[$.

Analyse

Voici son tableau de variations :

| $x$ | $0$ | | $+\infty$ |
|---|---|---|---|
| $f'(x)$ | ‖ | $+$ | |
| $f$ | ‖ $-\infty$ | ↗ | $+\infty$ |

**3.** $f$ est continue et strictement croissante sur $]0\,;+\infty[$ ; 0 est compris entre $\lim\limits_{x \to 0} f(x) = -\infty$ et $\lim\limits_{x \to +\infty} f(x) = +\infty$.

L'équation $f(x) = 0$ admet donc une unique solution $\alpha$ dans $]0\,;+\infty[$.

Le résultat donné par la calculatrice est $f(1{,}55) < 0$ et $f(1{,}56) > 0$.

D'où :

$f(1{,}55) < f(\alpha) < f(1{,}56)$.

Comme $f$ est croissante, on en déduit que $\mathbf{1{,}55 < \alpha < 1{,}56}$.

## Partie B

**1.** Soit $E(x\,;y)$ le point d'intersection entre la courbe $\mathscr{C}$ et la droite $\mathscr{D}$.

L'abscisse de $E$ vérifie : $\ln x = 2 - x$.

D'après la **partie A**, la seule solution est $\alpha$.

$y = \ln \alpha$

$\;\;= 2 - \alpha$.

D'où $\boldsymbol{E(\alpha\,;2-\alpha)}$.

**2. a)** $x \mapsto x\ln x - x$ est dérivable sur $[1\,;+\infty[$ comme produit et somme de fonctions dérivables sur $[1\,;+\infty[$ et sa dérivée est $x \mapsto \ln x + x \times \dfrac{1}{x} - 1 = \ln x$.

**Donc la fonction $x \mapsto x\ln x - x$ est bien une primitive de ln sur $[1\,;+\infty[$.**

**b)** $g(x) = 2 - x$

**Donc $G(x) = 2x - \dfrac{x^2}{2}$ est une primitive de $g$ sur $[1\,;+\infty[$.**

**3.** $\mathscr{A} = \alpha\ln\alpha - \alpha - (\ln 1 - 1) + 4 - \dfrac{2^2}{2} - \left(2\alpha - \dfrac{\alpha^2}{2}\right)$

$\;\;\;\; = \alpha\ln\alpha - 3\alpha + 3 + \dfrac{\alpha^2}{2}$

Or $\ln\alpha = 2 - \alpha$

d'où $\mathscr{A} = \alpha(2-\alpha) - 3\alpha + 3 + \dfrac{\alpha^2}{2}$

$\;\;\;\; = 3 - \dfrac{\alpha^2}{2} - \alpha$

AIDE-MÉMOIRE p. 263

# SUJET 31

60 min 5 points

## Partie A

On considère la fonction $h$ définie sur l'intervalle $[0\,;+\infty[$ par :

$$h(x) = x\mathrm{e}^{-x}.$$

**1.** Déterminer la limite de la fonction $h$ en $+\infty$.

**2.** Étudier les variations de la fonction $h$ sur l'intervalle $[0\,;+\infty[$ et dresser son tableau de variations.

**3.** L'objectif de cette question est de déterminer une primitive de la fonction $h$.

**a)** Vérifier que pour tout nombre réel $x$ appartenant à l'intervalle $[0\,;+\infty[$, on a :

$$h(x) = \mathrm{e}^{-x} - h'(x)$$

où $h'$ désigne la fonction dérivée de $h$.

**b)** Déterminer une primitive sur l'intervalle $[0\,;+\infty[$ de la fonction :

$$x \mapsto \mathrm{e}^{-x}.$$

**c)** Déduire des deux questions précédentes une primitive de la fonction $h$ sur l'intervalle $[0\,;+\infty[$.

**4.** Étudier la convexité de $h$ sur $[0\,;+\infty[$.
$h$ admet-elle un point d'inflexion ?

## Partie B

On définit les fonctions $f$ et $g$ sur l'intervalle $[0\,;+\infty[$ par :

$$f(x) = x\mathrm{e}^{-x} + \ln(x+1) \quad \text{et} \quad g(x) = \ln(x+1).$$

On note $\mathscr{C}_f$ et $\mathscr{C}_g$ les représentations graphiques respectives des fonctions $f$ et $g$ dans un repère orthonormé.

Analyse

Ces deux courbes sont tracées ci-dessous.

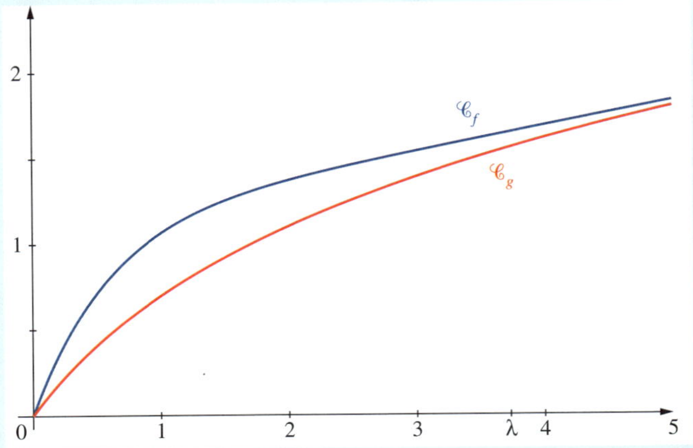


**1.** Pour un nombre réel $x$ appartenant à l'intervalle $[0\,;+\infty[$, on appelle $M$ le point de coordonnées $(x\,; f(x))$ et $N$ le point de coordonnées $(x\,; g(x))$ : $M$ et $N$ sont donc les points d'abscisse $x$ appartenant respectivement aux courbes $\mathscr{C}_f$ et $\mathscr{C}_g$ .

**a)** Déterminer la valeur de $x$ pour laquelle la distance $MN$ est maximale et donner cette distance maximale.

**b)** Placer sur le graphique ci-dessus les points $M$ et $N$ correspondant à la valeur maximale de $MN$.

**2.** On considère l'algorithme suivant :

| |
|---|
| $S$ est un réel strictement compris entre 0 et 1.<br>Saisir $S$<br>$\lambda \leftarrow 0$<br>Tant Que $1-\dfrac{\lambda+1}{e^{\lambda}} < S$ faire<br>$\lambda \leftarrow \lambda+1$<br>Fin Tant Que<br>Afficher $\lambda$ |

Quelle valeur affiche cet algorithme si on saisit la valeur $S = 0{,}8$ ?

# Corrigé du sujet 31

*Les textes sur fond jaune apparaissant dans ce corrigé sont des rappels de cours ou des commentaires pour vous guider et vous aider.*



## Partie A

**1.** $h(x) = \dfrac{x}{e^x}$

$\lim\limits_{x \to +\infty} \dfrac{e^x}{x} = +\infty$ donc $\lim\limits_{x \to +\infty} h(x) = \lim\limits_{x \to +\infty} \dfrac{1}{\left(\dfrac{e^x}{x}\right)} = 0$ par quotient.

**2.**

**Méthode : Dérivation**
Soient $u$ et $v$ deux fonctions définies sur un intervalle $I$. Alors $uv$ et $e^u$ sont dérivables sur $I$ et $(uv)' = u'v + uv'$, $(e^u)' = u'e^u$.

La fonction $h$ est dérivable sur $[0\,;+\infty[$ comme produit de fonctions dérivables sur $[0\,;+\infty[$.

$h'(x) = 1 \times e^{-x} + x \times (-e^{-x}) = (1 - x)e^{-x}$

$e^x > 0$ pour tout réel $x$.

Donc le signe de $h'(x)$ ne dépend que du signe de $(1 - x)$.

Ainsi $\begin{cases} h'(x) = 0 \text{ en } x = 1 \\ h'(x) > 0 \text{ sur } [0\,;1[ \\ h'(x) < 0 \text{ sur } ]1\,;+\infty[ \end{cases}$

La fonction $h$ est donc strictement croissante sur $[0\,;\,1]$ et strictement décroissante sur $[1\,;+\infty[$.

En utilisant la question précédente, on obtient **le tableau de variations suivant :**

| $x$ | $0$ | $1$ | $+\infty$ |
|---|---|---|---|
| $h(x)$ | $0$ ↗ | $e^{-1}$ | ↘ $0$ |

**3. a)** Utilisons le calcul de $h'(x)$ effectué à la question précédente :

$$\begin{aligned} e^{-x} - h'(x) &= e^{-x} - (1 - x)e^{-x} \\ &= e^{-x} - e^{-x} + xe^{-x} \\ &= xe^{-x} = h(x). \end{aligned}$$

**Donc $h(x) = e^{-x} - h'(x)$ pour tout $x$ de $\mathbb{R}$.**

**b)**

**Méthode :** Si $u$ est une fonction dérivable sur un intervalle $I$, alors une primitive de la fonction de la forme $u'e^u$ est de la forme $e^u$.

Une primitive de $x \mapsto e^{-x}$ sur $[0\,;+\infty[$ est $x \mapsto -e^{-x}$.

**c)** Une primitive de la somme de deux fonctions étant la somme des primitives de chacune des fonctions, on en déduit qu'une primitive de la fonction $h$ est :
$H : x \mapsto -e^{-x} - h(x) = -e^{-x} - xe^{-x} = -(1+x)e^{-x}$ car $h$ est une primitive de $h'$.

**4.**

**Méthode :** Soit $f$ une fonction deux fois dérivable sur un intervalle $I$.
$f$ est convexe sur $I$ si $f''$ est positive sur $I$ et $f$ est concave sur $I$ si $f''$ est négative sur $I$.

D'après la question **A. 2**, $h'(x) = (1-x)e^{-x}$.
$h'$ est dérivable sur $[0\,;+\infty[$ comme produit de deux fonctions dérivables.
Posons $u(x) = 1 - x$ et $v(x) = e^{-x}$.
$h'(x) = u(x)v(x)$ donc
$h''(x) = (h')'(x) = u'(x)v(x) + u(x)v'(x)$
$= -e^{-x} + (1-x)(-e^{-x}) = -e^{-x}[1 + (1-x)] = -e^{-x}(2-x)$
$h''(x) \geqslant 0 \Leftrightarrow 2 - x \leqslant 0$ car $e^{-x} < 0$ pour tout $x$.
Donc $h''(x) \geqslant 0 \Leftrightarrow x \geqslant 0$
On peut donc en déduire que $h''$ est négative sur $[0\,;2]$ et positive sur $[2\,;+\infty[$.
Ainsi, **$h$ est concave sur $[0\,;2]$ et convexe sur $[2\,;+\infty[$.**
Comme elle change de concavité en $x = 2$, **elle admet un point d'inflexion en $x = 2$.**

## Partie B

**1. a)** On a $M\left(x\,;\,xe^{-x} + \ln(x+1)\right)$ et $N\left(x\,;\ln(x+1)\right)$
Donc :

$$MN = \sqrt{(x-x)^2 + \left(\ln(x+1) - xe^{-x} - \ln(x+1)\right)^2} = \sqrt{\left(xe^{-x}\right)^2} = \left|xe^{-x}\right| = xe^{-x}$$

car $xe^{-x} \geqslant 0$ pour tout $x \in [0\,;+\infty[$.
On remarque que $MN = h(x)$.
Or, d'après la **partie A**, on connaît les variations de la fonction $h$ et on sait que $h$ admet un maximum qui vaut $e^{-1}$ atteint en $x = 1$.
Donc la distance MN est maximale pour $\boldsymbol{x = 1}$ et elle vaut alors $\boldsymbol{MN = e^{-1}}$.

**b)**

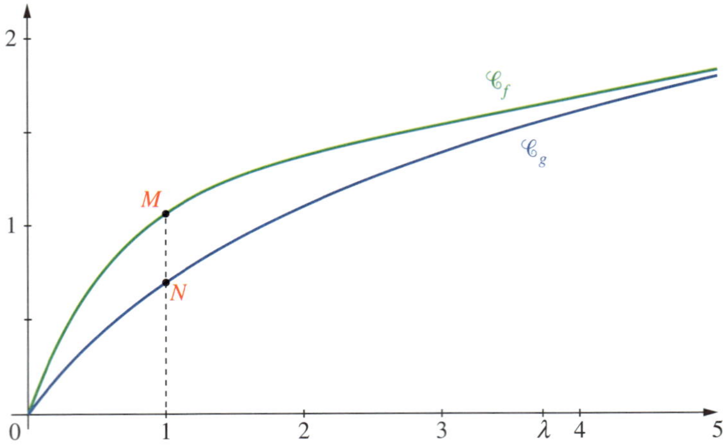


**2. Initialisation :** S = 0,8, $\lambda = 0$.

Traitement :

- $1 - \dfrac{0+1}{e^0} = 0 < 0{,}8$ donc $\lambda = 1$.
- $1 - \dfrac{1+1}{e^1} = 1 - \dfrac{2}{e} \approx 0{,}26 < 0{,}8$ donc $\lambda = 2$
- $1 - \dfrac{2+1}{e^2} = 1 - \dfrac{3}{e^2} \approx 0{,}59 < 0{,}8$ donc $\lambda = 3$
- $1 - \dfrac{3+1}{e^3} = 1 - \dfrac{4}{e^3} \approx 0{,}80085 > 0{,}8$ donc la boucle *Tant que* s'arrête

Sortie : $\lambda = \mathbf{3}$.

AIDE-MÉMOIRE p. 263

# SUJET 32

**30 min 7 points**

**1.** Résoudre l'équation différentielle $2y' + y = 0 \quad (E)$,
dont l'inconnue est une fonction définie et dérivable sur $\mathbb{R}$.

**2.** On considère l'équation différentielle $2y' + y = e^{-\frac{x}{2}} \quad (E')$.

**a)** Déterminer deux réels $m$ et $p$ tels que la fonction $f$ définie sur $\mathbb{R}$ par :

$$f(x) = e^{-\frac{x}{2}}(mx^2 + px)$$

soit solution de $(E')$.

**b)** Soit $g$ une fonction définie et dérivable sur $\mathbb{R}$.
Montrer que $g$ est solution de l'équation $(E')$ si, et seulement si, $g - f$ est solution de l'équation $(E)$.
Résoudre l'équation $(E')$.

**3.** Étudier les variations de la fonction $h$ définie sur $\mathbb{R}$ par :

$$h(x) = \frac{1}{4} e^{-\frac{x}{2}}(x^2 + 2x).$$

**4.** Déterminer les limites en $-\infty$ et en $+\infty$ de la fonction $h$.

**5.** Dans le plan rapporté à un repère orthonormé $(O ; \vec{i}, \vec{j})$, on note $\mathscr{C}$ la courbe représentative de $h$ et $\Gamma$ celle de la fonction : $x \mapsto e^{-\frac{x}{2}}$.

**a)** Étudier les positions relatives de $\mathscr{C}$ et $\Gamma$.

**b)** Tracer ces deux courbes sur un même graphique.

# Corrigé du sujet 32

*Les textes sur fond jaune apparaissant dans ce corrigé sont des rappels de cours ou des commentaires pour vous guider et vous aider.*

**1.** $2y' + y = 0 \Leftrightarrow y' = -\frac{1}{2}y$.

**Les solutions de $(E)$ sont de la forme : $f_k(x) = k\,\mathrm{e}^{-\frac{1}{2}x}$, avec $k$ réel quelconque.**

**2. a)**

**Rappel de cours : Dérivation**
- Dérivation du produit de deux fonctions : soient $u$ et $v$ deux fonctions dérivables sur un intervalle $I$ ; $uv$ est alors dérivable sur $I$ et $(uv)' = u'v + uv'$.
- Dérivée de la fonction $\mathrm{e}^u$ : soit $u$ une fonction dérivable sur un intervalle $I$ ; $\mathrm{e}^u$ est alors dérivable sur $I$ et $(\mathrm{e}^u)' = u'\mathrm{e}^u$.

$f$ est dérivable sur $\mathbb{R}$ comme produit et composé de fonctions dérivables sur $\mathbb{R}$.

$f$ est solution de $(E') \Leftrightarrow 2f'(x) + f(x) = \mathrm{e}^{-\frac{1}{2}x}(x+1)$

Or, on a $f'(x) = -\frac{1}{2}\mathrm{e}^{-\frac{1}{2}x}(mx^2 + px) + \mathrm{e}^{-\frac{1}{2}x}(2mx + p)$

$$= \mathrm{e}^{-\frac{1}{2}x}\left(-\frac{1}{2}mx^2 + \left(2m - \frac{p}{2}\right)x + p\right).$$

Par suite, $f$ est solution de $(E')$

$$\Leftrightarrow 2\mathrm{e}^{-\frac{1}{2}x}\left(-\frac{1}{2}mx^2 + \left(2m - \frac{p}{2}\right)x + p\right) + \mathrm{e}^{-\frac{1}{2}x}\left(mx^2 + px\right) = \mathrm{e}^{-\frac{1}{2}x}(x+1)$$

$\Leftrightarrow -mx^2 + (4m - p)x + 2p + mx^2 + px = x + 1$ car $\mathrm{e}^{-\frac{1}{2}x} \neq 0$ sur $\mathbb{R}$.

$\Leftrightarrow 4mx + 2p = x + 1$.

Par identification de polynômes, on obtient : $\begin{cases} 4m = 1 \\ 2p = 1 \end{cases} \Leftrightarrow \begin{cases} m = \frac{1}{4} \\ p = \frac{1}{2} \end{cases}$

**b)** • **$g - f$ est solution de $(E)$** $\Leftrightarrow 2(g - f)' + (g - f) = 0$,

$\Leftrightarrow 2g' + g = 2f' + f$,

$\Leftrightarrow 2g'(x) + g(x) = \mathrm{e}^{-\frac{1}{2}x}(x+1)$, pour tout $x$ de $\mathbb{R}$ car $f$ est solution de $(E')$

$\Leftrightarrow$ **$g$ est solution de $(E')$.**

• $g - f$ est solution de $(E) \Leftrightarrow (g - f)(x) = k\,\mathrm{e}^{-\frac{1}{2}x}$, pour tout $x$ de $\mathbb{R}$ et $k$ réel d'après la question **1.**

$\Leftrightarrow g(x) = f(x) + k\,\mathrm{e}^{-\frac{1}{2}x}$, pour tout $x$ de $\mathbb{R}$.

Or, $g$ est solution de $(E')$; **les solutions de $(E')$ sont donc de la forme :**

$x \mapsto \mathrm{e}^{-\frac{1}{2}x}\left(\frac{1}{4}x^2 + \frac{1}{2}x\right) + k$**, pour tout $x \in \mathbb{R}$ et $k$ réel.**

**Méthode :** Attention ! À cette question, on vous demande les variations de la fonction $h$ et non le tableau de variations ; autrement dit, il faut les décrire à l'aide d'une phrase. De plus, il faut faire attention au fait que les variations d'une fonction s'étudient sur des intervalles et non sur une réunion d'intervalles. Il est faux d'écrire qu'une fonction $f$ est croissante sur $I \cup J$ si la réunion n'est pas un intervalle.

On a $h(x) = \frac{1}{4}\mathrm{e}^{-\frac{x}{2}}\left(x^2 + 2x\right)$.

$x \mapsto -\frac{x}{2}$ est dérivable sur $\mathbb{R}$ comme fonction affine, donc $x \mapsto \mathrm{e}^{-\frac{x}{2}}$ est dérivable sur $\mathbb{R}$.

$x \mapsto x^2 + 2x$ est dérivable sur $\mathbb{R}$ comme polynôme de degré 2.

Ainsi, $h$ est dérivable sur $\mathbb{R}$ comme produit de fonctions dérivables sur $\mathbb{R}$.

$$h'(x) = \frac{1}{4}\left(-\frac{1}{2}\mathrm{e}^{-\frac{x}{2}}(x^2 + 2x) + \mathrm{e}^{-\frac{x}{2}}(2x + 2)\right) = \frac{1}{8}\mathrm{e}^{-\frac{x}{2}}(-x^2 + 2x + 4).$$

$\frac{1}{8}\mathrm{e}^{-\frac{x}{2}} > 0$ sur $\mathbb{R}$ car une exponentielle est toujours positive.

Le signe de $h$ ne dépend donc que du signe de $-x^2 + 2x + 4$. Calculons le déterminant.

$\Delta = b^2 - 4ac = 20 > 0$, il y a donc deux racines réelles :

$$x_1 = \frac{-b - \sqrt{\Delta}}{2a} = \frac{-2 - \sqrt{20}}{-2} = 1 + \sqrt{5} \text{ ou } x_2 = \frac{-b + \sqrt{\Delta}}{2a} = 1 - \sqrt{5}$$

Ainsi, $-x^2 + 2x + 4$ est du signe de $a = -1$ à l'extérieur des racines et du signe de $-a$ à l'intérieur, d'où :

$h'(x) > 0$ sur $\left]1 - \sqrt{5}\,; 1 + \sqrt{5}\right[$,

$h'(x) < 0$ sur $\left]-\infty\,; 1 - \sqrt{5}\right[ \cup \left]1 + \sqrt{5}\,; +\infty\right[$,

$h'(x) = 0$ en $1 - \sqrt{5}$ et en $1 + \sqrt{5}$.

En conclusion, **$h$ est strictement croissante sur $[1 - \sqrt{5}\,; 1 + \sqrt{5}]$ et $h$ est strictement décroissante sur $]-\infty\,; 1 - \sqrt{5}[$ et sur $[1 + \sqrt{5}\,; +\infty[$.**

**4.**

**Rappel de cours : Théorème des limites des fonctions composées**

Soient $f$, $g$ deux fonctions et $a$, $b$, $c$ désignent des réels ou $+\infty$ ou $-\infty$.

Si $\left.\begin{aligned}\lim_{x\to a} f(x) = b\\ \lim_{x\to b} g(x) = c\end{aligned}\right\}$, alors $\lim_{x\to a}(g \circ f)(x) = c$

• Calculons la limite de $h$ en $-\infty$. On a :

$\left.\begin{aligned}\lim_{x\to+\infty} -\frac{x}{2} = +\infty\\ \lim_{x\to+\infty} \mathrm{e}^{x} = +\infty\end{aligned}\right\}$ donc $\lim_{x\to-\infty} \mathrm{e}^{-\frac{x}{2}} = +\infty$, d'après le théorème des limites de fonctions composées.

$\lim_{x\to-\infty} x^2 + 2x = \lim_{x\to-\infty} x^2 = +\infty$, terme de plus haut degré.

Finalement, $\mathbf{\lim_{x\to-\infty} h(x) = +\infty}$, par produit.

• Calculons la limite de $h$ en $+\infty$. On a :

$$h(x) = \frac{1}{4}e^{-\frac{x}{2}}(x^2 + 2x) = \frac{\left(\frac{x}{2}\right)^2}{e^{\frac{x}{2}}} + \frac{\frac{x}{2}}{e^{\frac{x}{2}}}$$

$\left.\begin{array}{l}\lim\limits_{x \to +\infty} -\frac{x}{2} = +\infty \\ \lim\limits_{x \to +\infty} \frac{x}{e^x} = 0\end{array}\right\}$, donc $\lim\limits_{x \to -\infty} \frac{\frac{x}{2}}{e^{\frac{x}{2}}} = 0$, d'après le théorème des limites de fonctions composées et les croissances comparées.

$\left.\begin{array}{l}\lim\limits_{x \to +\infty} \frac{x}{2} = +\infty \\ \lim\limits_{x \to +\infty} \frac{x}{e^x} = 0 \text{ car } \lim\limits_{x \to -\infty} \frac{e^x}{x^2} = +\infty\end{array}\right\}$, donc $\lim\limits_{x \to -\infty} \frac{\left(\frac{x}{2}\right)^2}{e^{\frac{x}{2}}} = 0$, d'après le théorème des limites de fonctions composées et les croissances comparées.

Finalement, $\mathbf{\lim\limits_{x \to +\infty} h(x) = 0}$, par somme

**5. a)** Étudions le signe de $h(x) - e^{-\frac{x}{2}} = \frac{1}{4}e^{-\frac{x}{2}}(x^2 + 2x - 4)$.

On a $e^{-\frac{x}{2}} > 0$ sur $\mathbb{R}$.

Le signe de $h(x) - e^{-\frac{x}{2}}$ ne dépend donc que du signe de $x^2 + 2x - 4$. Calculons le discriminant.

$\Delta = b^2 - 4ac = 20 > 0$, d'où :

$$x_1 = \frac{-b - \sqrt{\Delta}}{2a} = \frac{-2 - \sqrt{20}}{-2} = -1 - \sqrt{5} \text{ ou } x_2 = \frac{-b + \sqrt{\Delta}}{2a} = -1 + \sqrt{5}.$$

$x^2 + 2x + 4$ est du signe de $a = 1$ à l'extérieur des racines et du signe de $-a$ à l'intérieur.

$h(x) - e^{-\frac{x}{2}} > 0$ sur $\left]-\infty\,; -1 - \sqrt{5}\right[ \cup \left]-1 + \sqrt{5}\,; +\infty\right[$,

$h(x) - e^{-\frac{x}{2}} < 0$ sur $\left]-1 - \sqrt{5}; -1 + \sqrt{5}\right[$,

$h(x) - e^{-\frac{x}{2}} = 0$ en $-1 - \sqrt{5}$ et en $-1 + \sqrt{5}$.

Par suite :

$h(x) > e^{-\frac{x}{2}}$ sur $\left]-\infty\,; -1 - \sqrt{5}\right[ \cup \left]-1 + \sqrt{5}\,; +\infty\right[$,

$h(x) > e^{-\frac{x}{2}} < 0$ sur $\left]-1 - \sqrt{5}; -1 + \sqrt{5}\right[$,

$h(x) = e^{-\frac{x}{2}} = 0$ en $-1 - \sqrt{5}$ et en $-1 + \sqrt{5}$.

Finalement :

**$\mathscr{C}$ est au-dessus de $\Gamma$ sur $\left]-\infty\,; -1 - \sqrt{5}\right[ \cup \left]-1 + \sqrt{5}\,; +\infty\right[$ ;**

**$\mathscr{C}$ est au-dessus de $\Gamma$ sur $\left]-1 - \sqrt{5}; -1 + \sqrt{5}\right[$.**

**b)**

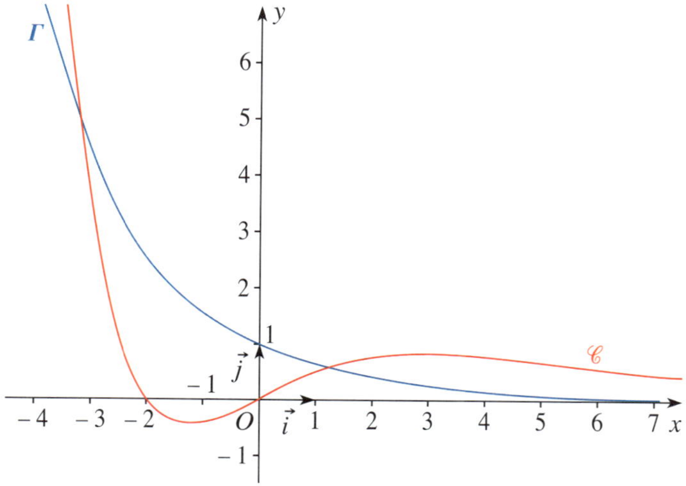


AIDE-MÉMOIRE p. 263

# SUJET 33

**45 min** **4 points**

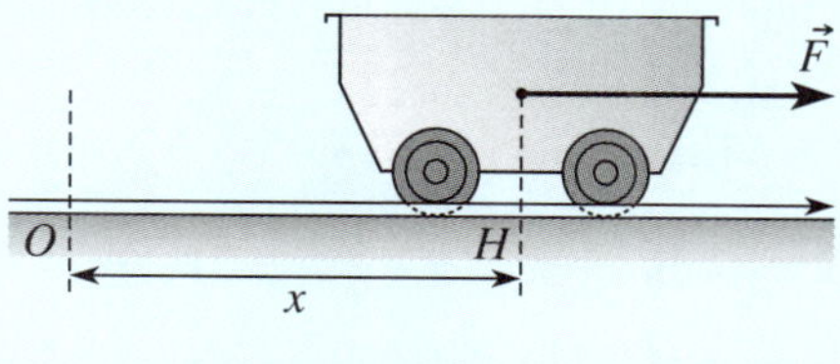


Un chariot de masse 200 kg se déplace sur une voie rectiligne et horizontale. Il est soumis à une force d'entraînement constante $\vec{F}$ de valeur 50 N. Les forces de frottement sont proportionnelles à la vitesse et de sens contraire ; le coefficient de proportionnalité a pour valeur absolue $25\ \text{N} \cdot \text{m}^{-1} \cdot \text{s}^{-1}$.

La position du chariot est repérée par la distance $x$, en mètres, du point $H$ à l'origine $O$ du repère en fonction du temps $t$, exprimé en secondes. On prendra $t$ dans l'intervalle $[0\,;+\infty[$.

Les lois de Newton conduisent à l'équation différentielle du mouvement $(E)$ $25x' + 200x'' = 50$, où :

$x'$ est la dérivée de $x$ par rapport au temps $t$,

$x''$ est la dérivée seconde de $x$ par rapport au temps $t$.

**1.** On note $v(t)$ la vitesse du chariot au temps $t$ ; on rappelle que $v(t) = x'(t)$. Prouver que $x$ est solution de $(E)$ si et seulement si $x'$ est solution de l'équation différentielle $(F)$ $v' = -\frac{1}{8}v + \frac{1}{4}$.
Résoudre l'équation différentielle $(F)$.

**2.** On suppose que, à l'instant $t = 0$, on a : $x(0) = 0$ et $x'(0) = 0$.

**a)** Calculer, pour tout nombre réel $t$ positif, $x'(t)$.

**b)** En déduire que l'on a pour tout nombre réel $t$ positif,

$$x(t) = 2t - 16 + 16\,\mathrm{e}^{-\frac{t}{8}}.$$

**3.** Calculer $V = \lim_{t \to +\infty} v(t)$. Pour quelles valeurs de $t$ la vitesse du chariot est-elle inférieure où égale à 90 % de sa valeur limite $V$ ?

**4.** Quelle est la distance parcourue par le chariot au bout de 30 secondes ? On exprimera cette distance en mètres, au décimètre près.

## Corrigé du sujet 33

**1.** $x'$ est solution de $(F)$ équivaut à $x'' = -\frac{1}{8}x' + \frac{1}{4}$ et $x$, $x'$ dérivables sur $\mathbb{R}_+$,
équivaut à $x' + 8x'' = 2$ et $x$, $x'$ dérivables sur $\mathbb{R}_+$,
équivaut à $25x' + 200x'' = 50$ et $x$, $x'$ dérivables sur $\mathbb{R}_+$, équivaut à $x$ solution de $(E)$.
Posons $V = v - 2$.
Résoudre $(F)$ équivaut à résoudre $(V+2)' = -\frac{1}{8}(V+2) + \frac{1}{4}$.

Résoudre $(F)$ équivaut à résoudre $V' = -\frac{1}{8}V$.

Cette équation est du type $y' = ay$ dont les solutions sont de la forme $y = k\mathrm{e}^{at}$, avec $k$ réel.
Les solutions de $(F)$ sont donc de la forme $V(t) = k\,\mathrm{e}^{-\frac{t}{8}}$, avec $k$ réel.
Finalement : **les solutions de $(F)$ sont de la forme $v(t) = V(t) + 2 = k\,\mathrm{e}^{-\frac{t}{8}} + 2$, avec $k$ réel.**

**2. a)** On a $x'(0) = 0$, donc $v(0) = 0$.

Or, $v(0) = k\,\mathrm{e}^{-\frac{t}{8}} + 2$ ; par conséquent, $k + 2 = 0$, soit $k = -2$.

Ainsi, $x'(t) = \mathbf{-2\,e^{-\frac{t}{8}} + 2}$.

**b)** Une primitive de $t \mapsto \mathrm{e}^{-\frac{t}{8}}$ est $t \mapsto -8\,\mathrm{e}^{-\frac{t}{8}}$. On a donc :

$x(t) = -2 \times \left(-8\mathrm{e}^{-\frac{t}{8}}\right) + 2t + k$ , où $k$ est une constante

$x(t) = 16\,\mathrm{e}^{-\frac{t}{8}} + 2t + k$

Or, $x(0) = 0$, donc $16 + 0 + k = 0$, soit $k = -16$.

Ainsi, $\boldsymbol{x(t) = 16\,\mathrm{e}^{-\frac{t}{8}} + 2t - 16}$.

3. • $\boldsymbol{V} = \lim\limits_{t \to +\infty} v(t) = \lim\limits_{t \to +\infty} \left(-2\mathrm{e}^{-\frac{t}{8}} + 2\right) = \mathbf{2}$ , car $\lim\limits_{t \to +\infty} \mathrm{e}^{-\frac{t}{8}} = \lim\limits_{t \to +\infty} \left(\frac{1}{\mathrm{e}^t}\right)^{\frac{1}{8}} = 0$

• On cherche à résoudre $v(t) \leqslant \frac{90}{100} V$, soit $-2\,\mathrm{e}^{-\frac{t}{8}} + 2 \leqslant \frac{90}{100} \times 2$.

$$-2\,\mathrm{e}^{-\frac{t}{8}} + 2 \leqslant \frac{9}{5}$$

$$\mathrm{e}^{-\frac{t}{8}} \geqslant \frac{1}{10}$$

$$-\frac{t}{8} \geqslant \ln \frac{1}{10}, \text{ car ln est croissante sur } \mathbb{R}_+.$$

$$t \leqslant -8 \ln \frac{1}{10}$$

d'où : $t \leqslant 8 \ln 10$.

**Le chariot a une vitesse inférieure ou égale à 90 % de sa vitesse limite pour *t* compris entre 0 et 18 secondes (valeur arrondie à $10^{-1}$ par défaut).**

4. On a $x(30) = 16\mathrm{e}^{-\frac{30}{8}} + 2 \times 30 - 16 = 44 + 16\mathrm{e}^{-\frac{15}{4}} \approx 44{,}4$.

**La distance parcourue par le chariot au bout de 30 secondes est de 44,4 m, au décimètre près.**

AIDE-MÉMOIRE p. 263

## SUJET 34

**60 min** **5 points**

*Les parties A et B sont indépendantes.*

Un laboratoire de recherche étudie l'évolution d'une population animale qui semble en voie de disparition.

### Partie A

En 2000, une étude est effectuée sur un échantillon de cette population dont l'effectif initial est égal à mille.

Cet échantillon évolue et son effectif, exprimé en milliers d'individus, est approché par une fonction $f$ du temps $t$ (exprimé en années à partir de l'origine 2000). D'après le modèle d'évolution choisi, la fonction $f$ est dérivable, strictement positive sur $[0\ ;\ +\infty[$, et satisfait l'équation différentielle :

$$(E) \quad y' = -\frac{1}{20}y(3 - \ln y).$$

**1.** Démontrer l'équivalence suivante :
Une fonction $f$, dérivable, strictement positive sur $[0\ ;\ +\infty[$, vérifie, pour tout $t$ de $[0\ ;\ +\infty[$, $f'(t) = -\dfrac{1}{20}f(t)[3 - \ln(f(t))]$ si et seulement si la fonction $g = \ln(f)$ vérifie, pour tout $t$ de $[0\ ;\ +\infty[$ $g'(t) = \dfrac{1}{20}g(t) - \dfrac{3}{20}$.

**2.** Donner la solution générale de l'équation différentielle :

$$(H) \quad z' = \frac{1}{20}z - \frac{3}{20}.$$

**3.** En déduire qu'il existe un réel $C$ tel que, pour tout $t$ de $[0\ ;\ +\infty[$:

$$f(t) = \exp\left(3 + C\exp\left(\frac{t}{20}\right)\right).$$

(la notation exp désigne la fonction exponentielle naturelle $x \mapsto e^x$).

**4.** La condition initiale conduit donc à considérer la fonction $f$ définie par :

$$f(t) = \exp\left(3 - 3\exp\left(\frac{t}{20}\right)\right).$$

**a)** Déterminer la limite de la fonction $f$ en $+\infty$.

**b)** Déterminer le sens de variation de $f$ sur $[0\ ;\ +\infty[$.

**c)** Résoudre dans $[0\ ;\ +\infty[$ l'inéquation $f(t) < 0{,}02$.
Au bout de combien d'années, selon ce modèle, la taille de l'échantillon sera-t-elle inférieure à vingt individus ?

## Partie B

En 2005, ce laboratoire de recherche met au point un test de dépistage de la maladie responsable de cette disparition et fournit les renseignements suivants : « La population testée comporte 50 % d'animaux malades. Si un animal est malade, le test est positif dans 99 % des cas ; si un animal n'est pas malade, le test est positif dans 0,1 % des cas. »
On note $M$ l'évènement « l'animal est malade », $\overline{M}$ l'évènement contraire et $T$ l'évènement « le test est positif ».

**1.** Déterminer $P(M)$, $P_M(T)$, $P_{\overline{M}}(T)$.

**2.** En déduire $P(T)$.

**3.** Le laboratoire estime qu'un test est fiable, si sa valeur prédictive, c'est-à-dire la probabilité qu'un animal soit malade sachant que le test est positif, est supé-rieure à 0,999. Ce test est-il fiable ?

## Corrigé du sujet 34

*Les textes sur fond jaune apparaissant dans ce corrigé sont des rappels de cours ou des commentaires pour vous guider et vous aider.*

### Partie A

**1.**

**Rappel de cours :** $u$ est une fonction dérivable sur un intervalle $I$ et $u(x) > 0$ sur $I$ ; alors $\ln \circ u$ est dérivable sur $I$, de dérivée $\frac{u'}{u}$.

$f$ dérivable sur $[0 ; +\infty[$ et strictement positive sur $[0 ; +\infty[$; g est donc définie et déri vable sur $[0 ; +\infty[$ et $g'(x) = \dfrac{f'(x)}{f(x)}$.

On a $g'(t) = \dfrac{1}{20}g(t) - \dfrac{3}{20} \Leftrightarrow \dfrac{f'(t)}{f(t)} = \dfrac{1}{20}\ln\big(f(t)\big) - \dfrac{3}{20} = -\dfrac{1}{20}\Big(3 - \ln\big(f(t)\big)\Big)$

$$\Leftrightarrow f'(t) = -\frac{1}{20}f(t)\Big(3 - \ln\big(f(t)\big)\Big)$$

**2.**

**Rappel de cours :** Les solutions de l'équation différentielle $y' = ay + b$, $a$ et $b$ réels et $a \neq 0$, sont de la forme :

$$x \mapsto Ce^{ax} - \frac{b}{a}, \text{ où C est une constante réelle.}$$

On a : $(H)$ $\quad z' = \dfrac{1}{20}z - \dfrac{3}{20}$.

Les solutions sont donc de la forme : $\boldsymbol{z(t) = Ce^{-\frac{t}{20}} - \dfrac{-\frac{3}{20}}{\frac{1}{20}} = Ce^{-\frac{t}{20}} - +3}$.

**3.** D'après la question **A.1.**, on a, pour tout $t$ de $[0 ; +\infty[$:

$g(t) = Ce^{-\frac{1}{20}} + 3 \Leftrightarrow \ln\big(f(t)\big) = Ce^{-\frac{1}{20}} + 3$

$$\Leftrightarrow f(t) = \exp\left(Ce^{-\frac{1}{20}} + 3\right),$$

car la fonction exponentielle est strictement croissante.

**4. a)**

**Rappel de cours : Théorème des limites des fonctions composées**
Soient $f$, $g$ deux fonctions et $a$, $b$, $c$ désignant des réels ou $+\infty$ ou $-\infty$.

Si $\left.\begin{array}{l}\lim\limits_{x\to a} f(x) = b \\ \lim\limits_{x\to b} g(x) = c\end{array}\right\}$ alors $\lim\limits_{x\to a}(g\circ f)(x) = c$.

On a $\left.\begin{array}{l}\lim\limits_{t\to+\infty} \dfrac{t}{20} = +\infty \\ \lim\limits_{t\to\infty} e^{t} = +\infty\end{array}\right\}$, donc $\lim\limits_{x\to+\infty}\lim\limits_{t\to+\infty} e^{-\frac{t}{20}} = +\infty$, d'après le théorème sur les limites des fonctions composées.

Ainsi, $\left.\begin{array}{l}\lim\limits_{t\to+\infty} 3-3e^{-\frac{t}{20}} = -\infty \\ \lim\limits_{t\to-\infty} e^{t} = 0\end{array}\right\}$ d'où $\mathbf{\lim\limits_{x\to+\infty} exp(3 - 3e) = 0}$, d'après le théorème sur les limites des fonctions composées.

**b)** • $t \mapsto \dfrac{t}{20}$ est croissante sur $\mathbb{R}_+$ ; par suite, $t \mapsto e^{-\frac{t}{20}}$ est croissante sur $\mathbb{R}_+$ comme composée de deux fonctions de même sens de variation.

• $x \mapsto 3 - 3x$ est décroissante sur $\mathbb{R}_+$ ; ainsi, $t \mapsto 3 - 3\,e^{-\frac{t}{20}}$ est décroissante sur $\mathbb{R}_+$ comme composée de deux fonctions de sens de variations contraires.

En conclusion, ***f* est décroissante sur** $\mathbb{R}_+$ comme composée de deux fonctions de sens de variation contraires.

**c.** Résolvons $f(t) < 0{,}02$ ; on a :

$\exp(3 - 3\,e^{-\frac{t}{20}}) < 0{,}02$

$3 - 3\,e^{-\frac{t}{20}} < \ln(0{,}02)$ car la fonction logarithme est strictement croissante

$-3e < \ln(0{,}02) - 3$

$e^{-\frac{t}{20}} > \dfrac{\ln(0{,}02) - 3}{-3}$

$e^{-\frac{t}{20}} > \dfrac{3 - \ln(0{,}02)}{-3}$

$\dfrac{1}{20}t > \ln\left(\dfrac{3 - \ln(0{,}02)}{3}\right)$ car la fonction logarithme est strictement croissante

$t > 20\ln\left(\dfrac{3 - \ln(0{,}02)}{3}\right) = 20\ln\left(1 - \dfrac{\ln(0{,}02)}{3}\right) \approx 16{,}69$

**C'est au bout de 17 ans que la taille de l'échantillon sera inférieure à vingt individus.**

### Partie B

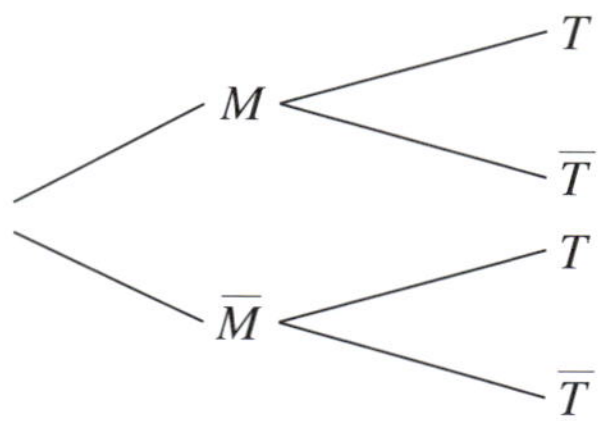


**1.** On a :

– $P(M) = \frac{1}{2}$, car la population testée comporte 50 % d'animaux malades ;

– $P_M(T) = 0{,}99$, car, si l'animal est malade, le test est positif dans 99 % des cas ;

– $P_{\overline{M}}(T) = 0{,}001$, car, si l'animal est sain, le test est positif dans 0,1 % des cas.

**2.**

> **Rappel de cours : Formule des probabilités totales**
> Soient $A_1, A_2, \ldots, A_n$ formant une partition de l'univers. Soit $A$ un événement.
> On a alors $p(A) = p(A_1 \cap A) + p(A_2 \cap A) + \ldots + p(A_n \cap A)$.

$M$ et $\overline{M}$ forment une partition de l'univers. On a :

$P(T) = P(T \cap M) + P(T \cap \overline{M}) = P_M(T) \times P(M) + P_{\overline{M}}(y) \times y(\overline{M})$

$= 0{,}99 \times 0{,}5 = 0{,}5\ 0{,}001 + \mathbf{0{,}495\ 5}$.

**3.** On a $\boldsymbol{P_T(M)} = \frac{P(T \cap M)}{P(T)} = \frac{P_M(T) \times P(M)}{P(T)} = \frac{0{,}99 \times 0{,}5}{0{,}4955} = \mathbf{0{,}998\ 99 < 0{,}999}$.

On en conclut que **ce test n'est pas fiable**.

AIDE-MÉMOIRE p. 263

## SUJET 35

**1 h 15** **6 points**

On désigne par $f$ une fonction dérivable sur $\mathbb{R}$ et par $f'$ sa fonction dérivée.

Ces fonctions vérifient les propriétés suivantes :

(1) pour tout nombre réel $x$, $[f'(x)]^2 - [(f(x)]^2 = 1$,

(2) $f'(0) = 1$,

(3) la fonction $f'$ est dérivable sur $\mathbb{R}$.

**1. a)** Démontrer que, pour tout nombre réel $x$, $f'(x) \neq 0$.

**b)** Calculer $f(0)$.

**2.** En dérivant chaque membre de l'égalité de la proposition (1), démontrer que :
(4) pour tout nombre réel $x$, $f''(x) = f(x)$, où $f''$ désigne la fonction dérivée seconde de la fonction $f$.

**3.** On pose : $u = f' + f$ et $v = f' - f$.

**a)** Calculer $u(0)$ et $v(0)$.

**b)** Démontrer que $u' = u$ et $v' = -v$.

**c)** En déduire les fonctions $u$ et $v$.

**d)** En déduire que, pour tout réel $x$, $f(x) = \dfrac{e^x - e^{-x}}{2}$.

**4. a)** Étudier les limites de la fonction $f$ en $+\infty$ et en $-\infty$.

**b)** Dresser le tableau de variations de la fonction $f$.

**5. a)** Soit $m$ un nombre réel. Démontrer que l'équation $f(x) = m$ a une unique solution $\alpha$ dans $\mathbb{R}$.

**b)** Déterminer cette solution lorsque $m = 3$ (on en donnera la valeur exacte, puis une valeur approchée décimale à $10^{-2}$ près).

## Corrigé du sujet 35

*Les textes sur fond jaune apparaissant dans ce corrigé sont des rappels de cours ou des commentaires pour vous guider et vous aider.*

**1. a)** S'il existe un réel $x$ tel que $f'(x) = 0$, alors, d'après la propriété (1), on aurait $-(f(x))^2 = 1$ ou encore $(f(x))^2 = -1$. Or, ceci est impossible, car le carré d'un nombre réel est toujours positif.
Donc, **pour tout $x$ réel, $f(x) \neq 0$**.

**b)** Appliquons la propriété (1) pour $x = 0$: $(f'(0))^2 - (f(0))^2 = 1$.
Utilisons maintenant la propriété (2), on obtient : $1^2 - (f(0))^2 = 1$, soit encore $\mathbf{f(0) = 0}$.

**2.**

**Méthode :** il faut utiliser la formule de dérivation d'une puissance de fonction.
Soit $u$ une fonction dérivable sur un intervalle $I$ et $n$ un entier naturel non nul, alors $u^n$ est dérivable sur $I$ et $(u^n)' = nu'u^{n-1}$.

$f$ est dérivable sur $\mathbb{R}$, donc $f^2$ est dérivable sur $\mathbb{R}$ et la dérivée de $f^2$ est $2f'f$.
De plus, $f'$ est dérivable sur $\mathbb{R}$ ; par conséquent, $(f')^2$ est dérivable sur $\mathbb{R}$ et de dérivée $2f''f'$.
Donc, si on dérive la propriété (1), on obtient : $2f''(x)f'(x) - 2f'(x)f(x) = 0$.
Or, pour tout $x$ réel, $f'(x) \neq 0$ ; on peut de ce fait simplifier par $2f'(x)$. On trouve : $f''(x) - f'(x) = 0$, c'est-à-dire $\boldsymbol{f''(x) = f(x)}$**, pour tout réel $x$** (propriété (4)).

**3. a)** $\boldsymbol{u(0)} = f(0) + f'(0) = 0 + 1 = \mathbf{1}$.
$\boldsymbol{v(0)} = f'(0) - f(0) = 1 - 0 = \mathbf{1}$.

**b)** On a $u(x) = f'(x) + f(x)$.
On en déduit que $u'(x) = f''(x) + f'(x)$ (car $u$ est dérivable sur $\mathbb{R}$ comme somme de fonctions dérivables sur $\mathbb{R}$).
Ainsi, $\boldsymbol{u'(x)} = f(x) + f'(x) = \boldsymbol{u(x)}$**, pour tout réel $x$** (en utilisant la relation (4)).
De même, on a : $v(x) = f'(x) - f(x)$.
Ainsi, $\boldsymbol{v'(x)} = f''(x) - f'(x) = f(x) - f'(x) = \boldsymbol{-v(x)}$**, pour tout réel $x$**.
Finalement : $\boldsymbol{u' = u}$ et $\boldsymbol{v' = v}$.

**c)** Par théorème de cours, la fonction exponentielle est la seule fonction qui est égale à sa dérivée et qui prend la valeur 1 en 0.
Donc $\boldsymbol{u(x) = \mathrm{e}^x}$**, pour tout $x$ réel**.
D'autre part, comme $v' = -v$, on peut en déduire que $\boldsymbol{v(x) = \mathrm{e}^{-x}}$**, pour tout $x$ réel**.

**d)** On a $u(x) = f'(x) + f(x)$ et $v(x) = f'(x) - f(x)$.
En soustrayant ces deux relations, on obtient $u(x) - v(x) = 2f(x)$.

On peut alors en déduire que : $f(x) = \dfrac{u(x) - v(x)}{2} = \dfrac{\mathrm{e}^x - \mathrm{e}^{-x}}{2}$, **pour tout $x$ réel**.

**4. a)**

On a $\begin{cases} \displaystyle\lim_{x\to+\infty} \boldsymbol{f(x)} = \lim_{x\to+\infty}\left(\frac{\mathrm{e}^x - \mathrm{e}^{-x}}{2}\right) = +\infty \\ \displaystyle\lim_{x\to-\infty} \boldsymbol{f(x)} = \lim_{x\to-\infty}\left(\frac{\mathrm{e}^x - \mathrm{e}^{-x}}{2}\right) = -\infty \end{cases}$ car $\begin{cases} \displaystyle\lim_{x\to+\infty} \mathrm{e}^x = +\infty \\ \displaystyle\lim_{x\to+\infty} \mathrm{e}^{-x} = 0 \\ \displaystyle\lim_{x\to-\infty} \mathrm{e}^x = 0 \\ \displaystyle\lim_{x\to-\infty} \mathrm{e}^{-x} = \lim_{x\to-\infty} \frac{1}{\mathrm{e}^x} = +\infty \end{cases}$

**b)** $f$ est une fonction dérivable sur $\mathbb{R}$, car la fonction exponentielle l'est et :

$$f'(x) = \frac{\mathrm{e}^x + \mathrm{e}^{-x}}{2}.$$

$f'(x) > 0$, pour tout réel $x$, car la fonction exponentielle est toujours strictement positive.
On obtient par conséquent le tableau de variation suivant :

| $x$ | $-\infty$ | $+\infty$ |
|---|---|---|
| $f'(x)$ | + | |
| $f(x)$ | $-\infty$ ↗ | $+\infty$ |

**5. a)** La fonction $f$ est continue et strictement croissante ; de plus $\lim\limits_{x \to +\infty} f(x) = +\infty$ et $\lim\limits_{x \to -\infty} f(x) = -\infty$. Ainsi, en utilisant le théorème des valeurs intermédiaires, **l'équation $f(x) = m$ admet une unique solution pour tout $m$ réel.**

**b)** On a $m = 3$ et on doit donc résoudre $f(x) = 3$.

$f(x) = 3$ si, et seulement si, $f(x) = \dfrac{e^x + e^{-x}}{2} = 3$,

si, et seulement si, $e^x - e^{-x} = 6$,

si, et seulement si, $e^{2x} - 6e^x - 1 = 0$ (en multipliant la relation par $e^x$),

si, et seulement si, $(e^x)^2 - 6e^x - 1 = 0$.

Posons $X = e^x$.

$f(x) = 3$ si, et seulement si, $X^2 - 6X - 1 = 0$.

Calculons le discriminant : $\Delta = 40$.

Les solutions sont donc :

$$X_1 = \frac{6 + \sqrt{40}}{2} = 3 + \sqrt{10} > 0 \text{ et } X_2 = \frac{6 - \sqrt{40}}{2} = 3 - \sqrt{10} < 0.$$

Or, $X = e^x > 0$ ; de ce fait, la seule valeur possible est $X_1 = \dfrac{6 + \sqrt{40}}{2} = 3 + \sqrt{10}$.

On en déduit que $f(x) = 3$ si, et seulement si, $e^x = 3 + \sqrt{10}$,

si, et seulement si, $x = \ln(3 + 4\sqrt{10})$.

**La valeur approchée de la solution à $10^{-2}$ près est 1,82.**

# Algèbre et géométrie

# Combinatoire et dénombrement

Les calculatrices sont autorisées conformément à la réglementation en vigueur

AIDE-MÉMOIRE p. 263

## SUJET 36

50 min **4 points**

Une association organise des promenades en montagne. Douze guides emmènent chacun, pour la journée, un groupe de personnes dès le lever du soleil.

L'été, il y a plus de demandes que de guides et chaque groupe doit s'inscrire la veille de la promenade.

Mais l'expérience des dernières années prouve que la probabilité que chacun des groupes inscrits ne se présente pas au départ de la promenade est égale à $\frac{1}{8}$.

On admettra que les groupes inscrits se présentent indépendamment les uns des autres.

Les probabilités demandées seront arrondies au 100$^{e}$ le plus proche.

**1. a)** Montrer que la probabilité qu'un jour donné les 12 groupes inscrits soient tous présents est comprise entre 0,20 et 0,21.

**b)** On désigne par $X$ la variable aléatoire égale au nombre de jours où les 12 groupes inscrits se sont tous présentés au départ lors d'un mois de 30 jours.

Montrer que $X$ suit une loi binomiale dont on précisera les paramètres.

Donner la signification des événements $X = 30$, puis $X = 0$ et calculer la probabilité de ces événements.

Préciser l'espérance mathématique $E(X)$.
Quelle signification peut-on donner à ce résultat ?

**c)** Une somme de 1 Crédit (la monnaie locale) est demandée à chaque groupe pour la journée. Cette somme est réglée au départ de la promenade. Dans le cas où un groupe ne se présente pas au départ, l'association ne gagne évidemment pas le Crédit que ce groupe aurait versé pour la journée.
On nomme $S$ la variable aléatoire égale à la somme, en Crédits, perçue par l'association un jour donné.
Calculer la probabilité de l'événement $[S = 11]$.
Préciser l'espérance mathématique de $S$.

**2. a)** Agacé par le nombre de guides inemployés, le dirigeant de l'association décide de prendre chaque jour une réservation supplémentaire. Évidemment si les 13 groupes inscrits se présentent, le 13e groupe sera dirigé vers une activité de substitution. Toutefois, cette activité de remplacement entraîne une dépense de 2 Crédits à l'association.
Quelle est la probabilité $P_{13}$ qu'un jour donné il n'y ait pas de désistement, c'est-à-dire que les 13 groupes inscrits la veille se présentent au départ de la promenade ?

**b)** Soit $R$ la variable aléatoire égale au coût de l'activité de substitution. Préciser la loi de la variable aléatoire $R$ et calculer son espérance mathématique.

**c)** Montrer que le gain moyen obtenu pour chaque jour est :

$$\left(\sum_{k=0}^{13} k \cdot \binom{k}{13}\left(\frac{7}{8}\right)^k\left(\frac{1}{8}\right)^{13-k}\right) - 2P_{13}.$$

Calculer ce gain.

**d)** La décision du dirigeant est-elle rentable pour l'association ?

## Corrigé du sujet 36

*Les textes sur fond jaune apparaissant dans ce corrigé sont des rappels de cours ou des commentaires pour vous guider et vous aider.*

**1. a)** La probabilité $p$ qu'un groupe ne se présente pas au départ est : $p = \frac{1}{8}$.

Par suite, la probabilité qu'un groupe se présente au départ est de : $1 - \text{p} = 1 - \frac{1}{8} = \frac{7}{8}$.

Or, par hypothèse, les groupes inscrits se présentent indépendamment les uns des autres ; ainsi, la probabilité que les 12 groupes soient présents au départ est de $\left(\frac{7}{8}\right)^{12} \approx 0{,}201\,4$.

On a donc : $0{,}20 \leqslant \left(\frac{7}{8}\right)^{12} \leqslant 0{,}21$.

Finalement, **la probabilité qu'un jour donné les 12 groupes inscrits soient tous présents est comprise entre 0,20 et 0,21**.

**b)**

> **Méthode :** Un schéma de Bernoulli, ou loi binomiale, est la répétition, indépendamment les unes des autres, de *n* épreuves de Bernoulli.
> Dans une épreuve de Bernoulli, on ne s'intéresse qu'au « succès » ou à l'« échec » de l'événement. On appelle *p* la probabilité d'avoir un « succès ».
> Dans un schéma de Bernoulli de paramètres *n* et *p*, la probabilité d'avoir *k* « succès » est donné par la formule :
> $$p(X = k) = \binom{n}{p} p^k (1-p)^{n-k}.$$

• Soit $X$ la variable aléatoire égale au nombre de jours où les 12 groupes inscrits se sont tous présentés lors d'un mois de 30 jours.
C'est bien la répétition, indépendamment les unes des autres, de 30 épreuves de Bernoulli, où l'épreuve de Bernoulli est la présence des 12 groupes inscrits au départ un jour donné.

Ainsi, **$X$ suit bien une loi binomiale de paramètres $n = 30$ et $p = \left(\frac{7}{8}\right)^{12}$**.

**• L'événement ($X = 30$) est : « les 12 groupes inscrits étaient tous présents pendant les 30 jours ».**
**• L'événement ($X = 0$) est : « chaque jour du mois, pendant 30 jours, il manquait au moins un groupe sur les 12 inscrits au départ ».**

• $p(X = 30) = \binom{30}{30}\left(\left(\frac{7}{8}\right)^{12}\right)^{30}\left(1-\left(\frac{7}{8}\right)^{12}\right)^{0} = \left(\frac{7}{12}\right)^{360} = \mathbf{1{,}3 \times 10^{-21}}$.

• $p(X = 0) = \binom{30}{30}\left(\left(\frac{7}{8}\right)^{12}\right)^{0}\left(1-\left(\frac{7}{8}\right)^{12}\right)^{0} \approx \mathbf{1{,}17 \times 10^{-3}}$.

**• L'espérance mathématique d'une loi binomiale de paramètres $n = 30$ et $p = \left(\frac{7}{8}\right)^{12}$ est :**

$$E(X) = n \times p = 30 \times \left(\frac{7}{8}\right)^{12}.$$

**$E(X) \approx 6{,}04$ à $10^{-2}$ près.**
**Ce résultat signifie que, sur 30 jours, les 12 groupes inscrits seront présents au départ en moyenne 6 jours.**

**c)** $S$ est la variable aléatoire égale à la somme, en Crédits, perçue par l'association un jour donné.
$S$ suit une loi binomiale de paramètres $n = 12$ et $p = \frac{7}{8}$, car les groupes se présentent indépendamment les uns des autres.

• $\boldsymbol{P(S = 11)} = \binom{12}{11} \times \left(\frac{7}{8}\right)^{11} \times \left(1 - \frac{7}{8}\right) = \binom{12}{11} \times \left(\frac{7}{8}\right)^{11} \times \left(\frac{1}{8}\right)$ **≈ 0,35 à $\boldsymbol{10^{-2}}$ près**.

• $E(S) = n \times p = 12 \times \frac{7}{8} = \frac{21}{2} = 10{,}5.$

Ainsi, **l'espérance mathématique de $S$ est de 10,5**.

**2. a)** La probabilité que les 13 groupes inscrits soient présents un jour donné est :

$\boldsymbol{P_{13}} = \left(\frac{7}{8}\right)^{13}$ **≈ 0,18 à $\boldsymbol{10^{-2}}$ près.**

**b)** On a $\Omega(R) = \{0 \,;\, 2\}$.

| $r_i$ | 0 | 2 |
|---|---|---|
| $p_i$ | $P_{13} = \left(\frac{7}{8}\right)^{13}$ | $1 - P_{13} = 1 - \left(\frac{7}{8}\right)^{13}$ |

$E(R) = 0 \times p(R = 0) + 2 \times p(R = 2)$

$\boldsymbol{E(R)} = 2P_{13} = 2 \times \left(\frac{7}{8}\right)^{13}$ **≈ 0,36 à $\boldsymbol{10^{-2}}$ près**.

**c)** On utilise un schéma de Bernoulli de paramètres $n = 13$ et $p = \frac{7}{8}$ afin d'obtenir la probabilité que $k$ groupes exactement se présentent au départ ; on en déduit que cette probabilité vaut :

$$\binom{13}{k} \times \left(\frac{7}{8}\right)^{k} \times \left(1 - \frac{7}{8}\right)^{13-k} = \binom{13}{k} \times \left(\frac{7}{8}\right)^{k} \times \left(\frac{1}{8}\right)^{13-k}.$$

La recette correspondante est alors de $k$ Crédits.

La recette moyenne obtenue par jour est donc : $\sum_{k=0}^{k=13} k \times \binom{13}{k} \times \left(\frac{7}{8}\right)^{k} \times \left(\frac{1}{8}\right)^{13-k}$.

Le gain moyen est obtenu en retranchant à la recette moyenne le coût moyen de l'activité de substitution :

$\boldsymbol{G_m} = \boldsymbol{\sum_{k=0}^{k=13} k \times \binom{13}{k} \times \left(\frac{7}{8}\right)^{k} \times \left(\frac{1}{8}\right)^{13-k} - 2P_{13}}$ (d'après la question **2. b)**)

$\approx 11{,}02$ à $10^{-2}$ près.

Finalement, **le gain moyen est d'environ 11,02 Crédits**.

**d)** D'après la question **1. c)**, on a $E(S) = 10{,}5$. Par conséquent, le gain moyen obtenu lorsque chacun des 12 groupes verse 1 Crédit est de 10,5 Crédits.
**La décision du dirigeant peut être considérée comme rentable puisque sa décision augmente le gain moyen de** (11,02 – 10,50), soit **0,52 Crédit**.

AIDE-MÉMOIRE p. 263

# SUJET 37

35 min **4 points**

On observe sur une longue période le nombre d'accidents de scooters à un carrefour. Il est alors possible de proposer la modélisation suivante : pour $n$ scooters franchissant le carrefour durant une année ($n$ est un grand nombre inconnu), on admet que la variable aléatoire $S_n$ qui totalise le nombre d'accidents de scooters à ce carrefour durant cette année suit une loi binomiale ; on estime que l'espérance mathématique de $S_n$ notée $E(S_n)$ est égale à 10.

Soit $p$ la probabilité pour un scooter d'être accidenté à ce carrefour pendant l'année considérée.

**1.** Calculer $p$, puis justifier l'égalité $P(S_n = k) = \binom{n}{k}\left(\frac{10}{n}\right)^k\left(1 - \frac{10}{n}\right)^{n-k}$, où $k$ est un entier naturel tel que $0 \leqslant k \leqslant n$.

**2. a)** Établir l'égalité $\ln\,[P(S_n = 0)] = -10 \times \dfrac{\ln\left(1 - \frac{10}{n}\right)}{\frac{-10}{n}}$, où ln désigne la fonction logarithme népérien ; en déduire que $\lim\limits_{n \to +\infty} P(S_n = 0) = \mathrm{e}^{-10}$.

**b)** Démontrer que $P(S_n = k + 1) = P(S_n = k) \times \dfrac{n - k}{n - 10} \times \dfrac{10}{k + 1}$, où $k$ est un entier naturel tel que $0 \leqslant k \leqslant n - 1$.

**c)** Démontrer que si $\lim\limits_{n \to +\infty} P(S_n = 0) = \mathrm{e}^{-10}\dfrac{10^k}{k!}$, pour $0 \leqslant k \leqslant n$, alors on a également $\lim\limits_{n \to +\infty} P(S_n = k + 1) = \mathrm{e}^{-10}\dfrac{10^{k+1}}{(k + 1)!}$, pour $0 \leqslant k + 1 \leqslant n$.

**d)** Démontrer, en utilisant un raisonnement par récurrence sur l'entier naturel $k$, que $\lim\limits_{n \to +\infty} P(S_n = k) = \mathrm{e}^{-10}\dfrac{10^k}{k!}$, où $k$ est un entier naturel tel que $0 \leqslant k \leqslant n$.

**3.** On suppose que le nombre $n$ est suffisamment grand pour que l'on puisse admettre que $e^{-10}\dfrac{10^k}{k!}$, est une approximation acceptable de $P(S_n = k)$. Utiliser cette approximation pour calculer à $10^{-4}$ près la probabilité pour qu'au cours de cette année il y ait au moins trois accidents de scooters à ce carrefour.

# Corrigé du sujet 37

*Les textes sur fond jaune apparaissant dans ce corrigé sont des rappels de cours ou des commentaires pour vous guider et vous aider.*

**1.**

**Rappel de cours : Loi binomiale**

Une épreuve de Bernoulli est une expérience aléatoire qui ne présente que deux issues : $A$, de probabilité $p$ et $\overline{A}$, de probabilité $(1 - p)$.

Lorsque l'on répète $n$ épreuves de Bernoulli de manière indépendante, on crée un schéma de Bernoulli. La variable aléatoire $X$ égale au nombre de réalisations de l'événement $A$ suit une loi binomiale de paramètres $n$ et $p$, c'est-à-dire :

$$p(K = n) = \binom{n}{k} p^k (1 - p)^{n-k}, \text{ avec } k \text{ entier tel que } 0 \leqslant k \leqslant n.$$

On a de plus : $E(X) = np$.

Utilisons le rappel de cours.

On a $E(S_n) = np$, d'où $\boldsymbol{p = \dfrac{E(S_n)}{n} = \dfrac{10}{n}}$.

On sait également que $\boldsymbol{P(S_n = k)} = \dbinom{n}{k} p^k (1 - p)^{n-k} = \boldsymbol{\dbinom{n}{k}\left(\dfrac{10}{n}\right)^k \left(1 - \dfrac{10}{n}\right)^{n-k}}$,

avec **$k$ entier tel que $0 \leqslant k \leqslant n$**.

C'est une question de cours uniquement.

**2. a)** • On a $p(S_n = 0) = \dbinom{n}{0}\left(\dfrac{10}{n}\right)^0 \left(1 - \dfrac{10}{n}\right)^n = \left(1 - \dfrac{10}{n}\right)^n > 0$ ;

$$\boldsymbol{\ln(p(S_n = 0))} = \ln\left(\left(1 - \frac{10}{n}\right)^n\right) \text{ car } \ln(a^n) = n\ln(a)$$

$$= n \times \ln\left(1 - \frac{10}{n}\right) = \frac{-10}{-10} \times \frac{1}{\frac{1}{n}} \ln\left(1 - \frac{10}{n}\right)$$

$$= \boldsymbol{-10 \times \frac{\ln\left(1 - \frac{10}{n}\right)}{\frac{-10}{n}}}.$$

**Rappel : Théorème sur la limite d'une fonction composée**
Soient $f$, $g$ et $h$, trois fonctions telles que $f(x) = g \circ h(x)$ ; soient $a$, $b$ et $c$, trois lettres qui désignent soit un réel, soit $+\infty$, soit $-\infty$.

Si $\left.\begin{array}{l}\lim\limits_{x\to a} h(x) = b\\ \lim\limits_{x\to b} g(x) = c\end{array}\right\}$, alors $\lim\limits_{x\to a} f(x) = c$.

• On a $\begin{cases}\lim\limits_{n\to+\infty} \dfrac{10}{n} = 0\\ \lim\limits_{x\to 0} \dfrac{\ln(1+x)}{x} = 1\end{cases}$, donc : $\lim\limits_{n\to+\infty} \dfrac{\ln\left(1-\dfrac{10}{n}\right)}{\dfrac{-10}{n}} = 1$ (d'après le théorème sur la limite d'une fonction composée).

On en déduit que $\lim\limits_{n\to+\infty}\left(-10 \times \dfrac{\ln\left(1-\dfrac{10}{n}\right)}{\dfrac{-10}{n}}\right) = -10$.

D'où : $\lim\limits_{n\to+\infty} \ln\left(P\left(S_n = 0\right)\right) = -10$.

De $\begin{cases}\lim\limits_{n\to+\infty} \ln\left(P\left(S_n = 0\right)\right) = -10\\ \lim\limits_{x\to-10} \mathrm{e}^x = \mathrm{e}^{-10}\end{cases}$, on tire : $\boldsymbol{\lim\limits_{n\to+\infty} P\left(S_n = 0\right) = \mathrm{e}^{-10}}$ (d'après le théorème sur la limite d'une fonction composée).

**b)** On a $0 \leqslant k \leqslant n-1$.

$$p(S_n = k+1) = \binom{n}{k+1}\left(\frac{10}{n}\right)^{k+1}\left(1-\frac{10}{n}\right)^{n-k-1}$$

$$= \binom{n}{k+1}\left(\frac{10}{n}\right)^{k}\left(\frac{10}{n}\right)\left(\frac{10}{n}\right)\frac{\left(1-\dfrac{10}{n}\right)^{n-k}}{\left(1-\dfrac{10}{n}\right)}$$

De plus, $\dbinom{n}{k+1} = \dfrac{n!}{(k+1)!(n-k+1)!} = \dfrac{n!(n-k)}{k!(k+1)(n-k)!} = \dbinom{n}{k}\dfrac{n-k}{k+1}$.

D'où : $p(S_n = k+1) = \dbinom{n}{k}\dfrac{n-k}{k+1}\left(\dfrac{10}{n}\right)^{k}\left(\dfrac{10}{n}\right)\dfrac{\left(1-\dfrac{10}{n}\right)^{n-k}}{\left(1-\dfrac{10}{n}\right)}$

$$= p(S_n = k)\left(\frac{n-k}{k+1}\right)\frac{\left(\dfrac{10}{n}\right)}{\left(1-\dfrac{10}{n}\right)}.$$

Finalement : $\boldsymbol{p(S_n = k+1)} = p(S_n = k)\left(\dfrac{n-k}{k+1}\right)\dfrac{10}{n-10} = \boldsymbol{p(S_n = k)\dfrac{n-k}{k+1}\dfrac{10}{k+1}}$.

Cette question **2. b)** est une question de calcul assez technique ; il faut avancer lentement et ne pas essayer de sauter trop d'étapes.

**c)** On suppose dans cette question que $\lim_{n\to+\infty} P(S_n = k) = e^{-10}\dfrac{10^k}{k!}$, pour $0 \leqslant k \leqslant n$.

• Si $k + 1 = 0$, on utilise le résultat de la question **2. a)** :

$\lim_{n\to+\infty} P(S_n = 0) = e^{-10} = e^{-10} \times \dfrac{10^0}{0!}$, car $0\,! = 1$.

• Sinon, $1 \leqslant k + 1 \leqslant n$ et, ainsi, $0 \leqslant k \leqslant n - 1$ ; on peut donc utiliser l'hypothèse qui nous est fournie.

On a $p(S_n = k + 1) = p(S_n = k)\,\dfrac{n-k}{n-10}\,\dfrac{10}{k+1}$, d'après la question précédente.

De plus $\lim_{n\to+\infty}\left(\dfrac{n-k}{n-10}\right) = \lim_{n\to+\infty}\left(\dfrac{1-\dfrac{k}{n}}{1-\dfrac{10}{n}}\right) = 1$ et $\lim_{n\to+\infty} P(S_n = k) = e^{-10}\dfrac{10k}{k!}$,

par hypothèse.

Par conséquent, $\lim_{n\to+\infty} P(S_n = k + 1) = e^{-10}\dfrac{10k}{k!} \times \dfrac{10}{k+1} = e^{-10}\dfrac{10^{k+1}}{(k+1)!}$,

pour $1 \leqslant k + 1 \leqslant n$.

Finalement, **dans les deux cas,**

$$\boldsymbol{\lim_{n\to+\infty} P(S_n = k + 1) = e^{-10}\dfrac{10k}{k!} \times \dfrac{10}{k+1} = e^{-10}\dfrac{10^{k+1}}{(k+1)!}},\ \textbf{pour } \boldsymbol{0 \leqslant k \leqslant n}.$$

**d)**

**Rappel de cours : Démonstration par récurrence**

• On pose une propriété $P_n$.

• On initialise la récurrence en montrant que cette propriété est bien vraie au premier rang de la suite.

• On montre ensuite l'hérédité de la propriété.

Soit $P_n$, la propriété « $\lim_{n\to+\infty} P(S_n = k) = e^{-10}\dfrac{10k}{k!}$, pour $0 \leqslant k \leqslant n$ ».

• Initialisation : on a $\lim_{n\to+\infty} P(S_n = 0) = e^{-10}$, d'après la question **2. a)**. Ainsi, $P_0$ est vraie.

• Hérédité : cette phase a été démontrée à la question **2. c)** précédente.

La récurrence est donc terminée ; **on a démontré que** $\boldsymbol{\lim_{n\to+\infty} P(S_n = k) = e^{-10}\dfrac{10k}{k!}}$, **pour** $\boldsymbol{0 \leqslant k \leqslant n}$.

**3.** On suppose que $P(S_n = k) \approx e^{-10}\dfrac{10k}{k!}$ et on cherche $P(S_n \geqslant 3)$.

$P(S_n \geqslant 3) = 1 - P(S_n < 3) = 1 - P(S_n = 0) - P(S_n = 1) - P(S_n = 2)$

$P(S_n \geqslant 3) = 1 - e^{-10}\dfrac{10^0}{0!} - e^{-10}\dfrac{10^1}{1!} - e^{-10}\dfrac{10^2}{2!} = 1 - e^{-10} - 10e^{-10} - 50e^{-10}$

$\boldsymbol{P(S_n \geqslant 3)} = 1 - 61e^{-10} \approx$ **0,997 2 à $\boldsymbol{10^{-4}}$ près.**

AIDE-MÉMOIRE p. 263

# SUJET 38

**40 min** **5 points**

*Pour chaque question, une seule des quatre propositions est exacte. Le candidat indiquera sur la copie le numéro de la question et la lettre correspondant à la réponse choisie. Aucune justification n'est demandée. Une réponse exacte rapporte 1 point ; une réponse inexacte enlève un demi-point ; l'absence de réponse est comptée 0 point. Si le total est négatif, la note est ramenée à 0.*

Pour réaliser des étiquettes de publipostage, une entreprise utilise deux banques de données :

– B1, contenant 6 000 adresses, dont 120 sont erronées et 5 880 sont exactes,

– B2, contenant 4 000 adresses, dont 200 sont erronées et 3 800 sont exactes.

**1.** On prélève au hasard, avec remise, 10 étiquettes parmi les 6 000 réalisées à l'aide de B1. La probabilité qu'exactement trois de ces étiquettes comportent une adresse erronée est :

A : $\dfrac{\binom{120}{3}+\binom{5\,880}{7}}{\binom{6\,000}{10}}$ B : $\dfrac{3}{120}$ C : $\binom{10}{3}\times\left(\dfrac{120}{6\,000}\right)^3\times\left(\dfrac{5\,880}{6\,000}\right)^7$

D : $\binom{10}{3}\times\left(\dfrac{3}{120}\right)^3\times\left(\dfrac{7}{5\,880}\right)^7$.

**2.** Parmi les 10 000 étiquettes, on en choisit une au hasard. Sachant que l'étiquette comporte une adresse exacte, la probabilité qu'elle ait été réalisée à l'aide de $B_1$ est :

A : 0,98 B : $\dfrac{0{,}4\times 0{,}95}{0{,}6\times 0{,}98+0{,}6\times 0{,}02}$ C : $0{,}6\times 0{,}98$

D : $\dfrac{0{,}6\times 0{,}98}{0{,}6\times 0{,}98+0{,}4\times 0{,}95}$

# Corrigé du sujet 38

*Les textes sur fond jaune apparaissant dans ce corrigé sont des rappels de cours ou des commentaires pour vous guider et vous aider.*

**1. Réponse C.**

La probabilité qu'une étiquette prélevée comporte une adresse erronée est $\frac{120}{6\,000}$ et la probabilité qu'une étiquette prélevée comporte la bonne adresse est $\frac{5\,880}{6\,000}$.

Sur les 10 étiquettes prélevées, il faut choisir celles qui comportent une adresse erronée ; c'est un choix sans ordre et sans répétition, on utilise donc la combinaison $\binom{10}{3}$.

Comme le tirage se fait avec remise, la probabilité de l'expérience est :

$$\binom{10}{3}\left(\frac{120}{6\,000}\right)^3\left(\frac{5\,880}{6\,000}\right)^7.$$

**2. Réponse D.**

**Rappel de cours : Formule de probabilité totale**
Si $A_1, A_2, \ldots, A_n$ forment une partition de l'univers ; soit $A$ un événement :

$$p(A) = p(A_1 \cap A) + p(A_2 \cap A) + \ldots + p(A_n \cap A).$$

Notons : $B_1$ l'événement : « prélever une adresse dans la banque $B_1$ »,
$B_2$ l'événement : « prélever une adresse dans la banque $B_2$ »,
$A$ l'événement : « l'étiquette comporte une bonne adresse ».

La probabilité demandée est : $P(B_1\backslash A) = \frac{P(A \cap B_1)}{P(A)}$.

On utilise alors la formule des probabilités totales, sachant que $B_1$ et $B_2$ forment une partition de l'univers.

$$P(B_1\backslash A) = \frac{P(A \cap B_1)}{P(A)} = \frac{P(A \cap B_1)}{P(A \cap B_1) + P(A \cap B_2)} = \frac{P(A\backslash B_1)P(B_1)}{P(A \backslash B_1)P(B_1) + P(A \backslash B_2)P(B_2)}$$

$$P(B_1\backslash A) = \frac{\frac{5\,800}{6\,000} \times \frac{6\,000}{10\,000}}{\frac{5\,800}{6\,000} \times \frac{6\,000}{10\,000} + \frac{3\,800}{4\,000} \times \frac{4\,000}{10\,000}} = \frac{0{,}98 \times 0{,}6}{0{,}98 \times 0{,}6 + 0{,}95 \times 0{,}4}$$

AIDE-MÉMOIRE p. 263

# SUJET 39

**1 h** **5 points**

*Cet exercice est un questionnaire à choix multiple (QCM).*

*Pour chaque question, trois réponses sont proposées, une seule est exacte. Le candidat portera sur la copie, sans justification, le numéro de la question suivi de la réponse choisie. Il est attribué un point si la réponse est exacte, aucun point n'est enlevé pour une réponse inexacte ou une absence de réponse.*

**1.** Une urne contient 10 boules indiscernables au toucher : 7 sont blanches et 3 sont noires. On tire simultanément 3 boules de l'urne. La probabilité de tirer 2 boules blanches et 1 boule noire est égale à :

- $\dfrac{21}{40}$
- $\dfrac{7}{10} \times \dfrac{6}{9} \times \dfrac{1}{3}$
- $\dfrac{7}{10} \times \dfrac{7}{10} \times \dfrac{1}{3}$

**2.** De la même urne, on tire une boule, on note sa couleur, on la remet dans l'urne ; on procède ainsi à 5 tirages successifs avec remise. La probabilité d'avoir obtenu 3 boules noires et 2 boules blanches est égale à :

- $\dfrac{3^3 \times 7^3}{10^5}$
- $\dbinom{5}{2} \times \left(\dfrac{3}{10}\right)^2 \times \left(\dfrac{7}{10}\right)^3$
- $\dbinom{5}{2} \times \left(\dfrac{3}{10}\right)^3 \times \left(\dfrac{7}{10}\right)^2$

**3.** De la même urne, on tire une seule boule. Si elle est blanche, on lance un dé cubique (dont les faces sont numérotées de 1 à 6). Si la boule est noire, on lance un dé tétraédrique (dont les faces sont numérotées de 1 à 4). On suppose les dés bien équilibrés. Le joueur gagne s'il obtient le numéro 1.
Sachant que le joueur a gagné, la probabilité qu'il ait tiré une boule blanche est égale à :

- $\dfrac{7}{60}$
- $\dfrac{14}{23}$
- $\dfrac{\dfrac{7}{10} \times \dfrac{1}{6}}{\dfrac{1}{2} \times \dfrac{1}{6} + \dfrac{1}{2} \times \dfrac{1}{4}}$

# Corrigé du sujet 39

*Les textes sur fond jaune apparaissant dans ce corrigé sont des rappels de cours ou des commentaires pour vous guider et vous aider.*

**1. Réponse : $\frac{21}{40}$.**

**Preuve :**

Il y a $\binom{7}{2}$ possibilités pour tirer simultanément deux boules blanches parmi 7.

Il y a $\binom{3}{1}$ possibilités pour tirer simultanément une boule blanche parmi 3.

Il y a $\binom{10}{3}$ possibilités pour tirer simultanément trois boules dans l'urne qui en contient 10.

La probabilité demandée vaut donc : $\dfrac{\binom{7}{2}\times\binom{3}{1}}{\binom{10}{3}} = \dfrac{21\times 3}{120} = \dfrac{21}{40}$.

**2. Réponse : $\binom{5}{2}\times\left(\frac{3}{10}\right)^3\times\left(\frac{7}{10}\right)^3$.**

**Rappel de cours : Loi binomiale**
Une épreuve de Bernoulli est une expérience aléatoire qui ne présente que deux issues : $A$, de probabilité $p$ et $\overline{A}$, de probabilité $(1 - p)$.
Lorsque l'on répète $n$ épreuves de Bernoulli de manière indépendante, on crée un schéma de Bernoulli. La variable aléatoire $X$ égale au nombre de réalisations de l'événement $A$ suit une loi binomiale de paramètres $n$ et $p$, c'est-à-dire :

$$p(X = k) = \binom{n}{k}p^k(1 - p)^{n-k}, \text{ avec } k \text{ entier tel que } 0 < k < n.$$

**Preuve :**

Le fait de tirer une boule blanche avec la probabilité de $\frac{7}{10}$ est un succès. On a affaire à une épreuve de Bernoulli. On répète le tirage cinq fois de manière indépendante (car c'est un tirage avec remise) il s'agit donc d'une épreuve de Bernoulli de paramètres $p = \frac{7}{10}$ et $n = 5$.

On y associe maintenant la variable aléatoire qui, à chaque tirage, associe le nombre de boules blanches tirées et on a une loi binomiale de paramètres $p = \frac{7}{10}$ et $n = 5$.

D'où $p(X = 2) = \binom{n}{2}p^2(1 - p)^3 = \binom{5}{2}\times\left(\frac{3}{10}\right)^3\times\left(\frac{7}{10}\right)^2$.

**3. Réponse: $\frac{14}{23}$.**

**Rappel de cours : Formule de probabilité totale**
Si $A_1$, $A_2$, …, $A_n$ forment une partition de l'univers ; soit $A$ un événement :
$$p(A) = p(A_1 \cap A) + p(A_2 \cap A) + \ldots + p(A_n \cap A).$$

**Preuve :**

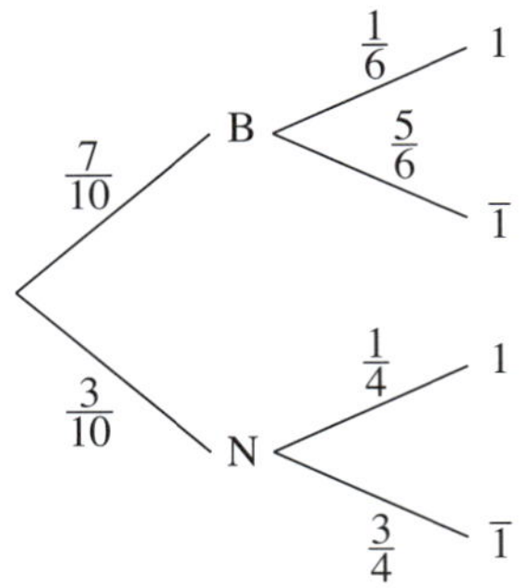


On cherche $p_1(B)$ avec $B$ : « tirer une boule blanche », et 1 : « obtenir 1 au dé ».
Ainsi, $B$ et $N$ forment une partition de l'univers et, d'après la formule des probabilités totales, on a :
$$p(1) = p(B \cap 1) + p(N \cap 1) = p_B(1) \times p(B) + p_N(1) \times p(N) = \frac{7}{10} \times \frac{1}{6} + \frac{3}{10} \times \frac{1}{4} = \frac{23}{120}.$$

Or $p_1(B) = \dfrac{p(B \cap 1)}{p(1)} = \dfrac{\frac{7}{60}}{\frac{23}{120}} = \dfrac{14}{23}$.

# Vecteurs, droites et plans de l'espace



Les calculatrices sont autorisées conformément à la réglementation en vigueur

AIDE-MÉMOIRE p. 263

## SUJET 40

60 min **5 points**

Pour chacune des cinq propriétés suivantes, indiquer si elle est vraie ou fausse et donner une démonstration de la réponse choisie. Une réponse non démontrée ne rapporte aucun point.

On considère le cube *ABCDEFGH* d'arête 1, représenté ci-dessous.

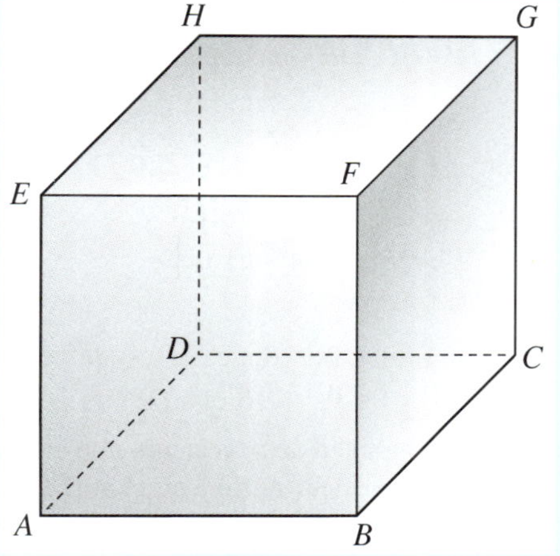


**Propriété 1 :** Les plans (*AEC*) et (*EFG*) sont sécants.

**Propriété 2 :** Les droites (*EH*) et (*BC*) sont coplanaires.

Soit $I$ un point quelconque du segment $[CG]$, distinct de $C$ et $G$.
**Propriété 3 :** I est un point du plan $(ECG)$.
**Propriété 4 :** « le vecteur $\overrightarrow{AG}$ est normal au plan $(BDE)$ ».
**Propriété 5 :** « les droites $(EB)$ et $(ED)$ sont perpendiculaires ».

# Corrigé du sujet 40

*Les textes sur fond jaune apparaissant dans ce corrigé sont des rappels de cours ou des commentaires pour vous guider et vous aider.*

**Proposition 1 : vrai.**
Les droites $(AE)$ et $(CG)$ sont parallèles à la droite $(BF)$ donc parallèles entre elles.
Comme $(AE) \in (AEC)$ et $C \in (AEC)$, on en déduit que $G \in$ (AEC).
Or, $G \in (EFG)$, d'où $G \in (AEC) \cap (EFG)$.
Les deux plans sont donc sécants.

**Proposition 2 : vrai.**
Les droites $(EH)$ et $(BC)$ sont parallèles, donc coplanaires.

**Proposition 3 : vrai.**
$I \in [GC]$ donc $I \in (ECG)$.

**Proposition 4 : vrai.**

**Méthode :** pour montrer qu'un vecteur est normal à un plan, il suffit de montrer qu'il est orthogonal à deux vecteurs non colinéaires de ce plan.

Choisissons un repère $(D\ ;\ \overrightarrow{DA}, \overrightarrow{DC}, \overrightarrow{DH})$ ; ce repère est orthonormal car $ABCDEFGH$ est un cube.
Dans ce repère, on a :
$D(0\ ;\ 0\ ;\ 0)$, $A(1\ ;\ 0\ ;\ 0)$, $B(1\ ;\ 1\ ;\ 0)$, $E(1\ ;\ 0\ ;\ 1)$ et $G(0\ ;\ 1\ ;\ 1)$.

$$\text{Ainsi, } \overrightarrow{AG}\begin{pmatrix} x_G - x_A \\ y_G - y_A \\ z_G - z_A \end{pmatrix} = \begin{pmatrix} -1 \\ 1 \\ 1 \end{pmatrix}, \overrightarrow{DB}\begin{pmatrix} 1 \\ 1 \\ 0 \end{pmatrix} \text{ et } \overrightarrow{DE}\begin{pmatrix} 1 \\ 0 \\ 1 \end{pmatrix}.$$

$$\left.\begin{array}{l} \overrightarrow{AG}.\overrightarrow{DB} = (-1)\times 1 + 1\times 1 + 0\times 1 = 0 \\ \overrightarrow{AG}.\overrightarrow{DE} = (-1)\times 1 + 1\times 0 + 1\times 1 = 0 \end{array}\right\} \text{ donc } \overrightarrow{AG} \text{ est un vecteur orthogonal à } \overrightarrow{DB} \text{ et à } \overrightarrow{DE}.$$

Par suite, le vecteur $\overrightarrow{AG}$ est orthogonal à deux vecteurs non colinéaires du plan $(BDE)$.
Conclusion : le vecteur $\overrightarrow{AG}$ est un vecteur normal au plan $(BDE)$.

**Propriété 5 : faux.**
Dans le cube $ABCDEFGH$, les faces sont des carrés de même longueur.
Or, les segments $[EB]$, $[ED]$ et $[BD]$ étant les diagonales de ces carrés ont même longueurs.
Donc le triangle $EBD$ est un triangle équilatéral qui ne peut donc pas être rectangle.

AIDE-MÉMOIRE p. 263

# SUJET 41

**50 min** **4 points**

Dans l'espace rapporté à un repère orthonormé $(O\ ;\, i,\, j,\, k)$, on donne les points :
$A(1\ ;\ 2\ ;\ 3)$, $B(3\ ;\ 0\ ;\ 1)$, $C(-1\ ;\ 0\ ;\ 1)$, $D(2\ ;\ 1\ ;\ -1)$, $E(-1\ ;\ -2\ ;\ 3)$ et $F(-2\ ;\ -3\ ;\ 4)$.
Pour chaque affirmation, dire si elle est vraie ou fausse en justifiant votre réponse.
Une réponse non justifiée ne sera pas prise en compte.
**Affirmation 1 :** Les trois points $A$, $B$, et $C$ sont alignés.
**Affirmation 2 :** Le vecteur $\vec{n}(0\ ;\ 1\ ;\ -1)$ est un vecteur normal au plan $(ABC)$.
**Affirmation 3 :** La droite $(EF)$ et le plan $(ABC)$ sont sécants et leur point d'intersection est le milieu du segment $[BC]$.
**Affirmation 4 :** Les droites $(AB)$ et $(CD)$ sont sécantes.

## Corrigé du sujet 41

*Les textes sur fond jaune apparaissant dans ce corrigé sont des rappels de cours ou des commentaires pour vous guider et vous aider.*

**Affirmation 1 : FAUSSE.**

On a $\overrightarrow{AB}\begin{pmatrix} 2 \\ -2 \\ -2 \end{pmatrix}$ et $\overrightarrow{AC}\begin{pmatrix} -2 \\ -2 \\ -2 \end{pmatrix}$.

Or, les coordonnées de ces deux vecteurs ne sont pas proportionnelles : $\overrightarrow{AB}$ et $\overrightarrow{AC}$ ne sont pas colinéaires. Ainsi, les points $A$, $B$ et $C$ ne sont pas alignés.

**Affirmation 2 : VRAIE.**
$\vec{n}.\overrightarrow{AB} = 0 - 2 + 2 = 0$ et $\vec{n}.\overrightarrow{AC} = 0 - 2 + 2 = 0$.
Ainsi, $\vec{n}$ est orthogonal à deux vecteurs non colinéaires du plan $(ABC)$, donc $\vec{n}$ est un vecteur normal au plan $(ABC)$.

**Affirmation 3 : VRAIE.**

On a $\overrightarrow{EF}\begin{pmatrix}-1\\-1\\1\end{pmatrix}$ et $\vec{n}.\overrightarrow{EF} = 0 - 1 - 1 = -2 \neq 0$.

Ainsi, les vecteurs $\vec{n}$ et $\overrightarrow{EF}$ ne sont pas orthogonaux, donc $(EF)$ n'est pas parallèle au plan $(ABC)$. Par suite, $(EF)$ et $(ABC)$ sont sécants.

Soit $I$ le milieu de $[BC]$, alors $I\,(1\,;0\,;1)$.

De plus, on a $\overrightarrow{EI}\begin{pmatrix}2\\2\\-2\end{pmatrix}$, donc $\overrightarrow{EI} = -2\overrightarrow{EF}$.

Les vecteurs $\overrightarrow{EI}$ et $\overrightarrow{EF}$ sont colinéaires, donc les points $I$, $E$ et $F$ sont alignés.

Comme $I$ est le milieu de $[BC]$ et $I \in (EF)$, alors $I$ est le point d'intersection entre la droite $(EF)$ et le plan $(ABC)$.

**Affirmation 4 : FAUSSE.**

**Méthode :** soit $D$ la droite passant par le point $A(x_A\,;y_A\,;z_A)$ et de vecteur directeur $\vec{u}(a\,;b\,;c)$.

Alors $D$ a pour équation paramétrique : $\begin{cases} x = at + x_A \\ y = bt + y_A \\ z = ct + z_A. \end{cases}$

$(AB) : \begin{cases} x = 2t + 1 \\ y = -2t + 2 \\ z = -2t + 3 \end{cases}$, $t \in \mathbb{R}$ et $(CD) : \begin{cases} x = 3t' - 1 \\ y = t' \\ z = -2t' + 1 \end{cases}$, $t' \in \mathbb{R}$

$$\begin{cases} 3t' - 1 = 2t + 1 \\ t' = -2t + 2 \\ -2t' + 1 = -2t + 3 \end{cases} \Leftrightarrow \begin{cases} 3(-2t + 2) - 1 = 2t + 1 \\ t' = -2t + 2 \\ -2(-2t + 2) + 1 = -2t + 3 \end{cases} \Leftrightarrow \begin{cases} t' = -2t + 2 \\ t = 0,5 \\ t = 1. \end{cases}$$

Le système n'a donc pas de solution : **les droites $(AB)$ et $(CD)$ ne sont pas sécantes.**

AIDE-MÉMOIRE p. 263

## SUJET 42

**45 min** **4 points**

*Pour chacune des questions, quatre propositions de réponse sont données dont une seule est exacte. Pour chacune des questions, indiquer, sans justification, la bonne réponse sur la copie. Une réponse exacte rapporte 1 point. Une réponse fausse ou l'absence de réponse ne rapporte ni n'enlève aucun point. Il en est de même dans le cas où plusieurs réponses sont données pour une même question.*

L'espace est rapporté à un repère orthonormal. $t$ et $t'$ désignent des paramètres réels. Le plan $(P)$ a pour équation $x - 2y + 3z + 5 = 0$.

Le plan $(S)$ a pour représentation paramétrique $\begin{cases} x = -2 + t + 2t' \\ y = -t - 2t' \\ z = -1 - t + 3t' \end{cases}$.

La droite $(D)$ a pour représentation paramétrique $\begin{cases} x = -2 + t \\ y = -t \\ z = -1 - t \end{cases}$.

On donne les points de l'espace $M(-1\,;2\,;3)$ et $N(1\,;-2\,;9)$.

**1.** Une représentation paramétrique du plan $(P)$ est :

**a)** $\begin{cases} x = t \\ y = 1 - 2t \\ z = -1 + 3t \end{cases}$ **b)** $\begin{cases} x = t + 2t' \\ y = 1 - t + t' \\ z = -1 - t \end{cases}$ **c)** $\begin{cases} x = t + t' \\ y = 1 - t - 2t' \\ z = 1 - t - 3t' \end{cases}$ **d)** $\begin{cases} x = 1 + 2t + t' \\ y = 1 - 2t + 2t' \\ z = -1 - t' \end{cases}$

**2. a)** La droite $(D)$ et le plan $(P)$ sont sécants au point $A(-8\,;3\,;2)$.

**b)** La droite $(D)$ et le plan $(P)$ sont perpendiculaires.

**c)** La droite $(D)$ est une droite du plan $(P)$.

**d)** La droite $(D)$ et le plan $(P)$ sont strictement parallèles.

**3. a)** La droite $(MN)$ et la droite $(D)$ sont orthogonales.

**b)** La droite $(MN)$ et la droite $(D)$ sont parallèles.

**c)** La droite $(MN)$ et la droite $(D)$ sont sécantes.

**d)** La droite $(MN)$ et la droite $(D)$ sont confondues.

**4. a)** Les plans $(P)$ et $(S)$ sont parallèles.

**b)** La droite $(\Delta)$ de représentation paramétrique :

$$\begin{cases} x = t \\ y = -2 - t \\ z = -3 - t \end{cases}$$

est la droite d'intersection des plans $(P)$ et $(S)$.

**c)** Le point $M$ appartient à l'intersection des plans $(P)$ et $(S)$.

**d)** Les plans $(P)$ et $(S)$ sont perpendiculaires.

# Corrigé du sujet 42

*Les textes sur fond jaune apparaissant dans ce corrigé sont des rappels de cours ou des commentaires pour vous guider et vous aider.*

**Méthode :** Pour répondre à un QCM, vous avez plusieurs possibilités : répondre directement à la question par une résolution, procéder par élimination, utiliser votre calculatrice (graphe, table de valeur...)...

**1.**

**Rappel :** Dans l'espace muni d'un repère, on considère le plan $(P)$ passant par le point $A(x_0\ ;\ y_0\ ;\ z_0)$ dirigé par les vecteurs directeurs $\vec{u}\begin{pmatrix} a \\ b \\ c \end{pmatrix}$ et $\vec{v}\begin{pmatrix} a' \\ b' \\ c' \end{pmatrix}$, alors une représentation paramétrique de $(P)$ est :

$$\begin{cases} x = x_0 + at + a't' \\ y = y_0 + bt + b't' \\ z = z_0 + ct + c't' \end{cases} \text{ où } t \text{ et } t' \text{ appartiennent à } \mathbb{R}.$$

**Réponse b) :** on procède par élimination.
On élimine la réponse c) car le plan $(P)$ passerait, d'après la représentation paramétrique, par le point $A(0\ ;\ 1\ ;\ 1)$, dont les coordonnées ne vérifient pas l'équation cartésienne de $(P)$.
On élimine la réponse d) car le plan $(P)$ passerait, d'après la représentation paramétrique, par le point $A'(1\ ;\ 1\ ;\ -1)$ dont les coordonnées ne vérifient pas l'équation cartésienne de $(P)$.
Dans la réponse a), pour $t = 1$, le plan passerait par le point de coordonnées $(1\ ;\ -1\ ;\ 2)$. Or ces coordonnées ne vérifient pas l'équation cartésienne de $(P)$, donc la réponse a) ne convient pas.

**2. Réponse c)** : on procède par élimination.
Les coordonnées de $A$ ne vérifient pas l'équation de $(P)$, donc $A \notin (P)$, donc $(D)$ et $(P)$ ne peuvent pas être sécants en $A$, on élimine donc la réponse a).
D'après la représentation paramétrique de la droite $(D)$, on remarque que $(D)$ passe par le point de coordonnées $(-2\ ;\ 0\ ;\ -1)$. Or les coordonnées de ce point vérifient l'équation cartésienne de $(P)$, donc ce point appartient à $(D)$ et $(P)$. La droite $(D)$ et le plan $(P)$ ne sont pas strictement parallèles, donc la réponse d) est éliminée.
Pour départager les réponses b) et c), il suffit de vérifier si un autre point de $(D)$ appartient ou non à $(P)$.
Prenons $t = 1$, alors la droite $(D)$ passe par le point de coordonnées $(-1\ ;\ -1\ ;\ -2)$ ; or ces coordonnées vérifient l'équation cartésienne de $(P)$, donc deux points distincts de $(D)$ appartiennent à $(P)$, d'où la réponse c).

**3. Réponse a) :** on procède par élimination.
$\overrightarrow{MN}\begin{pmatrix} 2 \\ -4 \\ 6 \end{pmatrix}$ est un vecteur directeur de la droite $(MN)$.

$\vec{u}\begin{pmatrix}1\\-1\\-1\end{pmatrix}$ est un vecteur directeur de $(D)$, d'après la représentation paramétrique de $(D)$ fournie.

Les coordonnées de $\overrightarrow{MN}$ et de $\vec{u}$ ne sont pas proportionnelles, donc les vecteurs ne sont pas colinéaires, donc les droites $(MN)$ et $(D)$ ne sont pas parallèles disjointes ou confondues : on élimine donc les réponse **b)** et **d)**.

$\overrightarrow{MN}.\vec{u} = 2 \times 1 + (-4) \times (-1) + 6 \times (-1) = 2 + 4 - 6 = 0.$

Donc les vecteurs $\overrightarrow{MN}$ et $\vec{u}$ sont orthogonaux, donc les droites $(MN)$ et $(D)$ sont orthogonales d'où la réponse **a)**.

**4. Réponse b) :** on démontre directement.

*Première méthode*

D'après la question **1.** réponse **b)**, on sait que le plan $(P)$ a pour vecteurs directeurs $\overrightarrow{u_1}(1\,;-1\,;-1)$ et $\overrightarrow{u_2}(2\,;1\,;0)$.

On trouve également, d'après sa représentation paramétrique, que $(S)$ a pour vecteurs directeurs $\overrightarrow{v_1}(1\,;-1\,;-1)$ et $\overrightarrow{v_2}(2\,;-2\,;3)$.

Or, l'équation paramétrique de $(\Delta)$ indique qu'elle a pour vecteur directeur $\overrightarrow{u_1} = \overrightarrow{v_1}\,(1\,;-1\,;-1)$. De plus, le point $A(0\,;-2\,;-3)$ appartient à la fois à $(\Delta)$, $(S)$ et $(P)$ car ses coordonnées vérifient toutes les équations (pour celle de $(S)$, il suffit de choisir $t = 2$ et $t' = 0$).

Donc $(\Delta) \subset (P)$ et $(\Delta) \subset (S)$.

Ainsi $(\Delta)$ est la droite d'intersection des plans $(P)$ et $(S)$.

*Seconde méthode*

On cherche à trouver $t$ et $t'$ de la représentation paramétrique de $(P)$ tels que l'on retrouve les coordonnées des points de $\Delta$ :

$$\begin{cases} t + 2t' = k \\ 1 - t + t' = -2 - k \\ -1 - t = -3 - k \end{cases}$$ où $t$, $t'$ et $k$ sont des réels. On trouve $\begin{cases} t = k + 2 \\ t' = -1 \end{cases}$.

On remplace $t$ et $t'$ par les expressions trouvées dans la représentation paramétrique de $(P)$ :

$$\begin{cases} x = k \\ y = -2 - k \\ z = -3 - k \end{cases}$$ où $k \in \mathbb{R}$, ce qui correspond à la représentation paramétrique de $(\Delta)$,

donc $(\Delta) \subset (P)$.

On fait la même chose avec $(S)$. On trouve alors $t = 2 + k$ et $t' = 0$, donc $(\Delta) \subset (S)$.

Il reste à montrer que les plans $(P)$ et $(S)$ ne sont pas confondus, c'est-à-dire qu'il existe un point de $(S)$ qui n'appartient pas à $(P)$.

Or, le point de coordonnées $(0\,;-2\,;2)$ appartient à $(S)$ d'après sa représentation paramétrique en prenant $t = 0$ et $t' = 1$, mais les coordonnées de ce point ne vérifient par l'équation cartésienne de $(P)$.

AIDE-MÉMOIRE p. 263

# SUJET 43

**45 min** **4 points**

*Cet exercice est un questionnaire à choix multiples. Aucune justification n'est demandée. Pour chacune des questions, une seule des propositions est correcte.*

*Chaque réponse correcte rapporte un point. Une réponse erronée ou une absence de réponse n'ôte pas de point. On notera sur la copie le numéro de la question, suivi de la lettre correspondant à la proposition choisie.*

L'espace est rapporté à un repère orthonormé $(O, \vec{i}, \vec{j}, \vec{k})$.

Les points $A$, $B$, $C$ et $D$ ont pour coordonnées respectives $A(1 ; -1 ; 2)$, $B(3 ; 3 ; 8)$, $C(-3 ; 5 ; 4)$ et $D(1 ; 2 ; 3)$.

On note $\mathscr{D}$ la droite ayant pour représentation paramétrique :

$$\begin{cases} x = t + 1 \\ y = 2t - 1 \\ z = 3t + 2 \end{cases}, t \in \mathbb{R}$$

et $\mathscr{D}'$ la droite ayant pour représentation paramétrique :

$$\begin{cases} x = k + 1 \\ y = k + 3 \\ z = -k + 4 \end{cases}, k \in \mathbb{R}$$

On note $\mathscr{P}$ le plan d'équation $x + y - z + 2 = 0$.

**1. a)** Les droites $\mathscr{D}$ et $\mathscr{D}'$ sont parallèles.

**b)** Les droites $\mathscr{D}$ et $\mathscr{D}'$ sont coplanaires.

**c)** Le point $C$ appartient à la droite $\mathscr{D}$.

**d)** Les droites $\mathscr{D}$ et $\mathscr{D}'$ sont orthogonales.

**2. a)** Le plan $\mathscr{P}$ contient la droite $\mathscr{D}$ et est parallèle à la droite $\mathscr{D}'$.

**b)** Le plan $\mathscr{P}$ contient la droite $\mathscr{D}'$ et est parallèle à la droite $\mathscr{D}$.

**c)** Le plan $\mathscr{P}$ contient la droite $\mathscr{D}$ et est orthogonal à la droite $\mathscr{D}'$.

**d)** Le plan $\mathscr{P}$ contient les droites $\mathscr{D}$ et $\mathscr{D}'$.

**3. a)** Les points $A$, $D$ et $C$ sont alignés.

**b)** Le triangle $ABC$ est rectangle en $A$.

c) Le triangle $ABC$ est équilatéral.

d) Le point $D$ est le milieu du segment $[AB]$.

4. On note $\mathcal{P}'$ le plan contenant la droite $\mathcal{D}'$ et le point $A$. Un vecteur normal à ce plan est :

a) $\vec{n}(-1 ; 5 ; 4)$.

b) $\vec{n}(3 ; -1 ; 2)$.

c) $\vec{n}(1 ; 2 ; 3)$.

d) $\vec{n}(1 ; 1 ; -1)$.

# Corrigé du sujet 43

*Les textes sur fond jaune apparaissant dans ce corrigé sont des rappels de cours ou des commentaires pour vous guider et vous aider.*

**Méthode :** Pour répondre à un QCM, vous avez plusieurs possibilités : répondre directement à la question par une résolution, procéder par élimination, utiliser votre calculatrice (graphe, table de valeur...)...

**1.** $\vec{u}\begin{pmatrix}1\\2\\3\end{pmatrix}$ est un vecteur directeur de $\mathcal{D}$ ;

$\vec{u}'\begin{pmatrix}1\\1\\-1\end{pmatrix}$ est un vecteur directeur de $\mathcal{D}'$.

$\vec{u}.\vec{u}' = 1 \times 1 + 2 \times 1 + 3 \times (-1) = 0$, donc $\vec{u}$ et $\vec{u}'$ sont orthogonaux et les droites $\mathcal{D}$ et $\mathcal{D}'$ sont orthogonales.

**Seule la proposition d) est vraie.**

**2.** $\vec{n}\begin{pmatrix}1\\1\\-1\end{pmatrix}$ est un vecteur normal au plan $\mathcal{P}$. Or ce vecteur est aussi un vecteur directeur de la droite $\mathcal{D}'$, donc le plan $\mathcal{P}$ est orthogonal à la droite $\mathcal{D}'$.

**Seule la proposition c) est vraie.**

**3.** $\dfrac{x_A + x_B}{2} = \dfrac{1+3}{2} = 2 \neq x_D$, donc $D$ n'est pas le milieu de $[AB]$ : on élimine la proposition **d)**.

$\overrightarrow{AB}\begin{pmatrix}2\\4\\6\end{pmatrix}$ ; $\overrightarrow{AC}\begin{pmatrix}-4\\6\\2\end{pmatrix}$ ; $\overrightarrow{AD}\begin{pmatrix}0\\3\\1\end{pmatrix}$.

On remarque que les coordonnées respectives de $\overrightarrow{AC}$ et $\overrightarrow{AD}$ ne sont pas proportionnelles, donc ces mêmes vecteurs ne sont pas colinéaires et ainsi les points $A$, $C$ et $D$ ne sont pas alignés : on élimine la proposition **a)**.

De plus :

$$\begin{aligned}\overrightarrow{AB}.\overrightarrow{AC} &= 2\times(-4)+4\times 6+6\times 2\\ &= -8+24+12\\ &= 28 \neq 0.\end{aligned}$$

Donc les vecteurs $\overrightarrow{AB}$ et $\overrightarrow{AC}$ ne sont pas orthogonaux, donc le triangle $ABC$ n'est pas rectangle en $A$.

On élimine la proposition **b)**.

Par élimination **seule la proposition c) est vraie.**

**4.**

**Méthode :** Pour déterminer un vecteur normal à un plan, il suffit de trouver un vecteur qui soit orthogonal à deux vecteurs non colinéaires de ce plan.

$\vec{u}'\begin{pmatrix}1\\1\\-1\end{pmatrix}$ est un vecteur directeur de $\mathscr{D}'$.

$K(1\ ;\ 3\ ;\ 4)$ est un point de $\mathscr{D}'$, les coordonnées de $\overrightarrow{AK}$ sont $\begin{pmatrix}0\\4\\2\end{pmatrix}$.

Les coordonnées de $\vec{u}'$ et $\overrightarrow{AK}$ ne sont pas proportionnelles, donc ces vecteurs ne sont pas colinéaires.

Il ne reste plus qu'à tester les vecteurs $\vec{n}$ donnés en montrant que $\vec{n}.\vec{u}' = \vec{n}.\overrightarrow{AK} = 0$.

Pour la proposition **a)** :

$$\left.\begin{aligned}\vec{n}.\vec{u}' &= -1\times 1+5\times 1+4\times(-1)=0\\ \vec{n}.\overrightarrow{AK} &= -1\times 0+5\times 4+4\times 2=28\neq 0\end{aligned}\right\}$$, donc on élimine la proposition **a)**.

Pour la proposition **b)** :

$$\left.\begin{aligned}\vec{n}.\vec{u}' &= 3\times 1+(-1)\times 1+2\times(-1)=0\\ \vec{n}.\overrightarrow{AK} &= 3\times 0+(-1)\times 4+2\times 2=0\end{aligned}\right\}$$, donc la proposition **b)** est juste.

Comme le sujet précise qu'il n'y a qu'une bonne réponse par question, nous n'avons pas besoin de vérifier les deux autres propositions.

**Seule la proposition b) est vraie.**

AIDE-MÉMOIRE p. 263

# SUJET 44

50 min 4 points

On considère un cube $ABCDEFGH$ donné ci-contre. On note $M$ le milieu du segment $[EH]$, $N$ celui de $[FC]$ et $P$ le point tel que $\overrightarrow{HP} = \frac{1}{4}\overrightarrow{HG}$

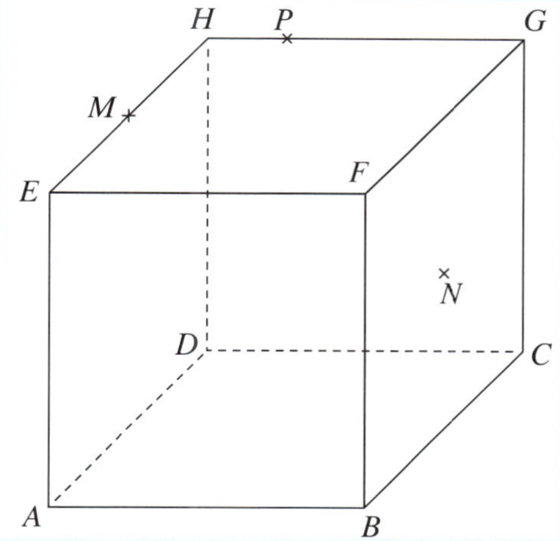


## Partie A : Section du cube par le plan $(MNP)$

**1.** Justifier que les droites $(MP)$ et $(FG)$ sont sécantes en un point $L$. Construire le point $L$.

**2.** On admet que les droites $(LN)$ et $(CG)$ sont sécantes et on note $T$ leur point d'intersection.
On admet que les droites $(LN)$ et $(BF)$ sont sécantes et on note $Q$ leur point d'intersection.

**a)** Construire les points $T$ et $Q$ en laissant apparents les traits de construction.

**b)** Construire l'intersection des plans $(MNP)$ et $(ABF)$.

**3.** En déduire une construction de la section du cube par le plan $(MNP)$.

## Partie B

L'espace est rapporté au repère $(A ; \overrightarrow{AB}, \overrightarrow{AD}, \overrightarrow{AE})$.

**1.** Donner les coordonnées des points $M$, $N$ et $P$ dans ce repère.

**2.** Déterminer les coordonnées du point $L$.

**3.** On admet que le point $T$ a pour coordonnées $\left(1 ; 1 ; \frac{5}{8}\right)$.

Le triangle $TPN$ est-il rectangle en $T$ ?

# Corrigé du sujet 44

*Les textes sur fond jaune apparaissant dans ce corrigé sont des rappels de cours ou des commentaires pour vous guider et vous aider.*

## Partie A

**1.** Les droites $(PM)$ et $(FG)$ sont coplanaires car elles appartiennent au plan $(EFG)$. Dans ce plan, les droites $(PM)$ et $(FG)$ ne sont pas parallèles.
**Les droites $(PM)$ et $(FG)$ sont donc sécantes, soit $L$ leur point d'intersection.**

**2. a)** Voir le dessin ci-dessous.

**b)** $\left.\begin{array}{r} L \in (MP), \text{ donc } L \in (MNP) \\ N \in (MNP) \end{array}\right\}$, donc $(LN) \subset (MNP)$.

$\left.\begin{array}{r} (LN) \subset (MNP) \\ Q \in (LN) \end{array}\right\}$ donc $Q \in (MNP)$.

De plus $Q \in (BF)$, donc $Q \in (ABF)$, ainsi $Q \in (MNP) \cap (ABF)$.
Les droites $(MP)$ et $(EF)$ du plan $(EFG)$ sont coplanaires, mais ne sont pas parallèles, donc elles sont sécantes ; on appelle $R$ leur point d'intersection.

$\left.\begin{array}{l} R \in (MP), \text{ donc } R \in (MNP) \\ R \in (EF), \text{ donc } R \in (ABF) \end{array}\right\}$, donc $R \in (MNP) \cap (ABF)$.

Les plans $(MNP)$ et $(ABF)$ ont deux points en commun, $Q$ et $R$ ; ils ne sont pas confondus car $P \in (MNP)$ et $P \notin (ABF)$.
Ces deux plans sont donc sécants et comme $Q$ et $R$ appartiennent aux deux plans, **l'intersection des deux plans $(MNP)$ et $(ABF)$ est la droite $(QR)$.**

**3.** Notons $S$ le point d'intersection de $(AE)$ et $(QR)$.
La section du cube par le plan $(MNP)$ est le pentagone ***MPTQS***.

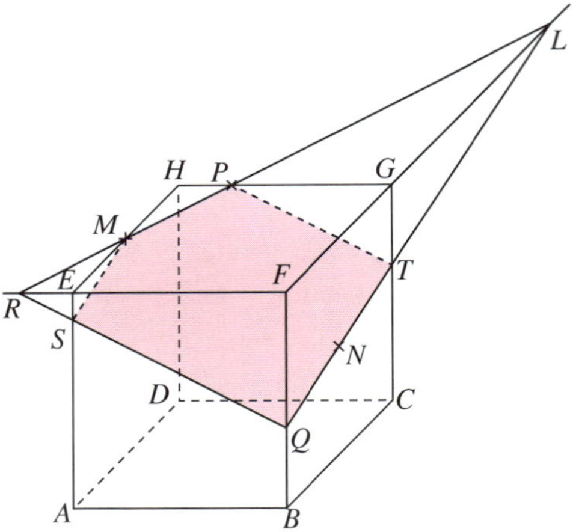


## Partie B

**1.** $A$ est l'origine du repère donc $A\,(0 ; 0 ; 0)$.
$\overrightarrow{AB} = 1.\,\overrightarrow{AB} + 0.\,\overrightarrow{AD} + 0.\,\overrightarrow{AE}$, donc $B(1 ; 0 ; 0)$.
Par le même raisonnement on obtient que $D(0 ; 1 ; 0)$ et $E(0 ; 0 ; 1)$.
$\overrightarrow{AC} = \overrightarrow{AB} + \overrightarrow{AD}$, donc $C(1 ; 1 ; 0)$ ;
$\overrightarrow{AF} = \overrightarrow{AB} + \overrightarrow{AE}$, donc $F(1 ; 0 ; 1)$ ;
$\overrightarrow{AH} = \overrightarrow{AD} + \overrightarrow{AE}$, donc $H(0 ; 1 ; 1)$ ;
$\overrightarrow{AG} = \overrightarrow{AB} + \overrightarrow{AD} + \overrightarrow{AE}$, donc $G(1 ; 1 ; 1)$.

$M$ est le milieu du segment $[EH]$, donc $M\left(\frac{0+0}{2};\frac{0+1}{2};\frac{1+1}{2}\right)$, donc $\mathbf{M}\left(\mathbf{0}\ ;\ \frac{\mathbf{1}}{\mathbf{2}}\ ;\ \mathbf{1}\right)$.

$N$ est le milieu du segment $[FC]$, donc $N\left(\frac{1+1}{2};\frac{1+0}{2};\frac{0+1}{2}\right)$, donc $\mathbf{N}\left(\mathbf{1}\ ;\frac{\mathbf{1}}{\mathbf{2}}\ ;\frac{\mathbf{1}}{\mathbf{2}}\right)$.

Soit $P(x\ ;\ y\ ;\ z)$.

$\overrightarrow{HP} = \frac{1}{4}\overrightarrow{HG}$, donc $\begin{cases} x-0=\frac{1}{4} \\ y-1=0 \\ z-1=0 \end{cases}$, donc $\begin{cases} x=\frac{1}{4} \\ y=1 \\ z=1 \end{cases}$, **donc** $\mathbf{P}\left(\frac{\mathbf{1}}{\mathbf{4}}\ ;\mathbf{1}\ ;\mathbf{1}\right)$.

**2.**

**Méthode : Équations paramétriques d'une droite**
Soit $D$ la droite passant par le point $A(x_A,y_A,z_A)$ et de vecteur directeur $\vec{u}(a,b,c)$.
Alors $D$ a pour équations paramétriques : $\begin{cases} x = at + x_A \\ y = bt + y_A \\ z = ct + z_A \end{cases}$, $t \in \mathbb{R}$.

$L$ est le point d'intersection entre les droites $(MP)$ et $(FG)$.

$(MP)$ passe par $M\left(0\ ;\ \frac{1}{2}\ 1\right)$ et a pour vecteur directeur $\overrightarrow{MP}\begin{pmatrix} \frac{1}{4} \\ \frac{1}{2} \\ 0 \end{pmatrix}$.

Donc une représentation paramétrique de la droite $(MP)$ est $\begin{cases} x=\frac{1}{4}t \\ y=\frac{1}{2}+\frac{1}{2}t \\ z=1 \end{cases}$, $t \in \mathbb{R}$.

$(FG)$ passe par $F\ (1\ ;\ 0\ ;\ 1)$ et a pour vecteur directeur $\overrightarrow{FG}\begin{pmatrix} 0 \\ 1 \\ 0 \end{pmatrix}$.

Donc une représentation paramétrique de la droite $(FG)$ est $\begin{cases} x=1 \\ y=t' \\ z=1 \end{cases}$, $t' \in \mathbb{R}$.

On détermine l'intersection de ces deux droites :

$\begin{cases} \frac{1}{4}t=1 \\ t'=\frac{1}{2}+\frac{1}{2}t \\ 1=1 \end{cases} \Leftrightarrow \begin{cases} t=4 \\ t'=\frac{5}{2} \end{cases}$. Donc $\mathbf{L}\left(\mathbf{1}\ ;\frac{\mathbf{5}}{\mathbf{2}}\ \mathbf{1}\right)$.

**3.** On admet que le point $T$ a pour coordonnées $\left(1\ ;\ 1\ ;\ \frac{5}{8}\right)$.

$\overrightarrow{TP}\begin{pmatrix} -\frac{3}{4} \\ 0 \\ \frac{3}{8} \end{pmatrix}$ et $\overrightarrow{TN}\begin{pmatrix} 0 \\ -\frac{1}{2} \\ -\frac{1}{8} \end{pmatrix}$.

Donc $\overrightarrow{TP}.\overrightarrow{TN} = -\frac{3}{4}\times 0+0\times\left(-\frac{1}{2}\right)+\frac{3}{8}\times\left(-\frac{1}{8}\right)=-\frac{3}{64}\neq 0$.

**Donc le triangle *TPN* n'est pas rectangle en *T*.**

AIDE-MÉMOIRE p. 263

# SUJET 45

35 min **3 points**

On considère un cube $ABCDEFGH$ fourni ci-dessous.
L'espace est rapporté au repère $(A\,;\overrightarrow{AB},\overrightarrow{AD},\overrightarrow{AE})$.

On note $\mathcal{P}$ le plan d'équation $x+\dfrac{1}{2}y+\dfrac{1}{3}z-1=0$.

Construire, sur la figure fournie ci-dessous la section du cube par le plan $\mathcal{P}$.

La construction devra être justifiée par des calculs ou des arguments géométriques.

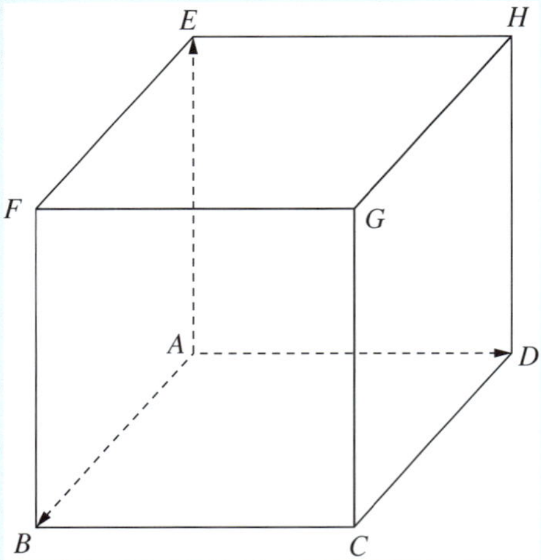


## Corrigé du sujet 45

On cherche à caractériser le plan $\mathcal{P}$ par trois points non alignés
$B(1\,;0\,;\ 0)\in\mathcal{P}$ $\quad M(0\,;2\,;0)\in\mathcal{P}$ $\quad N(0\,;0\,;3)\in\mathcal{P}$

Les trois points ne sont pas alignés car les coordonnées des vecteurs $\overrightarrow{BM}\begin{pmatrix}-1\\2\\0\end{pmatrix}$ et $\overrightarrow{BN}\begin{pmatrix}-1\\0\\3\end{pmatrix}$ ne sont pas proportionnelles. Donc les points $B$, $M$ et $N$ caractérisent le plan $\mathcal{P}$ : $\mathcal{P}=(BMN)$.

On place ces trois points pour représenter le plan $\mathcal{P}$ .

• (*BM*) ∈ (*ABC*), (*BM*) coupe [*DC*] en un point *I*.

Donc le segment [*BI*] représente l'intersection du plan $\mathcal{P}$ avec la face *ABCD*.

• (*BN*) ∈ (*ABE*), (*BN*) coupe [*EF*] en un point *J*.

Donc le segment [*BJ*] représente l'intersection du plan $\mathcal{P}$ avec la face *ABFE*.

Les plans (*ABE*) et (*CDH*) sont parallèles, donc le plan $\mathcal{P}$ les coupe suivant deux droites parallèles.

La parallèle à (*BI*) passant par *J* coupe [*GH*] en *K*.

Donc le segment [*JK*] représente l'intersection du plan $\mathcal{P}$ avec la face *EFGH*.

Finalement le segment [*KI*] représente l'intersection du plan $\mathcal{P}$ avec la face *CDHG*.

Le quadrilatère *BIKJ* est la section du plan $\mathcal{P}$ avec le cube *ABCDEFGH*.

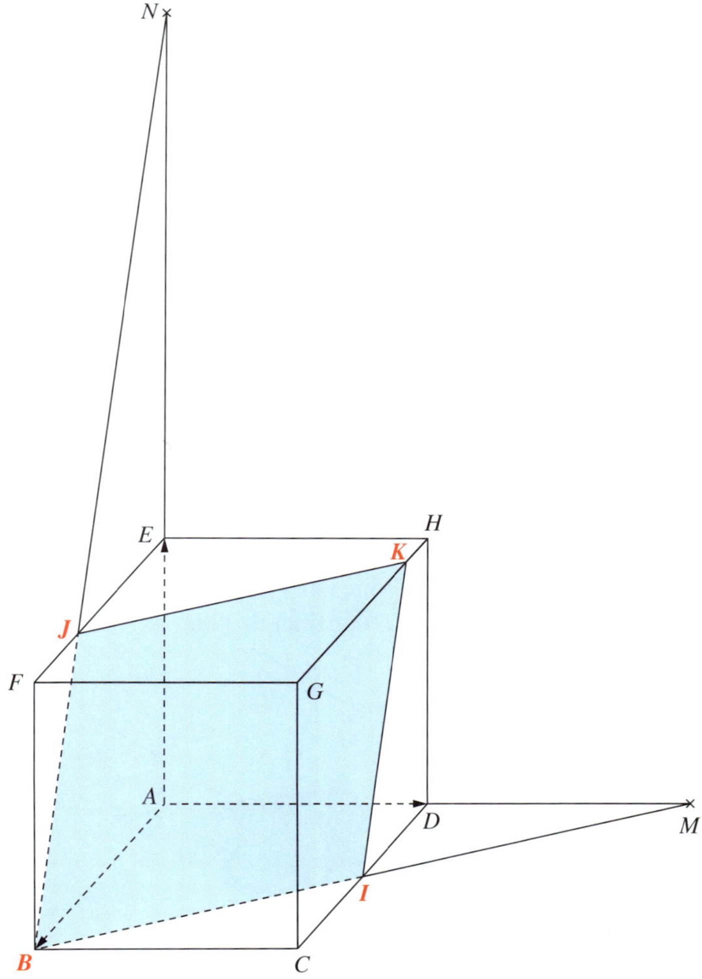

AIDE-MÉMOIRE p. 263

# SUJET 46

35 min **3 points**

On se place dans l'espace muni d'un repère orthonormé dont l'origine est le point $A$. On considère les points $B(10\ ;\ -8\ ;\ 2)$, $C(-1\ ;\ -8\ ;\ 5)$ et $D(14\ ;\ 4\ ;\ 8)$.

**1. a)** Déterminer un système d'équations paramétriques de chacune des droites $(AB)$ et $(CD)$.

**b)** Vérifier que les droites $(AB)$ et $(CD)$ ne sont pas coplanaires.

**2.** On considère le point $I$ de la droite $(AB)$ d'abscisse 5 et le point $J$ de la droite $(CD)$ d'abscisse 4.

**a)** Déterminer les coordonnées des points $I$ et $J$ et en déduire la distance $IJ$.

**b)** Démontrer que la droite $(IJ)$ est perpendiculaire aux droites $(AB)$ et $(CD)$.

La droite $(IJ)$ est appelée perpendiculaire commune aux droites $(AB)$ et $(CD)$.

**3.** Cette question a pour but de vérifier que la distance $IJ$ est la distance minimale entre les droites $(AB)$ et $(CD)$.

Sur le schéma ci-après on a représenté les droites $(AB)$ et $(CD)$, les points $I$ et $J$, et la droite $\Delta$ parallèle à la droite $(CD)$ passant par $I$.

On considère un point $M$ de la droite $(AB)$ distinct du point $I$. On considère un point $M'$ de la droite $(CD)$ distinct du point $J$.

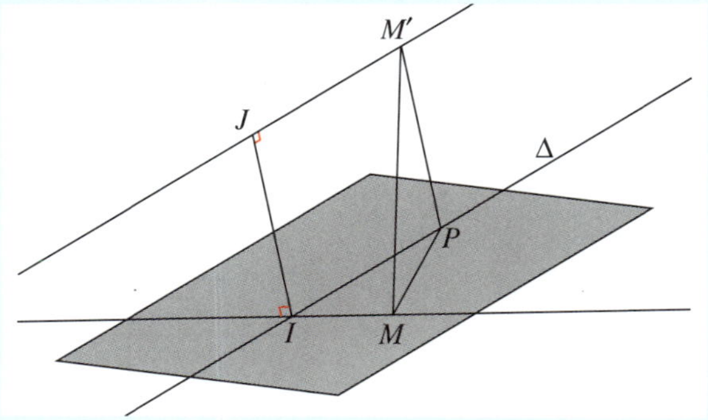

**a)** Justifier que la parallèle à la droite $(IJ)$ passant par le point $M'$ coupe la droite $\Delta$ en un point que l'on notera $P$.

**b)** Démontrer que le triangle $MPM'$ est rectangle en $P$.

**c)** Justifier que $MM' > IJ$ et conclure.

## Corrigé du sujet 46

**1. a)**

**Méthode :** Soit $D$ la droite passant par le point $A(x_A \,;\, y_A \,;\, z_A)$ et de vecteur directeur $\vec{u}(a \,;\, b \,;\, c)$.

Alors $D$ a pour équation paramétrique $\begin{cases} x = at + x_A \\ y = bt + y_A \\ z = ct + z_A \end{cases}$.

La droite $(AB)$ passe par le point $A(0 \,;\, 0 \,;\, 0)$ et a pour vecteur directeur $\overrightarrow{AB}\begin{pmatrix} 10 \\ -8 \\ 2 \end{pmatrix}$.

**Donc un système d'équations paramétriques de la droite $(AB)$ est :** $\begin{cases} x = 10t \\ y = -8t \\ z = 2t \end{cases}$, $t \in \mathbb{R}$

De même, la droite (CD) passe par le point C(–1 ; –8 ; 5) et a pour vecteur directeur $\overrightarrow{CD}\begin{pmatrix} 15 \\ 12 \\ 3 \end{pmatrix}$.

**Donc un système d'équations paramétriques de la droite $(CD)$ est :**

$$\begin{cases} x = -1 + 15t \\ y = -8 + 12t \\ z = 5 + 3t \end{cases}, \; t \in \mathbb{R}.$$

**b)** Les vecteurs directeurs $\overrightarrow{AB}$ et $\overrightarrow{CD}$ ne sont pas colinéaires car leurs coordonnées ne sont pas proportionnelles, donc les droites (AB) et (CD) ne sont pas parallèles.
Cherchons un éventuel point d'intersection entre les deux droites.
$M(x \,;\, y \,;\, z) \in (AB) \cap (CD)$ si et seulement s'il existe deux réels $k$ et $t$ tels que :

$$\begin{cases} 10t = 15k - 1 \\ -8t = 12k - 8 \\ 2t = 3k + 5 \end{cases}$$

Or, en soustrayant la deuxième équation à la troisième, on a $10t = -9k + 13$, ce qui est incompatible avec la première équation. Il n'existe pas de point d'intersection entre les deux droites.
Les deux droites ne sont ni parallèles, ni sécantes ; **elles sont donc non coplanaires.**

**2. a)**

$$(AB) : \begin{cases} x = 10t \\ y = -8t \\ z = 2t \end{cases}, \ t \in \mathbb{R}$$

$I \in (AB)$ donc $x_I = 10t = 5$ puis $t = \dfrac{1}{2}$.

On remplace : $y_I = -8t = -4$ et $z_I = 2t = 1$

**D'où $I(5 ; -4 ; 1)$.**

De même, $(CD) : \begin{cases} x = -1 + 15t \\ y = -8 + 12t \\ z = 5 + 3t \end{cases}, \ t \in \mathbb{R}$

J $\in (CD)$ donc $x_J = 15t - 1 = 4$ puis $t = \dfrac{1}{3}$.

Donc $y_J = 12t - 8 = -4$ et $z_J = 3t + 5 = 6$

**D'où $J(4 ; -4 ; 6)$.**

On en déduit

$$IJ = \sqrt{(x_J - x_I)^2 + (y_J - y_I)^2 + (z_J - z_I)^2} = \sqrt{(4-5)^2 + (-4+4)^2 + (6-1)^2} = \sqrt{26}$$

**b)** On a $\overrightarrow{AB}\begin{pmatrix} 10 \\ -8 \\ 2 \end{pmatrix}$, $\overrightarrow{CD}\begin{pmatrix} 15 \\ 12 \\ 3 \end{pmatrix}$ et $\overrightarrow{IJ}\begin{pmatrix} -1 \\ 0 \\ 5 \end{pmatrix}$.

$\overrightarrow{AB} \cdot \overrightarrow{IJ} = 10 \times (-1) - 8 \times 0 + 2 \times 5 = 0$
$\overrightarrow{CD} \cdot \overrightarrow{IJ} = 15 \times (-1) + 12 \times 0 + 3 \times 5 = 0$

Donc la droite $(IJ)$ est orthogonale à la droite $(AB)$ et à la droite $(CD)$.
Or les droites $(IJ)$ et $(AB)$ sont sécantes en $I$ et les droites $(IJ)$ et $(CD)$ sont sécantes en $J$.

**Donc la droite $(IJ)$ est perpendiculaire à la droite $(AB)$ et à la droite $(CD)$.**

**3. a)** $I \in (AB)$, droite non coplanaire avec la droite $(CD)$ donc $(IJM')$ forme un plan.
$\Delta$ est la droite parallèle à $(CD)$ passant par $I$, donc $\Delta$ appartient au plan $(IJM')$.
Dans le plan $(IJM')$, $(IJ)$ est perpendiculaire à $(CD)$ donc $(IJ)$ est aussi perpendiculaire à $\Delta$.
La droite parallèle à $(IJ)$ passant par $M'$ est ainsi perpendiculaire à $\Delta$.
Ces deux droites sont donc sécantes : **la droite parallèle à $(IJ)$ passant par $M'$ coupe donc la droite $\Delta$ en un point $P$.**

**b)** Comme les droites $(IJ)$ et $(M'P)$ sont parallèles et $(IJ)$ et $(AB)$ sont orthogonales, alors $(M'P)$ et $(AB)$ sont orthogonales.
Comme les droites $(IJ)$ et $(M'P)$ sont parallèles et $(IJ)$ et $\Delta$, confondue avec $(IP)$, sont orthogonales, alors $(M'P)$ et $(IP)$ sont orthogonales.
$(M'P)$ est ainsi orthogonale à deux droites du plan $(MIP)$ sécantes en $I$, elle est donc perpendiculaire au plan $(MIP)$ et elle est orthogonale à toute droite de ce plan.
**On en déduit donc que le triangle $MPM'$ est rectangle en $P$.**

**c)** Dans un triangle rectangle, la longueur de l'hypoténuse est supérieure aux longueurs de chacun des deux autres côtés donc ici $MM' \geqslant PM'$.
Or, par construction du point $P$, on a $IJ = PM'$.

Donc $MM' \geqslant IJ$.
Cette inégalité est vérifiée pour tous points $M$ et $M'$ respectivement sur les droites $(AB)$ et $(CD)$.
**La distance $IJ$ est donc bien la distance minimale entre deux points quelconques de ces deux droites.**

## SUJET 47

AIDE-MÉMOIRE p. 263

**35 min 5 points**

Soit $OABC$ un tétraèdre trirectangle (les triangles $OAB$, $OBC$, $OCA$ sont rectangles en $O$). On note $H$ le projeté orthogonal de $O$ sur le plan $(ABC)$.
Le but de l'exercice est d'étudier quelques propriétés de ce tétraèdre.

**1. a)** Pourquoi la droite $(OH)$ est-elle orthogonale à la droite $(BC)$ ? Pourquoi la droite $(OA)$ est-elle orthogonale à la droite $(BC)$ ?

**b)** Démontrer que les droites $(AH)$ et $(BC)$ sont orthogonales. On démontre de façon analogue que les droites $(BH)$ et $(AC)$ sont orthogonales. Ce résultat est ici admis.

**c)** Que représente le point $H$ pour le triangle $ABC$ ?

**2.** L'espace est maintenant muni d'un repère orthonormé $(O\,;\vec{i}, \vec{j}, \vec{k})$. On considère les points $A(1\,;0\,;0)$, $B(0\,;2\,;0)$ et $C(0\,;0\,;3)$.

**a)** Déterminer une équation cartésienne du plan $(ABC)$.

**b)** Déterminer une représentation paramétrique de la droite $(D)$ passant par $O$ et orthogonale au plan $(ABC)$.

**c)** Démontrer que le plan $(ABC)$ et la droite $(D)$ se coupent en un point $H$ de coordonnées $\left(\frac{36}{49}\,;\frac{18}{49}\,;\frac{12}{49}\right)$.

**3. a)** Calculer la distance du point $O$ au plan $(ABC)$.

**b)** Calculer le volume du tétraèdre $OABC$. En déduire l'aire du triangle $ABC$.

**c)** Vérifier que le carré de l'aire du triangle $ABC$ est égal à la somme des carrés des aires des autres faces de ce tétraèdre.

# Corrigé du sujet 47

**1. a)**

**Rappel de cours**
– Une droite orthogonale à un plan est orthogonale à toute droite contenue dans ce plan.
– Une droite orthogonale à deux droites sécantes d'un plan est orthogonale à ce plan.

La droite $(OH)$ est orthogonale au plan $(ABC)$ par définition du point $H$ ; elle est donc orthogonale à toute droite contenue dans ce plan. Ainsi, **$(OH)$ est orthogonale à $(BC)$.**

La droite $(OA)$ est orthogonale à $(OB)$, car le triangle $OAB$ est rectangle en $O$ et elle est aussi orthogonale à $(OC)$, car le triangle $OAC$ est rectangle en $O$.

Par conséquent, comme $(OA)$ est orthogonale à deux droites sécantes du plan $(OBC)$, $(OA) \perp (OBC)$.

Ainsi, **$(OA)$ est orthogonale à** toute droite contenue dans ce plan, donc en particulier à **$(BC)$.**

**b)** D'après la question précédente, (BC) ⊥ (OH) et (BC) ⊥ (OA). En utilisant la propriété rappelée à la question précédente, on en déduit que (BC) ⊥ (OAH), puis que (BC) ⊥ (AH).

On admet, comme indiqué dans l'énoncé, que l'on pourrait montrer de la même manière que $(BH) \perp (AC)$.

**c)** $(BC) \perp (AH)$ implique que $H$ appartient à la hauteur de $ABC$ issue de $A$.

$(BH) \perp (AC)$ implique que $H$ appartient à la hauteur de $ABC$ issue de $B$.

On en déduit que le point $H$ est à l'intersection de deux hauteurs du triangle $(ABC)$. **Le point $H$ est donc l'orthocentre du triangle $(ABC)$.**

**2. a)** Le plan $(ABC)$ a une équation cartésienne de la forme $ax + by + cz + d = 0$.

$A \in (ABC)$, donc $ax_A + by_A + cz_A + d = 0$, ainsi $a + d = 0$.

$B \in (ABC)$, donc $ax_B + by_B + cz_B + d = 0$, ainsi $2b + d = 0$.

$C \in (ABC)$, donc $ax_C + by_C + cz_C + d = 0$, ainsi $3c + d = 0$.

On doit ainsi résoudre le système suivant : $\begin{cases} a + d = 0 \\ 2b + d = 0 \\ 3c + d = 0. \end{cases}$

On obtient $\begin{cases} a = -d \\ b = -\dfrac{d}{2}, \\ c = -\dfrac{d}{3}. \end{cases}$ avec $d$ réel quelconque.

Par suite, **le plan $(ABC)$ a pour équation** $-dx - \dfrac{d}{2}y - \dfrac{d}{3}z + d = 0$ ($d$ quelconque non nul), ce qui donne, en choisissant $d = -6$, $\mathbf{6x + 3y + 2z - 6 = 0}$.

**b)**

**Rappel de cours**
– Un plan d'équation cartésienne $ax + by + cz + d = 0$ a pour vecteur normal $\vec{n}(a, b, c)$.
– La droite passant par le point $A(x_A, y_A, z_A)$ et de vecteur directeur $\vec{u}(a, b, c)$ a pour système d'équations paramétriques $\begin{cases} x = x_A + at \\ y = y_A + bt \\ z = z_A + ct. \end{cases}$

$(D)$ est orthogonale au plan $(ABC)$ ; elle admet donc pour vecteur directeur un vecteur normal à $(ABC)$, comme, par exemple, $\vec{n}\begin{pmatrix} 6 \\ 3 \\ 2 \end{pmatrix}$.

**Le système d'équations paramétriques de (*D*) est,** par conséquent :

$$\begin{cases} \boldsymbol{x = x_0 + 6t = 6t} \\ \boldsymbol{y = y_0 + 3t = 3t}, \text{ avec } t \text{ réel quelconque} \\ \boldsymbol{z = z_0 + 2t = 2t}. \end{cases}$$

**c)** Soit un point $M(x\,;\,y\,;\,z)$ appartenant à l'intersection de $(D)$ et $(ABC)$ :

$$\begin{cases} x = 6t \\ y = 3t \\ z = 2t \\ 6x + 3y + 2z - 6 = 0 \end{cases} \text{ équivaut à } \begin{cases} x = 6t \\ y = 3t \\ z = 2t \\ 36t + 9t + 4t - 6 = 0 \end{cases}$$

$$\text{équivaut à } \begin{cases} x = 6t \\ y = 3t \\ z = 2t \\ t = \dfrac{6}{49} \end{cases} \text{ équivaut à } \begin{cases} x = \dfrac{36}{49} \\ y = \dfrac{18}{49} \\ z = \dfrac{12}{49} \\ t = \dfrac{6}{49} \end{cases}$$

**Le point d'intersection de la droite (*D*) et du plan (*ABC*) est en** $\boldsymbol{H\left(\dfrac{36}{49}\,;\,\dfrac{18}{49}\,;\,\dfrac{12}{49}\right)}$.

**3. a)**

**Rappel de cours :** Dans un repère orthonormal, la distance du point $A(\alpha; \beta; \gamma)$ au plan $(P)$ d'équation cartésienne $ax + by + cz + d = 0$ est :

$$d(A, (P)) = \frac{|a\alpha + b\beta + c\gamma + d|}{\sqrt{a^2 + b^2 + c^2}}.$$

$$d(O, (ABC)) = \frac{|6x_0 + 3y_0 + 2z_0 - 6|}{\sqrt{6^2 + 3^2 + 2^2}} = \frac{|-6|}{\sqrt{49}} = \frac{6}{7}.$$

**La distance du point *O* au plan (*ABC*) vaut donc** $\boldsymbol{\dfrac{6}{7}}$.

**b)**

**Rappel de cours :** soit $OABC$ un tétraèdre. Son volume est donné par :

$$V = \frac{1}{3} \times \text{(hauteur)} \times \text{(aire de la base)}.$$

$V = \frac{1}{3} \times OA \times$ aire $(OBC)$, car $(OA)$ est orthogonale au plan $(OBC)$ d'après la question **1. a)**.

Or, $OA = 1$ et aire $(OBC) = \frac{OB \times OC}{2} = \frac{2 \times 3}{2} = 3$,

car $OBC$ est un triangle rectangle en $O$.

D'où : $\boldsymbol{V = \frac{1}{3} \times 3 \times 1 = 1}$.

D'autre part, $V = \frac{1}{3} \times OH \times$ aire $(ABC)$.

On en déduit que **aire $(ABC)$** $= \frac{3V}{OH} = \frac{3 \times 1}{\frac{6}{7}} = \boldsymbol{\frac{7}{2}}$, car $OH$ est la distance du point $O$ au plan $(ABC)$ qui vaut $\frac{6}{7}$ d'après la question **3. a)**.

**c)** Aire $(ABC)^2 = \left(\frac{7}{2}\right)^2 = \frac{49}{4}$,

aire $(OBC)^2 = (3)^2 = 9$, d'après le calcul fait à la question **3. b)**

aire $(OAB)^2 = \left(\frac{1}{2} \times OA \times OB\right)^2$

$= \left(\frac{1}{2} \times 1 \times 2\right)^2 = 1$, car $OAB$ est rectangle en $O$

aire $(OAC)^2 = \left(\frac{1}{2} \times OA \times OC\right)^2$

$= \left(\frac{1}{2} \times 1 \times 3\right)^2 = \frac{9}{4}$, car $OAC$ est rectangle en $O$.

On remarque que :
(aire $(OBC)$)$^2$ + (aire $(OAB)$)$^2$ + (aire $(OAC)$)$^2$ $= 9 + 1 + \frac{9}{4} = \frac{49}{4}$ = (aire $(ABC)$)$^2$.

Finalement, **le carré de l'aire du triangle *ABC* est égal à la somme des carrés des aires des autres faces du tétraèdre.**

# Orthogonalité et distances dans l'espace

Les calculatrices sont autorisées conformément à la réglementation en vigueur

AIDE-MÉMOIRE p. 263

## SUJET 48

60 min 5 points

L'espace est rapporté à un repère orthonormal $(O\ ; \vec{i}, \vec{j}, \vec{k})$
On considère les points $A(0\ ;\ 0\ ;\ 2)$, $B(0\ ;\ 4\ ;\ 0)$ et $C(2\ ;\ 0\ ;\ 0)$.

**1. a)** Vérifier qu'une équation du plan $(ABC)$ est $2x + y + 2z = 4$.

**b)** Calculer la distance du point $O$ au plan $(ABC)$.

**2. a)** Déterminer une équation du plan $P$ passant par $A$ et orthogonal à la droite $(BC)$.

**b)** Soit $\Delta$ la droite intersection du plan $P$ et du plan $(ABC)$. Déterminer une représentation paramétrique de la droite $\Delta$. Quel rôle joue cette droite dans le triangle $ABC$ ?

**3. a)** Soit $\Delta'$ la médiane issue de $B$ du triangle $ABC$.
Montrer qu'une équation paramétrique de $\Delta'$ dans le triangle $ABC$ est :

$$\begin{cases} x = t \\ y = 4 - 4t,\ t \in \mathbb{R} \\ z = t \end{cases}$$

**b)** Montrer que le triangle $ABC$ est un triangle isocèle.

**4.** Soit $H$ le point d'intersection des droites $\Delta$ et $\Delta'$. Montrer que le point $H$ a pour coordonnées $\left(\frac{8}{9}\ ;\ \frac{4}{9}\ ;\ \frac{8}{9}\right)$.
Que représente le point $H$ pour le triangle $ABC$ ?

**5.** Montrer que le point $H$ est le projeté orthogonal du point $O$ sur le plan $(ABC)$.
Retrouver alors la distance du point $O$ au plan $(ABC)$.

# Corrigé du sujet 48

*Les textes sur fond jaune apparaissant dans ce corrigé sont des rappels de cours ou des commentaires pour vous guider et vous aider.*

**1. a)** $\overrightarrow{AB}\begin{pmatrix}0\\4\\-2\end{pmatrix}$ et $\overrightarrow{AC}\begin{pmatrix}2\\0\\-2\end{pmatrix}$.

Ces vecteurs ne sont pas colinéaires, donc les trois points $A$, $B$ et $C$ définissent bien un plan.
$2 \times 0 + 0 + 2 \times 2 = 4$, donc les coordonnées de $A$ vérifient l'équation ;
$2 \times 0 + 4 + 0 \times 2 = 4$, donc les coordonnées de $B$ vérifient l'équation ;
$2 \times 0 + 0 + 2 \times 2 = 4$, donc les coordonnées de $C$ vérifient l'équation.
**Une équation du plan $(ABC)$ est donc $2x + y + 2z = 4$.**

**b)** $d(O, (ABC)) = \dfrac{|2 \times 0 + 0 + 2 \times 0 - 4|}{\sqrt{2^2 + 1^2 + 2^2}} = \dfrac{4}{\sqrt{9}} = \mathbf{\dfrac{4}{3}}$.

**2. a)**

**Rappel de cours :** Un plan $P$ d'équation $ax + by + cz + d = 0$ admet un vecteur normal de coordonnées $(a, b, c)$.

Le vecteur $\overrightarrow{BC}\begin{pmatrix}2\\-4\\0\end{pmatrix}$ est un vecteur normal au plan $P$.

Donc l'équation du plan $P$ est $2x - 4y + d = 0$, avec $d \in \mathbb{R}$.
Le plan passe par le point $A$, donc ses coordonnées vérifient cette équation, d'où $d = 0$.
**Une équation du plan $P$ est** donc $2x - 4y = 0$ ou encore $\mathbf{x - 2y = 0}$.

**b)** $\vec{u}\begin{pmatrix}2\\1\\2\end{pmatrix}$ est un vecteur normal au plan $(ABC)$, $\vec{u}$ n'est pas colinéaire à $\overrightarrow{BC}$ qui est un vecteur normal à $P$, donc les plans $(ABC)$ et $P$ sont bien sécants en une droite notée $\Delta$.

$$M(x\,;y\,;z) \in \Delta \Leftrightarrow \begin{cases} x - 2y = 0 \\ 2x + y + 2z = 4 \end{cases} \Leftrightarrow \begin{cases} x = 2y \\ y = y \\ 2x + 2z = 4 - y \end{cases} \Leftrightarrow \begin{cases} x = 2y \\ y = y \\ 2z = -5y + 4 \end{cases}$$

$$\Leftrightarrow \begin{cases} x = 2y \\ y = y \\ z = -\dfrac{5}{2}y + 2 \end{cases} \Leftrightarrow \begin{cases} \mathbf{x = 2t} \\ \mathbf{y = t} \\ \mathbf{z = -\dfrac{5}{2}t + 2} \end{cases}, \mathbf{t \in \mathbb{R}}.$$

La droite $(BC)$ orthogonale à $P$ est orthogonale à toute droite de $P$, donc en particulier à $\Delta$. Or cette droite appartient au plan $(ABC)$ : elle contient un sommet $A$ et est perpendiculaire au côté opposé $[BC]$. **$\Delta$ est la hauteur issue de $A$ du triangle $ABC$.**

**3. a)** $\Delta'$ contient le milieu $I$ de $[AC]$ avec $I(1\ ;0\ ;1)$.
Un point $M(x\ ;y\ ;z)$ appartient à la médiane $(BI)$ si et seulement s'il existe $t \in \mathbb{R}$ tel que $\overrightarrow{BM} = t\,\overrightarrow{BI}$ qui se traduit par le système :

$$\begin{cases} x = 0 = t \\ y - 4 = -4t \\ z - 0 = 1 + t \end{cases},\ t \in \mathbb{R} \quad \Leftrightarrow \begin{cases} \boldsymbol{x = t} \\ \boldsymbol{y = 4 - 4t} \\ \boldsymbol{z = t} \end{cases},\ \boldsymbol{t \in \mathbb{R}}.$$

**b)** $\overrightarrow{AC}\begin{pmatrix} 2 \\ 0 \\ -2 \end{pmatrix}$, donc $AC = \sqrt{2^2 + 0^2 + (-2)^2} = \sqrt{4+4} = \sqrt{8} = 2\sqrt{2}$.

$\overrightarrow{AB}\begin{pmatrix} 0 \\ 4 \\ -2 \end{pmatrix}$, donc $AB = \sqrt{0^2 + 4^2 + (-2)^2} = \sqrt{16+4} = \sqrt{20} = 2\sqrt{5}$.

$\overrightarrow{BC}\begin{pmatrix} 2 \\ -4 \\ 0 \end{pmatrix}$, donc $BC = \sqrt{2^2 + (-4)^2 + 0^2} = \sqrt{4+16} = \sqrt{20} = 2\sqrt{5}$.

**$AB = BC = 2\sqrt{5}$, donc le triangle $ABC$ est isocèle en $B$.**

**4.** Chercher le point d'intersection entre les deux droites revient à résoudre le système :

$$\begin{cases} 4t = t' \\ 2t = 4 - 4t' \\ -5t + 2 = t' \end{cases} \Leftrightarrow \begin{cases} 4t = t' \\ 2t = 4 - 4(4t) \\ -5t + 2 = 4t \end{cases} \Leftrightarrow \begin{cases} 4t = t' \\ 2 = 9t \\ 2 = 9t \end{cases} \Leftrightarrow \begin{cases} t = \dfrac{2}{9} \\ t' = \dfrac{8}{9} \end{cases}$$

On obtient donc $\boldsymbol{H\left(\frac{8}{9}\ ;\frac{4}{9}\ ;\frac{8}{9}\right)}$.

On a vu que le triangle $ABC$ est isocèle en $B$ donc la droite $\Delta'$, médiane issue du sommet principal $B$, est aussi hauteur du triangle $ABC$.
On a aussi montré que $\Delta$ est aussi hauteur de ce triangle $ABC$. Donc le point $\boldsymbol{H}$, commun à deux hauteurs **est l'orthocentre du triangle $ABC$.**

**5.** $$\overrightarrow{OH}\cdot\overrightarrow{AB} = \frac{8}{9}\times 0 + \frac{4}{9}\times 4 + \frac{8}{9}\times(-2) = \frac{16}{9} - \frac{16}{9} = 0,$$

donc $(OH)$ est orthogonale à $(AB)$.

$$\overrightarrow{OH}\cdot\overrightarrow{AC} = \frac{8}{9}\times 2 + \frac{4}{9}\times 0 + \frac{8}{9}\times(-2) = \frac{16}{9} - \frac{16}{9} = 0,$$

donc $(OH)$ est orthogonale à $(AC)$.
La droite $(OH)$, orthogonale à deux droites sécantes du plan $(ABC)$, est orthogonale à ce plan.

Or, le point $H$ appartient aussi au plan $(ABC)$. Donc le point $H$ est le projeté orthogonal du point $O$ sur le plan $(ABC)$.

On calcule $\boldsymbol{OH} = \sqrt{\left(\frac{8}{9}\right)^2 + \left(\frac{4}{9}\right)^2 + \left(\frac{8}{9}\right)^2}$

$$= \sqrt{\frac{64 + 16 + 64}{81}}$$

$$= \sqrt{\frac{144}{81}}$$

$$= \frac{12}{9}$$

$$= \boldsymbol{\frac{4}{3}}.$$

$OH = d(O, (ABC))$, ce qui est conforme au résultat du **1. b)**.

AIDE-MÉMOIRE p. 263

## SUJET 49

60 min **5 points**

### Partie I

Dans cette partie, $ABCD$ est un tétraèdre régulier, c'est-à-dire un solide dont les quatre faces sont des triangles équilatéraux.

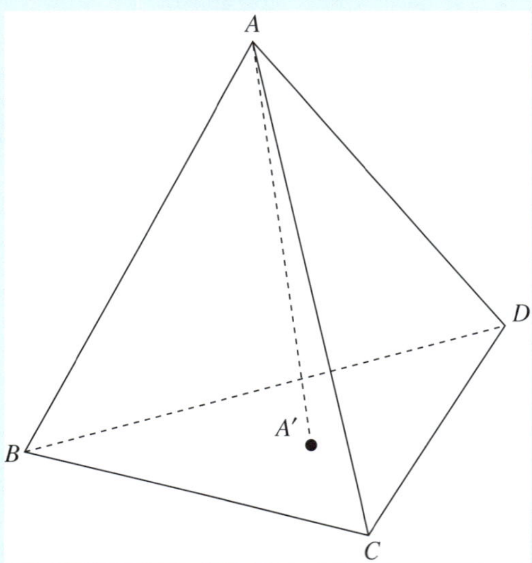

$A'$ est le centre de gravité du triangle $BCD$.
Dans un tétraèdre, le segment joignant un sommet au centre de gravité de la face opposée est appelé médiane. Ainsi, le segment $[AA']$ est une médiane du tétraèdre $ABCD$.

**1.** On souhaite démontrer la propriété suivante : $(\mathcal{P}_1)$ : *dans un tétraèdre régulier, chaque médiane est orthogonale à la face opposée.*

**a)** Montrer que $\overrightarrow{AA'} \cdot \overrightarrow{BD} = 0$ et que $\overrightarrow{AA'} \cdot \overrightarrow{BC} = 0$. (On pourra utiliser le milieu $I$ du segment $[BD]$ et le milieu $J$ du segment $[BC]$.)

**b)** En déduire que la médiane $(AA')$ est orthogonale à la face $BCD$.
Un raisonnement analogue montre que les autres médianes du tétraèdre régulier $ABCD$ sont également orthogonales à leur face opposée.

**2.** $G$ est le centre de gravité du tétraèdre $ABCD$.
On souhaite démontrer la propriété suivante :
$(\mathcal{P}_2)$ : *les médianes d'un tétraèdre régulier sont concourantes en G.*
En utilisant la définition du centre de gravité, montrer que $G$ appartient à la droite $(AA')$, puis conclure.

**Partie II**

On munit l'espace d'un repère orthonormal $(O ; \vec{i}, \vec{j}, \vec{k})$.
On considère les points $P(1 ; 2 ; 3)$, $Q(4 ; 2 ; -1)$ et $R(-2 ; 3 ; 0)$.

**1.** Montrer que le tétraèdre $OPQR$ n'est pas régulier.

**2.** Calculer les coordonnées de $P'$, centre de gravité du triangle $OQR$.

**3.** Vérifier qu'une équation cartésienne du plan $(OQR)$ est :

$$3x + 2y + 16z = 0.$$

**4.** La propriété $(\mathcal{P}_1)$ de la **partie I** est-elle vraie dans un tétraèdre quelconque ?

## Corrigé du sujet 49

*Les textes sur fond jaune apparaissant dans ce corrigé sont des rappels de cours ou des commentaires pour vous guider et vous aider.*

**Partie I**

**1. a)** • On a $\overrightarrow{AA'} \cdot \overrightarrow{BD} = (\overrightarrow{AI} + \overrightarrow{IA'}) \cdot \overrightarrow{BD} = \overrightarrow{AI} \cdot \overrightarrow{BD} + \overrightarrow{IA'} \cdot \overrightarrow{BD}$.
Or $ABD$ est un triangle équilatéral : la médiane issue de $A$ est aussi la hauteur issue de $A$, donc $\overrightarrow{AI} \cdot \overrightarrow{BD} = 0$.

Et $BCD$ est un triangle équilatéral : la médiane issue de $C$ est aussi la hauteur issue de $C$, donc $\overrightarrow{IA'} \cdot \overrightarrow{BD} = 0$.
Ainsi : $\boldsymbol{\overrightarrow{AA'} \cdot \overrightarrow{BD} = 0}$.

• On a : $\overrightarrow{AA'} \cdot \overrightarrow{BC} = (\overrightarrow{AJ} + \overrightarrow{JA'}) \cdot \overrightarrow{BC} = \overrightarrow{AJ} \cdot \overrightarrow{BC} + \overrightarrow{JA'} \cdot \overrightarrow{BC}$.
Or $ABC$ est un triangle équilatéral : la médiane issue de $A$ est aussi la hauteur issue de $A$, donc $\overrightarrow{AJ} \cdot \overrightarrow{BC} = 0$.
Et $BCD$ est un triangle équilatéral : la médiane issue de $D$ est aussi la hauteur issue de $D$, donc $\overrightarrow{JA'} \cdot \overrightarrow{BC} = 0$.
Ainsi : $\boldsymbol{\overrightarrow{AA'} \cdot \overrightarrow{BC} = 0}$.

**b)** $\overrightarrow{AA'}$ est orthogonal à deux vecteurs non colinéaires du plan $(BCD)$, donc la droite $(AA')$ est perpendiculaire au plan $(BCD)$. En conséquence, **la médiane $(AA')$ est orthogonale à la face $BCD$**.

**2.** $\overrightarrow{GA} + \overrightarrow{GB} + \overrightarrow{GC} + \overrightarrow{GD} = \vec{0}$, donc $\overrightarrow{GA} + \overrightarrow{GA'} + \overrightarrow{A'B} + \overrightarrow{GA'} + \overrightarrow{AC} + \overrightarrow{GA'} + \overrightarrow{A'D} = \vec{0}$.
Or $A'$ est le centre de gravité du triangle $BCD$, donc $\overrightarrow{A'B} + \overrightarrow{A'C} + \overrightarrow{A'D} = \vec{0}$.
On en déduit $\overrightarrow{GA} + 3\overrightarrow{GA'} = \vec{0}$. Les vecteurs sont colinéaires.
Ainsi, **$G$ appartient à la droite $(AA')$**.
De la même manière, on montre que $G$ appartient aux droites $(BB')$, $(CC')$ et $(DD')$, où $B'$, $C'$ et $D'$ sont les centres de gravité des triangles respectifs $ADC$, $ABD$ et $ABC$.
On en conclut que **les médianes d'un tétraèdre régulier sont concourantes en $G$.**

## Partie II

**1.**

$$\left.\begin{array}{l} OP = \sqrt{1^2 + 2^2 + 3^2} = \sqrt{14} \\ OQ = \sqrt{4^2 + 2^2 + (-1)^2} = \sqrt{21} \end{array}\right\}$$ donc $OP \neq OQ$, ainsi $OPQ$ n'est pas un triangle équilatéral et, par suite, **le tétraèdre $OPQR$ n'est pas régulier.**

**2.** $P'$ est le centre de gravité de $OPQ$, d'où $\overrightarrow{P'O} + \overrightarrow{P'P} + \overrightarrow{P'Q} = \vec{O}$,
soit $\overrightarrow{P'O} + \overrightarrow{P'O} + \overrightarrow{OP} + \overrightarrow{P'O} + \overrightarrow{OQ} = \vec{O}$ ou $3\,\overrightarrow{P'O} + \overrightarrow{OP} + \overrightarrow{OQ} = \vec{O}$.

Donc $\overrightarrow{OP'} = \dfrac{1}{3}\overrightarrow{OQ} + \dfrac{1}{3}\overrightarrow{OR}$ et ainsi $\overrightarrow{OP'}\begin{pmatrix} \dfrac{1}{3} \times 4 + \times (-2) \\ \dfrac{1}{3} \times 2 + \dfrac{1}{3} \times 3 \\ \dfrac{1}{3} \times (-1) + \dfrac{1}{3} \times 0 \end{pmatrix} = \begin{pmatrix} \dfrac{2}{3} \\ \dfrac{5}{3} \\ \dfrac{-1}{3} \end{pmatrix}$,

d'où $\boldsymbol{P'\left(\dfrac{2}{3} ; \dfrac{5}{3} ; \dfrac{-1}{3}\right)}$.

**3.**
$3 \times x_O + 2 \times y_O + 16 \times z_O = 3 \times 0 + 2 \times 0 + 16 \times 0 = 0$, donc les coordonnées de $O$ vérifient l'équation.
$3 \times x_Q + 2 \times y_Q + 16 \times z_Q = 3 \times 4 + 2 \times 2 + 16 \times (-1) = 0$, donc les coordonnées de $Q$ vérifient l'équation.
$3 \times x_R + 2 \times y_R + 16 \times z_R = 3 \times (-2) + 2 \times 3 + 16 \times 0 = 0$, donc les coordonnées de $R$ vérifient l'équation.
Comme les points $O$, $Q$ et $R$ ne sont pas alignés, **l'équation du plan $(OQR)$ est** bien **$3x + 2y + 16z = 0$.**

**4.**

**Rappel de cours :**
Soit $ax + by + cz + d = 0$ une équation cartésienne d'un plan $p$, alors $p$ admet pour vecteur normal $\vec{n}\begin{pmatrix} a \\ b \\ c \end{pmatrix}$.

Soit $\vec{n}\begin{pmatrix} 3 \\ 2 \\ 16 \end{pmatrix}$ un vecteur normal au plan $(OQR)$.

Pour que $\mathcal{P}_1$ soit vraie, il faut que les vecteurs $\vec{n}$ et $\overrightarrow{PP'}$ soient colinéaires.

On a $\overrightarrow{PP'}\begin{pmatrix} -\frac{1}{3} \\ -\frac{1}{3} \\ -\frac{10}{3} \end{pmatrix}$

Or, on a bien $-\frac{1}{3}\times(-9) = 3$, mais $-\frac{1}{3}\times(-9) \neq 2$.

Par suite, les coordonnées des deux vecteurs ne sont pas proportionnelles et les vecteurs $\vec{n}$ et $\overrightarrow{PP'}$ ne sont pas colinéaires. On en conclut que $\mathcal{P}_1$ **n'est pas vraie dans un tétraèdre quelconque**.

# SUJET 50

AIDE-MÉMOIRE p. 263

**35 min** **3 points**

Dans l'espace rapporté à un repère orthonormal $(O ; \vec{i}, \vec{j}, \vec{k})$, on considère les points :

$A(3 ; -2 ; 1)$ $B(5 ; 2 ; -3)$
$C(6 ; -2 ; -2)$ $D(4 ; 3 ; 2)$.

**1.** Montrer que les points $A$, $B$ et $C$ ne sont pas alignés, puis que le triangle $ABC$ est isocèle et rectangle.

**2. a)** Montrer que le vecteur $\vec{n}(2 ; 1 ; 2)$ est un vecteur normal au plan $(ABC)$.

**b)** En déduire une équation du plan $(ABC)$.

**c)** Montrer que la distance du point $D$ au plan $(ABC)$ est égale à 3.

**3.** Calculer le volume du tétraèdre $ABCD$ en unités de volume.

## Corrigé du sujet 50

*Les textes sur fond jaune apparaissant dans ce corrigé sont des rappels de cours ou des commentaires pour vous guider et vous aider.*

**1.**

**Rappel de cours : Distance entre deux points de l'espace**
Soient $A(x_A, y_A, z_A)$ et $B(x_B, y_B, z_B)$. Alors :
$$AB = \sqrt{(x_B - x_A)^2 + (y_B - y_A)^2 + (z_B - z_A)^2}.$$

• Calculons les coordonnées des vecteurs $\overrightarrow{AB}$ et $\overrightarrow{AC}$ :

$\overrightarrow{AB}\begin{pmatrix} x_B - x_A \\ y_B - y_A \\ z_B - z_A \end{pmatrix}$, d'où $\overrightarrow{AB}\begin{pmatrix} 2 \\ 4 \\ -4 \end{pmatrix}$.

De même, on obtient $\overrightarrow{AC}\begin{pmatrix} 3 \\ 0 \\ -3 \end{pmatrix}$.

$\overrightarrow{AB} = k\overrightarrow{AC} \Leftrightarrow \begin{cases} 2 = 3k \\ 4 = 0k \\ -4 = -3k \end{cases}$, ce qui est impossible.

Les vecteurs $\overrightarrow{AB}$ et $\overrightarrow{AC}$ ne sont donc pas colinéaires et, par suite, **les points $A$, $B$ et $C$ ne sont pas alignés.**

• On a $AC = \sqrt{(x_C - x_A)^2 + (y_C - y_A)^2 + (z_C - z_A)^2} = \sqrt{9 + 0 + 9} = 3\sqrt{2}$,
et $BC = \sqrt{(x_C - x_B)^2 + (y_C - y_B)^2 + (z_C - z_B)^2} = \sqrt{1 + 16 + 1} = 3\sqrt{2}$.
Ainsi, le triangle $ABC$ est isocèle en $C$.

De plus, $\overrightarrow{AC} \times \overrightarrow{BC} = 3 \times 1 + 0 \times (-4) + (-3) \times 1 = 0$, car $\overrightarrow{BC}\begin{pmatrix} 1 \\ -4 \\ 1 \end{pmatrix}$.

Le triangle $ABC$ est donc rectangle en $C$.
On en conclut que **le triangle $ABC$ est isocèle rectangle en $C$.**

**2. a)**

**Méthode :** Un vecteur est normal à un plan si, et seulement si, il est orthogonal à deux vecteurs non colinéaires de ce plan.

On a $\vec{n}.\overrightarrow{AB} = 2 \times 2 + 1 \times 4 + 2 \times (-4) = 4 + 4 - 8 = 0$,
et $\vec{n}.\overrightarrow{AC} = 2 \times 3 + 1 \times 0 + 2 \times (-3) = 6 - 6 = 0$.

Comme les vecteurs $\overrightarrow{AB}$ et $\overrightarrow{AC}$ ne sont pas colinéaires (d'après la question **1.**), le vecteur $\vec{n}$ **est normal au plan $(ABC)$.**

**b)** $M(x, y, z) \in (ABC) \Leftrightarrow \overrightarrow{AM}.\vec{n} = 0$

$\Leftrightarrow (x-3)\times 2 + (y+2)\times 1 + (z-1)\times 2 = 0$

$\Leftrightarrow 2x + y + 2z - 6 = 0.$

**Le plan $(ABC)$ a** donc **pour équation $2x + y + 2z - 6 = 0$.**

**c)** $\text{dist}(D, (ABC)) = \dfrac{|2x_D + y_D + 2z_D - 6|}{\sqrt{2^2+1^2+2^2}} = \dfrac{|9|}{\sqrt{9}} = 3.$

**La distance de $D$ au plan $(ABC)$ vaut 3.**

**3.**

**Rappel de cours : Volume d'un tétraèdre**

$\dfrac{1}{3} \times$ (aire de la base) $\times$ hauteur.

$V = \dfrac{1}{3} \times \mathcal{A}_{ABC} \times \text{dist}(D, (ABC))$

$= \dfrac{1}{3} \times \dfrac{AC \times BC}{2} \times 3$ car le triangle $ABC$ est rectangle en $C$.

$\boldsymbol{V} = \dfrac{1}{3} \times \dfrac{3\sqrt{2}\times 3\sqrt{2}}{2} \times 3$

$=$ **9 unités de volume**.

AIDE-MÉMOIRE p. 263

## SUJET 51

60 min 5 points

$ABCDEFGH$ désigne un cube de côté 1.
Le point $I$ est le milieu du segment $[BF]$.
Le point $J$ est le milieu du segment $[BC]$.
Le point $K$ est le milieu du segment $[CD]$.

### Partie A

Dans cette partie, on ne demande aucune justification.
On admet que les droites $(IJ)$ et $(CG)$ sont sécantes en un point $L$.

Construire, sur la **figure** fournie en **annexe** et en laissant apparents les traits de construction :

- le point $L$ ;
- l'intersection $\mathcal{D}$ des plans $(IJK)$ et $(CDH)$ ;
- la section du cube par le plan $(IJK)$.

**Partie B**

L'espace est rapporté au repère $\left(A\,;\overrightarrow{AB}\,,\overrightarrow{AD}\,,\overrightarrow{AE}\right)$.

**1.** Donner les coordonnées de $A$, $G$, $I$, $J$ et $K$ dans ce repère.

**2. a)** Montrer que le vecteur $\overrightarrow{AG}$ est normal au plan $(IJK)$.

**b)** En déduire une équation cartésienne du plan $(IJK)$.

**3.** On désigne par $M$ un point du segment $[AG]$ et $t$ le réel de l'intervalle $[0\,;1]$ tels que $\overrightarrow{AM} = t\overrightarrow{AG}$.

**a)** Démontrer que :

$$MI^2 = 3t^2 - 3t + \frac{5}{4}.$$

**b)** Démontrer que la distance $MI$ est minimale pour le point $N\left(\frac{1}{2}\,;\frac{1}{2}\,;\frac{1}{2}\right)$.

**4.** Démontrer que pour ce point $N\left(\frac{1}{2}\,;\frac{1}{2}\,;\frac{1}{2}\right)$ :

**a)** $N$ appartient au plan $(IJK)$.

**b)** La droite $(IN)$ est perpendiculaire aux droites $(AG)$ et $(BF)$.

**Annexe**

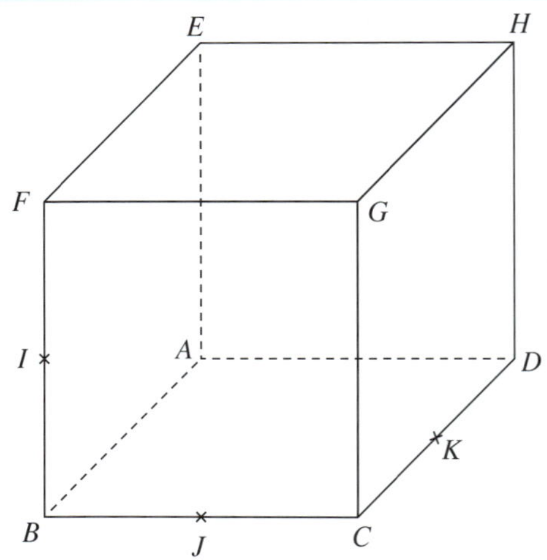

# Corrigé du sujet 51

*Les textes sur fond jaune apparaissant dans ce corrigé sont des rappels de cours ou des commentaires pour vous guider et vous aider.*

## Partie A

Aucune justification du tracé n'est demandée. Néanmoins, voici quelques pistes :

• $(IJ)$ et $(GC)$ sont dans un même plan : elles se coupent en $L$.

Notons $P$ le point d'intersection entre $(HD)$ et $(LK)$.

• $L \in (IJ)$, donc $L \in (IJK)$ et $L \in (CG)$, donc $L \in (CDH)$. On en déduit que $L \in \mathcal{D}$.

De même, on a $K \in (IJK)$ et $K \in (CDH)$, d'où $K \in \mathcal{D}$.

En conclusion : $\mathcal{D} = (LK) = (KP)$.

• En continuant le raisonnement et en utilisant les parallélismes des faces du cube et la propriété « un plan coupe deux plans parallèles suivant deux droites parallèles », on trouve la section du cube par le plan $(IJK)$ :

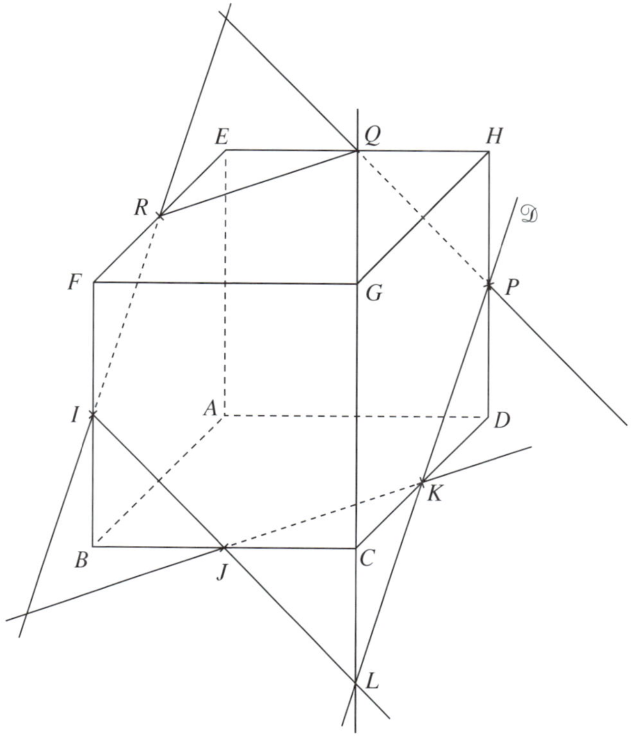

### Partie B

**1.** Les coordonnées des points sont :

$A(0\,;0\,;0)$, $G(1\,;1\,;1)$, $I\left(1\,;0\,;\frac{1}{2}\right)$, $J\left(1\,;\frac{1}{2}\,;0\right)$, $K\left(\frac{1}{2}\,;1\,;0\right)$ .

**2. a)** D'après les coordonnées données à la question précédente, $\overrightarrow{AG}\begin{pmatrix}1\\1\\1\end{pmatrix}$, $\overrightarrow{IJ}\begin{pmatrix}0\\\frac{1}{2}\\-\frac{1}{2}\end{pmatrix}$ et $\overrightarrow{JK}\begin{pmatrix}-\frac{1}{2}\\\frac{1}{2}\\0\end{pmatrix}$.

$\overrightarrow{AG}.\overrightarrow{IJ} = 1\times 0 + 1\times\frac{1}{2} + 1\times\left(-\frac{1}{2}\right) = 0$ et $\overrightarrow{AG}.\overrightarrow{JK} = 1\times\left(-\frac{1}{2}\right) + 1\times\frac{1}{2} + 1\times 0 = 0$ .

Le vecteur $\overrightarrow{AG}$ est orthogonal à deux vecteurs non colinéaires du plan $(IJK)$, **donc $\overrightarrow{AG}$ est normal au plan $(IJK)$.**

**b)**

**Rappel de cours :**
*Un plan (P) d'équation ax + by + cz + d = 0 admet un vecteur normal de coordonnées (a ; b ; c). Réciproquement, si un plan P admet un vecteur normal de coordonnées (a ; b ; c), son équation est de la forme ax + by + cz + d = 0, où d est un réel à déterminer.*

D'après la question précédente, $\overrightarrow{AG}\begin{pmatrix}1\\1\\1\end{pmatrix}$ est normal au plan $(IJK)$, donc ce plan a pour équation $x + y + z + d = 0$, où $d$ est un réel.

Comme $I\left(1\,;0\,;\frac{1}{2}\right)\in(IJK)$, on a $1 + 0 + \frac{1}{2} + d = 0$, donc $d = -\frac{3}{2}$.

Ainsi, l'équation du plan $(IJK)$ est $x + y + z - \frac{3}{2} = 0$,

soit encore $\mathbf{2x + 2y + 2z - 3 = 0.}$

**3. a)** $\overrightarrow{AM} = t\overrightarrow{AG}$, avec $\overrightarrow{AG}\begin{pmatrix}1\\1\\1\end{pmatrix}$, donc $\overrightarrow{AM}\begin{pmatrix}t\\t\\t\end{pmatrix}$, puis $M(t\,;t\,;t)$, car $A$ est l'origine du repère.

Comme $I\left(1\,;0\,;\frac{1}{2}\right)$, on en déduit $\overrightarrow{MI}\begin{pmatrix}1-t\\-t\\\frac{1}{2}-t\end{pmatrix}$,

puis $\boldsymbol{MI^2} = (1-t)^2 + (-t)^2 + \left(\frac{1}{2}-t\right)^2$

$= \mathbf{3t^2 - 3t + \frac{5}{4}}$.

**b)**

**Rappel de cours :**
Soit $P(x) = ax^2 + bx + c$, avec $a$, $b$, $c$ réels.
Si $a < 0$, $P$ est croissant sur $\left]-\infty\,;-\dfrac{b}{2a}\right]$ et décroissant sur $\left[-\dfrac{b}{2a},+\infty\right[$, il admet un maximum en $x = -\dfrac{b}{2a}$.
Si $a > 0$, $P$ est décroissant sur $\left]-\infty,-\dfrac{b}{2a}\right]$ et croissant sur $\left[-\dfrac{b}{2a},+\infty\right[$, il admet un minimum en $x = -\dfrac{b}{2a}$.

Ici, l'expression $MI^2 = 3t^2 - 3t + \dfrac{5}{4}$ est un polynôme du second degré avec $a = 3$, $b = -3$.

Comme $a > 0$, $MI^2$ admet un minimum pour $t = -\dfrac{-3}{6} = \dfrac{1}{2}$.

Pour cette valeur de $t$, on obtient le point $\boldsymbol{N\left(\frac{1}{2}\,;\frac{1}{2}\,;\frac{1}{2}\right)}$.

**4. a)** On a obtenu l'équation du plan $(IJK)$ à la question **2. b)** : $(IJK)$ $x + y + z - \dfrac{3}{2} = 0$.

Pour $N\left(\dfrac{1}{2}\,;\dfrac{1}{2}\,;\dfrac{1}{2}\right)$, $x + y + z - \dfrac{3}{2} = \dfrac{1}{2} + \dfrac{1}{2} + \dfrac{1}{2} - \dfrac{3}{2} = 0$, donc $\boldsymbol{N \in (IJK)}$.

**b)** Calculons les coordonnées de ces vecteurs :

$$\overrightarrow{IN}\begin{pmatrix}\frac{1}{2}-1\\ \frac{1}{2}-0\\ \frac{1}{2}-\frac{1}{2}\end{pmatrix}, \text{ d'où } \overrightarrow{IN}\begin{pmatrix}-\frac{1}{2}\\ \frac{1}{2}\\ 0\end{pmatrix}, \overrightarrow{AG}\begin{pmatrix}1\\1\\1\end{pmatrix} \text{ et } \overrightarrow{BF}\begin{pmatrix}0\\0\\1\end{pmatrix}.$$

Ainsi, $\overrightarrow{IN}.\overrightarrow{AG} = -\dfrac{1}{2} \times 1 + \dfrac{1}{2} \times 1 + 0 \times 1 = 0$ et

$\overrightarrow{IN}.\overrightarrow{BF} = -\dfrac{1}{2} \times 0 + \dfrac{1}{2} \times 0 + 0 \times 1 = 0.$

$$\begin{cases}\text{Le vecteur } IN \text{ est orthogonal au vecteur } BF\\ I \in (IN) \text{ et } I \in (BF), \text{ donc } (IN) \text{ et } (BF) \text{ sont sécantes}\end{cases}$$

$\Rightarrow$ **$(IN)$ est perpendiculaire à $(BF)$.**

$$\begin{cases}\text{Le vecteur } IN \text{ est orthogonal au vecteur } AG\\ N \in (IN) \text{ et } N \in (AG), \text{ car } AN = \frac{1}{2}AG, \text{ donc } (IN) \text{ et } (AG) \text{ sont sécantes}\end{cases}$$

$\Rightarrow$ **$(IN)$ est perpendiculaire à $(AG)$.**

AIDE-MÉMOIRE p. 263

# SUJET 52

35 min **3 points**

L'espace est muni d'un repère $(O ; \vec{i}, \vec{j}, \vec{k})$.
Soit $\mathcal{P}$ le plan d'équation cartésienne : $2x - z - 3 = 0$.
On note $A$ le point de coordonnées $(1 ; a ; a^2)$ où $a$ est un nombre réel.

**1.** Justifier que, quelle que soit la valeur du réel $a$, le point $A$ n'appartient pas au plan $\mathcal{P}$.

**2. a)** Déterminer une représentation paramétrique de la droite $\mathcal{D}$ (de paramètre noté $t$) passant par le point $A$ et orthogonale au plan $\mathcal{P}$.

**b)** Soit $M$ un point appartenant à la droite $\mathcal{D}$, associé à la valeur $t$ du paramètre dans la représentation paramétrique précédente.
Exprimer la distance $AM$ en fonction du réel $t$.
On note $H$ le point d'intersection du plan $\mathcal{P}$ et de la droite $\mathcal{D}$ orthogonale à $\mathcal{P}$ et passant par le point $A$. Le point $H$ est appelé projeté orthogonal du point $A$ sur le plan $\mathcal{P}$ et la distance $AH$ est appelée distance du point $A$ au plan $\mathcal{P}$.

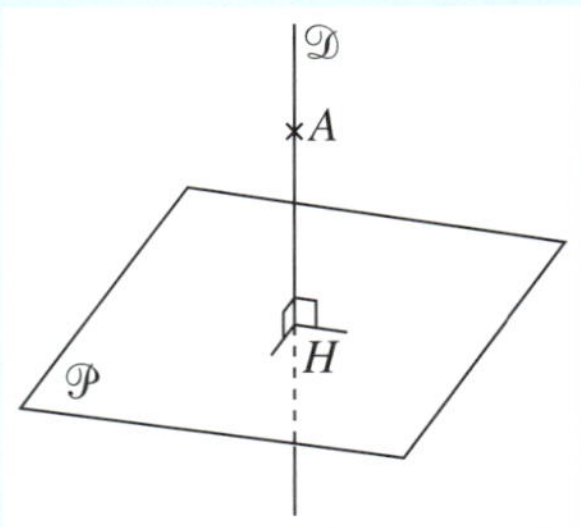


**3.** Existe-t-il une valeur de $a$ pour laquelle la distance $AH$ du point $A$ de coordonnées $(1 ; a ; a^2)$ au plan $\mathcal{P}$ est minimale ? Justifier la réponse.

## Corrigé du sujet 52

*Les textes sur fond jaune apparaissant dans ce corrigé sont des rappels de cours ou des commentaires pour vous guider et vous aider.*

**1.** Le point $A$ appartient au plan si et seulement si ses coordonnées vérifient son équation cartésienne.
Donc $2x_A - z_A - 3 = 2 \times 1 - a^2 - 3 = a^2 + 1 \neq 0$ car $a^2 + 1 \geqslant 1$ pour tout réel $a$, donc $a^2 + 1 \neq 0$

**Quelle que soit la valeur du réel $a$, $A$ n'appartient pas au plan $\mathscr{P}$.**

**2. a)**

**Rappel de cours**

- Un plan $\mathscr{P}$ d'équation $ax + by + cz + d = 0$ admet un vecteur normal de coordonnées $\begin{pmatrix} a \\ b \\ c \end{pmatrix}$.

**Méthode**

- Soit $\mathscr{D}$ la droite passant par le point $A(x_A, y_A, z_A)$ et de vecteur directeur $u\begin{pmatrix} a \\ b \\ c \end{pmatrix}$.

Alors $\mathscr{D}$ a pour équation paramétrique : $\begin{cases} x = at + x_A \\ y = bt + y_A \\ z = ct + z_A \end{cases}$ $t \in \mathbb{R}$.

$\mathscr{P}$ a pour équation $2x - z - 3 = 0$, donc $\vec{n}\begin{pmatrix} 2 \\ 0 \\ -1 \end{pmatrix}$ est un vecteur normal à ce plan.

$\mathscr{D}$ passe par $A$ et a pour vecteur directeur $\vec{n}$,

**donc son équation paramétrique est** $\begin{cases} x = 2t + 1 \\ y = a \\ z = -t + a^2 \end{cases}$ **avec $t \in \mathbb{R}$.**

**b)** $AM = \sqrt{(x_M - x_A)^2 + (y_M - y_A)^2 + (z_M - z_A)^2}$

$= \sqrt{(2t + 1 - 1)^2 + (a - a)^2 + (-t + a^2 - a^2)^2}$

$$\boldsymbol{AM = \sqrt{4t^2 + 0 + t^2} = \sqrt{5t^2} = \sqrt{5}|t|}.$$

**3.** Cherchons les coordonnées du point $H$.

$$H(x;y;z) \in \mathscr{P} \cap \mathscr{D} \Leftrightarrow \begin{cases} 2x - z - 3 = 0 \\ x = 2t + 1 \\ y = a \\ z = -t + a^2 \end{cases} \Leftrightarrow \begin{cases} 2(2t + 1) - (-t + a^2) - 3 = 0 \\ x = 2t + 1 \\ y = a \\ z = -t + a^2 \end{cases}$$

$$\Leftrightarrow \begin{cases} 4t + 2 + t - a^2 - 3 = 0 \\ x = 2t + 1 \\ y = a \\ z = -t + a^2 \end{cases} \Leftrightarrow \begin{cases} 5t = a^2 + 1 \\ x = 2t + 1 \\ y = a \\ z = -t + a^2 \end{cases} \Leftrightarrow \begin{cases} t = \dfrac{a^2 + 1}{5} \\ x = 2t + 1 \\ y = a \\ z = -t + a^2 \end{cases}$$

En utilisant la question précédente :

$$AH = \sqrt{5}|t| = \sqrt{5}\left|\frac{a^2 + 1}{5}\right| = \sqrt{5}\,\frac{a^2 + 1}{5} = \frac{a^2 + 1}{\sqrt{5}}.$$

**La distance $AH$ est donc minimale quand $a = 0$ et vaut alors $AH = \dfrac{1}{\sqrt{5}}$.**

AIDE-MÉMOIRE p. 263

# SUJET 53

60 min **5 points**

Le but de cet exercice est d'examiner, dans différents cas, si les hauteurs d'un tétraèdre sont concourantes, c'est-à-dire d'étudier l'existence d'un point d'intersection de ses quatre hauteurs.

*On rappelle que dans un tétraèdre MNPQ, la hauteur issue de M est la droite passant par M orthogonale au plan (NPQ).*

## Partie A – Étude de cas particuliers

On considère un cube $ABCDEFGH$.

On admet que les droites $(AG)$, $(BH)$, $(CE)$ et $(DF)$, appelées « grandes diagonales » du cube, sont concourantes.

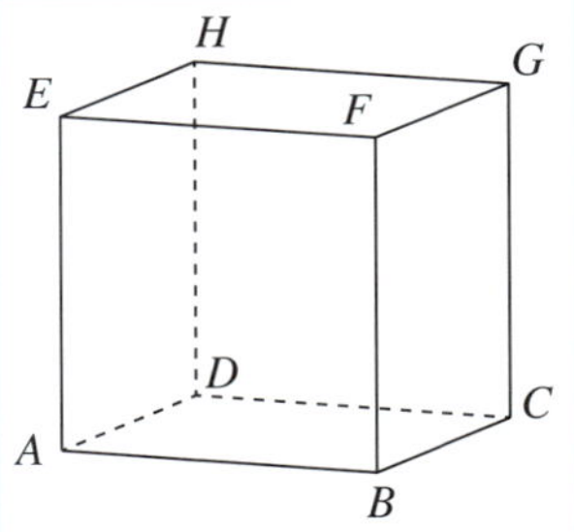


**1.** On considère le tétraèdre $ABCE$.

**a)** Préciser la hauteur issue de $E$ et la hauteur issue de $C$ dans ce tétraèdre.

**b)** Les quatre hauteurs du tétraèdre $ABCE$ sont-elles concourantes ?

**2.** On considère le tétraèdre $ACHF$ et on travaille dans le repère $(A ; \overrightarrow{AB}, \overrightarrow{AD}, \overrightarrow{AE})$.

**a)** Vérifier qu'une équation cartésienne du plan $(ACH)$ est :

$$x - y + z = 0.$$

**b)** En déduire que $(FD)$ est la hauteur issue de $F$ du tétraèdre $ACHF$.

**c)** Par analogie avec le résultat précédent, préciser les hauteurs du tétraèdre $ACHF$ issues respectivement des sommets $A$, $C$ et $H$.

Les quatre hauteurs du tétraèdre ACHF sont-elles concourantes ?

*Dans la suite de cet exercice, un tétraèdre dont les quatre hauteurs sont concourantes sera appelé un tétraèdre orthocentrique.*

### Partie B – Une propriété des tétraèdres orthocentriques

Dans cette partie, on considère un tétraèdre $MNPQ$ dont les hauteurs issues des sommets $M$ et $N$ sont sécantes en un point $K$.
Les droites $(MK)$ et $(NK)$ sont donc orthogonales aux plans $(NPQ)$ et $(MPQ)$ respectivement.

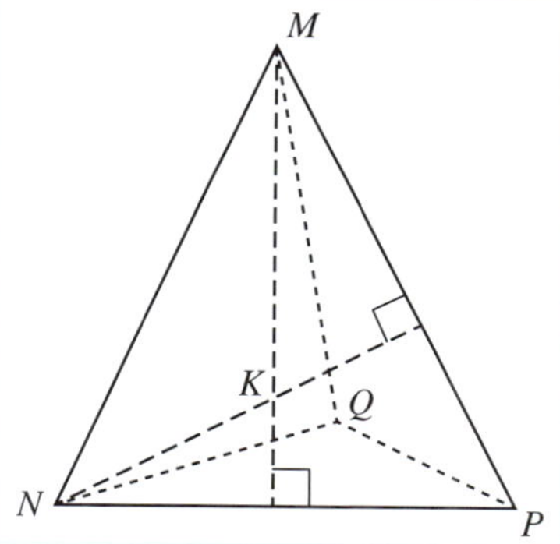


**1. a)** Justifier que la droite $(PQ)$ est orthogonale à la droite $(MK)$ ; on admet de même que les droites $(PQ)$ et $(NK)$ sont orthogonales.

**b)** Que peut-on déduire de la question précédente relativement à la droite $(PQ)$ et au plan $(MNK)$ ?
Justifier la réponse.

**2.** Montrer que les arêtes $[MN]$ et $[PQ]$ sont orthogonales.
Ainsi, on obtient la propriété suivante :
**Si un tétraèdre est orthocentrique, alors ses arêtes opposées sont orthogonales deux à deux.**
(On dit que deux arêtes d'un tétraèdre sont « opposées » lorsqu'elles n'ont pas de sommet commun.)

### Partie C – Application

Dans un repère orthonormé, on considère les points :

$R(-3 ; 5 ; 2)$, $S(1 ; 4 ; -2)$, $T(4 ; -1 ; 5)$ et $U(4 ; 7 ; 3)$.

Le tétraèdre RSTU est-il orthocentrique ?
Justifier.

# Corrigé du sujet 53

## Partie A

**1. a)** Dans le tétraèdre $ABCE$, **la hauteur issue de $E$ est $(EA)$ et la hauteur issue de $C$ est $(BC)$.**

**b)** Les droites $(EA)$ et $(BC)$ ne sont pas sécantes car elles appartiennent à deux plans parallèles disjoints donc **les quatre hauteurs du tétraèdre $ABCE$ ne peuvent pas être concourantes**.

**2. a)** Les points $A$, $C$ et $H$ ne sont pas alignés car ce sont des sommets du cubes donc ils définissent bien un plan. On va vérifier que leurs coordonnées vérifient l'équation donnée avec $A(0~;~0~;~0)$, $C(1~;~1~;~0)$ et $H(0~;~1~;~1)$.
Pour $A$ : $0-0+0=0$ donc $A$ vérifie bien l'équation.
Pour $C$ : $1-1+0=0$ donc $C$ vérifie bien l'équation.
Pour $H$ : $0-1+1=0$ donc $H$ vérifie bien l'équation.
**Donc une équation du plan $(ACH)$ est $x-y+z=0$.**

**b)** Une équation du plan $(ACH)$ est : $x-y+z=0$. Donc un vecteur normal de ce plan est : $\vec{n}\begin{pmatrix}1\\-1\\1\end{pmatrix}$. Or $F(1~;~0~;~1)$ et $D(0~;~1~;~0)$ donc $\overrightarrow{DF}\begin{pmatrix}1\\-1\\1\end{pmatrix}$.
Donc $\vec{n}=\overrightarrow{DF}$ donc $\overrightarrow{DF}$ est un vecteur normal au plan $(ACH)$.
Donc la droite $(DF)$ est perpendiculaire au plan $(ACH)$.
**Donc la droite $(DF)$ est bien la hauteur issue de $F$ du tétraèdre $ACHE$.**

**c)** La hauteur du tétraèdre régulier $ACHF$ issue de $A$ est $(AG)$, la hauteur issue de $C$ est $(CE)$ et celle issue de $H$ est $(BH)$. **Ces quatre hauteurs se coupent en $O$ le centre du carré. Elles sont donc concourantes (propriété admise par l'énoncé).**

## Partie B

**1.** La droite $(MK)$ est perpendiculaire au plan $(NPQ)$. **Elle est donc orthogonale à toutes les droites de ce plan, et donc à la droite $(PQ)$.**

**2.** La droite $(PQ)$ est orthogonale à deux droites sécantes $(MK)$ et $(NK)$ du plan $(MNK)$ donc **elle est perpendiculaire au plan $(MNK)$**.

**3.** La droite $(PQ)$ est perpendiculaire au plan $(MNK)$ et donc orthogonale à toutes les droites de ce plan. Donc $(PQ)$ est orthogonale à la droite $(MN)$ qui appartient au plan $(MNK)$. **Donc les arêtes $[MN]$ et $[PQ]$ sont orthogonales**.

## Partie C

On a $R(-3~;~5~;2)$, $S(1~;~4~;~-2)$, $T(4~;~-1~;~5)$ et $U(4~;~7~;~3)$. $\overrightarrow{RT}\begin{pmatrix}7\\-6\\3\end{pmatrix}$ et $\overrightarrow{SU}\begin{pmatrix}3\\3\\5\end{pmatrix}$.

Or $\overrightarrow{RT}.\,\overrightarrow{SU}=21-18+15=18\neq 0$

**Donc deux arêtes du tétraèdre ne sont pas orthogonales donc le tétraèdre $RSTU$ n'est pas orthocentrique.**

AIDE-MÉMOIRE p. 263

# SUJET 54

**30 min** **5 points**

L'espace est muni d'un repère orthonormal $(O\,;\vec{i},\vec{j},\vec{k})$.
Soit $(P_1)$ le plan d'équation cartésienne $-2x+y+z-6=0$ et $(P_2)$ le plan d'équation cartésienne $x-2y+4z-9=0$.

**1.** Montrer que $(P_1)$ et $(P_2)$ sont perpendiculaires.
*On rappelle que deux plans sont perpendiculaires si, et seulement si, un vecteur normal non nul à l'un est orthogonal à un vecteur normal non nul à l'autre.*

**2.** Soit $(D)$ la droite d'intersection de $(P_1)$ et $(P_2)$.
Montrer qu'une représentation paramétrique de $(D)$ est :

$$\begin{cases} x=-7+2t \\ y=-8+3t,\ t\in\mathbb{R} \\ z=t. \end{cases}$$

**3.** Soit $M$ un point quelconque de $(D)$ de paramètre $t$ et soit $A$ le point de coordonnées $(-9\,;-4\,;-1)$.

**a)** Vérifier que $A$ n'appartient ni à $(P_1)$, ni à $(P_2)$.

**b)** Exprimer $AM^2$ en fonction de $t$.

**c)** Soit $f$ la fonction définie sur $\mathbb{R}$ par $f(t)=2t^2-2t+3$.

- Étudier les variations de $f$.
- Pour quel point $M$, la distance $AM$ est-elle minimale ?

*Dans la suite, on désignera ce point par* I.

- Préciser les coordonnées du point $I$.

**4.** Soit $(Q)$ le plan orthogonal à $(D)$ passant par $A$.

**a)** Déterminer une équation de $(Q)$.

**b)** Démontrer que $I$ est le projeté orthogonal de $A$ sur $(D)$.

## Corrigé du sujet 54

*Les textes sur fond jaune apparaissant dans ce corrigé sont des rappels de cours ou des commentaires pour vous guider et vous aider.*

**1.**

**Rappel de cours :** Un plan $(P)$ d'équation $ax + by + cz + d = 0$ admet un vecteur normal de coordonnées $\begin{pmatrix} a \\ b \\ c \end{pmatrix}$.

Le plan $(P_1)$ a pour vecteur normal $\vec{n}_1\begin{pmatrix} -2 \\ 1 \\ 1 \end{pmatrix}$

et le plan $(P_2)$ a pour vecteur normal $\vec{n}_2\begin{pmatrix} 1 \\ -2 \\ 4 \end{pmatrix}$.

$\vec{n}_1.\vec{n}_2 = -2 \times 1 + 1 \times (-2) + 1 \times 4 = 0$ ;
les vecteurs sont donc orthogonaux et tous deux non nuls.
On en déduit que **les plans $(P_1)$ et $(P_2)$ sont perpendiculaires.**

**2.** Soit $M(x, y, z)$ un point de la droite $(D)$.
$M \in (D)$ équivaut à $M \in (P_1)$ et $M \in (P_2)$

équivaut à $\begin{cases} -2x + y + z - 6 = 0 \\ x - 2y + 4z - 9 = 0, \end{cases}$

équivaut à $\begin{cases} y = 2x - z + 6 \\ x - 2(2x - z + 6) + 4z - 9 = 0, \end{cases}$

équivaut à $\begin{cases} y = 2x - z + 6 \\ -3x + 6z - 21 = 0, \end{cases}$

équivaut à $\begin{cases} y = 2x - z + 6 \\ x = 2z - 7, \end{cases}$

équivaut à $\begin{cases} y = 2(2z - 7) - z + 6 = 3z - 8 \\ x = 2z - 7. \end{cases}$

Posons maintenant $z = t$, on obtient :

**$M \in (D)$ équivaut à $\begin{cases} x = 2t - 7 \\ y = 3t - 8 \\ z = t \end{cases}$, avec $t$ réel.**

**3. a)** $-2 \times (-9) + (-4) + (-1) - 6 = 18 - 4 - 1 - 6 = 7 \neq 0$ ; ainsi **$A \notin (P_1)$.**
De même, $(-9) - 2 \times (-4) + 4 \times (-1) - 9 = -9 + 8 - 4 - 9 = -14 \neq 0$ ; donc **$A \notin (P_2)$.**
**b)** $AM^2 = (x + 9)^2 + (y + 4)^2 + (z + 1)^2 = (-7 + 2t + 9)^2 + (-8 + 3t + 4)^2 + (t + 1)^2$
$AM^2 = (2t + 2)^2 + (3t - 4)^2 + (t + 1)^2 = 4t^2 + 8t + 4 + 9t^2 - 24t + 16 + t^2 + 2t + 1$
**$AM^2 = 14t^2 - 14t + 21 = 7(2t^2 - 2t + 3)$.**
**c)**

**Rappel de cours :** Soit $P(x) = ax^2 + bx + c$, avec $a$, $b$, $c$ réels.

Si $a < 0$, $P$ est croissante sur $\left]-\infty ; -\frac{b}{2a}\right]$ et décroissante sur $\left[-\frac{b}{2a}, +\infty\right[$.

Si $a > 0$, $P$ est décroissante sur $\left]-\infty ; -\frac{b}{2a}\right]$ et croissante sur $\left[-\frac{b}{2a}, +\infty\right[$.

• $f$ admet pour représentation graphique une parabole tournée vers le haut, car $a = 2 > 0$ ;
on peut donc affirmer que $f$ est décroissante sur $\left]-\infty\ ;\ \frac{1}{2}\right]$ et croissante sur $\left[\frac{1}{2}\ ;\ +\infty\right[$.

D'après ses variations, la fonction $f$ admet alors un minimum en $x = \frac{1}{2}$ valant $f\left(\frac{1}{2}\right) = \frac{5}{2}$.

• On en déduit que, comme $AM^2 = 7f(t)$, **la distance** sera **minimale** pour $t = \frac{1}{2}$ et **vaudra** alors $\sqrt{7 \times \frac{5}{2}} = \boldsymbol{\sqrt{\frac{35}{2}}}$**.**

• Pour $t = \frac{1}{2}$, on obtient **le point *I* de coordonnées** $\boldsymbol{\left(-6\ ;\ -\frac{13}{2}\ ;\ \frac{1}{2}\right)}$**.**

**4. a)** De sa représentation paramétrique, on en déduit que $\vec{u}\begin{pmatrix} 2 \\ 3 \\ 1 \end{pmatrix}$ est un vecteur directeur de $(D)$.
Le plan $(Q)$ est orthogonal à $(D)$ et a donc $\vec{u}$ pour vecteur normal.
Son équation est ainsi de la forme $2x + 3y + z + d = 0$, où $d$ est un réel.
De plus, $A \in Q$, ce qui signifie que ses coordonnées vérifient l'équation de $(Q)$ ;
soit $2 \times (-9) + 3 \times (-4) + (-1) + d = 0$, puis $d = 31$.
**Le plan $(Q)$ a** donc **pour équation** $\boldsymbol{2x + 3y + z + 31 = 0}$**.**

**b)** Par définition, le point $I$ appartient à la droite $(D)$.
De plus, $\overrightarrow{AI}.\vec{u} = (-6 + 9) \times 2 + \left(-\frac{13}{2} + 4\right) \times 3 + \left(\frac{1}{2} + 1\right) \times 1 = 6 - \frac{15}{2} + \frac{3}{2} = 0$ ;
ces vecteurs sont donc orthogonaux.
**Le point *I* est** bien **le projeté orthogonal de *A* sur (*D*).**

# SUJET 55

AIDE-MÉMOIRE p. 263

**30 min** **5 points**

Soit $(O; \vec{i}, \vec{j}, \vec{k})$ un repère orthonormal de l'espace.
On considère les points $A\ (2, 4, 1)$, $B\ (0, 4, -3)$, $C\ (3, 1, -3)$, $D\ (1, 0, -2)$, $E\ (3, 2, -1)$, $I\left(\frac{3}{5}, 4, -\frac{9}{5}\right)$.

*Pour chacune des cinq affirmations suivantes, dire, sans le justifier, si elle est vraie ou si elle est fausse.*
*Pour chaque question, il est compté un point si la réponse est exacte et zéro sinon.*

**Affirmation 1.** Une équation du plan ($ABC$) est $2x + 2y - z - 11 = 0$.

**Affirmation 2.** Le point $E$ est le projeté orthogonal de $D$ sur le plan ($ABC$).

**Affirmation 3.** Les droites ($AB$) et ($CD$) sont orthogonales.

**Affirmation 4.** La droite ($CD$) est donnée par la représentation paramétrique suivante :

$$(CD)\begin{cases} x = -1 + 2t \\ y = -1 + t \\ z = 1 - t \end{cases} \quad (t \in \mathbb{R}).$$

**Affirmation 5.** Le point $I$ est sur la droite ($AB$).

## Corrigé du sujet 55

*Les textes sur fond jaune apparaissant dans ce corrigé sont des rappels de cours ou des commentaires pour vous guider et vous aider.*

**Remarque :** Aucune justification n'est demandée le jour de l'examen ; les explications données ci-après le sont dans un souci de compréhension.

**1. Affirmation 1 : vrai.**

**Méthode :** Il suffit de vérifier que les coordonnées des trois points vérifient l'équation donnée.

$2x_A + 2y_A - z_A - 11 = 2 \times 2 + 2 \times 4 - 1 - 11 = 4 + 8 - 1 - 11 = 0$ ;
$2x_B + 2y_B - z_B - 11 = 2 \times 0 + 2 \times 4 - (-3) - 11 = 0 + 8 + 3 - 11 = 0$ ;
$2x_C + 2y_C - z_C - 11 = 2 \times 3 + 2 \times 1 - (-3) - 11 = 6 + 2 + 3 - 11 = 0$.
Ainsi, les coordonnées des points $A$, $B$ et $C$ vérifient l'équation de l'énoncé ; le plan ($ABC$) admet donc pour équation $2x + 2 - z - 11 = 0$.

**2. Affirmation 2 : faux.**

**Méthode :** $E$ doit alors vérifier deux conditions : $\begin{cases} E \in (ABC) \\ (AE) \text{ orthogonale à } (ED). \end{cases}$

$\overrightarrow{AE}\begin{pmatrix} 1 \\ -2 \\ -2 \end{pmatrix}$ et $\overrightarrow{ED}\begin{pmatrix} -2 \\ -2 \\ -1 \end{pmatrix}$ ;

d'où $\overrightarrow{AE} \cdot \overrightarrow{ED} = 1 \times (-2) + (-2) \times (-2) + (-2) \times (-1) = 4 \neq 0$ ;
par suite, les droites ($AE$) et ($ED$) ne sont pas orthogonales.

On en conclut que le point $E$ n'est pas le projeté orthogonal de $D$ sur le plan $(ABC)$.

**3. Affirmation 3 : vrai.**

$\overrightarrow{AB}\begin{pmatrix}-2\\0\\-4\end{pmatrix}$ et $\overrightarrow{CD}\begin{pmatrix}-2\\-1\\1\end{pmatrix}$ ;

d'où $\overrightarrow{AB}\cdot\overrightarrow{CD} = (-2)\times(-2) + 0\times(-1) + (-4)\times 1 = 0$ ;
ainsi, les droites $(AB)$ et $(CD)$ sont bien orthogonales.

**4. Affirmation 4 : faux.**

**Méthode :** On va montrer que les coordonnées du point $C$ ne vérifient pas la représentation paramétrique.

On cherche un unique $t$ réel tel que $\begin{cases} x_C = -1 + 2t \\ y_C = -1 + t \\ z_C = 1 - t. \end{cases}$

La première ligne du système nous donne $3 = -1 + 2t$, d'où $t = 2$.
On a alors $1 - t = 1 - 2 = -1 \neq z_C$.
Les coordonnées de $C$ ne vérifient donc pas la représentation paramétrique donnée.
En conséquence, celle-ci ne peut pas représenter la droite $(CD)$.

**5. Affirmation 5 : vrai.**

**Méthode :** On va montrer que les vecteurs $\overrightarrow{AI}$ et $\overrightarrow{AB}$ sont colinéaires.

$\overrightarrow{AB}\begin{pmatrix}-2\\0\\-4\end{pmatrix}$ et $\overrightarrow{AI}\begin{pmatrix}-\frac{7}{5}\\0\\-\frac{14}{5}\end{pmatrix}$ ;

par suite, $\overrightarrow{AI} = \frac{7}{10}\overrightarrow{AB}$ ;

les vecteurs $\overrightarrow{AI}$ et $\overrightarrow{AB}$ sont donc colinéaires.
On en déduit que les points $A$, $I$ et $B$ sont alignés.

# Représentations paramétriques, équations cartésiennes

Les calculatrices sont autorisées conformément à la réglementation en vigueur

AIDE-MÉMOIRE p. 263

## SUJET 56

40 min **3 points**

Dans un repère orthonormé $(O, I, J, K)$ d'unité 1 cm, on considère les points $A(0\ ;-1\ ;5)$, $B(2\ ;-1\ ;5)$, $C(11\ ;0\ ;1)$, $D(11\ ;4\ ;4)$.
Un point $M$ se déplace sur la droite $(AB)$ dans le sens de $A$ vers $B$ à la vitesse de 1 cm par seconde. Un point $N$ se déplace sur la droite $(CD)$ dans le sens de $C$ vers $D$ à la vitesse de 1 cm par seconde.
À l'instant $t = 0$, le point $M$ est en $A$ et le point $N$ est en $C$.
On note $M_t$ et $N_t$ les positions des points $M$ et $N$ au bout de $t$ secondes, $t$ désignant un nombre réel positif.
On admet que $M_t$ et $N_t$ ont pour coordonnées :
$M_t(t\ ;-1\ ;5)$ et $N_t(11\ ;0{,}8t\ ;1+0{,}6t)$.
*Les questions* **1.** *et* **2.** *sont indépendantes.*

**1. a)** La droite $(AB)$ est parallèle à l'un des axes $(OI)$, $(OJ)$ ou $(OK)$. Lequel ?

**b)** La droite $(CD)$ se trouve dans un plan $\mathscr{P}$ parallèle à l'un des plans $(OIJ)$, $(OIK)$ ou $(OJK)$. Lequel ? On donnera une équation de ce plan $\mathscr{P}$.

**c)** Vérifier que la droite $(AB)$, orthogonale au plan $\mathscr{P}$, coupe ce plan au point $E(11\ ;-1\ ;5)$.

**d)** Les droites $(AB)$ et $(CD)$ sont-elles sécantes ?

**2. a)** Montrer que $M_tN_t^2 = 2t^2 - 25{,}2t + 138$.

**b)** À quel instant $t$ la longueur $M_tN_t$ est-elle minimale ?

# Corrigé du sujet 56

*Les textes sur fond jaune apparaissant dans ce corrigé sont des rappels de cours ou des commentaires pour vous guider et vous aider.*

**1. a)** On a $\overrightarrow{AB} = \begin{pmatrix} 2 \\ 0 \\ 0 \end{pmatrix}$. Or, $\overrightarrow{OI} = \begin{pmatrix} 1 \\ 0 \\ 0 \end{pmatrix}$, donc $\overrightarrow{AB} = 2\overrightarrow{OI}$.

Ainsi, les vecteurs $\overrightarrow{AB}$ et $\overrightarrow{OI}$ sont colinéaires, donc la droite $(AB)$ est parallèle à la droite $(OI)$.

**b)** On a $x_C = x_D = 11$ : la droite $(CD)$ est donc incluse dans le plan $\mathcal{P}$ d'équation $x = 11$ qui est parallèle au plan $(OJK)$.

**c)** $\left.\begin{array}{r} (AB) \, // \, (OI) \\ (OI) \perp \mathcal{P} \end{array}\right\}$ donc $(AB)$ est orthogonale à $\mathcal{P}$.

Les coordonnées de $E(x\,;\,y\,;\,z)$ vérifient le système :

$$\begin{cases} x = 11 \\ x = t \\ y = -1 \\ z = 5 \end{cases} \text{ donc } E\,(11\,;\,-1\,;\,5).$$

**d)**

**Rappel de cours :** Soit $(d)$ une droite de vecteur directeur $\vec{u}\begin{pmatrix} a \\ b \\ c \end{pmatrix}$ passant par le point $A$ de coordonnées $(x_A\,;\,y_A\,;\,z_A)$, alors une équation paramétrique de $(d)$ est :

$$\begin{cases} x = at + x_A \\ y = bt + y_A, \quad t \in \mathbb{R}. \\ z = ct + z_A \end{cases}$$

Une représentation paramétrique de $(AB)$ est : $\begin{cases} x = t \\ y = -1, \quad t \in \mathbb{R}. \\ z = 5 \end{cases}$

Une représentation paramétrique de $(CD)$ est : $\begin{cases} x = 11 \\ y = 0{,}8s, \qquad s \in \mathbb{R}. \\ z = 1 + 0{,}6s \end{cases}$

Supposons que les deux droites soient sécantes en un point de coordonnées $(x\,;\,y\,;\,z)$.
On doit donc résoudre le système :

$\begin{cases} x = t = 11 \\ y = -1 = 0{,}8s \\ z = 5 = 1 + 0{,}6s \end{cases}$ on en déduit $s = -\dfrac{1}{0{,}8} = -1{,}25$,

puis $1 + 0{,}6s = 1 - 0{,}6 \times 1{,}25 = 0{,}25 \neq 5$.
Par suite, le système ci-dessus n'a pas de solution.
Les droites $(AB)$ et $(CD)$ ne sont pas sécantes.

**2. a)** $\overrightarrow{M_tN_t}\begin{pmatrix} 11-t \\ 0{,}8t+1 \\ 0{,}6t-4 \end{pmatrix}$

donc $M_tN_t^2 = (11-t)^2 + (0{,}8t+1)^2 + (0{,}6t-4)^2$
$= 121 - 22t + t^2 + 0{,}64t^2 + 1{,}6t + 1 + 0{,}36t^2 - 4{,}8t + 16$
$\mathbf{= 2t^2 - 25{,}2t + 138.}$

**b)**

**Rappel de cours :** Un polynôme $P(x) = ax^2 + bx + c$ ($a$ non nul) atteint son extremum pour $t = -\dfrac{b}{2a}$.
Si $a > 0$, l'extremum est un minimum ; si $a < 0$, c'est un maximum.

$M_tN_t$ est positive, donc minimale quand son carré est minimal.
$M_tN_t^2$ est un polynôme de degré 2 de coefficient dominant 2,
donc le minimum est atteint pour $t = \dfrac{25{,}2}{4} = 6{,}3$.

**La distance est minimale pour un temps de 6,3 secondes.**

AIDE-MÉMOIRE p. 263

## SUJET 57

60 min 5 points

Soit un cube $ABCDEFGH$ d'arête 1.
Dans le repère $(A ; \overrightarrow{AB}, \overrightarrow{AD}, \overrightarrow{AE})$, on considère les points $M$, $N$ et $P$ de coordonnées respectives $M\left(1 ; 1 ; \dfrac{3}{4}\right)$, $N\left(0 ; \dfrac{1}{2} ; 1\right)$, $P\left(1 ; 0 ; -\dfrac{5}{4}\right)$.

**1.** Placer $M$, $N$ et $P$ sur la **figure** donnée en **annexe**.

**2.** Déterminer les coordonnées des vecteurs $\overrightarrow{MN}$ et $\overrightarrow{MP}$. En déduire que les points $M$, $N$ et $P$ ne sont pas alignés.

**3.** On considère l'**algorithme 1** donné en **annexe**.

**a)** Exécuter *à la main* cet algorithme avec les coordonnées des points $M$, $N$ et $P$ données ci-dessus.

**b)** À quoi correspond le résultat affiché par l'algorithme ? Qu'en déduire pour le triangle $MNP$ ?

**4.** On considère l'**algorithme 2** donné en **annexe**. Le compléter pour qu'il teste et affiche si un triangle $MNP$ est rectangle et isocèle en $M$.

**5.** On considère le vecteur $\vec{n}(5\ ;-8\ ;4)$ normal au plan $(MNP)$.

**a)** Déterminer une équation cartésienne du plan $(MNP)$.

**b)** On considère la droite $\Delta$ passant par $F$ et de vecteur directeur $\vec{n}$. Déterminer une représentation paramétrique de la droite $\Delta$.

**6.** Soit $K$ le point d'intersection du plan $(MNP)$ et de la droite $\Delta$.

**a)** Démontrer que les coordonnées du point $K$ sont $\left(\frac{4}{7}\ ;\frac{24}{35}\ ;\frac{23}{35}\right)$.

**b)** On donne $FK=\sqrt{\frac{27}{35}}$.

Calculer le volume du tétraèdre $MNPF$.

**Annexe**

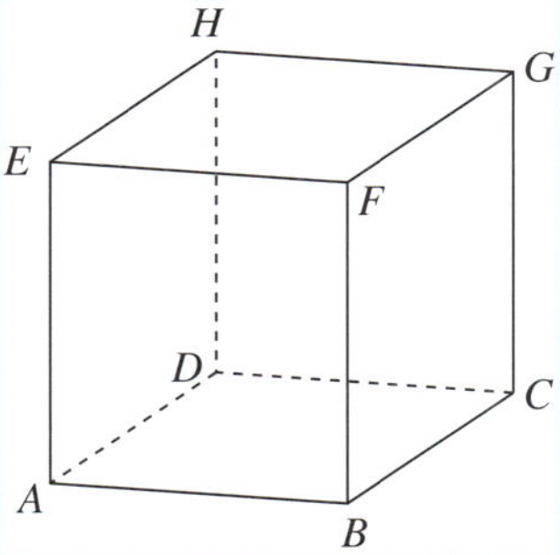


**Algorithme 1**

| |
|---|
| Saisir $x_M, y_M, z_M, x_N, y_N, z_N, x_P, y_P, z_P$ |
| $d \leftarrow x_N - x_M$ |
| $e \leftarrow y_N - y_M$ |
| $f \leftarrow z_N - z_M$ |
| $g \leftarrow x_P - x_M$ |
| $h \leftarrow y_P - y_M$ |
| $i \leftarrow z_P - z_M$ |
| $k \leftarrow d\times g + e\times h + f\times i$ |
| Afficher $k$ |

**Algorithme 2** (à compléter)

| |
|---|
| Saisir $x_M, y_M, z_M, x_N, y_N, z_N, x_P, y_P, z_P$ |
| $d \leftarrow x_N - x_M$ |
| $e \leftarrow y_N - y_M$ |
| $f \leftarrow z_N - z_M$ |
| $g \leftarrow x_P - x_M$ |
| $h \leftarrow y_P - y_M$ |
| $i \leftarrow z_P - z_M$ |
| $k \leftarrow d\times g + e\times h + f\times i$ |

# Corrigé du sujet 57

*Les textes sur fond jaune apparaissant dans ce corrigé sont des rappels de cours ou des commentaires pour vous guider et vous aider.*

**1.** Voici la figure demandée :

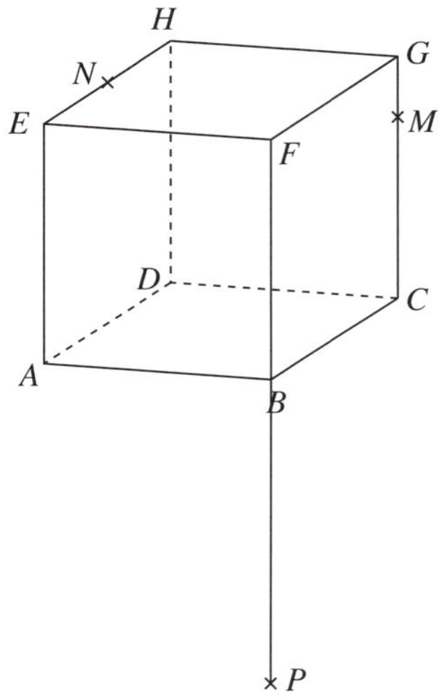


**1.** $\overrightarrow{MN}\begin{pmatrix} x_N - x_M \\ y_N - y_M \\ z_N - z_M \end{pmatrix}$, donc $\overrightarrow{MN}\begin{pmatrix} -1 \\ -\dfrac{1}{2} \\ \dfrac{1}{4} \end{pmatrix}$ ; de même $\overrightarrow{MP}\begin{pmatrix} x_P - x_M \\ y_P - y_M \\ z_P - z_M \end{pmatrix}$, donc $\overrightarrow{MP}\begin{pmatrix} 0 \\ -1 \\ -2 \end{pmatrix}$.

Les coordonnées de ces deux vecteurs ne sont clairement pas proportionnelles : les vecteurs $\overrightarrow{MN}$ et $\overrightarrow{MP}$ ne sont donc pas colinéaires. **Les points *M*, *N* et *P* ne sont pas alignés**.

**1. a)** En suivant les instructions de l'algorithme 1, on trouve :

$d = -1,\ e = -\dfrac{1}{2},\ f = \dfrac{1}{4},\ g = 0, h = -1,\ i = -2,$

puis $k = (-1) \times 0 + \left(-\dfrac{1}{2}\right) \times (-1) + \dfrac{1}{4} \times (-2) = 0.$

**L'algorithme affiche donc 0.**

**b)** L'algorithme calcule le produit scalaire des vecteurs $\overrightarrow{MN}$ et $\overrightarrow{MP}$. Celui-ci vaut 0 ; on en déduit que ces deux vecteurs sont orthogonaux.

**Le triangle *MNP* est ainsi rectangle en *M*.**

**4.** Algorithme 2 complété :

Saisir $x_M, y_M, z_M, x_N, y_N, z_N, x_P, y_P, z_P$
⋮
$k$ prend la valeur $d \times g + e \times h + f \times i$
$l$ prend la valeur $d^2 + e^2 + f^2$
$m$ prend la valeur $g^2 + h^2 + i^2$
Si $m = l$ et $k = 0$ alors afficher « le triangle *MNP* est rectangle isocèle en *M* »
Sinon afficher« le triangle *MNP* n'est pas rectangle isocèle en *M* »

**5. a)**

Rappel de cours : Un plan *P* d'équation $ax + by + cz + d = 0$ admet un vecteur normal de coordonnées $\begin{pmatrix} a \\ b \\ c \end{pmatrix}$. Réciproquement, si un plan *P* admet un vecteur normal de coordonnées $\begin{pmatrix} a \\ b \\ c \end{pmatrix}$, alors il a pour équation $ax + by + cz + d = 0$, avec *d* réel à déterminer.

Ici, $\vec{n}\begin{pmatrix} 5 \\ -8 \\ 4 \end{pmatrix}$ est un vecteur normal au plan (*MNP*), donc ce plan a une équation de la forme $5x - 8y + 4z + d = 0$.

De plus, $M \in (MNP)$, donc ses coordonnées vérifient l'équation du plan :

$$5 \times 1 - 8 \times 1 + 4 \times \frac{3}{4} + d = 0 \text{, d'où } d = 0.$$

**Le plan (*MNP*) a donc pour équation $5x - 8y + 4z = 0$.**

**b)**

**Méthode :** Soit *D* la droite passant par le point $A(x_A ; y_A ; z_A)$ et de vecteur directeur $\vec{u}(a ; b ; c)$.

Alors *D* a pour équation paramétrique : $\begin{cases} x = at + x_A \\ y = bt + y_A \\ z = ct + z_A \end{cases}$ avec $t \in \mathbb{R}$.

$F \in \Delta$ et $\vec{n}\begin{pmatrix} 5 \\ -8 \\ 4 \end{pmatrix}$ est un vecteur directeur de $\Delta$, donc $\Delta$ a pour représentation paramétrique $\Delta : \begin{cases} x = 5t + 1 \\ y = -8t \\ z = 4t + 1 \end{cases}$, où $t$ est un réel quelconque.

**6.** $(MNP) \cap \Delta = \{K\}$

**a)** Notons $(x\,;y\,;z)$ les coordonnées de $K$.

Celles-ci vérifient l'équation du plan $P$ et celle de la droite $\Delta$, donc on a :

$$\begin{cases} x = 5t+1 \\ y = -8t \\ z = 4t+1 \\ 5x-8y+4z = 0 \end{cases} \Rightarrow \begin{cases} x = 5t+1 \\ y = -8t \\ z = 4t+1 \\ 5(5t+1)-8\left(-8t\right)+4(4t+1) = 0 \end{cases} \Rightarrow \begin{cases} x = 5t+1 \\ y = -8t \\ z = 4t+1 \\ 105t+9 = 0 \end{cases}$$

$$\Rightarrow \begin{cases} x = 5t+1 \\ y = -8t \\ z = 4t+1 \\ t = -\dfrac{9}{105} = -\dfrac{3}{35} \end{cases} \Rightarrow \begin{cases} x = \dfrac{20}{35} = \dfrac{4}{7} \\ y = \dfrac{24}{35} \\ z = \dfrac{23}{35} \\ t = -\dfrac{9}{105} = -\dfrac{3}{35}. \end{cases}$$

**$K$ a donc bien pour coordonnées $\left(\dfrac{4}{7}\,;\dfrac{24}{35}\,;\dfrac{23}{35}\right)$.**

**b)**

**Rappel :** volume d'un tétraèdre : $V = \dfrac{1}{3}A \times h$, avec $A$ l'aire de la base du tétraèdre et $h$ la hauteur issue du sommet opposé à la base.

$K$ est le point d'intersection entre le plan $(MNP)$ et la droite $\Delta$, avec $\Delta$ droite passant par $F$ et orthogonale à $(MNP)$, donc $(FK)$ est la hauteur du tétraèdre $MNPF$ issue du sommet $F$ opposé à la base $MNP$.

On en déduit que $V = \dfrac{1}{3}A_{MNP} \times FK$, où $A_{MNP}$ est l'aire du triangle $MNP$.

Or, ce triangle est rectangle en $M$ d'après la question **3. b)**, donc :

$$V = \frac{1}{3}\left(\frac{MN \times MP}{2}\right) \times FK = \frac{1}{3}\left(\frac{\sqrt{(-1)^2+\left(-\frac{1}{2}\right)^2+\left(\frac{1}{4}\right)^2} \times \sqrt{0^2+(-1)^2+(-2)^2}}{2}\right) \times \sqrt{\frac{27}{35}}$$

$$\mathbf{V} = \frac{1}{3}\left(\frac{\sqrt{\frac{21}{16}} \times \sqrt{5}}{2}\right) \times \sqrt{\frac{27}{35}} = \frac{\sqrt{3}\sqrt{7}\sqrt{5} \times 3\sqrt{3}}{3 \times 4 \times 2 \times \sqrt{7}\sqrt{5}}$$

$$= \mathbf{\frac{3}{8}}.$$

AIDE-MÉMOIRE p. 263

# SUJET 58

60 min **5 points**

L'espace est muni d'un repère orthonormal $(O\ ;\ \vec{i}, \vec{j}, \vec{k})$.
Pour chacune des propositions suivantes, indiquer si elle est vraie ou fausse et donner une démonstration de la réponse choisie. Dans le cas d'une proposition fausse, la démonstration pourra consister à fournir un contre–exemple.

**Affirmation 1.** La droite de représentation paramétrique :
$\begin{cases} x = t + 2 \\ y = -2t \\ z = 3t - 1 \end{cases}$, $t \in \mathbb{R}$, est parallèle au plan dont une équation cartésienne est $x + 2y + z - 3 = 0$.

**Affirmation 2.** Les plans $P, P', P''$ d'équations respectives $x - 2y + 3z = 3$, $2x + 3y - 2z = 6$ et $4x - y + 4z = 12$ n'ont pas de point commun.

**Affirmation 3.** Les droites de représentations paramétriques respectives :
$\begin{cases} x = 2 - 3t \\ y = 1 + t \\ z = -3 + 2t \end{cases}$, $t \in \mathbb{R}$, et $\begin{cases} x = 7 + 2u \\ y = 2 + 2u \\ z = -6 - u \end{cases}$, $u \in \mathbb{R}$, sont sécantes.

**Affirmation 4.** On considère les points : A, de coordonnées $(-1\ ;\ 0\ ;\ 2)$, B, de coordonnées $(1\ ;\ 4\ ;\ 0)$, et C, de coordonnées $(3\ ;\ -4\ ;\ -2)$.
Le plan $(ABC)$ a pour équation $x + z = 1$.

**Affirmation 5.** On considère les points : $A$, de coordonnées $(-1\ ;\ 1\ ;\ 3)$, $B$, de coordonnées $(2\ ;\ 1\ ;\ 0)$, et $C$, de coordonnées $(4\ ;\ -1\ ;\ 5)$.
Le point $C$ est aligné avec $A$ et $B$.

# Corrigé du sujet 58

*Les textes sur fond jaune apparaissant dans ce corrigé sont des rappels de cours ou des commentaires pour vous guider et vous aider.*

**Affirmation 1 : vraie.**
Pour que la droite soit parallèle au plan, il suffit que le vecteur directeur de la droite soit orthogonal au vecteur normal du plan.

Vecteur directeur de la droite : $\vec{u}\begin{pmatrix} 1 \\ -2 \\ 3 \end{pmatrix}$.

Vecteur normal au plan : $\vec{n}\begin{pmatrix} 1 \\ 2 \\ 1 \end{pmatrix}$.

$\vec{u}.\vec{n} = 1 \times 1 + (-2) \times 2 + 3 \times 1 = 0$, donc les vecteurs $\vec{u}$ et $\vec{n}$ sont orthogonaux ; la droite et le plan sont parallèles.

**Affirmation 2 : fausse.**
Les coordonnées (3 ; 0 ; 0) vérifient les trois équations. Ainsi, le point de coordonnées (3 ; 0 ; 0) appartient aux trois plans ; en conséquence, les trois plans ont au moins un point commun.

**Remarque :** Une autre méthode (beaucoup plus longue) consisterait à résoudre le système
$$\begin{cases} x - 2y + 3z = 3 \\ 2x + 3y - 2z = 6 \\ 4x - y + 4z = 12. \end{cases}$$

**Affirmation 3 : vraie.**
Les coordonnées du point (5 ; 0 ; – 5) vérifient les deux représentations paramétriques avec $u = t = -1$. Donc les deux droites ont au moins un point commun ; par suite, elles sont soit sécantes, soit confondues.
Or le point de coordonnées (2 ; 1 ; – 3) appartient à la première droite avec $t = 0$, mais il n'appartient pas à la seconde, car on aurait alors :

$$\begin{cases} 2 = 7 + 2u \\ 1 = 2 + 2u \\ -3 = -6 - u \end{cases} \quad \text{donc} \quad \begin{cases} u = -\dfrac{5}{2} \\ u = -\dfrac{1}{2} \\ u = -3 \end{cases} \quad \text{ce qui est impossible.}$$

Donc les droites sont bien sécantes.

**Affirmation 4 : vraie.**
Les points $A$, $B$, $C$ ne sont pas alignés car les vecteurs $\overrightarrow{AB}\begin{pmatrix} 2 \\ 4 \\ -2 \end{pmatrix}$ et $\overrightarrow{AC}\begin{pmatrix} 4 \\ -4 \\ -4 \end{pmatrix}$ ne sont pas colinéaires ; ils définissent bien un plan. De plus, les coordonnées de $A$, $B$ et $C$ vérifient toutes trois l'équation $x + z = 1$. Donc le plan $(ABC)$ a pour équation $x + z = 1$.

**Affirmation 5 : fausse.**

$\overrightarrow{AB}\begin{pmatrix} 3 \\ 0 \\ -3 \end{pmatrix}$ et $\overrightarrow{AC}\begin{pmatrix} 5 \\ -2 \\ 2 \end{pmatrix}$ ; donc les vecteurs $\overrightarrow{AB}$ et $\overrightarrow{AC}$ ne sont pas colinéaires et, par suite, les points $A$, $B$, $C$ ne sont pas alignés.

AIDE-MÉMOIRE p. 263

# SUJET 59

**60 min** **5 points**

On se place dans l'espace muni d'un repère orthonormé.
On considère les points $A(0 ; 4 ; 1)$, $B(1 ; 3 ; 0)$, $C(2 ; -1 ; -2)$ et $D(7 ; -1 ; 4)$.

**1.** Démontrer que les points $A$, $B$ et $C$ ne sont pas alignés.

**2.** Soit $\Delta$ la droite passant par le point $D$ et de vecteur directeur $\vec{u}(2 ; -1 ; 3)$.

**a)** Démontrer que la droite $\Delta$ est orthogonale au plan $(ABC)$.

**b)** En déduire une équation cartésienne du plan $(ABC)$.

**c)** Déterminer une représentation paramétrique de la droite $\Delta$.

**d)** Déterminer les coordonnées du point $H$, intersection de la droite $\Delta$ et du plan $(ABC)$.

**3.** Soit $\mathcal{P}_1$ le plan d'équation $x + y + z = 0$ et $\mathcal{P}_2$ le plan d'équation $x + 4y + 2 = 0$.

**a)** Démontrer que les plans $\mathcal{P}_1$ et $\mathcal{P}_2$ sont sécants.

**b)** Vérifier que la droite $d$, intersection des plans $\mathcal{P}_1$ et $\mathcal{P}_2$, a pour représentation paramétrique :

$$\begin{cases} x = -4t - 2 \\ y = t \\ z = 3t + 2 \end{cases}, t \in \mathbb{R}$$

**c)** La droite $d$ et le plan $(ABC)$ sont-ils sécants ou parallèles ?

# Corrigé du sujet 59

*Les textes sur fond jaune apparaissant dans ce corrigé sont des rappels de cours ou des commentaires pour vous guider et vous aider.*

**1.** $\overrightarrow{AB}\begin{pmatrix}1\\-1\\-1\end{pmatrix}$ et $\overrightarrow{AC}\begin{pmatrix}2\\-5\\-3\end{pmatrix}$.

Les coordonnées ne sont pas proportionnelles car $2 = 2 \times 1$ mais $-5 \neq 2 \times (-1)$.
**Les points $A$, $B$ et $C$ ne sont donc pas alignés.**

**2. a)** $\vec{u}.\overrightarrow{AB} = 2 \times 1 - 1 \times (-1) - 1 \times 3 = 0$ et $\vec{u}.\overrightarrow{AC} = 2 \times 2 - 1 \times (-5) + 3 \times (-3) = 0$, donc le vecteur $\vec{u}$ est orthogonal à deux vecteurs non colinéaires du plan $(ABC)$.
**Donc la droite $\Delta$ est orthogonale au plan $(ABC)$.**

**b)**

**Rappel de cours:** Un plan $(P)$ d'équation $ax + by + cz + d = 0$ admet un vecteur normal de coordonnées $\begin{pmatrix}a\\b\\c\end{pmatrix}$.

D'après la question **2. a)**, le vecteur $\vec{u}$ est un vecteur normal au plan $(ABC)$, l'équation du plan est donc de la forme $2x - y + 3z + d = 0$.
Le point $A$ appartient au plan, ses coordonnées vérifient donc l'équation.
D'où $2 \times 0 - 4 + 3 \times 1 + d = 0$, puis $d = 1$.
**Le plan $(ABC)$ a donc pour équation $2x - y + 3z + 1 = 0$.**

**c)**

**Rappel de cours:** Si une droite de l'espace a pour vecteur directeur $\vec{u}(a, b, c)$ et passe par le point $A(x_A, y_A, z_A)$, alors elle a comme représentation paramétrique $\begin{cases} x = ta + x_A \\ y = tb + y_A \\ z = tc + z_A \end{cases}$ où $t \in \mathbb{R}$.

En utilisant les données de l'énoncé, on trouve que **$\Delta$ a pour représentation paramétrique $\begin{cases} x = 2t + 7 \\ y = -t - 1 \\ z = 3t + 4 \end{cases}$ où $t \in \mathbb{R}$.**

**d)** $H(x, y, z) \in \Delta \cap (ABC)$ équivaut à $\begin{cases} x = 2t + 7 \\ y = -t - 1 \\ z = 3t + 4 \\ 2x - y + 3z + 1 = 0 \end{cases}$ où $t \in \mathbb{R}$,

équivalent à $\begin{cases} x = 2t + 7 \\ y = -t - 1 \\ z = 3t + 4 \\ 2(2t + 7) - (-t - 1) + 3(3t + 4) + 1 = 0 \end{cases}$

équivalent à $\begin{cases} x = 2t + 7 \\ y = -t - 1 \\ z = 3t + 4 \\ t = -2 \end{cases}$ équivalent à $\begin{cases} x = 3 \\ y = 1 \\ z = -2 \\ t = -2 \end{cases}$.

**Le point $H$ a donc pour coordonnées $(3 ; 1 ; -2)$.**

**3. a)** D'après l'énoncé, les plans $\mathcal{P}_1$ et $\mathcal{P}_2$ ont pour vecteurs normaux respectifs :

$$\vec{u}_1\begin{pmatrix}1\\1\\1\end{pmatrix} \text{ et } \vec{u}_2\begin{pmatrix}1\\4\\2\end{pmatrix}.$$

Les deux vecteurs $\vec{u}_1$ et $\vec{u}_2$ ne sont pas colinéaires car leurs coordonnées ne sont pas proportionnelles, donc les plans $\mathcal{P}_1$ et $\mathcal{P}_2$ ne sont pas parallèles.

**Les plans $\mathcal{P}_1$ et $\mathcal{P}_2$ sont donc sécants.**

**b)** Soit $M(x, y, z)$ un point de la droite $d$. Alors $x = -4t - 2$, $y = t$, $z = 3t + 2$ avec $t$ réel.

Vérifions que $M$ appartient aux deux plans :

$x + y + z = -4t - 2 + t + 3t + 2 = 0$, donc $M \in \mathcal{P}_1$ ;

$x + 4y + 2 = -4t - 2 + 4t + 2 = 0$, donc $M \in \mathcal{P}_2$.

Tous les points de $d$ appartiennent aux deux plans, ***d* est donc la droite d'intersection entre $\mathcal{P}_1$ et $\mathcal{P}_2$.**

**c)** $d$ a pour vecteur directeur $\vec{v}\begin{pmatrix}-4\\1\\3\end{pmatrix}$.

$\vec{u}.\vec{v} = 2 \times (-4) - 1 \times 1 + 3 \times 3 = 0$, donc ces deux vecteurs sont orthogonaux.

La droite $d$ est perpendiculaire à un des vecteurs normaux du plan $(ABC)$.

**Donc la droite *d* est parallèle à ce plan.**

AIDE-MÉMOIRE p. 263

## SUJET 60

60 min **5 points**

Dans l'espace, on considère un tétraèdre $ABCD$ dont les faces $ABC$, $ACD$ et $ABD$ sont des triangles rectangles et isocèles en $A$. On désigne par $E$, $F$ et $G$ les milieux respectifs des côtés $[AB]$, $[BC]$ et $[CA]$.

On choisit $AB$ pour unité de longueur et on se place dans le repère orthonormé $(A ; \overrightarrow{AB}, \overrightarrow{AC}, \overrightarrow{AD})$ de l'espace.

**1.** On désigne par $\mathcal{P}$ le plan qui passe par $A$ et qui est orthogonal à la droite $(DF)$.

On note $H$ le point d'intersection du plan $\mathcal{P}$ et de la droite $(DF)$.

**a)** Donner les coordonnées des points $D$ et $F$.

**b)** Donner une représentation paramétrique de la droite $(DF)$.

**c)** Déterminer une équation cartésienne du plan $\mathcal{P}$.

**d)** Calculer les coordonnées du point $H$.

**e)** Démontrer que l'angle $\widehat{EHG}$ est un angle droit.

**2.** On désigne par $M$ un point de la droite $(DF)$ et par $t$ le réel tel que $\overrightarrow{DM} = t\overrightarrow{DF}$. On note $\alpha$ la mesure en radians de l'angle géométrique $\widehat{EMG}$.

Le but de cette question est de déterminer la position du point $M$ pour que $\alpha$ soit maximale.

**a)** Démontrer que $ME^2 = \frac{3}{2}t^2 - \frac{5}{2}t + \frac{5}{4}$.

**b)** Démontrer que le triangle $MEG$ est isocèle en $M$.

En déduire que $ME \sin\left(\frac{\alpha}{2}\right) = \frac{1}{2\sqrt{2}}$.

**c)** Justifier que $\alpha$ est maximale si et seulement si $\sin\left(\frac{\alpha}{2}\right)$ est maximal.

En déduire que $\alpha$ est maximale si et seulement si $ME^2$ est minimal.

**d)** Conclure.

# Corrigé du sujet 60

*Les textes sur fond jaune apparaissant dans ce corrigé sont des rappels de cours ou des commentaires pour vous guider et vous aider.*

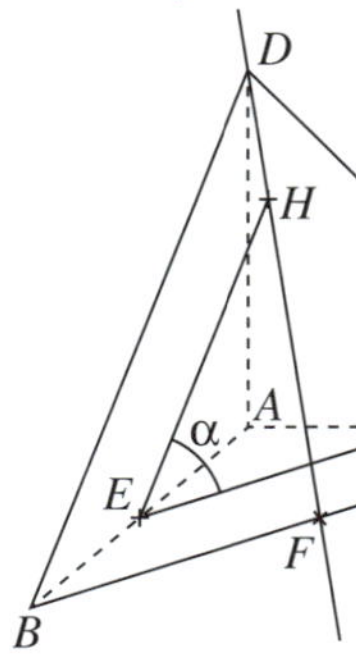


**1. a)** $\overrightarrow{AD} = 0.\overrightarrow{AB} + 0.\overrightarrow{AC} + 1.\overrightarrow{AD}$, donc $\mathbf{D(0\ ;\ 0\ ;\ 1)}$.
De la même manière on montre que $\mathbf{B(1\ ;\ 0\ ;\ 0)}$ et $\mathbf{C(0\ ;\ 1\ ;\ 0)}$.

$F$ est le milieu de $[BC]$, donc $F\left(\frac{1+0}{2}\ ;\ \frac{1+0}{2}\ ;\ \frac{0+0}{2}\right)$ soit $\mathbf{F = \left(\frac{1}{2}\ ;\ \frac{1}{2}\ ;\ 0\right)}$.

**b)**

**Rappel de cours :** Soit (*d*) une droite de vecteur directeur $\vec{u}\begin{pmatrix} a \\ b \\ c \end{pmatrix}$ passant par le point *A* de coordonnées $(x_A\,;\, y_A\,;\, z_A)$, alors une équation paramétrique de (*d*) est :

$$\begin{cases} x = at + x_A \\ y = bt + y_A, \; t \in \mathbb{R}. \\ z = ct + z_A \end{cases}$$

$\overrightarrow{DF}\begin{pmatrix} \frac{1}{2} \\ \frac{1}{2} \\ -1 \end{pmatrix}$ et $D(0\,;\,0\,;\,1)$.

Donc une représentation paramétrique de la droite (*DF*) est $\begin{cases} x = \frac{1}{2}t \\ y = \frac{1}{2}t \quad , t \in \mathbb{R}. \\ z = -t + 1 \end{cases}$

**c)**

**Méthode :** Pour $\vec{n}\begin{pmatrix} a \\ b \\ c \end{pmatrix}$ non nul, $ax + by + cz + d = 0$ est une équation cartésienne d'un plan $\mathcal{P}$ admettant $\vec{n}$ pour vecteur normal

Comme $\mathcal{P}$ est orthogonal à la droite (*DF*), alors un vecteur directeur de la droite (*DF*) est un vecteur normal à $\mathcal{P}$.

Donc $\overrightarrow{DF}$ est un vecteur normal à $\mathcal{P}$.

$\mathcal{P} : \frac{1}{2}x + \frac{1}{2}y - z + d = 0$

Comme $A(0\,;\,0\,;\,0) \in \mathcal{P}$, alors $d = 0$.

Donc $\mathcal{P} : \frac{1}{2}x + \frac{1}{2}y - z = 0$, soit $\boldsymbol{\mathcal{P} : x + y - 2z = 0}$.

**d)** *H* est le point d'intersection entre $\mathcal{P}$ et (*DF*), donc les coordonnées du point *H* vérifient le système :

$\begin{cases} x = \frac{1}{2}t \\ y = \frac{1}{2}t \\ z = 1 - t \\ x + y - 2z = 0 \end{cases}$, donc $\frac{1}{2}t + \frac{1}{2}t - 2(1 - t) = 0 \Leftrightarrow 3t - 2 = 0 \Leftrightarrow t = \frac{2}{3}$.

On remplace dans le système et on trouve $\begin{cases} x = \frac{1}{3} \\ y = \frac{1}{3}, \\ z = \frac{1}{3} \end{cases}$

donc $\boldsymbol{H\left(\frac{1}{3}\,;\,\frac{1}{3}\,;\,\frac{1}{3}\right)}$.

**e)** *E* est le milieu de [*AB*], donc $\boldsymbol{E\left(\frac{1}{2}\,;\,0\,;\,0\right)}$.

*G* est le milieu de [*AC*], donc $\boldsymbol{G\left(0\,;\,\frac{1}{2}\,;\,0\right)}$.

De plus $H\left(\frac{1}{3}\,;\frac{1}{3}\,;\frac{1}{3}\right)$, donc $\overrightarrow{EH}\begin{pmatrix}-\frac{1}{6}\\ \frac{1}{3}\\ \frac{1}{3}\end{pmatrix}$ et $\overrightarrow{GH}\begin{pmatrix}\frac{1}{3}\\ -\frac{1}{6}\\ \frac{1}{3}\end{pmatrix}$, donc :

$$\overrightarrow{EH}.\overrightarrow{GH} = -\frac{1}{6}\times\frac{1}{3}+\frac{1}{3}\times\left(-\frac{1}{6}\right)+\frac{1}{3}\times\frac{1}{3} = -\frac{1}{18}-\frac{1}{18}+\frac{1}{9}=0.$$

Les vecteurs sont orthogonaux, donc **l'angle $\widehat{EHG}$ est un angle droit**.

**2.** Le point $M$ est défini par $\begin{cases} x_M = \frac{1}{2}t \\ y_M = \frac{1}{2}t \\ z_M = -t+1 \end{cases}$

**a)** $\overrightarrow{DM} = t\overrightarrow{DF}$, donc :

$$\boldsymbol{ME^2} = \left(\frac{1}{2}-\frac{1}{2}t\right)^2+\left(0-\frac{1}{2}t\right)^2+(0-(-t+1))^2$$
$$= \frac{1}{4}-\frac{1}{2}t+\frac{1}{4}t^2+\frac{1}{4}t^2+t^2-2t+1$$
$$\boldsymbol{ME^2 = \frac{3}{2}t^2-\frac{5}{2}t+\frac{5}{4}}.$$

**b)** De même, on peut calculer $MG^2$ :

$$MG^2 = \left(0-\frac{1}{2}t\right)^2+\left(\frac{1}{2}-\frac{1}{2}t\right)^2+(0-(-t+1))^2$$
$$= \frac{1}{4}t^2+\frac{1}{4}-\frac{1}{2}t+\frac{1}{4}t^2+t^2-2t+1$$
$$= \frac{3}{2}t^2-\frac{5}{2}t+\frac{5}{4}.$$

Donc $MG^2 = ME^2$ et le triangle ***MEG* est bien isocèle en *M***.
Soit $I$ le milieu du segment $[EG]$. Comme $MEG$ est isocèle en $M$, $(MI)$ est à la fois hauteur, médiane, médiatrice et bissectrice. Donc l'angle $\widehat{EMI}$ a pour mesure $\frac{\alpha}{2}$.

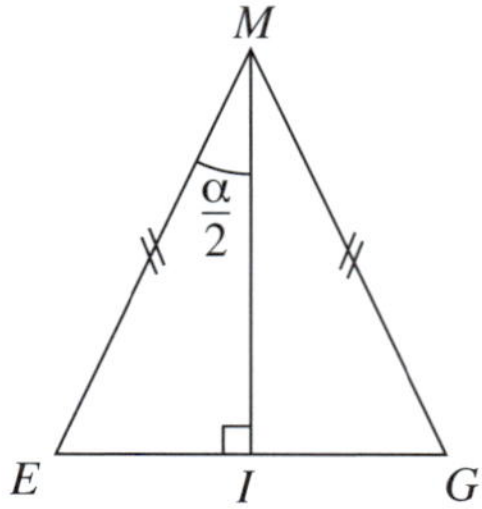


Dans le triangle $EMI$, rectangle en $I$, on peut donc écrire :

$$\boldsymbol{ME\,\sin\left(\frac{\alpha}{2}\right)} = EI = \frac{1}{2}EG = \frac{1}{2}\sqrt{\left(\frac{1}{2}\right)^2+\left(\frac{1}{2}\right)^2+0} = \boldsymbol{\frac{1}{2\sqrt{2}}}.$$

**c)** $\frac{\alpha}{2} \in \left[0, \frac{\pi}{2}\right]$ et la fonction sinus est croissante sur l'intervalle $\left[0, \frac{\pi}{2}\right]$, donc $\frac{\alpha}{2}$ est maximal si et seulement si $\sin\left(\frac{\alpha}{2}\right)$ l'est également.

$\sin\left(\frac{\alpha}{2}\right) = \frac{1}{2\sqrt{2}ME}$ et la fonction inverse est décroissante, donc **$\sin\left(\frac{\alpha}{2}\right)$ sera maximale si et seulement si $ME^2$ est au contraire minimale**.

**d)** $ME^2 = \frac{3}{2}t^2 - \frac{5}{2}t + \frac{5}{4}$ d'après la question **2.a.**

Il faut donc étudier les variations de la fonction $f(t) = \frac{3}{2}t^2 - \frac{5}{2}t + \frac{5}{4}$.

$f$ est dérivable sur $\mathbb{R}$ et $f'(t) = 3t - \frac{5}{2}$.

$f'(t) \geqslant 0 \Leftrightarrow 3t - \frac{5}{2} \geqslant 0 \Leftrightarrow t \geqslant \frac{5}{6}$.

Donc la fonction $f$ est décroissante sur $\left]-\infty, \frac{5}{6}\right]$ et croissante sur $\left[\frac{5}{6}, +\infty\right[$. Elle possède ainsi un minimum en $t = \frac{5}{6}$. La distance $ME^2$ est donc minimale pour $t = \frac{5}{6}$.

En conclusion, $\alpha$ est maximale lorsque le point $M$ a pour coordonnées :

$$\begin{cases} x_M = \frac{1}{2} \times \frac{5}{6} = \frac{5}{12} \\ y_M = \frac{1}{2} \times \frac{5}{6} = \frac{5}{12} \\ z_M = -\frac{5}{6} + 1 = \frac{1}{6} \end{cases} \text{ soit } \begin{cases} \boldsymbol{x_M = \frac{5}{12}} \\ \boldsymbol{y_M = \frac{5}{12}} \\ \boldsymbol{z_M = \frac{1}{6}} \end{cases}.$$

# SUJET 61

AIDE-MÉMOIRE p. 263

60 min **5 points**

*Les parties A et B peuvent être traitées de manière indépendante.*

On considère un cube $ABCDEFGH$ d'arête de longueur 1, dont la figure est donnée ci-dessous.

On note $I$ le milieu du segment $[EF]$, $J$ le milieu du segment $[EH]$ et $K$ le point du segment $[AD]$ tel que :

$$\overrightarrow{AK} = \frac{1}{4}\overrightarrow{AD}.$$

On note $\mathcal{P}$ le plan passant par $I$ et parallèle au plan $(FHK)$.

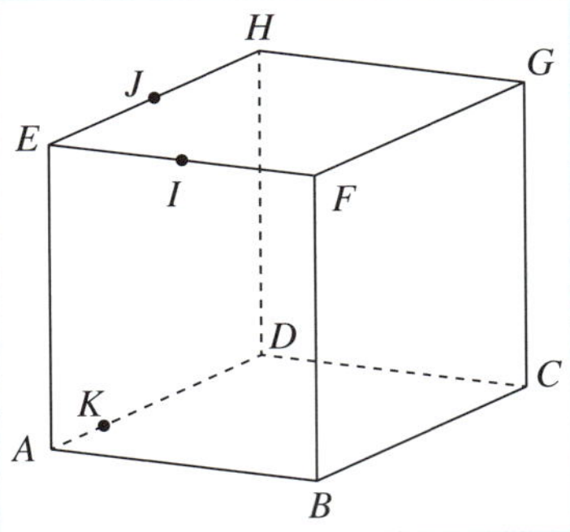


**Partie A**

Dans cette partie, les constructions demandées seront effectuées sans justification sur la figure donnée ci-dessus.

**1.** Le plan $(FHK)$ coupe la droite $(AE)$ en un point qu'on note $M$. Construire le point $M$.

**2.** Construire la section du cube par le plan $\mathcal{P}$.

**Partie B**

Dans cette partie, on munit l'espace du repère orthonormé $(A\ ;\ \overrightarrow{AB}\ ;\ \overrightarrow{AD}\ ;\ \overrightarrow{AE})$.

On rappelle que $\mathcal{P}$ est le plan passant par $I$ et parallèle au plan $(FHK)$.

**1. a)** Montrer que le vecteur $\vec{n}\begin{pmatrix} 4 \\ 4 \\ -3 \end{pmatrix}$ est un vecteur normal au plan $(FHK)$.

**b)** En déduire qu'une équation cartésienne du plan $(FHK)$ est :

$$4x + 4y - 3z - 1 = 0.$$

**c)** Déterminer une équation cartésienne du plan $\mathcal{P}$.

**d)** Calculer les coordonnées du point $M'$, point d'intersection du plan $\mathcal{P}$ et de la droite $(AE)$.

**2.** On note $\Delta$ la droite passant par le point $E$ et orthogonale au plan $\mathcal{P}$.

**a)** Déterminer une représentation paramétrique de la droite $\Delta$.

**b)** Calculer les coordonnées du point $L$, intersection de la droite $\Delta$ et du plan $(ABC)$.

**c)** Tracer la droite $\Delta$ sur la figure donnée en début d'énoncé.

**d)** Les droites $\Delta$ et $(BF)$ sont-elles sécantes ? Qu'en est-il des droites $\Delta$ et $(CG)$ ? Justifier.

# Corrigé du sujet 61

*Les textes sur fond jaune apparaissant dans ce corrigé sont des rappels de cours ou des commentaires pour vous guider et vous aider.*

**Partie A**

**1.** et **2.** Voir figure en fin d'exercice.

**Partie B**

**1. a)** On montre que $\vec{n}$ est orthogonal à deux vecteurs non colinéaires du plan $(FHK)$.

Dans le repère $(A\,;\overrightarrow{AB}, \overrightarrow{AD}, \overrightarrow{AE})$ on a $F(1\,;0\,;1)$ ; $H(0\,;1\,;0)$ ; $K\left(0\,;\frac{1}{4}\,;0\right)$.

Donc $\overrightarrow{FH}\begin{pmatrix}-1\\1\\0\end{pmatrix}$ et $\overrightarrow{FK}\begin{pmatrix}-1\\\frac{1}{4}\\-1\end{pmatrix}$.

Donc $\begin{cases}\overrightarrow{FH}.\vec{n} = -1\times 4 + 1\times 4 + 1\times(-3) = 0\\ \overrightarrow{FK}.\,\vec{n} = -1\times 4 + \frac{1}{4}\times 4 + (-1)\times(-3) = 0\end{cases}$.

**Donc $\vec{n}$ est orthogonal à deux vecteurs non colinéaires du plan $(FHK)$ donc $\vec{n}$ est un vecteur normal à $(FHK)$.**

**b)** $M(x\,;y\,;z) \in (FHK) \Leftrightarrow \overrightarrow{HM}.\,\vec{n} = 0$

$\Leftrightarrow x\times 4 + (y-1)\times 4 + (z-1)\times(-3) = 0$ car $\overrightarrow{HM}\begin{pmatrix}4\\y-1\\z-1\end{pmatrix}$

$\Leftrightarrow 4x + 4y - 3z - 1 = 0$.

**Une équation cartésienne du plan $(FHK)$ est $4x + 4y - 3z - 1 = 0$.**

**c)** Les plans (FHK) et $\mathcal{P}$ sont parallèles donc $\vec{n}$ est aussi un vecteur normal de $\mathcal{P}$.

$I$ est le milieu de $[EF]$ donc $I\left(\frac{1}{2}\,;0\,;1\right)$.

$M(x\,;y\,;z) \in (FHK)$

$\Leftrightarrow \overrightarrow{IM}.\,\vec{n} = 0$

$\Leftrightarrow \left(x-\frac{1}{2}\right)\times 4 + y\times 4 + (z-1)\times(-3) = 0$ car $\overrightarrow{IM}\begin{pmatrix}x-\frac{1}{2}\\y\\z-1\end{pmatrix}$

$\Leftrightarrow 4x + 4y - 3z + 1 = 0$.

**Une équation cartésienne du plan $(FHK)$ est $4x + 4y - 3z + 1 = 0$.**

**d)** On a : $\overrightarrow{AE}\begin{pmatrix}0\\0\\1\end{pmatrix}$ et $A(0\,;0\,;0)$.

Donc une représentation paramétrique de $(AE)$ est : $\begin{cases}x = 0\\y = 0\\z = t\end{cases}$, $t \in \mathbb{R}$.

$M'(x, y, z)$ appartient à l'intersection si et seulement si :

$$\begin{cases} x = 0 \\ y = 0 \\ z = t \\ 4x + 4y - 3z + 1 = 0 \end{cases} \Leftrightarrow \begin{cases} x = 0 \\ y = 0 \\ z = t \\ 0 + 0 - 3t + 1 = 0 \end{cases} \Leftrightarrow \begin{cases} x = 0 \\ y = 0 \\ z = t \\ t = \dfrac{1}{3} \end{cases}.$$

Donc $\boldsymbol{M' = \left(0\,;0\,;\dfrac{1}{3}\right)}$.

**2. a)**

**Méthode :** Soit $\Delta$ la droite passant par le point $A(x_A, y_A, z_A)$ et de vecteur directeur $\vec{u}(a, b, c)$.

Alors $\Delta$ a pour équation paramétrique : $\begin{cases} x = at + x_A \\ y = bt + y_A \\ z = ct + z_A \end{cases}$, $t \in \mathbb{R}$.

$\vec{n}\begin{pmatrix} 4 \\ 4 \\ -3 \end{pmatrix}$ est un vecteur directeur de $\Delta$ et $E(0\,;0\,;1)$ un point de $\Delta$ donc une représentation paramétrique de $\Delta$ est : $\boldsymbol{\begin{cases} x = 4t' \\ y = 4t' \\ z = 1 - 3t' \end{cases}, t' \in \mathbb{R}}$.

**b)** Le plan $(ABC)$ admet pour équation cartésienne $z = 0$.
$L(x, y, z)$ point d'intersection entre $\Delta$ et $(ABC)$ donc :

$$\begin{cases} x = 4t' \\ y = 4t' \\ z = 1 - 3t' \\ z = 0 \end{cases} \Leftrightarrow \begin{cases} x = 4t' \\ y = 4t' \\ z = 1 - 3t' \\ t' = \dfrac{1}{3} \end{cases}, \Leftrightarrow \begin{cases} x = \dfrac{4}{3} \\ y = \dfrac{4}{3} \\ z = 0 \\ t' = \dfrac{1}{3} \end{cases}$$

Donc $\boldsymbol{L\left(\dfrac{4}{3}\,;\dfrac{4}{3}\,;0\right)}$.

**c)**

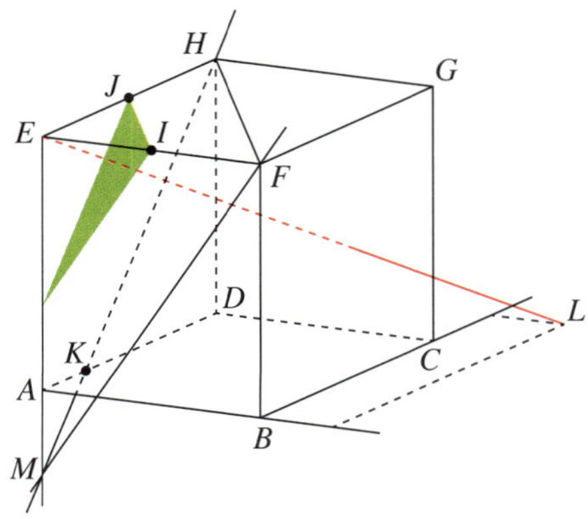

**d)** $L \notin (BEF)$ donc **les droites $\Delta = (EL)$ et $(BF)$ ne sont pas sécantes** car elles ne sont pas coplanaires.

La droite $(CG)$ a pour représentation paramétrique : $\begin{cases} x = 1 \\ y = 1 \\ z = t \end{cases}, t \in \mathbb{R}.$

Donc, il suffit de trouver un point de $\Delta$ dont l'abscisse et l'ordonnée valent 1.

Or pour $t' = \dfrac{1}{4}$, le point de coordonnées $\left(1;1;\dfrac{1}{4}\right)$ appartient à $\Delta$ et appartient à la droite $(CG)$.

**Donc les droites $\Delta$ et $(CG)$ sont sécantes.**

AIDE-MÉMOIRE p. 263

# SUJET 62

**25 min 3 points**

Dans l'espace rapporté à un repère orthonormal $(O ; \vec{i}, \vec{j}, \vec{k})$, on considère les points : $A$ de coordonnées $(3 ; 1 ; -5)$, $B$ de coordonnées $(0 ; 4 ; -5)$, $C$ de coordonnées $(-1 ; 2 ; -5)$, et $D$ de coordonnées $(2 ; 3 ; 4)$.

*Pour chacune des six affirmations ci-dessous, préciser si elle est vraie ou fausse. Aucune justification n'est demandée. Le candidat doit indiquer sur sa copie le numéro de la question et la mention « VRAI » ou « FAUX ». On attribue 0,5 point par réponse correcte et on retranche 0,25 point par réponse incorrecte.*

*L'absence de réponse n'est pas pénalisée. Un éventuel total négatif est ramené à 0.*

**Affirmation 1.** Les points $A$, $B$ et $D$ sont alignés.

**Affirmation 2.** La droite $(AB)$ est contenue dans le plan d'équation cartésienne $x + y = 4$.

**Affirmation 3.** Une équation cartésienne du plan $(BCD)$ est :
$18x - 9y - 5z + 11 = 0$.

**Affirmation 4.** Les points $A$, $B$, $C$ et $D$ sont coplanaires.

**Affirmation 5.** La sphère de centre $A$ et de rayon 9 est tangente au plan $(BCD)$.

**Affirmation 6.** Une représentation paramétrique de la droite $(BD)$ est :

$$\begin{cases} x = 1 - 2k \\ y = \dfrac{7}{2} + k, \quad k \in \mathbb{R}. \\ z = -\dfrac{1}{2} - 9k \end{cases}$$

# Corrigé du sujet 62

*Les textes sur fond jaune apparaissant dans ce corrigé sont des rappels de cours ou des commentaires pour vous guider et vous aider.*

**Méthode :** Cet exercice est un Q.C.M. dans lequel il est précisé que, pour chaque question, il n'existe qu'une bonne réponse. Par conséquent, on peut raisonner soit de manière directe, en faisant le calcul, soit par élimination des mauvaises réponses.

**Affirmation 1 : faux.**

$\overrightarrow{AB}\begin{pmatrix}-3\\3\\0\end{pmatrix}$ et $\overrightarrow{AD}\begin{pmatrix}-1\\2\\9\end{pmatrix}$ ; on constate que les vecteurs $\overrightarrow{AB}$ et $\overrightarrow{AD}$ ne sont pas colinéaires, car leurs coordonnées ne sont pas proportionnelles. Ainsi, les points $A$, $B$ et $D$ ne sont pas alignés.

**Affirmation 2 : vrai.**

$\left.\begin{array}{l}\text{Les coordonnées de } B \text{ vérifient l'équation } x+y=4\\ \text{Les coordonnées de } A \text{ vérifient l'équation } x+y=4\end{array}\right\}$ ; on en conclut que la droite $(AB)$ est contenue dans le plan d'équation cartésienne $x + y = 4$.

**Affirmation 3 : vrai.**

$18 \times 0 - 9 \times 4 - 5 \times (-5) + 11 = -36 + 25 + 11 = 0$ : les coordonnées de $B$ vérifient l'équation ;

$18 \times (-1) - 9 \times 2 - 5 \times (-5) + 11 = -18 - 18 + 25 + 11 = 0$ : les coordonnées de $C$ vérifient l'équation ;

$18 \times 2 - 9 \times 3 - 5 \times 4 + 11 = 36 - 27 - 20 + 11 = 0$ : les coordonnées de $D$ vérifient l'équation.

Par suite, une équation cartésienne du plan $(BCD)$ est bien : $18x - 9y - 5z + 11 = 0$.

**Affirmation 4 : faux.**

Il suffit de vérifier si les coordonnées de $A$ vérifient l'équation du **3.**

$18 \times 3 - 9 \times 1 - 5 \times (-5) + 11 = 54 - 9 + 25 + 11 = 81 \neq 0$ : les coordonnées de $A$ ne vérifient pas cette équation. Les points $A$, $B$, $C$ et $D$ ne sont donc pas coplanaires.

**Affirmation 5 : faux.**

**Rappel de cours :** Dans un repère orthonormal, la distance du point $A(\alpha\,;\beta\,;\gamma)$ au plan $(P)$ d'équation cartésienne $ax + by + cz + d = 0$ est égale à :

$$\frac{|a\alpha + b\beta + c\gamma + d|}{\sqrt{a^2 + b^2 + c^2}}.$$

Calculons la distance de $A$ au plan $(BCD)$ :

$$d(A, (BCD)) = \frac{|18 \times 3 - 9 \times 1 - 5 \times (-5) + 11|}{\sqrt{18^2 + (-9)^2 + (-5)^2}} = \frac{81}{430} \neq 9.$$

On en conclut que la sphère de centre $A$ et de rayon 9 n'est pas tangente au plan $(BCD)$.

**Affirmation 6 : vrai.**

Les coordonnées de $D$ doivent vérifier la représentation paramétrique donnée, donc nécessairement pour $x_D = 2 : 2 = 1 - 2k \Leftrightarrow - 2k = 1 \Leftrightarrow k = -\frac{1}{2}$.

En remplaçant la valeur de $k$ dans les deux autres relations du système, on retrouve bien les coordonnées de $D$. En procédant de la même manière, on montre que les coordonnées de $B$ vérifient aussi l'équation paramétrique.

AIDE-MÉMOIRE p. 263

# SUJET 63

**25 min** **4 points**

Dans le repère orthononné $(O ; \vec{i}, \vec{j}, \vec{k})$ de l'espace, on considère :

– les plans $\mathcal{P}$ et $\mathcal{P}'$ d'équations :

$$\mathcal{P} : x - y - z - 2 = 0 \qquad \text{et} \qquad \mathcal{P}' : x + y + 3z = 0 ;$$

– la droite $\mathcal{D}$ ayant pour représentation paramétrique :

$$\begin{cases} x = -3 - 2t \\ y = 2t \\ z = 1 + 2t \end{cases}, t \in \mathbb{R}.$$

Pour chacune des propositions suivantes, indiquer si elle est vraie ou fausse, et justifier la réponse. Une justification est attendue pour chaque réponse.

**Proposition 1 :** « la droite $\mathcal{D}$ est orthogonale au plan $\mathcal{P}$ ».

**Proposition 2 :** « la sphère $\mathcal{S}$ de centre $O$ et de rayon 2 est tangente au plan $\mathcal{P}$ ».

**Proposition 3 :** « l'intersection des plans $\mathcal{P}$ et $\mathcal{P}'$ est la droite $\Delta$ dont une représentation paramétrique est :

$$\begin{cases} x = 1 - t' \\ y = -1 - 2t' \\ z = t'. \end{cases}, t \in \mathbb{R}. »$$

**Proposition 4 :** « les droites $\mathcal{D}$ et $\Delta$ sont coplanaires ».

## Corrigé du sujet 63

*Les textes sur fond jaune apparaissant dans ce corrigé sont des rappels de cours ou des commentaires pour vous guider et vous aider.*

**Proposition 1 : vrai.**

**Rappel de cours :** Un plan $\mathcal{P}$ d'équation $ax + by + cz + d = 0$ admet un vecteur normal de coordonnées $\begin{pmatrix} a \\ b \\ c \end{pmatrix}$.

$\mathcal{D}$ a pour vecteur directeur $\vec{u}\begin{pmatrix} -2 \\ 2 \\ 2 \end{pmatrix}$ et $\mathcal{P}$ a pour vecteur normal $\vec{n}\begin{pmatrix} -1 \\ 1 \\ 1 \end{pmatrix}$.

On remarque que $\vec{u} = 2\vec{n}$, les vecteurs sont donc colinéaires et ainsi la droite $\mathcal{D}$ est orthogonale au plan $\mathcal{P}$.

**Proposition 2 : faux.**

**Rappel de cours :** Soit $\mathcal{P}$ un plan d'équation $ax + by + cz + d = 0$.
La distance d'un point $M(x, y, z)$ à $\mathcal{P}$ est donnée par $d(M, P) = \dfrac{|ax+by+cz+d|}{\sqrt{a^2+b^2+c^2}}$.

$d(O,\mathcal{P}) = \dfrac{|0-0-0-2|}{\sqrt{1^2+(-1)^2+(-1)^2}} = \dfrac{2}{\sqrt{3}} < 2$, donc l'intersection entre $\mathcal{S}$ et $\mathcal{P}$ est un cercle et non un point.

**Proposition 3 : vrai.**
Soit $M$ un point de coordonnées $(x, y, z)$.

$$M \in \mathcal{P} \cap \mathcal{P}' \Leftrightarrow \begin{cases} x - y - z - 2 = 0 \\ x + y + 3z = 0 \end{cases} \Leftrightarrow \begin{cases} x = y + z + 2 \\ (y+z+2) + y + 3z = 0 \end{cases}$$

$$M \in \mathcal{P} \cap \mathcal{P}' \Leftrightarrow \begin{cases} x = y + z + 2 \\ y = -1 - 2z \end{cases} \Leftrightarrow \begin{cases} x = 1 - t' \\ y = -1 - 2t' \\ z = t' \end{cases} \text{ où } t' \in \mathbb{R}$$

**Proposition 4 : faux.**
$\Delta$ a pour vecteur directeur $\vec{u}'(-1 ; -2, 1)$.
$\vec{u}\cdot\vec{u}' = 2 - 4 + 2 = 0$, donc $\Delta$ et $\mathcal{D}$ sont des droites orthogonales.

$$M \in \mathcal{D} \cap \Delta \Leftrightarrow \begin{cases} x = -3 - 2t = 1 - t' \\ y = 2t = -1 - 2t' \\ z = 1 + 2t = t' \end{cases} \text{ d'où } \begin{cases} t' = 4 + 2t \\ t' = -\dfrac{1}{2} - t \\ t' = 1 + 2t \end{cases}.$$

Ces trois relations entre $t$ et $t'$ ne sont pas compatibles (il n'existe pas de solution au système). On en déduit que les deux droites ne sont pas sécantes. Comme elles sont orthogonales, on peut donc affirmer qu'elles ne sont pas coplanaires.

# Probabilités

# Loi binomiale

Les calculatrices sont autorisées conformément à la réglementation en vigueur

AIDE-MÉMOIRE
p. 263

## SUJET 64

**50 min** **4 points**

Un joueur lance une bille qui part de $A$, puis emprunte obligatoirement l'une des branches indiquées sur l'arbre ci-dessous pour arriver à l'un des points $D$, $E$, $F$ et $G$.

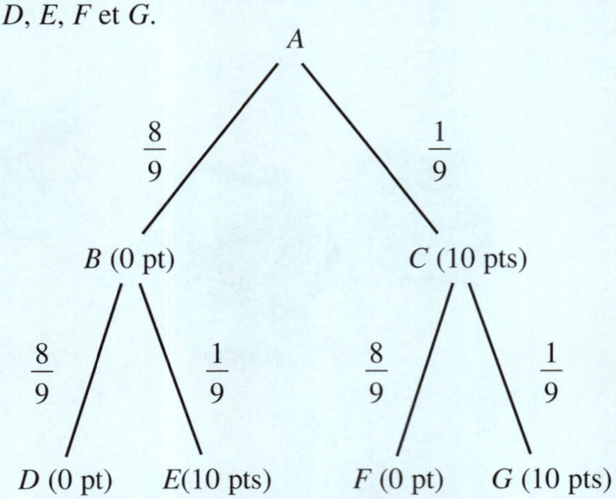


On a marqué sur chaque branche de l'arbre la probabilité pour que la bille l'emprunte après être passée par un nœud.
Les nombres entre parenthèses indiquent les points gagnés par le joueur lors du passage de la bille.

On note $X$ la variable aléatoire qui correspond au nombre total de points gagnés à l'issue d'une partie, c'est-à-dire une fois la bille arrivée en $D$, $E$, $F$ ou $G$.

**1.** Dans cette question, les résultats sont attendus sous forme fractionnaire.

**a)** Déterminer la loi de probabilité de $X$.

**b)** Calculer l'espérance de $X$.

**c)** Calculer la probabilité que la bille ait suivi la branche $AC$ sachant que le joueur a obtenu exactement 10 points.

**2.** Le joueur effectue huit parties et on suppose que ces huit parties sont indépendantes.
On considère qu'une partie est gagnée si le joueur obtient 20 points à cette partie.

**a)** Calculer la probabilité qu'il gagne exactement 2 parties.
On donnera le résultat arrondi au millième.

**b)** Calculer la probabilité qu'il gagne au moins une partie.
On donnera le résultat arrondi au millième.

## Corrigé du sujet 64

*Les textes sur fond jaune apparaissant dans ce corrigé sont des rappels de cours ou des commentaires pour vous guider et vous aider.*

**1. a)** En suivant chaque branche de l'arbre pondéré, on remarque que $X$ peut prendre les valeurs 0, 10, 20.

$p(X = 0) = p(ABD) = \dfrac{8}{9} \times \dfrac{8}{9} = \dfrac{64}{81}$ ;

$p(X = 10) = p(ABE) + p(ACF) = \dfrac{8}{9} \times \dfrac{1}{9} + \dfrac{1}{9} \times \dfrac{8}{9} = \dfrac{16}{81}$ ;

$p(X = 20) = p(ACG) = \dfrac{1}{9} \times \dfrac{1}{9} = \dfrac{1}{81}$.

Par suite, la loi de probabilité de $X$ est :

| $X = x_i$ | 0 | 10 | 20 |
|---|---|---|---|
| $p_i$ | $\mathbf{\dfrac{64}{81}}$ | $\mathbf{\dfrac{16}{81}}$ | $\mathbf{\dfrac{1}{81}}$ |

**b)**

**Rappel de cours :** Soit $X$ une variable aléatoire prenant les valeurs $x_1, x_2, \ldots, x_n$ avec les probabilités respectives $p_1, p_2, \ldots, p_n$. L'espérance mathématique de $X$ vaut :

$$E(X) = \sum_{i=1}^{n} p_i x_i.$$

$$\boldsymbol{E(X)} = \sum_{i=1}^{3} p_i x_i = \frac{64}{81} \times 0 + \frac{16}{81} \times 10 + \frac{1}{81} \times 20 = \frac{180}{81} = \boldsymbol{\frac{20}{9}}.$$

**c)** $\boldsymbol{p_{(X=10)}(AC)} = \dfrac{p(AC \cap (X=10))}{p(X=10)} = \dfrac{p(ACF)}{p(X=10)} = \dfrac{\frac{1}{9} \times \frac{8}{9}}{\frac{16}{81}} = \boldsymbol{\frac{1}{2}}.$

**2. a)**

**Méthode : Loi binomiale**

Une épreuve de Bernoulli est une expérience aléatoire qui ne présente que deux issues : $A$ de probabilité $p$ et $\overline{A}$ de probabilité $(1-p)$.

Lorsque l'on répète $n$ épreuves de Bernoulli de manière indépendante, on crée un schéma de Bernoulli. La variable aléatoire $X$ égale au nombre de réalisations de l'événement $A$ suit une loi binomiale de paramètres $n$ et $p$, c'est-à-dire :

$$p(X = k) = \binom{n}{k} p^k (1-p)^{n-k}, \text{ avec } k \text{ entier tel que } 0 \leqslant k \leqslant n.$$

Soit $Y$ la variable aléatoire correspondant au nombre de parties gagnées. $Y$ suit donc une loi binomiale de paramètres $n = 8$ et $p = p(X = 20) = \dfrac{1}{81}$.

$$\boldsymbol{p(Y=2)} = \binom{8}{2} p^2 (1-p)^{8-2} = \binom{8}{2}\left(\frac{1}{81}\right)^2\left(\frac{80}{81}\right)^6 \approx \boldsymbol{0{,}004}.$$

**b)** $\boldsymbol{p(Y \geqslant 1)} = 1 - p(Y < 1) = 1 - p(Y = 0) = 1 - \binom{8}{0} p^0 (1-p)^8 = 1 - \left(\dfrac{80}{81}\right)^8 \approx \boldsymbol{0{,}095}.$

AIDE-MÉMOIRE p. 263

## SUJET 65

**45 min 4 points**

Une jardinerie vend de jeunes plants d'arbres qui proviennent de trois horticulteurs : 35 % des plants proviennent de l'horticulteur $H_1$, 25 % de l'horticulteur $H_2$ et le reste de l'horticulteur $H_3$. Chaque horticulteur livre deux catégories d'arbres : des conifères et des arbres à feuilles.

La livraison de l'horticulteur $H_1$ comporte 80 % de conifères alors que celle de l'horticulteur $H_2$ n'en comporte que 50 % et celle de l'horticulteur $H_3$ seulement 30 %.

**1.** Le gérant de la jardinerie choisit un arbre au hasard dans son stock. On envisage les événements suivants :
- $H_1$ : « l'arbre choisi a été acheté chez l'horticulteur $H_1$ »,
- $H_2$ : « l'arbre choisi a été acheté chez l'horticulteur $H_2$ »,
- $H_3$ : « l'arbre choisi a été acheté chez l'horticulteur $H_3$ »,
- $C$ : « l'arbre choisi est un conifère »,
- $F$ : « l'arbre choisi est un arbre feuillu ».

**a)** Construire un arbre pondéré traduisant la situation.

**b)** Calculer la probabilité que l'arbre choisi soit un conifère acheté chez l'horticulteur $H_3$.

**c)** Justifier que la probabilité de l'événement $C$ est égale à 0,525.

**d)** L'arbre choisi est un conifère.
Quelle est la probabilité qu'il ait été acheté chez l'horticulteur $H_1$ ?
On arrondira à $10^{-3}$.

**2.** On choisit au hasard un échantillon de 10 arbres dans le stock de cette jardinerie.
On suppose que ce stock est suffisamment important pour que ce choix puisse être assimilé à un tirage avec remise de 10 arbres dans le stock.
On appelle $X$ la variable aléatoire qui donne le nombre de conifères de l'échantillon choisi.

**a)** Justifier que $X$ suit une loi binomiale dont on précisera les paramètres.

**b)** Quelle est la probabilité que l'échantillon prélevé comporte exactement 5 conifères ?
On arrondira à $10^{-3}$.

**c)** Quelle est la probabilité que cet échantillon comporte au moins deux arbres feuillus ?
On arrondira à $10^{-3}$.

# Corrigé du sujet 65

*Les textes sur fond jaune apparaissant dans ce corrigé sont des rappels de cours ou des commentaires pour vous guider et vous aider.*

**1. a)** Arbre de probabilité

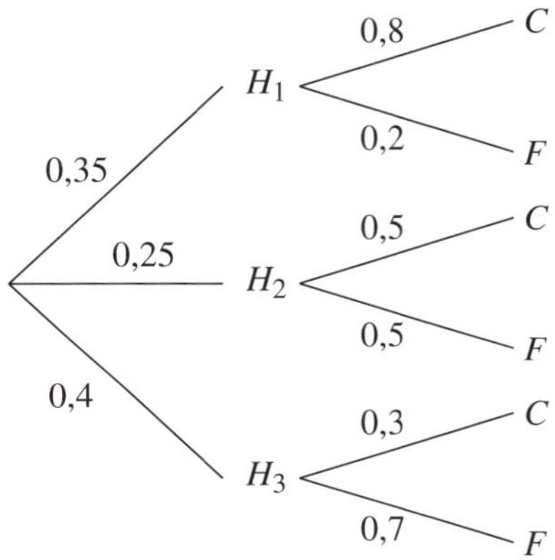


**b)** $P(H_3 \cap C) = p_{H_3}(C) \times p(H_3) = 0{,}3 \times 0{,}4 = 0{,}12$. Donc **la probabilité que l'arbre choisi soit un conifère acheté chez l'horticulteur $H_3$ est de 0,12.**

**c)**

**Rappel de cours : Formule des probabilités totales**
Si $A_1, A_2, \ldots, A_n$ forment une partition de l'univers et $A$ est un événement :
$$p(A) = p(A_1 \cap A) + p(A_2 \cap A) + \ldots + p(A_n \cap A).$$

$H_1$, $H_2$ et $H_3$ forment une partition de l'univers, donc d'après la formule des probabilités totales :

$$\begin{aligned}\mathbf{P(C)} &= p(C \cap H_1) + p(C \cap H_2) + p(C \cap H_3)\\ &= p_{H_1}(C) \times p(H_1) + p_{H_2}(C) \times p(H_2) + 0{,}12\\ &= 0{,}35 \times 0{,}8 + 0{,}25 \times 0{,}5 + 0{,}12\\ &= \mathbf{0{,}525}.\end{aligned}$$

**d)** $p_C(H_1) = \dfrac{p(H_1 \cap C)}{p(C)} = \dfrac{0{,}35 \times 0{,}8}{0{,}525} \approx$ **0,533 à $10^{-3}$ près.**

**2. a)**

**Rappel de cours : Loi binomiale**
Une épreuve de Bernoulli est une expérience aléatoire qui ne présente que deux issues, $A$ de probabilité $p$ et $\overline{A}$ de probabilité $(1 - p)$. Lorsque l'on répète $n$ épreuves de Bernoulli de manière indépendante, on crée un schéma de Bernoulli. La variable aléatoire $X$ égale au nombre de réalisations de l'événement $A$ suit une loi binomiale de paramètres $n$ et $p$, c'est-à-dire : $p(X = k) = \binom{n}{k} p^k (1 - p)^{n-k}$ avec $k$ entier tel que $0 \leqslant k \leqslant n$.

Il s'agit ici d'une expérience aléatoire dont le succès « avoir un conifère » avec une probabilité de 0,525 traduit une épreuve de Bernoulli.
On répète 10 fois cette épreuve de manière indépendante, on obtient alors un schéma de Bernoulli de paramètres $n = 10$ et $p = 0,525$
**La variable aléatoire $X$ qui comptabilise le nombre de succès du schéma de Bernoulli suit alors une loi binomiale de paramètres $n = 10$ et $p = 0,525$.**

**b)** $P(X = 5) = \binom{10}{5} 0,525^5 (1 - 0,525)^5 \approx 0,243$ à $10^{-3}$ près.
Donc **la probabilité que l'échantillon prélevé contienne exactement 5 conifères est d'environ 0,243.**

**c)** Si l'échantillon comporte au moins deux arbres feuillus, cela signifie qu'il comporte moins de 8 conifères.
$P(X \leqslant 8) = 1 - P(X \geqslant 9) = 1 - P(X = 9) - P(X = 10) \approx \mathbf{0,984}$ **à $10^{-3}$ près.**
**Donc la probabilité que l'échantillon prélevé contienne au moins deux arbres feuillus est d'environ 0,984.**

# SUJET 66

AIDE-MÉMOIRE p. 263

**45 min** **4 points**

*Les parties A et B de cet exercice sont indépendantes.*
Le virus de la grippe atteint chaque année, en période hivernale, une partie de la population d'une ville.
La vaccination contre la grippe est possible ; elle doit être renouvelée chaque année.

## Partie A

L'efficacité du vaccin contre la grippe peut être diminuée en fonction des caractéristiques individuelles des personnes vaccinées, ou en raison du vaccin, qui n'est pas toujours totalement adapté aux souches du virus qui circulent. Il est donc possible de contracter la grippe tout en étant vacciné.
Une étude menée dans la population de la ville à l'issue de la période hivernale a permis de constater que :
– 40 % de la population est vaccinée ;
– 8 % des personnes vaccinées ont contracté la grippe ;
– 20 % de la population a contracté la grippe.

On choisit une personne au hasard dans la population de la ville et on considère les événements :
$V$ : « la personne est vaccinée contre la grippe » ;
$G$ : « la personne a contracté la grippe ».

**1. a)** Donner la probabilité de l'événement $G$.

**b)** Reproduire l'arbre pondéré ci-dessous et compléter les pointillés indiqués sur quatre de ses branches.

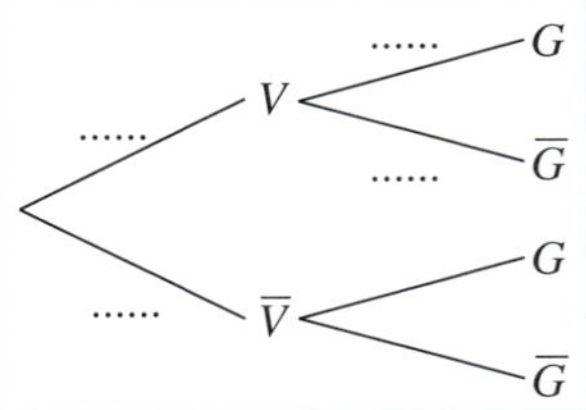


**2.** Déterminer la probabilité que la personne choisie ait contracté la grippe et soit vaccinée.

**3.** La personne choisie n'est pas vaccinée. Montrer que la probabilité qu'elle ait contracté la grippe est égale à 0,28.

**Partie B**

*Dans cette partie, les probabilités demandées seront données à $10^{-3}$ près.*

Un laboratoire pharmaceutique mène une étude sur la vaccination contre la grippe dans cette ville.
Après la période hivernale, on interroge au hasard $n$ habitants de la ville, en admettant que ce choix se ramène à $n$ tirages successifs indépendants et avec remise. On suppose que la probabilité qu'une personne choisie au hasard dans la ville soit vaccinée contre la grippe est égale à 0,4.
On note $X$ la variable aléatoire égale au nombre de personnes vaccinées parmi les $n$ interrogées.

**1.** Quelle est la loi de probabilité suivie par la variable aléatoire $X$ ?

**2.** Dans cette question, on suppose que $n = 40$.

**a)** Déterminer la probabilité qu'exactement 15 des 40 personnes interrogées soient vaccinées.

**b)** Déterminer la probabilité qu'au moins la moitié des personnes interrogées soit vaccinée.

# Corrigé du sujet 66

*Les textes sur fond jaune apparaissant dans ce corrigé sont des rappels de cours ou des commentaires pour vous guider et vous aider.*

## Partie A

**1. a)** $P(G) = 0{,}2$ car 20 % de la population a contracté la grippe.

**b)**

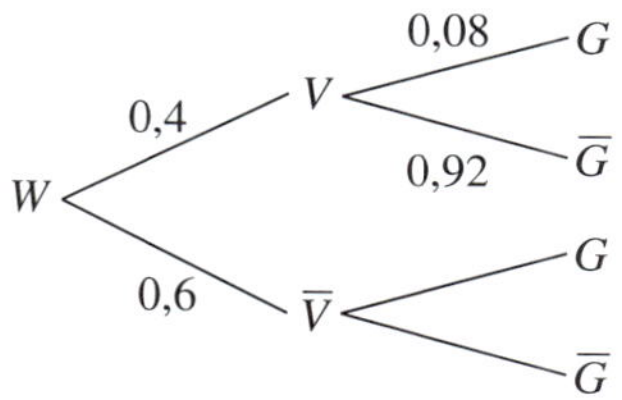


**2.** $P(G \cap V) = P_V(G) \times P(V) = 0{,}4 \times 0{,}08 = 0{,}032$.

Donc la probabilité que la personne choisie ait contracté la grippe et soit vaccinée est de 0,032.

**3.**

**Rappel : Formule des probabilités totales**
Si $A_1, A_2, \ldots, A_n$ forment une partition de l'univers, soit $A$ un événement :

$$p(A) = p(A_1 \cap A) + p(A_2 \cap A) + \ldots + p(A_n \cap A).$$

$V$ et $\overline{V}$ forment une partition de l'univers, donc d'après la formule des probabilités totales : $P(G) = P(G \cap V) + P(\overline{V} \cap G)$

$P(\overline{V} \cap G) = P(G) - P(G \cap V) = 0{,}2 - 0{,}032 = 0{,}168$

$$P_{\overline{V}}(G) = \frac{P(\overline{V} \cap G)}{P(\overline{V})} = \frac{0{,}168}{0{,}6} = 0{,}28$$

La probabilité que la personne ait contracté la grippe sachant qu'elle a été vaccinée est de 0,28.

## Partie B

**1.**

**Rappel : Loi binomiale**
Une épreuve de Bernoulli est une expérience aléatoire qui ne présente que deux issues $A$ de probabilité $p$ et $\overline{A}$ de probabilité $(1 - p)$. Lorsque l'on répète $n$ épreuves de Bernoulli de manière indépendante, on crée un schéma de Bernoulli. La variable aléatoire $X$ égale au nombre de réalisations de l'événement $A$ suit une loi binomiale de paramètres $n$ et $p$, c'est-à-dire :

$$p(X = k) = \binom{n}{k} p^k (1 - p)^{n-k} \text{ avec } k \text{ entier tel que } 0 \leqslant k \leqslant n.$$

On a de plus : $E(X) = np$.

Chaque tirage a deux issues possibles (épreuve de Bernoulli) dont le succès a pour probabilité $p = 0{,}4$ quand un habitant est vacciné.
On répète 40 fois de manière indépendante et identique ce tirage.

Donc à la variable aléatoire $X$, on associe le nombre de succès.
**Donc $X$ suit une loi binomiale de paramètres 40 et $p = 0{,}4$.**

**2. a)** En utilisant la calculatrice, on obtient : $P(X = 15) \approx 0{,}123$.
**Donc la probabilité qu'exactement 15 des 40 personnes interrogées soient vaccinées est d'environ 0,123.**

**b)** $P(X \geqslant 20) = 1 - P(X \leqslant 19) \approx 0{,}130$ (résultat obtenu à la calculatrice).
**Donc la probabilité qu'au moins la moitié de personnes interrogées soit vaccinée est d'environ 0,130.**

AIDE-MÉMOIRE p. 263

## SUJET 67

45 min **4 points**

Un jardinier dispose de deux lots 1 et 2 contenant chacun de très nombreux bulbes donnant des tulipes de couleurs variées.
La probabilité pour qu'un bulbe du lot 1 donne une tulipe jaune est égale à $\dfrac{1}{4}$.
La probabilité pour qu'un bulbe du lot 2 donne une tulipe jaune est égale à $\dfrac{1}{2}$.
Ce jardinier choisit au hasard un lot et plante 50 bulbes de tulipes.
Soit $n$ un entier naturel vérifiant $0 \leqslant n \leqslant 50$.
On définit les événements suivants :
– $A$ : « le jardinier a choisi le lot 1 » ;
– $B$ : « le jardinier a choisi le lot 2 » ;
– $J_n$ : « le jardinier obtient $n$ tulipes jaunes ».

**1.** Dans cette question, on suppose que le jardinier choisit le lot 1.

**a)** Quelle loi de probabilité suit le nombre de tulipes jaunes obtenues à partir de 50 bulbes du lot 1 ?

**b)** Quelle est l'espérance mathématique de cette loi ?

**c)** Donner une expression de la probabilité que le jardinier obtienne $n$ tulipes jaunes.

**d)** Calculer la probabilité que le jardinier obtienne 15 tulipes jaunes. On donnera l'arrondi au millième du résultat.

**2. Probabilités conditionnelles**

**a)** Montrer que :

$$P_B(J_n) = \binom{50}{n} 2^{-50}.$$

**b)** En déduire la probabilité que le jardinier obtienne $n$ tulipes jaunes.

**c)** On note $p_n$ la probabilité conditionnelle de l'événement $A$ sachant que $J_n$ est réalisé.

Établir que :

$$p_n = \frac{3^{50-n}}{3^{50-n} + 2^{50}}.$$

**d)** Pour quelles valeurs de $n$ a-t-on $p_n \geqslant 0{,}9$ ?

Comment peut-on interpréter ce résultat ?

## Corrigé du sujet 67

*Les textes sur fond jaune apparaissant dans ce corrigé sont des rappels de cours ou des commentaires pour vous guider et vous aider.*

**1. a)**

**Méthode : Loi binomiale**

Une épreuve de Bernoulli est une expérience aléatoire qui ne présente que deux issues : $A$ de probabilité $p$ et $\overline{A}$ de probabilité $(1 - p)$.

Lorsque l'on répète $n$ épreuves de Bernoulli de manière indépendante, on crée un schéma de Bernoulli. La variable aléatoire $X$ égale au nombre de réalisations de l'événement $A$ suit une loi binomiale de paramètres $n$ et $p$, c'est-à-dire :

$$p(X = k) = \binom{n}{k} p^k (1 - p)^{n-k}, \text{ avec } k \text{ entier tel que } 0 \leqslant k \leqslant n.$$

De plus : $E(X) = np$.

Nous sommes devant une expérience aléatoire qui ne présente que deux issues :

- $S$ « obtenir une tulipe jaune » de probabilité $\frac{1}{4}$,
- $\overline{S}$ de probabilité $1 - \frac{1}{4} = \frac{3}{4}$.

Cette expérience aléatoire est donc une épreuve de Bernoulli que l'on va répéter de manière indépendante 50 fois.

Soit $X$ la variable aléatoire égale au nombre de réalisations de l'événement $S$.

**$X$ suit une loi binomiale de paramètres $n = 50$ et $p = \frac{1}{4}$.**

**b)** $E(X) = n \times p = 50 \times \frac{1}{4} = \mathbf{12{,}5}$

**c)** Comme il s'agit d'une loi binomiale de paramètres $n = 50$ et $p = \frac{1}{4}$, la probabilité que le jardinier obtienne $n$ tulipes jaunes est donnée par la formule suivante :

$$\boldsymbol{P_A(J_n) = p(X = n) = \binom{50}{n}\left(\frac{1}{4}\right)^n\left(\frac{3}{4}\right)^{50-n}}.$$

**d)** $\boldsymbol{p(X = 15)} = \binom{50}{15}\left(\frac{1}{4}\right)^{15}\left(\frac{3}{4}\right)^{50-15} = \boldsymbol{\binom{50}{15}\left(\frac{1}{4}\right)^{15}\left(\frac{3}{4}\right)^{35} \approx 0{,}089.}$

**2. a)** Nous sommes devant une expérience aléatoire qui ne présente que deux issues :

- $S'$ : « obtenir une tulipe jaune » de probabilité $\frac{1}{2}$,
- $\overline{S'}$ de probabilité $1 - \frac{1}{2} = \frac{1}{2}$.

Cette expérience aléatoire est donc une épreuve de Bernoulli que l'on va répéter de manière indépendante 50 fois.
Soit $Y$ la variable aléatoire égale au nombre de réalisations de l'événement $S'$.

$Y$ suit alors une loi binomiale de paramètres $n = 50$ et $p = \frac{1}{2}$.

$$\boldsymbol{P_B(J_n)} = p(Y = n) = \binom{50}{n}\left(\frac{1}{2}\right)^n\left(\frac{1}{2}\right)^{50-n} = \binom{50}{n}\left(\frac{1}{2}\right)^{50} = \boldsymbol{\binom{50}{n}2^{-50}}.$$

**b)**

> **Rappel de cours : Formule des probabilités totales**
> Soient $B_1, B_2, \ldots, B_n$ formant une partition de l'univers. Si $A$ est un événement, alors :
> $$p(A) = p(B_1 \cap A) + p(B_2 \cap A) + \ldots + p(B_n \cap A).$$

$A$ et $B$ forment une partition de l'univers, d'où :

$$\begin{aligned}
\boldsymbol{P(J_n)} &= p(A \cap J_n) + p(B \cap J_n)\\
&= P_A(J_n) \times P(A) + P_B(J_n) \times P(B)\\
&= \frac{1}{2}\binom{50}{n}\left(\frac{1}{4}\right)^n\left(\frac{3}{4}\right)^{50-n} + \frac{1}{2}\binom{50}{n}2^{-50}\\
&= \frac{1}{2}\binom{50}{n}\left(\left(\frac{1}{4}\right)^n\left(\frac{3}{4}\right)^{50-n} + 2^{-50}\right)\\
&= \frac{1}{2}\binom{50}{n}\left(\frac{3^{50-n}}{4^{50}} + \frac{1}{4^{25}}\right)\\
&= \boldsymbol{\frac{1}{2}\binom{50}{n}\frac{3^{50-n} + 4^{25}}{4^{50}}}.
\end{aligned}$$

**c)**
$$\begin{aligned}
\boldsymbol{p_n} &= p_{J_n}(A)\\
&= \frac{p(A \cap J_n)}{P(J_n)}\\
&= \frac{\frac{1}{2}\binom{50}{n}\left(\frac{1}{4}\right)^n\left(\frac{3}{4}\right)^{50-n}}{\frac{1}{2}\binom{50}{n}\frac{3^{50-n}+4^{25}}{4^{50}}}
\end{aligned}$$

$$= \frac{\frac{3^{50-n}}{4^{50}}}{\frac{3^{50-n}+4^{25}}{4^{50}}}$$

$$= \frac{3^{50-n}}{3^{50-n}+4^{25}}$$

$$= \mathbf{\frac{3^{50-n}}{3^{50-n}+2^{50}}}.$$

**d)** On cherche les valeurs de $n$ pour lesquelles $p_n \geqslant 0{,}9$, soit :

$\frac{3^{50-n}}{3^{50-n}+2^{50}} \geqslant 0{,}9$ d'après la question précédente

$3^{50-n} \geqslant 0{,}9\,(3^{50-n}+2^{50})$ car $3^{50-n}+2^{50} > 0$, comme somme de deux nombres strictement positifs

$0{,}1 \times 3^{50-n} \geqslant 0{,}9 \times 2^{50}$

$3^{50-n} \geqslant 9 \times 2^{50}$

$\ln(3^{50-n}) \geqslant \ln(9 \times 2^{50})$ car la fonction logarithme est strictement croissante sur $\mathbb{R}_+^*$

$(50-n)\ln 3 \geqslant \ln(9 \times 2^{50})$ car $\ln(a^p) = p\ln(a)$ $\begin{cases}\text{pour tout } p \text{ entier}\\ a \text{ réel strictement positif}\end{cases}$

$50 - n \geqslant \frac{\ln(9 \times 2^{50})}{\ln 3}$ car $\ln 3 > 0$

$n \leqslant 50 - \frac{\ln(9 \times 2^{50})}{\ln 3} \approx 16{,}45.$

Finalement : ***n* est un entier compris entre 0 et 16.**

**La probabilité pour que le jardinier ait choisi le lot 1 sachant qu'il a obtenu entre 0 et 16 tulipes jaunes sera supérieure à 0,9.**

## SUJET 68

AIDE-MÉMOIRE p. 263

**45 min** **5 points**

Pour embaucher ses cadres, une entreprise fait appel à un cabinet de recrutement. La procédure retenue est la suivante. Le cabinet effectue une première sélection de candidats sur dossier. 40 %des dossiers reçus sont validés et transmis à l'entreprise. Les candidats ainsi sélectionnés passent un premier entretien à l'issue duquel 70 % d'entre eux sont retenus. Ces derniers sont convoqués à un ultime entretien avec le directeur des ressources humaines qui recrutera 25 % des candidats rencontrés.

**1.** On choisit au hasard le dossier d'un candidat.
On considère les événements suivants :
– $D$ : « Le candidat est retenu sur dossier »,
– $E_1$ : « Le candidat est retenu à l'issue du premier entretien »,
– $E_2$ : « Le candidat est recruté ».

**a)** Reproduire et compléter l'arbre pondéré ci-dessous.

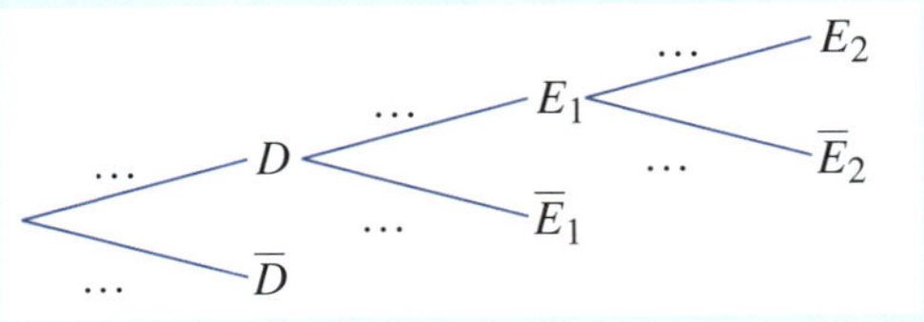


**b)** Calculer la probabilité de l'événement $E_1$.

**c)** On note $F$ l'événement « Le candidat n'est pas recruté ».
Démontrer que la probabilité de l'événement $F$ est égale à 0,93.

**2.** Cinq amis postulent à un emploi de cadre dans cette entreprise. Les études de leur dossier sont faites indépendamment les unes des autres. On admet que la probabilité que chacun d'eux soit recruté est égale à 0,07.
On désigne par $X$ la variable aléatoire donnant le nombre de personnes recrutées parmi ces cinq candidats.

**a)** Justifier que $X$ suit une loi binomiale et préciser les paramètres de cette loi.

**b)** Calculer la probabilité que deux exactement des cinq amis soient recrutés. On arrondira à $10^{-3}$.

**3.** Quel est le nombre minimum de dossiers que le cabinet de recrutement doit traiter pour que la probabilité d'embaucher au moins un candidat soit supérieure à 0,999 ?

# Corrigé du sujet 68

*Les textes sur fond jaune apparaissant dans ce corrigé sont des rappels de cours ou des commentaires pour vous guider et vous aider.*

**1.** a)

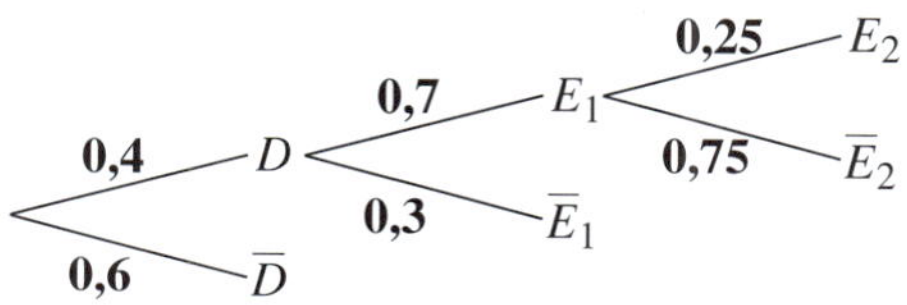


**b)** $\boldsymbol{p(E_1)} = p(D \cap E_1) = p(D) \times p_D(E_1) = 0{,}4 \times 0{,}7 = \mathbf{0{,}28}$.

**c)** $p(\overline{F}) = p(D \cap E_1 \cap E_2) = 0{,}4 \times 0{,}7 \times 0{,}25 = 0{,}07$.

Donc $\boldsymbol{p(F)} = 1 - p(\overline{F}) = 1 - 0{,}07 = \mathbf{0{,}93}$.

**2. a)**

**Rappel de cours : Loi binomiale**
Une épreuve de Bernoulli est une expérience aléatoire qui ne présente que deux issues $A$ de probabilité $p$ et $\overline{A}$ de probabilité $(1 - p)$. Lorsque l'on répète $n$ épreuves de Bernoulli de manière indépendante, on crée un schéma de Bernoulli. La variable aléatoire $X$ égale au nombre de réalisations de l'événement $A$ suit une loi binomiale de paramètres $n$ et $p$, c'est-à-dire :

$$p(X = k) = \binom{n}{k} p^k (1-p)^{n-k}, \text{ avec } k \text{ entier tel que } 0 \leqslant k \leqslant n.$$

L'expérience aléatoire admet deux issues : « être recruté » avec une probabilité de 0,07 et « ne pas être recruté » avec une probabilité de 0,93. Donc nous avons affaire à une épreuve de Bernoulli de paramètre $p = 0{,}07$.
On répète 5 fois de manière indépendante cette épreuve, on a alors un schéma de Bernoulli de paramètres $n = 5$ et $p = 0{,}07$.
On appelle $X$ la variable aléatoire qui désigne le nombre de succès de ce schéma ; **$X$ suit alors une loi binomiale de paramètres $n = 5$ et $p = 0{,}07$.**

**b)** $\boldsymbol{p(X = 2)} = \binom{5}{2} \times 0{,}07^2 \times 0{,}93^3 \approx$ **0,039 à $10^{-3}$ près.**

**3.** La probabilité qu'aucun candidat ne soit recruté est $\binom{n}{0} \times 0{,}07^0 \times 0{,}93^n = 0{,}93^n$.

Donc la probabilité qu'au moins un candidat soit recruté est $1 - 0{,}93^n$.
On veut que cette probabilité soit supérieur à 0,999, donc on résout l'inéquation suivante :

$1 - 0{,}93^n \geqslant 0{,}999 \Leftrightarrow 0{,}93^n \leqslant 0{,}001 \Leftrightarrow \ln(0{,}93^n) \leqslant \ln 0{,}001$ car ln est strictement croissante sur $\mathbb{R}_+^*$,

$\Leftrightarrow n \ln(0{,}93) \leqslant \ln 0{,}001 \Leftrightarrow n \geqslant \dfrac{\ln 0{,}001}{\ln 0{,}93}$ » 95,1 car $\ln 0{,}93 \leqslant 0$.

**Donc il faut traiter au moins 96 dossiers pour avoir une probabilité supérieure à 0,999 de recruter au moins un candidat.**

# Variables aléatoires

Les calculatrices sont autorisées conformément à la réglementation en vigueur

AIDE-MÉMOIRE p. 263

## SUJET 69

**60 min 5 points**

Un jeu consiste à lancer des fléchettes sur une cible. La cible est partagée en quatre secteurs, comme indiqué sur la **figure** ci-dessous.

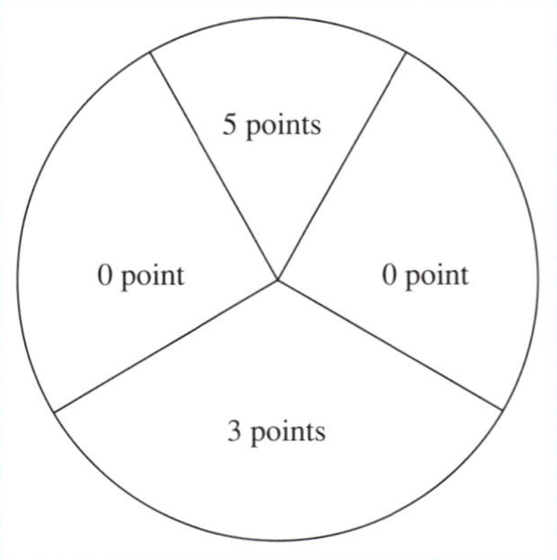


On suppose que les lancers sont indépendants et que le joueur touche la cible à tous les coups.

**1.** Le joueur lance une fléchette.

On note $p_0$ la probabilité d'obtenir 0 point.

On note $p_3$ la probabilité d'obtenir 3 points.

On note $p_5$ la probabilité d'obtenir 5 points.

On a donc $p_0 + p_3 + p_5 = 1$.Sachant que $p_5 = \frac{1}{2} p_3$ et que $p_5 = \frac{1}{3} p_0$, déterminer les valeurs de $p_0$, $p_3$ et $p_5$.

**2.** Une partie de ce jeu consiste à lancer trois fléchettes au maximum. Le joueur gagne la partie s'il obtient un total (pour les 3 lancers) supérieur ou égal à 8 points. Si, au bout de 2 lancers, il a un total supérieur ou égal à 8 points, il ne lance pas la troisième fléchette.
On note $G_2$ l'événement : « le joueur gagne la partie en 2 lancers ».
On note $G_3$ l'événement : « le joueur gagne la partie en 3 lancers ».
On note $P$ l'événement : « le joueur perd la partie ».
On note $p(A)$ la probabilité d'un événement $A$.

**a)** Montrer, en utilisant un arbre pondéré, que $p(G_2) = \frac{5}{36}$.
On admettra dans la suite que $p(G_3) = \frac{7}{36}$.

**b)** En déduire $p(P)$.

**3.** Un joueur joue six parties avec les règles données à la question **2.** Quelle est la probabilité qu'il gagne au moins une partie ?

**4.** Pour une partie, la mise est fixée à 2 €.
Si le joueur gagne en deux lancers, il reçoit 5 €. S'il gagne en trois lancers, il reçoit 3 €. S'il perd, il ne reçoit rien.
On note $X$ la variable aléatoire correspondant au gain algébrique du joueur pour une partie. Les valeurs possibles pour $X$ sont donc : – 2, 1 et 3.

**a)** Donner la loi de probabilité de $X$.

**b)** Déterminer l'espérance mathématique de $X$. Le jeu est-il favorable au joueur ?

## Corrigé du sujet 69

*Les textes sur fond jaune apparaissant dans ce corrigé sont des rappels de cours ou des commentaires pour vous guider et vous aider.*

**1.**

$$\begin{cases} p_0 + p_3 + p_5 = 1 \\ p_5 = \frac{1}{2} p_3 \\ p_5 = \frac{1}{3} p_0 \end{cases} \text{ équivaut à } \begin{cases} p_0 + p_3 + p_5 = 1 \\ p_3 = 2p_5 \\ p_0 = 3p_5 \end{cases} \text{ équivaut à } \begin{cases} 3p_5 + 2p_5 + p_5 = 1 \\ p_3 = 2p_5 \\ p_0 = 3p_5 \end{cases}$$

D'où $\mathbf{p_5 = \frac{1}{6}}$,

$\mathbf{p_3 = \frac{1}{3}}$,

et $\mathbf{p_0 = \frac{1}{2}}$.

**2. a)**
$O$ : « obtenir 0 point » ;
$A$ : « obtenir 3 points » ;
$B$ : « obtenir 5 points ».

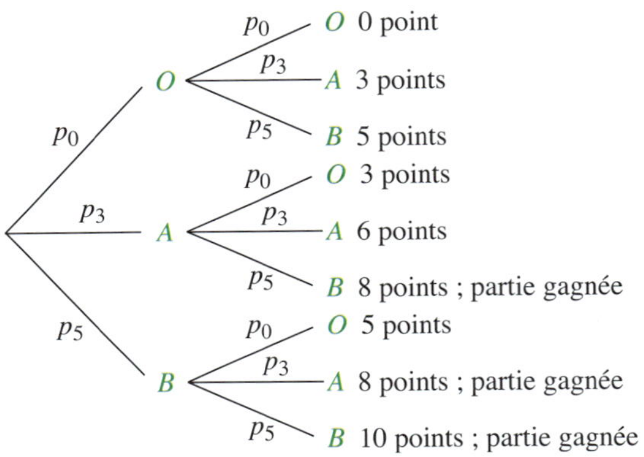


D'où $\boldsymbol{p(G_2)} = p(AB) + p(BA) + p(BB) = p_3 \times p_5 + p_5 \times p_3 + p_5 \times p_5$

$= 2 \times \frac{1}{3} \times \frac{1}{6} + \frac{1}{6} \times \frac{1}{6} = \mathbf{\frac{5}{36}}$.

**b)** $\boldsymbol{p(P)} = 1 - p(G_2) - p(G_3)$

$= 1 - \frac{5}{36} - \frac{7}{36} = \frac{24}{36} = \mathbf{\frac{2}{3}}$.

**3.**

**Méthode :** Une épreuve de Bernoulli est une expérience aléatoire qui ne présente que deux issues, $A$ de probabilité $p$ et $\overline{A}$ de probabilité $(1 - p)$. Lorsque l'on répète $n$ épreuves de Bernoulli de manière indépendante, on crée un schéma de Bernoulli.

On a affaire à une épreuve de Bernoulli, car, pour chaque partie, il n'y a que deux issues : $P$ de probabilité $\frac{2}{3}$ et $\overline{P}$ de probabilité $1 - \frac{2}{3} = \frac{1}{3}$. On répète la partie 6 fois de façon indépendante ; on est donc devant un schéma de Bernoulli.

La probabilité qu'il perde toutes les parties est $p = \left(\frac{2}{3}\right)^6 = \frac{64}{729}$.

Par suite, **la probabilité qu'il gagne au moins une partie est** :

$$1 - \frac{64}{729} = \mathbf{\frac{665}{729}}.$$

**4. a)**

| $x_i$ | $-2$ | $1$ | $3$ |
|---|---|---|---|
| $p_i$ | $p(P) = \mathbf{\frac{2}{3}}$ | $p(G_3) = \mathbf{\frac{7}{36}}$ | $p(G_2) = \mathbf{\frac{5}{36}}$ |

**b)**

**Rappel de cours :** Soit $X$ une variable aléatoire prenant les valeurs $x_1, x_2, \ldots, x_n$ avec les probabilités respectives $p_1, p_2, \ldots, p_n$ . Son espérance mathématique est alors définie par :

$$E(X) = \sum_{i=1}^{n} p_i x_i .$$

$E(X) = \sum_{i=1}^{3} p_i x_i = -2 \times \frac{2}{3} + 1 \times \frac{7}{36} + 3 \times \frac{5}{36} = -\mathbf{\frac{13}{18}} < 0$ ; donc **le jeu n'est pas favorable au joueur.**

AIDE-MÉMOIRE p. 263

# SUJET 70

**45 min** **4 points**

Une urne contient 10 boules blanches et $n$ boules rouges, $n$ étant un entier naturel supérieur ou égal à 2.
On fait tirer à un joueur des boules de l'urne.
À chaque tirage, toutes les boules ont la même probabilité d'être tirées.
Pour chaque boule blanche tirée, il gagne 2 euros et, pour chaque boule rouge tirée, il perd 3 euros.
On désigne par $X$ la variable aléatoire correspondant au gain algébrique obtenu
par le joueur.
*Les deux questions de l'exercice sont indépendantes.*

**1.** Le joueur tire deux fois successivement et sans remise une boule de l'urne.

**a)** Démontrer que $P(X = -1) = \dfrac{20n}{(n+10)(n+9)}$.

**b)** Calculer, en fonction de $n$, la probabilité correspondant aux deux autres valeurs prises par la variable $X$.

**c)** Vérifier que l'espérance mathématique de la variable aléatoire $X$ vaut :

$$E(X) = \frac{-6n^2 - 14n + 360}{(n+10)(n+9)}.$$

**d)** Déterminer les valeurs de $n$ pour lesquelles l'espérance mathématique est strictement positive.

**2.** Le joueur tire 20 fois successivement et avec remise une boule de l'urne. Les tirages sont indépendants.
Déterminer la valeur minimale de l'entier $n$ afin que la probabilité d'obtenir au moins une boule rouge au cours de ces 20 tirages soit strictement supérieure à 0,999.

## Corrigé du sujet 70

*Les textes sur fond jaune apparaissant dans ce corrigé sont des rappels de cours ou des commentaires pour vous guider et vous aider.*

**1. a)** Les valeurs prises par $X$ sont :
- 4 : les deux boules tirées sont blanches ;
- $-1$ : il tire une boule blanche et une boule rouge ;
- $-6$ : deux boules rouges sont tirées.

Le nombre initial de boules est $n + 10$ ; le joueur choisit une boule : il a donc $n + 10$ choix possibles et, comme il ne remet pas cette boule dans l'urne, il n'a plus que $n + 9$ choix possibles pour le second tirage.

D'où l'arbre suivant : **1er tirage** **2nd tirage** **Gain**

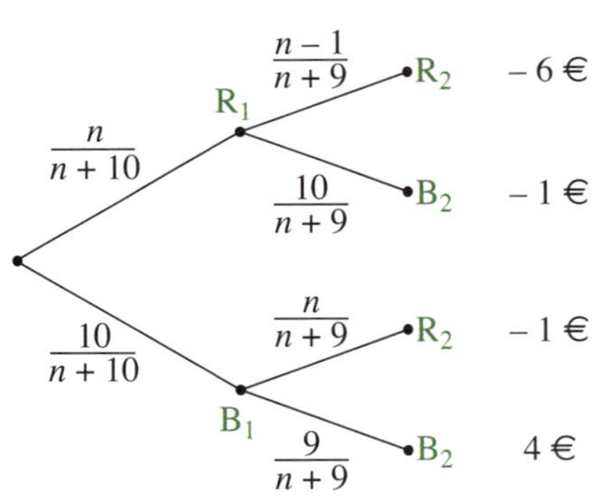


On a : $\boldsymbol{P(X = -1)} = \dfrac{n}{n+10} \times \dfrac{10}{n+9} + \dfrac{10}{n+10} \times \dfrac{n}{n+9}$

$$= \boldsymbol{\frac{20n}{(n+10)(n+9)}}.$$

**b)** $\boldsymbol{P(X=4)} = \dfrac{10}{n+10} \times \dfrac{9}{n+9} = \boldsymbol{\dfrac{90}{(n+10)(n+9)}}$ ;

$\boldsymbol{P(X=-6)} = \dfrac{n}{n+10} \times \dfrac{n-1}{n+9} = \boldsymbol{\dfrac{n(n-1)}{(n+10)(n+9)}}$.

**c)** $\boldsymbol{E(X)} = 4 \times P(X=4) + (-1) \times P(X=-1) + (-6) \times P(X=-6)$

$$= \frac{360}{(n+10)(n+9)} - \frac{20n}{(n+10)(n+9)} - \frac{6n(n-1)}{(n+10)(n+9)}$$

$$\boldsymbol{= \frac{-6n^2 - 14n + 360}{(n+10)(n+9)}}.$$

**d)** $E(X) > 0 \Leftrightarrow \dfrac{-6n^2 - 14n + 360}{(n+10)(n+9)} > 0 \Leftrightarrow -6n^2 - 14\text{n} + 360 > 0$,
car $(n+10)(n+9) > 0$, pour tout entier $n$.

Résolvons $-6n^2 - 14n + 360 = 0$.
$\Delta = 8\,836 > 0$, donc l'équation admet deux solutions réelles :

$$x_1 = -9 \text{ ou } x_2 = \frac{20}{3}.$$

Le trinôme est du signe de $-a = 6 > 0$ à l'intérieur des racines et du signe de $a$ à l'extérieur.
On en déduit que $-9 < n < \dfrac{20}{3}$.
$n$ est un entier naturel supérieur ou égal à 2, donc $\boldsymbol{2 \leqslant n \leqslant 6}$.

**2.** Les événements « obtenir au moins une boule rouge au cours des vingt tirages » et « obtenir 20 boules blanches au cours de ces 20 tirages » sont des événements contraires.

Donc $p = 1 - \left(\dfrac{10}{n+10}\right)^{20}$.

$$p > 0{,}999 \Leftrightarrow 1 - \left(\frac{10}{n+10}\right)^{20} > 0{,}999$$

$$\Leftrightarrow \left(\frac{10}{n+10}\right)^{20} < 0{,}001$$

$$\Leftrightarrow \mathrm{e}^{20 \ln \frac{10}{n+10}} < 0{,}001$$

$$\Leftrightarrow 20 \ln \left(\frac{10}{n+10}\right) < \ln 0{,}001$$

car $\begin{cases} \ln \text{ est une fonction strictement croissante sur } \mathbb{R}_+^* \\ \ln(\mathrm{e}^x) = x \text{ sur } \mathbb{R} \end{cases}$

$$\Leftrightarrow \ln \frac{10}{n+10} < \frac{\ln(0{,}001)}{20}$$

$$\Leftrightarrow \ln 10 - \ln(n+10) < \frac{\ln(0{,}001)}{20}$$

$$\Leftrightarrow \ln(n+10) > \ln(10) - \frac{\ln(0{,}001)}{20}$$

$$\Leftrightarrow n + 10 > \mathrm{e}^{\ln 10 - \frac{\ln(0{,}001)}{20}}$$

car $\begin{cases} \text{exp est une fonction strictement croissante sur } \mathbb{R} \\ e^{\ln x} = x \text{ sur } \mathbb{R}_+^* \end{cases}$

$$\Leftrightarrow n > e^{\ln 10 - \frac{\ln(0{,}001)}{20}} - 10 \approx 4{,}12.$$

Conclusion : **la valeur minimale de l'entier *n* est 5.**

AIDE-MÉMOIRE p. 263

# SUJET 71

**60 min** **5 points**

Dans une entreprise, on s'intéresse à la probabilité qu'un salarié soit absent durant une période d'épidémie de grippe.

- Un salarié malade est absent.
- La première semaine de travail, le salarié n'est pas malade.
- Si la semaine $n$, le salarié n'est pas malade, il tombe malade la semaine $n + 1$ avec une probabilité égale à 0,04.
- Si la semaine $n$, le salarié est malade, il reste malade la semaine $n + 1$ avec une probabilité égale à 0,24.

On désigne, pour tout entier naturel $n$ supérieur ou égal à 1, par $E_n$ l'événement « le salarié est absent pour cause de maladie la $n$-ième semaine ».

On note $p_n$ la probabilité de l'événement $E_n$.

On a ainsi $p_1 = 0$ et, pour tout entier naturel $n$ supérieur ou égal à 1, $0 \leqslant p_n < 1$.

**1. a)** Déterminer la valeur de $p_3$ à l'aide d'un arbre de probabilité.

**b)** Sachant que le salarié a été absent pour cause de maladie la troisième semaine, déterminer la probabilité qu'il ait été aussi absent pour cause de maladie la deuxième semaine.

**2. a)** Recopier sur la copie et compléter l'arbre de probabilité donné ci-dessous.

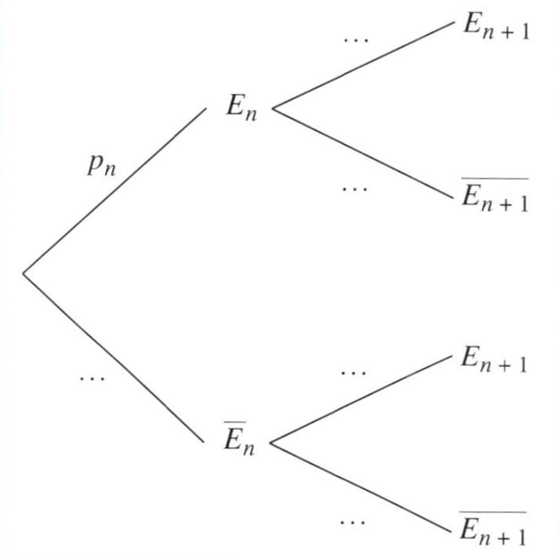


**b)** Montrer que, pour tout entier naturel $n$ supérieur ou égal à 1 :

$$p_{n+1} = 0{,}2p_n + 0{,}04.$$

**c)** Montrer que la suite $(u_n)$ définie pour tout entier naturel $n$ supérieur ou égal à 1 par $u_n = p_n - 0{,}05$ est une suite géométrique dont on donnera le premier terme et la raison $r$. En déduire l'expression de $u_n$ puis de $p_n$ en fonction de $n$ et $r$.

**d)** En déduire la limite de la suite $(p_n)$.

**e)** On admet dans cette question que la suite $(p_n)$ est croissante. On considère l'algorithme suivant :

```
P ← 0
J ← 1
Saisir K
Tant que P < 0,05 – 10^-K
    P ← 0,2 × P + 0,04
    J ← J + 1
Fin tant que
Afficher J
```

À quoi correspond l'affichage final J ?
Pourquoi est-on sûr que cet algorithme s'arrête ?

**3.** Cette entreprise emploie 220 salariés. Pour la suite, on admet que la probabilité pour qu'un salarié soit malade une semaine donnée durant cette période d'épidémie est égale à $p = 0{,}05$.
On suppose que l'état de santé d'un salarié ne dépend pas de l'état de santé de ses collègues.
On désigne par $X$ la variable aléatoire qui donne le nombre de salariés malades une semaine donnée.
Justifier que la variable aléatoire $X$ suit une loi binomiale dont on donnera les paramètres.
Calculer l'espérance mathématique $\mu$ et l'écart type $\sigma$ de la variable aléatoire $X$.

## Corrigé du sujet 71

*Les textes sur fond jaune apparaissant dans ce corrigé sont des rappels de cours ou des commentaires pour vous guider et vous aider.*

**1. a)**

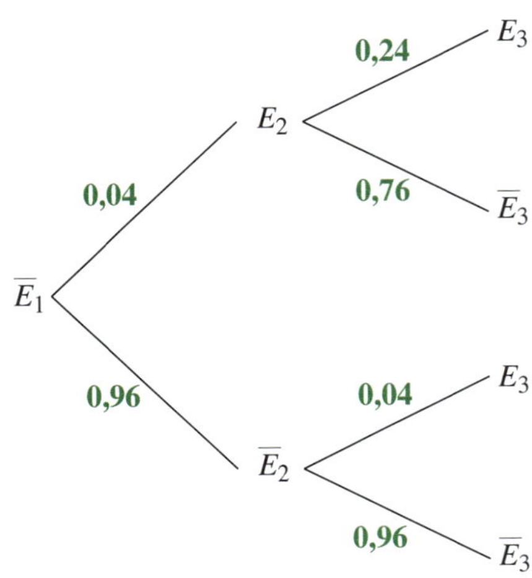


**Rappel de cours : Formule de probabilité totale**
Si $A_1, A_2, \ldots, A_n$ forment une partition de l'univers, et si $A$ est un événement :
$$p(A) = p(A_1 \cap A) + p(A_2 \cap A) + \ldots + p(A_n \cap A).$$

$E_2$ et $\overline{E_2}$ forment une partition de l'univers, d'où :
$\boldsymbol{p_3} = p(E_3) = p(E_2 \cap E_3) + p(\overline{E_2} \cap E_3) = 0{,}04 \times 0{,}24 + 0{,}96 \times 0{,}04 = \mathbf{0{,}048}$.

**b)** $p_{E_3}(E_2) = \dfrac{p(E_2 \cap E_3)}{p(E_3)} = \dfrac{0{,}04 \times 0{,}24}{0{,}048} = 0{,}2.$

**Donc la probabilité que le salarié ait été absent la deuxième semaine, sachant qu'il l'a été la troisième, est de 0,2.**

**2. a)**

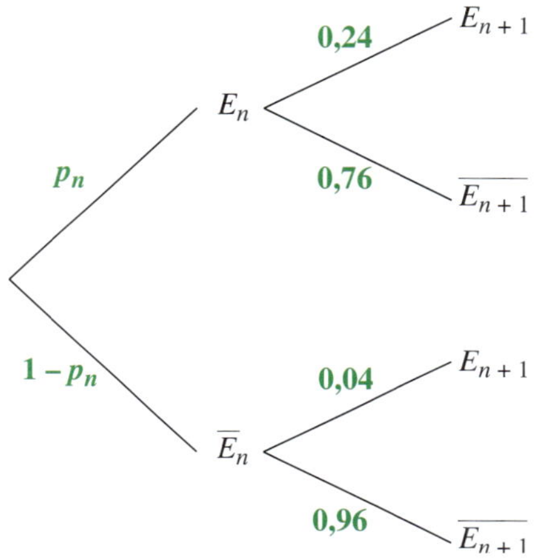


**b)**

**Rappel de cours : Formule des probabilités totales**
Si $A_1, A_2, \ldots, A_n$ forment une partition de l'univers, et $A$ est un événement :
$$p(A) = p(A_1 \cap A) + p(A_2 \cap A) + \ldots + p(A_n \cap A).$$

$E_n$ et $\overline{E_n}$ forment une partition de l'univers, d'où, pour tout entier $n \geqslant 1$ :

$\boldsymbol{p_{n+1}} = p(E_{n+1}) = p(E_n \cap E_{n+1}) + p(\overline{E_n} \cap E_{n+1}) = p_n \times 0{,}24 + (1 - p_n) \times 0{,}04$

$= \mathbf{0{,}2\, p_n + 0{,}04}.$

**c)** $u_{n+1} = p_{n+1} - 0{,}05 = 0{,}2\, p_n + 0{,}04 - 0{,}05 = 0{,}2\, p_n - 0{,}01 = 0{,}2\,(p_n - 0{,}05) = 0{,}2\, u_n.$

Donc **$(u_n)$ est une suite géométrique de raison $r = 0{,}2$ et de premier terme $u_1$** $= p_1 - 0{,}05 =$ **$-0{,}05$**.

Donc $\boldsymbol{u_n} = u_1 \times r^{n-1} = \mathbf{-0{,}05 \times 0{,}2^{n-1}}$ **pour tout entier $n \geqslant 1$.**

$\boldsymbol{p_n} = -0{,}05 \times 0{,}2^{n-1} + 0{,}05 = \mathbf{-0{,}25 \times 0{,}2^n + 0{,}05}$ **pour tout entier $n \geqslant 1$.**

**d)**

**Rappel :** $\lim\limits_{n \to +\infty} q^n = 0$ si $-1 < q < 1$.

$\lim\limits_{n \to +\infty} 0{,}2^n = 0$ car $-1 < 0{,}2 < 1$.

Donc $\boldsymbol{\lim\limits_{n \to +\infty} p_n = 0{,}05}$.

**e)** L'affichage de $J$ sert à déterminer à partir de quelle semaine le nombre de malades dépasse le seuil de $0{,}05 - 10^{-k}$ pour un $k$ donné.

**La valeur affichée sera le plus petit entier $J$ tel que $p_J \geqslant 0{,}05 - 10^{-k}$.**

$\begin{cases} (p_n) \text{ est croissante} \\ \lim\limits_{n \to +\infty} p_n = 0{,}05 \\ 0{,}05 - 10^{-k} < 0{,}05 \end{cases}$, donc, à partir d'un certain rang, tous les termes $p_n$ seront entre $0{,}05 - 10^{-k}$ et 0,05 et l'entier cherché $J$ existe bien.

**Donc l'algorithme s'arrêtera.**

**3.**

**Rappel de cours :** Une épreuve de Bernoulli est une expérience aléatoire qui ne présente que deux issues, $A$ de probabilité $p$ et $\overline{A}$ de probabilité $(1–p)$. Lorsque l'on répète $n$ épreuves de Bernoulli de manière indépendante, on crée un schéma de Bernoulli. La variable aléatoire $X$ égale au nombre de réalisations de l'événement $A$ suit une loi binomiale de paramètres $n$ et $p$, c'est-à-dire :

$$p(X = k) = \binom{n}{k} p^k (1-p)^{n-k} \text{ avec } k \text{ entier tel que } 0 \leqslant k \leqslant n.$$

De plus : $E(X) = np$ et $V(X) = np(1-p)$.

On a une expérience aléatoire où il n'y a que deux issues possibles, être ou non malade.
La probabilité d'être malade est de 0,05.
Donc, on a affaire à une épreuve de Bernoulli de paramètre $p = 0{,}05$.
Comme l'état de santé d'un salarié ne dépend pas de celui de ses collègues, on répète cette épreuve de Bernoulli 220 fois de manière identique et indépendante.
On a alors affaire à un schéma de Bernoulli de paramètres $n = 220$ et $p = 0{,}05$.
La variable aléatoire $X$ qui comptabilise le nombre de salariés malades une semaine donnée suit alors une loi binomiale de paramètres $n = 220$ et $p = 0{,}05$.

$\mu = np = 200 \times 0{,}05 = \mathbf{11}$.

$V(X) = np(1 - \text{p}) = 200 \times 0{,}05 \times 0{,}95 = 10{,}45$.

$\sigma = \sqrt{V(X)} = \sqrt{\mathbf{10{,}45}} = \mathbf{3{,}23}$.

AIDE-MÉMOIRE p. 263

## SUJET 72

**45 min 4 points**

Une urne contient 4 boules blanches et 2 boules noires indiscernables au toucher.

**1.** On effectue trois tirages successifs au hasard d'une boule selon la procédure suivante : après chaque tirage, si la boule tirée est blanche, on la remet dans l'urne et si elle est noire, on ne la remet pas dans l'urne.

On désigne par $X$ la variable aléatoire égale au nombre de boules noires obtenues à l'issue des trois tirages.
On pourra s'aider d'un arbre pondéré.

**a)** Quelles sont les valeurs prises par $X$ ?

**b)** Calculer $P(X = 0)$.

**c)** On se propose de déterminer maintenant $P(X = 1)$.
• Montrer que la probabilité que la seule boule noire tirée soit obtenue au second tirage est égale à $\frac{8}{45}$.
• En remarquant que la seule boule noire peut être tirée soit au premier, soit au deuxième, soit au troisième tirage, calculer $P(X = 1)$.

**2.** On reprend l'urne dans sa composition initiale : 4 boules blanches et 2 boules noires indiscernables au toucher.
Soit $n$ un entier naturel supérieur ou égal à 3.
On effectue maintenant $n$ tirages successifs au hasard d'une boule dans l'urne selon la même procédure : après chaque tirage, si la boule tirée est blanche, on la remet dans l'urne et si elle est noire, on ne la remet pas dans l'urne.
Soit $k$ un entier compris entre 1 et $n$.
Soit $N$ l'événement « la $k$-ième boule tirée est noire et toutes les autres sont blanches. »
Soit $A$ l'événement « on obtient une boule blanche dans chacun des $k - 1$ premiers tirages et une boule noire au $k$-ième. »
Soit $B$ l'événement « on obtient une boule blanche dans chacun des $(n - k)$ derniers tirages. »

Calculer :
• $P(A)$,
• $P_A(B)$,
• $P(N)$.

# Corrigé du sujet 72

**1.** Voici l'arbre pondéré des tirages :

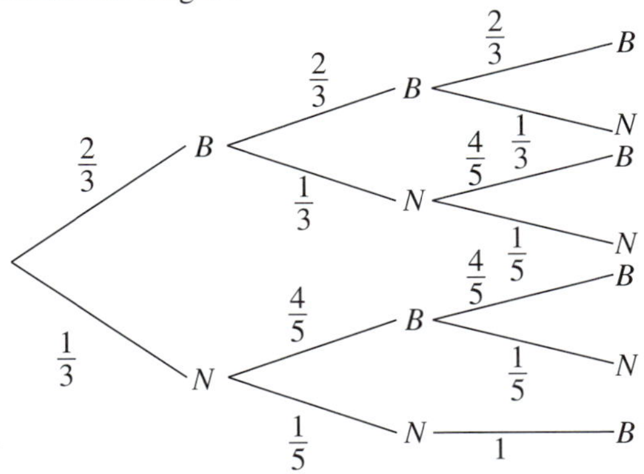


**a)** L'arbre ci-dessus nous indique que $X$ **peut prendre les valeurs 0, 1 et 2.**

**b)** $X = 0$ correspond au tirage de trois boules blanches ; ainsi

$$\boldsymbol{P(X=0)} = \frac{2}{3} \times \frac{2}{3} \times \frac{2}{3} = \boldsymbol{\frac{8}{27}}.$$

**c)** • Si la seule boule noire est obtenue au second tirage, on se trouve sur la branche $BNB$ de l'arbre. Par suite, **la probabilité vaut** $\frac{2}{3} \times \frac{1}{3} \times \frac{4}{5} = \boldsymbol{\frac{8}{45}}$.

• $\boldsymbol{P(X=1)} = P(NBB) + P(BNB) + P(BBN) = \frac{1}{3} \times \frac{4}{5} \times \frac{4}{5} + \frac{8}{45} + \frac{2}{3} \times \frac{2}{3} \times \frac{1}{3}$

$$= \frac{144 + 120 + 100}{27 \times 25} = \boldsymbol{\frac{364}{675}}.$$

**2.** • Si l'événement $A$ se produit, la composition de l'urne pour les $k$ tirages reste inchangée : 4 boules blanches et 2 noires ;

d'où $\boldsymbol{P(A)} = \left(\frac{2}{3}\right)^{k-1} \times \frac{1}{3} = \boldsymbol{\frac{2^{k-1}}{3^k}}$.

• Si l'événement $B$ se réalise sachant que $A$ est réalisé, à partir du $(k+1)$-ième tirage, l'urne est composée de 4 boules blanches et d'une boule noire pour chacun des $(n-k)$ tirages restants. On doit ainsi calculer la probabilité de tirer successivement $(n-k)$ boules blanches dans une urne contenant à chaque fois 4 boules blanches et une boule noire.

Donc : $\boldsymbol{P_A(B) = \left(\frac{4}{5}\right)^{n-k}}$.

• On remarque que $N = A \cap B$, d'où :

$$\boldsymbol{P(N)} = P(A \cap B) = P_A(B) \times P(A) = \frac{2^{k-1}}{3^k} \times \left(\frac{4}{5}\right)^{n-k} = \frac{2^{k-1} \times 2^{2n-2k}}{3^k \times 5^{n-k}} = \boldsymbol{\frac{2^{2n-k-1}}{3^k \times 5^{n-k}}}.$$

AIDE-MÉMOIRE p. 263

# SUJET 73

45 min **5 points**

Le personnel d'un très grand hôpital est réparti en trois catégories : les médecins, les soignants (non-médecins) et le personnel AT (administratifs ou techniques).
12 % des personnels sont des médecins et 71 % sont des soignants.
67 % des médecins sont des hommes et 92 % des soignants sont des femmes.
*On donnera une valeur approchée de tous les résultats à $10^{-4}$ près.*

**1.** On interroge au hasard un membre du personnel de cet hôpital.

**a)** Quelle est la probabilité d'interroger une femme soignante ?

**b)** Quelle est la probabilité d'interroger une femme médecin ?

**c)** On sait que 80 % du personnel est féminin. Calculer la probabilité d'interroger une femme AT.
En déduire la probabilité d'interroger une femme sachant que la personne interrogée fait partie du personnel AT.

**2.** Tout le personnel de cet hôpital a un temps de trajet domicile-hôpital au plus égal à une heure et on suppose que la durée exacte du trajet est une variable aléatoire uniformément répartie sur [0 ; 1].
On interroge au hasard un membre du personnel de cet hôpital. Quelle est la probabilité pour que la personne interrogée ait une durée de trajet comprise entre 15 min et 20 min ?

**3.** Une entreprise souhaite envoyer un courrier publicitaire à 40 personnes qui travaillent dans cet hôpital. Elle a la liste du personnel, mais ne connaît pas la fonction de chacun. Elle choisit au hasard 40 noms de la liste (en raison de la taille de la population, on considère qu'il s'agit de 40 tirages successifs indépendants avec remise).
Quelle est la probabilité que, sur les 40 courriers envoyés, 10 exactement soient reçus par des médecins ?

# Corrigé du sujet 73

*Les textes sur fond jaune apparaissant dans ce corrigé sont des rappels de cours ou des commentaires pour vous guider et vous aider.*

On note $M$, $S$, $AT$ et $F$ les événements respectifs :

$M$ : « choisir un médecin »,

$S$ : « choisir un soignant »,

$AT$ : « choisir un AT »,

$F$ : « choisir une femme ».

**1.** D'après l'énoncé :

$P(M) = 0{,}12$

$P(S) = 0{,}71$

$P(AT) = 1 - P(M) - P(S) = 0{,}17$

$P_M(H) = 0{,}67$, donc $P_M(F) = 1 - P_M(H) = 1 - 0{,}67 = 0{,}33$

$P_S(F) = 0{,}92$

**a) La probabilité d'interroger une femme soignante est :**
$\boldsymbol{P(F \cap S)} = P_S(F) \times P(S) = 0{,}71 \times 0{,}92 = \mathbf{0{,}653\,2}$.

**b) La probabilité d'interroger une femme médecin est :**
$\boldsymbol{P(F \cap M)} = P_M(F) \times P(M) = 0{,}33 \times 0{,}12 = \mathbf{0{,}039\,6}$.

**c)**

**Méthode :** On utilise la formule des probabilités totales.
Si $A_1, A_2, \ldots, A_n$ formant une partition de l'univers et $A$ est un événement, alors : $p(A) = p(A_1 \cap A) + p(A_2 \cap A) + \ldots + p(A_n \cap A)$.

$M$, $S$ et $AT$ forment une partition sur l'ensemble du personnel de l'hôpital, donc, d'après la formule des probabilités totales :
$P(F) = P(F \cap M) + P(F \cap S) + P(F \cap AT)$.
On sait que $P(F) = 0{,}8$ d'où $\boldsymbol{P(F \cap AT)} = 0{,}8 - 0{,}039\,6 - 0{,}653\,2 = \mathbf{0{,}107\,2}$,

ainsi $\boldsymbol{P_{AT}(F)} = \dfrac{P(F \cap AT)}{P(AT)} = \dfrac{0{,}1072}{0{,}17} \approx$ **0,630 6 à $10^{-4}$ près.**

**2.** Notons $T$ la variable aléatoire égale au temps (exprimé en minutes) du trajet domicile-travail de la personne interrogée. Comme $T$ suit une loi uniforme sur $[0\,;\,60]$ :

$\boldsymbol{P(15 \leqslant T \leqslant 20)} = \dfrac{20-15}{60} = \dfrac{1}{12} \approx$ **0,083 3 à $10^{-4}$ près.**

**3.** Soit $X$ la variable aléatoire égale au nombre de courriers reçus par des médecins. On précise dans le texte que les choix des 40 personnes sont indépendants et se font avec remise. En conséquence, $X$ suit la loi binomiale de paramètres $n = 40$, $p = 0{,}12$.

D'où $P(X = k) = \dbinom{40}{k} \times 0{,}12^k \times 0{,}88^{40-k}$.

En particulier : $\boldsymbol{P(X = 10)} = \dbinom{40}{10} \times 0{,}12^{10} \times 0{,}88^{30} \approx$ **0,011 3 à $10^{-4}$ près.**

# Géométrie

**• Produit scalaire de deux vecteurs non nuls du plan**

$\overrightarrow{OA}.\overrightarrow{OB} = \overline{OA} \cdot \overline{OB'}$ ;

$\overrightarrow{OA}.\overrightarrow{OB} = \overline{OA} \cdot \overline{OB} \cdot \cos\theta$.

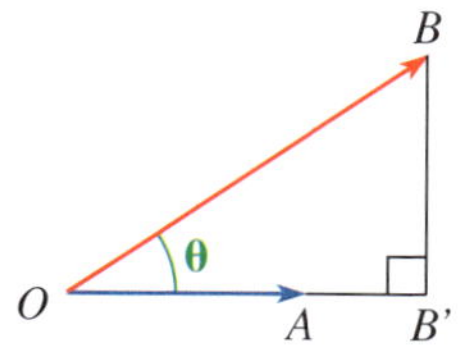


**• Produit scalaire et coordonnées**

Si $\vec{u}$ et $\vec{v}$ admettent pour coordonnées respectives $(x, y, z)$ et $(x', y', z')$ dans un repère orthonormal de l'espace, alors :

$\vec{u}.\vec{v} = xx' + yy' + zz'$ et $\|\vec{u}\| = \sqrt{\vec{u}.\vec{u}}$.

Une équation de la sphère de centre Ω de coordonnées $(a, b, c)$ et de rayon $R$ est :

$(x - a)^2 + (y - b)^2 + (z - c)^2 = R^2$.

# Algèbre, trigonométrie

## Identités remarquables

Pour tous $a \in \mathbb{C}$, $b \in \mathbb{C}$,

$(a + b)^3 = a^3 + 3a^2b + 3ab^2 + b^3$ ;

$(a - b)^3 = a^3 - 3a^2b + 3ab^2 - b^3$ ;

$a^3 + b^3 = (a + b)(a^2 - ab + b^2)$ ;

$a^3 - b^3 = (a - b)(a^2 + ab + b^2)$.

Pour tous $a \in \mathbb{C}$, $b \in \mathbb{C}$ et pour tout $n \in \mathbb{N}^*$,

$$(a + b)^n = a^n + \binom{n}{1} a^{n-1} b + \ldots + \binom{n}{k} a^{n-k} b^k + \ldots + b^n = \sum_{k=0}^{n} \binom{n}{k} a^{n-k} b^k.$$

## Équation du second degré dans ℝ

Soient $a$, $b$ et $c$ trois nombres réels ($a \neq 0$) et $\Delta = b^2 - 4ac$.

L'équation $az^2 + bz + c = 0$ admet :

- lorsque $\Delta > 0$, deux solutions réelles $z_1 = \dfrac{-b - \sqrt{\Delta}}{2a}$ et $z_2 = \dfrac{-b + \sqrt{\Delta}}{2}$ ;
- lorsque $\Delta = 0$, une solution réelle $z_1 = -\dfrac{b}{2a}$.

## Trigonométrie

**• Formules d'addition**

Pour tous $a \in \mathbb{R}$ et $b \in \mathbb{R}$,

$\cos(a + b) = \cos a \cos b - \sin a \sin b$ ;

$\cos(a - b) = \cos a \cos b + \sin a \sin b$ ;

$\sin(a + b) = \sin a \cos b + \cos a \sin b$ ;

$\sin(a - b) = \sin a \cos b - \cos a \sin b$.

**• Formules de duplication**

Pour tout $a \in \mathbb{R}$,

$\cos(2a) = \cos^2 a - \sin^2 a$ ;

$\cos(2a) = 2\cos^2 a - 1$ ;

$\cos(2a) = 1 - 2\sin^2 a$ ;

$\sin(2a) = 2 \sin a \cos a$.

# Probabilités

## Généralités

Si les événements $A$ et $B$ sont incompatibles, alors :
$P(A \cup B) = P(A) + P(B)$.

Dans le cas général :
$P(A \cup B) = P(A) + P(B) - P(A \cap B)$.
$P(\bar{A}) = 1 - P(A)$ ; $P(\Omega) = 1$ ; $P(\emptyset) = 0$.

Si $A_1, \ldots, A_n$ forment une partition de $A$,

$$P(A) = \sum_{i=1}^{n} P(A_i).$$

Dans le cas de l'équiprobabilité :

$$P(A) = \frac{\text{nombre d'éléments de } A}{\text{nombre d'éléments de } \Omega}.$$

- **Probabilité conditionnelle de *B* sachant *A***

Si $P(A) \neq 0$, $P_A(B)$ est définie par :
$P(A \cap B) = P_A(B) \times P(A)$.

Cas où $A$ et $B$ sont indépendants :
$P(A \cap B) = P(A) \times P(B)$.

- **Formule des probabilités totales**

Si les événements $B_1, B_2, \ldots, B_n$ forment une partition de $\Omega$,
alors $P(A) = P(A \cap B_1) + P(A \cap B_2) + \ldots + P(A \cap B_n)$.

## Variable aléatoire

Espérance mathématique :

$$E(X) = \sum_{i=1}^{n} p_i x_i.$$

Variance :

$$V(X) = \sum_{i=1}^{n} p_i(x_i - E(X))^2 = \sum_{i=1}^{n} (p_i x_i^2) - (E(X))^2.$$

Écart-type : $\sigma_X = \sqrt{V(X)}$.

## Combinaisons et formule du binôme

Pour tout $n \in \mathbb{N}^*$ et pour tout $p \in \mathbb{N}$, $0 \leqslant p \leqslant n$,
$n! = 1 \times 2 \times 3 \times \ldots \times n$ ; $0! = 1$.

$$\binom{n}{p} = \frac{n(n-1)\ldots(n-p+1)}{p!} = \frac{n!}{p!(n-p)!}.$$

$$\binom{n}{p} = \binom{n}{n-p} ;$$

$$\binom{n}{p} = \binom{n-1}{p-1} + \binom{n-1}{p}.$$

Le nombre de sous-ensembles à $p$ éléments d'un ensemble à $n$ éléments est égal à $\binom{n}{p}$.

Pour tous $a \in \mathbb{C}$, $b \in \mathbb{C}$ et pour tout $n \in \mathbb{N}^*$,

$$(a+b)^n = a^n + \binom{n}{1} a^{n-1} b + \ldots + \binom{n}{k} a^{n-k} b^k + \ldots + b^n.$$

## Lois de probabilité

- **Loi de Bernoulli de paramètre *p*, $p \in [0 ; 1]$**

$X$ peut prendre les valeurs 0 et 1 avec les probabilités $P(X = 1) = p$ et $P(X = 0) = 1 - p$.
$E(X) = p$ ; $V(X) = p(1 - p)$.

- **Loi binomiale $\mathcal{B}(n, p)$, $n \in \mathbb{N}^*$, $p \in [0 ; 1]$**

$X$ peut prendre les valeurs entières $0, 1, \ldots, n$.
Pour $0 \leqslant k \leqslant n$,

$$P(X = k) = \binom{n}{k} p^k (1-p)^{n-k}.$$

$E(X) = np$ ; $V(X) = np(1-p)$.

**• Loi uniforme**

La densité de probabilité d'une loi uniforme sur $[a, b]$ est la fonction constante définie sur $[a, b]$ par $f(t) = \frac{1}{b-a}$.

Si $X$ suit une loi uniforme sur $[a, b]$, alors $P(c \leqslant X \leqslant d) = \frac{d-c}{b-a}$ et son espérance est $E(X) = \frac{a+b}{2}$.

# Analyse

## Suites arithmétiques, suites géométriques

Suite arithmétique de premier terme $u_0 \in \mathbb{R}$ et de raison $a \in \mathbb{R}$ :
pour tout $n \in \mathbb{N}$, $u_{n+1} = u_n + a$ ;
$u_n = u_0 + na$.

Suite géométrique de premier terme $u_0 \in \mathbb{R}$ et de raison $q \in \mathbb{R}^*$ :

pour tout $n \in \mathbb{N}$, $u_{n+1} = qu_n$ ;
$u_n = u_0 q^n$.

**• Somme de termes**

$1 + 2 + \ldots + n = \frac{n(n+1)}{2}$ ;

si $b \neq 1$,
alors $1 + b + b^2 + \ldots + b^n = \frac{1 - b^{n+1}}{1 - b}$.

**• Limite d'une suite géométrique**

Si $0 < q < 1$, alors $\lim\limits_{n \to +\infty} q^n = 0$.

Si $q > 1$, alors $\lim\limits_{n \to +\infty} q^n = +\infty$.

## Propriétés algébriques de fonctions usuelles

**• Fonctions exponentielles et logarithmes**

$e^0 = 1$.

Pour tous réels $a$ et $b$,
$e^{a+b} = e^a e^b$ ;

$e^{a-b} = \frac{e^a}{e^b}$ ;

$(e^a)^b = e^{ab}$.

Pour tout $x \in ]0\,;+\infty[$, $\ln x = \int_1^x \frac{1}{t}\,dt$ ;
$\ln 1 = 0$ ; $\ln e = 1$.

Pour tous $a > 0$ et $b > 0$,

$\ln ab = \ln a + \ln b$

et $\ln \frac{a}{b} = \ln a - \ln b$.

Pour tout $a \in ]0\,;+\infty[$ et pour tout $x \in \mathbb{R}$,
$a^x = e^{x \ln a}$ ;
$\ln(a^x) = x \ln a$.

Pour tout $x \in ]0\,;+\infty[$, $\log x = \frac{\ln x}{\ln 10}$.

Pour tout $x \in \mathbb{R}$ et pour tout $y \in ]0\,;+\infty[$,
$y = e^x$ équivaut à $x = \ln y$.

**• Racine $n^{\text{ème}}$**

Pour tout $n \in \mathbb{N}^*$, pour tous $x \in [0\,;+\infty[$ et $y \in [0\,;+\infty[$,
$y = \sqrt[n]{x}$ équivaut à $x = y^n$.

Pour tout $n \in \mathbb{N}^*$ et pour tout $x \in ]0\,;+\infty[$,
$x^{\frac{1}{n}} = \sqrt[n]{x}$.

## Limites usuelles de fonctions

**• Comportement à l'infini**

$\lim\limits_{x \to +\infty} \ln x = +\infty$ ;

$\lim\limits_{x \to +\infty} e^x = +\infty$ ;

$\lim\limits_{x \to -\infty} e^x = 0.$

**• Comportement à l'origine**

$\lim\limits_{x \to 0} \ln x = -\infty$ ;

$\lim\limits_{x \to 0} x \ln x = 0.$

**• Croissances comparées à l'infini**

$\lim\limits_{x \to +\infty} \dfrac{e^x}{x} = +\infty$ ;

$\lim\limits_{x \to -\infty} x\,e^x = 0$ ;

$\lim\limits_{x \to +\infty} \dfrac{\ln x}{x} = 0.$

Pour tout $n \in \mathbb{N}^*$,

$\lim\limits_{x \to +\infty} \dfrac{e^x}{x^n} = +\infty$ ;

$\lim\limits_{x \to -\infty} x^n e^x = 0$ ;

$\lim\limits_{x \to +\infty} \dfrac{\ln x}{x^n} = 0$ ;

$\lim\limits_{x \to +\infty} x^n e^{-x} = 0.$

**• Comportement à l'origine de ln (1 + *x*), e*ˣ*, sin *x***

$\lim\limits_{x \to 0} \dfrac{\ln(1+x)}{x} = 1$ ;

$\lim\limits_{x \to 0} \dfrac{e^x - 1}{x} = 1$ ;

$\lim\limits_{x \to 0} \dfrac{\sin x}{x} = 1.$

## Dérivées et primitives

Les formules ci-dessous peuvent servir à la fois pour calculer des dérivées et des primitives sur des intervalles convenables. Les hypothèses permettant de les utiliser doivent être vérifiées par les candidats.

**• Dérivées et primitives des fonctions usuelles**

| $f(x)$ | $f'(x)$ |
|---|---|
| $k$ | $0$ |
| $x$ | $1$ |
| $x^n$, $n \in \mathbb{N}^*$ | $nx^{n-1}$ |
| $\dfrac{1}{x}$ | $-\dfrac{1}{x^2}$ |
| $\dfrac{1}{x^n}$, $n \in \mathbb{N}^*$ | $-\dfrac{n}{x^{n+1}}$ |
| $\sqrt{x}$ | $\dfrac{1}{2\sqrt{x}}$ |
| $\ln x$ | $\dfrac{1}{x}$ |
| $e^x$ | $e^x$ |
| $a^x$ | $a^x \times \ln a$ |
| $\cos x$ | $-\sin x$ |
| $\sin x$ | $\cos x$ |

**• Opérations sur les dérivées**

$(u + v)' = u' + v'$ ;

$(ku)' = ku'$, $k$ étant une constante ;

$(uv)' = u'v + uv'$ ;

$\left(\dfrac{1}{u}\right)' = -\dfrac{u'}{u^2}$ ; $\left(\dfrac{u}{v}\right)' = \dfrac{u'v - uv'}{v^2}$ ;

$(v \circ u)' = (v' \circ u)u'$ ;

$(e^u)' = e^u u'$ ;

$(\ln u)' = \dfrac{u'}{u}$ ;

$(u^n)' = n\,u^{n-1}u'$ $(n \in \mathbb{N}^*)$.

# Calcul intégral

Les hypothèses permettant d'utiliser les formules suivantes doivent être vérifiées par les candidats.

**• Formules fondamentales**

Si $F$ est une primitive de $f$,

alors $\int_a^b f(t)\mathrm{d}t = F(b) - F(a)$.

$\int_b^a f(t)\mathrm{d}t = -\int_a^b f(t)\mathrm{d}t$.

Si $g(x) = \int_a^x f(t)\mathrm{d}t$, alors $g'(x) = f(x)$.

**• Formule de Chasles**

$\int_a^c f(t)\mathrm{d}t = \int_a^b f(t)\mathrm{d}t + \int_b^c f(t)\mathrm{d}t$.

**• Linéarité**

$$\int_a^b \big(\alpha f(t) + \beta g(t)\big)\mathrm{d}t = \alpha\int_a^b f(t)\mathrm{d}t + \beta\int_a^b g(t)\mathrm{d}t.$$

**• Positivité**

Si $a \leqslant b$ et $f \geqslant 0$, alors $\int_a^b f(t)\mathrm{d}t \geqslant 0$.

**• Ordre**

Si $a \leqslant b$ et $f \leqslant g$, alors

$\int_a^b f(t)\mathrm{d}t \leqslant \int_a^b g(t)\mathrm{d}t$.

**• Inégalité de la moyenne**

Si $a \leqslant b$ et $m \leqslant f \leqslant M$,

alors $m(b-a) \leqslant \int_a^b f(t)\mathrm{d}t \leqslant M(b-a)$.

**• Valeur moyenne**

La valeur moyenne de $f$ sur $[a\,;b]$ $(a \neq b)$ est :

$$\frac{1}{b-a}\int_a^b f(t)\mathrm{d}t.$$

# Équations différentielles

**• $y' = ay$ $(a \neq 0)$ a pour solution type :**

$y(x) = Ce^{ax}$ avec C constante réelle.

**• $y' = ay + b$ $(a \neq 0)$ a pour solution type :**

$y(x) = Ce^{ax} - \frac{b}{a}$ avec C constante réelle.

| SUJETS | 1 | 2 | 3 | 4 | 5 | 6 | 7 | 8 | 9 | 10 | 11 | 12 | 13 | 14 | 15 | 16 | 17 | 18 | 19 | 20 | 21 | 22 | 23 | 24 | 25 | 26 | 27 | 28 | 29 | 30 | 31 | 32 |
|---|---|---|---|---|---|---|---|---|---|---|---|---|---|---|---|---|---|---|---|---|---|---|---|---|---|---|---|---|---|---|---|---|
| **Suites** | | | | | | | | | | | | | | | | | | | | | | | | | | | | | | | | |
| Variations | ■ | ■ | | | | | ■ | ■ | ■ | | ■ | | | | | | | | | | ■ | | | | | | | | | | | |
| Limites | ■ | ■ | ■ | ■ | | ■ | ■ | ■ | ■ | | ■ | ■ | | | | | | | | ■ | | ■ | | | | | | | | | | |
| Récurrence | ■ | ■ | ■ | ■ | | ■ | ■ | ■ | ■ | | ■ | ■ | | | | | | | | | ■ | | | | | | | | | | | |
| Majorée, minorée | | ■ | | | | ■ | ■ | | | | | | | | | | | | | | ■ | | | | | | | | | | | |
| Suites géométriques, arithmétiques | ■ | | ■ | ■ | ■ | | ■ | ■ | ■ | ■ | | ■ | | | | | | | | | | | | | | | | | | | | |
| **Limites de fonctions** | | | | | | | | | | | | | | | | | | | | | | | | | | | | | | | | |
| Limites | ■ | ■ | | | ■ | ■ | | | | | | | | | | | | ■ | | ■ | ■ | ■ | ■ | ■ | ■ | ■ | ■ | ■ | ■ | | ■ | ■ |
| Asymptotes | ■ | | | | | | | | | | | | | | | | | | | | | ■ | | ■ | ■ | | | | ■ | | | |
| Fonction composée | | ■ | | | ■ | ■ | | | | | | | | | ■ | | | | | ■ | ■ | | ■ | | | | | | | | ■ | ■ |
| Dérivée seconde | ■ | | | | | | | | | | | | | | ■ | | | | ■ | ■ | | | | | | | | | | | ■ | |
| Point d'inflexion | ■ | | | | | | | | | | | | | | ■ | | | ■ | ■ | | | | | | | | | | | | ■ | |
| Convexité | ■ | | | | | | | | | | | | | | ■ | | | ■ | ■ | | | | | | | | | | ■ | | ■ | |
| Tangente | ■ | ■ | | | | | | | | | | | ■ | ■ | | | | ■ | | | | ■ | | | | | | | | | | |
| TVI, $f(x) = m$ | ■ | ■ | | | | | | | | | | | | | ■ | | | | ■ | | | | | ■ | | ■ | ■ | ■ | ■ | ■ | | |
| **Fonction logarithme népérien** | | | | | | | | | | | | | | | | | | | | | | | | | | | | | | | | |
| | ■ | ■ | | | | | ■ | | | ■ | | | | ■ | | | ■ | ■ | ■ | ■ | ■ | | ■ | ■ | | ■ | | | ■ | ■ | ■ | |
| **Fonction exponentielle** | | | | | | | | | | | | | | | | | | | | | | | | | | | | | | | | |
| | ■ | ■ | | | ■ | | ■ | | | | | | | | ■ | | | ■ | ■ | | | ■ | ■ | | ■ | | ■ | ■ | | | ■ | ■ |
| **Équation différentielle** | | | | | | | | | | | | | | | | | | | | | | | | | | | | | | | | |
| $y' = ay + b$ | | | | | | | | | | | | | | | | | | | | | | | | | | | | | | | | ■ |
| **Primitives** | | | | | | | | | | | | | | | | | | | | | | | | | | | | | | | | |
| Calcul | | | | | | | | | | | | | | ■ | ■ | | | | | | | | ■ | | | | | | ■ | ■ | ■ | |
| **Combinatoire, dénombrement** | | | | | | | | | | | | | | | | | | | | | | | | | | | | | | | | |
| Dénombrement | | | | | | | | | | | | | | | | | | | | | | | | | | | | | | | | |
| Combinaisons | | | | | | | | | | | | | | | | | | | | | | | | | | | | | | | | |

| 33 | 34 | 35 | 36 | 37 | 38 | 39 | 40 | 41 | 42 | 43 | 44 | 45 | 46 | 47 | 48 | 49 | 50 | 51 | 52 | 53 | 54 | 55 | 56 | 57 | 58 | 59 | 60 | 61 | 62 | 63 | 64 | 65 | 66 | 67 | 68 | 69 | 70 | 71 | 72 | 73 |
|---|---|---|---|---|---|---|---|---|---|---|---|---|---|---|---|---|---|---|---|---|---|---|---|---|---|---|---|---|---|---|---|---|---|---|---|---|---|---|---|---|
| | | | | | | | | | | | | | | | | | | | | | | | | | | | | | | | | | | | | | | | | |
| | | | | | | | | | | | | | | | | | | | | | | | | | | | | | | | | | | | | | | | | |
| | | | | | | | | | | | | | | | | | | | | | | | | | | | | | | | | | | | | | | | | |
| | | | | | | | | | | | | | | | | | | | | | | | | | | | | | | | | | | | | | | | | |
| | | | | | | | | | | | | | | | | | | | | | | | | | | | | | | | | | | | | | | | | |
| | | | | | | | | | | | | | | | | | | | | | | | | | | | | | | | | | | | | | | | | |
| | | | | | | | | | | | | | | | | | | | | | | | | | | | | | | | | | | | | | | | | |
| | | | | | | | | | | | | | | | | | | | | | | | | | | | | | | | | | | | | | | | | |
| | | | | | | | | | | | | | | | | | | | | | | | | | | | | | | | | | | | | | | | | |
| | | | | | | | | | | | | | | | | | | | | | | | | | | | | | | | | | | | | | | | | |
| | | | | | | | | | | | | | | | | | | | | | | | | | | | | | | | | | | | | | | | | |
| | | | | | | | | | | | | | | | | | | | | | | | | | | | | | | | | | | | | | | | | |
| | | | | | | | | | | | | | | | | | | | | | | | | | | | | | | | | | | | | | | | | |
| | | | | | | | | | | | | | | | | | | | | | | | | | | | | | | | | | | | | | | | | |
| | | | | | | | | | | | | | | | | | | | | | | | | | | | | | | | | | | | | | | | | |
| | | | | | | | | | | | | | | | | | | | | | | | | | | | | | | | | | | | | | | | | |
| | | | | | | | | | | | | | | | | | | | | | | | | | | | | | | | | | | | | | | | | |
| | | | | | | | | | | | | | | | | | | | | | | | | | | | | | | | | | | | | | | | | |
| | | | | | | | | | | | | | | | | | | | | | | | | | | | | | | | | | | | | | | | | |

| SUJETS | 1 | 2 | 3 | 4 | 5 | 6 | 7 | 8 | 9 | 10 | 11 | 12 | 13 | 14 | 15 | 16 | 17 | 18 | 19 | 20 | 21 | 22 | 23 | 24 | 25 | 26 | 27 | 28 | 29 | 30 | 31 | 32 |
|---|---|---|---|---|---|---|---|---|---|---|---|---|---|---|---|---|---|---|---|---|---|---|---|---|---|---|---|---|---|---|---|---|
| **Vecteurs, droites et plans de l'espace** | | | | | | | | | | | | | | | | | | | | | | | | | | | | | | | | |
| Recherche de coordonnées | X | | | | | | | | | | | | | | | | | | | | | | | | | | | | | | | |
| Bases, combinaisons linéaires | | | | | | | | | | | | | | | | | | | | | | | | | | | | | | | | |
| Positions relatives | | | | | | | | | | | | | | | | | | | | | | | | | | | | | | | | |
| **Orthogonalité, distances** | | | | | | | | | | | | | | | | | | | | | | | | | | | | | | | | |
| Produit scalaire | | X | | | | | | | | | | | | | | | | | | | | | | | | | | | | | | |
| Distances | | X | | | | | | | | | | | | | | | | | | | | | | | | | | | | | | |
| Projection orthogonale | | | | | | | | | | | | | | | | | | | | | | | | | | | | | | | | |
| **Représentations paramétriques, équations cartésiennes** | | | | | | | | | | | | | | | | | | | | | | | | | | | | | | | | |
| Représentation paramétrique. Droite | X | X | | | | | | | | | | | | | | | | | | | | | | | | | | | | | | |
| Équation de plan | | X | | | | | | | | | | | | | | | | | | | | | | | | | | | | | | |
| **Probabilités conditionnelles** | | | | | | | | | | | | | | | | | | | | | | | | | | | | | | | | |
| | X | X | | | | | | | | | | X | | | | | | | | | | | | | | | | | | | | |
| **Successions d'épreuves** | | | | | | | | | | | | | | | | | | | | | | | | | | | | | | | | |
| Bernoulli | | | | | | | | | | | | | | | | | | | | | | | | | | | | | | | | |
| Loi binomiale | X | X | | | | | | | | | | | | | | | | | | | | | | | | | | | | | | |
| **Variables aléatoires** | | | | | | | | | | | | | | | | | | | | | | | | | | | | | | | | |
| Variable aléatoire | | X | | | | | | | | | | | | | | | | | | | | | | | | | | | | | | |
| Somme | | | | | | | | | | | | | | | | | | | | | | | | | | | | | | | | |
| Espérance | | | | | | | | | | | | | | | | | | | | | | | | | | | | | | | | |
| Variance, écart-type | | | | | | | | | | | | | | | | | | | | | | | | | | | | | | | | |
| **Algorithmique** | | | | | | | | | | | | | | | | | | | | | | | | | | | | | | | | |
| | | X | | | | | X | X | | X | | | | X | | | | | | | X | | | | X | | X | | | | X | |
| **Tableur** | | | | | | | | | | | | | | | | | | | | | | | | | | | | | | | | |
| | | | | | | | | | | | X | X | | | | | | | | | | | | | | | | | | | | |

| 33 | 34 | 35 | 36 | 37 | 38 | 39 | 40 | 41 | 42 | 43 | 44 | 45 | 46 | 47 | 48 | 49 | 50 | 51 | 52 | 53 | 54 | 55 | 56 | 57 | 58 | 59 | 60 | 61 | 62 | 63 | 64 | 65 | 66 | 67 | 68 | 69 | 70 | 71 | 72 | 73 |
|---|---|---|---|---|---|---|---|---|---|---|---|---|---|---|---|---|---|---|---|---|---|---|---|---|---|---|---|---|---|---|---|---|---|---|---|---|---|---|---|---|
|  |  |  |  |  |  |  |  |  |  |  |  |  |  |  |  |  |  |  |  |  |  |  |  |  |  |  |  |  |  |  |  |  |  |  |  |  |  |  |  |  |
|  |  |  |  |  |  |  | ■ |  |  | ■ | ■ |  |  |  |  |  |  |  |  | ■ |  | ■ |  | ■ |  |  | ■ | ■ |  |  |  |  |  |  |  |  |  |  |  |  |
|  |  |  |  |  |  |  | ■ |  |  |  | ■ |  |  |  |  |  |  |  |  |  |  |  |  |  |  |  | ■ |  |  |  |  |  |  |  |  |  |  |  |  |  |
|  |  |  |  |  |  |  | ■ | ■ | ■ | ■ |  | ■ | ■ | ■ |  | ■ |  | ■ |  | ■ | ■ | ■ | ■ | ■ |  | ■ |  | ■ | ■ |  |  |  |  |  |  |  |  |  |  |  |
|  |  |  |  |  |  |  |  |  |  |  |  |  |  |  |  |  |  |  |  |  |  |  |  |  |  |  |  |  |  |  |  |  |  |  |  |  |  |  |  |  |
|  |  |  |  |  |  |  | ■ | ■ | ■ | ■ |  |  | ■ |  | ■ |  | ■ | ■ |  | ■ |  |  |  |  |  |  | ■ | ■ |  | ■ |  |  |  |  |  |  |  |  |  |  |
|  |  |  |  |  |  |  |  |  |  |  |  |  | ■ | ■ | ■ |  | ■ |  | ■ |  | ■ | ■ |  |  |  |  |  |  | ■ | ■ |  |  |  |  |  |  |  |  |  |  |
|  |  |  |  |  |  |  |  |  |  |  |  |  |  | ■ |  |  |  |  | ■ |  | ■ | ■ |  |  |  |  |  |  |  |  |  |  |  |  |  |  |  |  |  |  |
|  |  |  |  |  |  |  |  |  |  |  |  |  |  |  |  |  |  |  |  |  |  |  |  |  |  |  |  |  |  |  |  |  |  |  |  |  |  |  |  |  |
|  |  |  |  |  |  | ■ |  |  | ■ |  | ■ |  | ■ | ■ | ■ |  | ■ |  |  |  |  | ■ | ■ | ■ | ■ | ■ | ■ | ■ | ■ | ■ |  |  |  |  |  |  |  |  |  |  |
|  |  |  |  |  |  |  |  |  | ■ |  |  |  |  | ■ | ■ |  |  | ■ | ■ |  | ■ |  |  |  | ■ | ■ | ■ | ■ | ■ | ■ |  |  |  |  |  |  |  |  |  |  |
|  |  |  |  |  |  |  |  |  |  |  |  |  |  |  |  |  |  |  |  |  |  |  |  |  |  |  |  |  |  |  |  |  |  |  |  |  |  |  |  |  |
|  | ■ | ■ |  |  |  |  |  |  |  |  |  |  |  |  |  |  |  |  |  |  |  |  |  |  |  |  |  |  |  |  |  |  |  | ■ | ■ |  |  | ■ |  | ■ |
|  |  |  |  |  |  |  |  |  |  |  |  |  |  |  |  |  |  |  |  |  |  |  |  |  |  |  |  |  |  |  |  |  |  |  |  |  |  |  |  |  |
|  |  | ■ | ■ |  | ■ |  |  |  |  |  |  |  |  |  |  |  |  |  |  |  |  |  |  |  |  |  |  |  |  |  | ■ | ■ | ■ | ■ | ■ | ■ |  | ■ |  | ■ |
|  |  | ■ | ■ |  | ■ |  |  |  |  |  |  |  |  |  |  |  |  |  |  |  |  |  |  |  |  |  |  |  |  |  | ■ | ■ | ■ | ■ | ■ | ■ |  | ■ |  | ■ |
|  |  |  |  |  |  |  |  |  |  |  |  |  |  |  |  |  |  |  |  |  |  |  |  |  |  |  |  |  |  |  |  |  |  |  |  |  |  |  |  |  |
|  | ■ |  |  |  |  |  |  |  |  |  |  |  |  |  |  |  |  |  |  |  |  |  |  |  |  |  |  |  |  |  | ■ | ■ | ■ | ■ | ■ | ■ | ■ |  | ■ | ■ |
|  |  |  |  |  |  |  |  |  |  |  |  |  |  |  |  |  |  |  |  |  |  |  |  |  |  |  |  |  |  |  |  |  |  |  |  | ■ | ■ |  |  |  |
|  |  |  | ■ |  |  |  |  |  |  |  |  |  |  |  |  |  |  |  |  |  |  |  |  |  |  |  |  |  |  |  | ■ | ■ |  | ■ | ■ | ■ | ■ |  |  |  |
|  |  |  |  |  |  |  |  |  |  |  |  |  |  |  |  |  |  |  |  |  |  |  |  |  |  |  |  |  |  |  |  |  |  |  |  |  |  | ■ |  |  |
|  |  |  |  |  |  |  |  |  |  |  |  |  |  |  |  |  |  |  |  |  |  |  |  |  |  |  |  |  |  |  |  |  |  |  |  |  |  |  |  |  |
|  |  |  |  |  |  |  |  |  |  |  |  |  |  |  |  |  |  |  |  |  |  |  |  | ■ |  |  |  |  |  |  |  |  |  |  |  |  |  | ■ |  |  |
|  |  |  |  |  |  |  |  |  |  |  |  |  |  |  |  |  |  |  |  |  |  |  |  |  |  |  |  |  |  |  |  |  |  |  |  |  |  |  |  |  |
|  |  |  |  |  |  |  |  |  |  |  |  |  |  |  |  |  |  |  |  |  |  |  |  |  |  |  |  |  |  |  |  |  |  |  |  |  |  |  |  |  |

Objectif BAC Tle

# FICHES détachables

# Grand Oral

## Toutes les fiches pour réussir votre Grand Oral !

- Les méthodes pour **construire ses sujets,** élaborer un **discours dynamique** et **maîtriser le langage verbal**
- Les conseils indispensables pour **convaincre le jury,** adopter la **bonne posture** et **contrôler son stress**